Annica Wennström

Wenn der Schnee schmilzt

Annica Wennström

Wenn der Schnee schmilzt

Roman

Aus dem Schwedischen
von Angelika Kutsch

Ullstein

Die schwedische Originalausgabe erschien 2006 unter dem Titel *Lappskatteland* bei Wahlström & Widstrand, Stockholm.

Die Übersetzung wurde gefördert durch Svenska Institutet, Stockholm.

Alle südsamischen Ausdrücke sind bei ihrem ersten Vorkommen kursiv gesetzt und im Wortverzeichnis am Ende des Buches erklärt.

1. Auflage 2007

ISBN 978-3-550-08661-8

Gesetzt aus der Caslon
bei Pinkuin Satz und Datentechnik, Berlin
Druck und Bindung: Clausen & Bosse, Leck
Printed in Germany

Für Mama, Victor und Edvin

Stensvedjan ist ein magischer Ort, an dem ich viele Kindheitssommer verbracht habe. Dort habe ich diese Erzählung angesiedelt. Alles andere ist in meiner Phantasie entstanden und hat keine Entsprechungen in der Wirklichkeit.

PROLOG

Åsele Lappmark, Februar 1862

Es war kalt. Der Schnee glänzte im Mondlicht wie eine silberne Spange. Obwohl er hoch lag, glitten die Skier leicht darüber hin. Die verharschte Oberfläche trug sie, ohne dass sie Spuren hinterließ. Nur die Abdrücke ihrer Skistöcke verrieten, welchen Weg sie genommen hatte.

Das Kind lag still in seiner *Gierhkeme*.

Es war ein ganz normales Kind, keine Frucht des Bösen, sondern des Zufalls.

Als sich der Wald zum Moorgelände hin öffnete, das unter dem Schnee verborgen lag, und der Mond, der ihr den Weg durch die Nacht wies, sie mit seinem verschwenderischen Licht übergoss, wünschte sie sich, sie wäre nicht allein. Sie stellte sich eine unsichtbare Rentierkarawane mit beladenen *Ackjas* vor, als Verbindung zu ihrer vertrauten Welt.

Dann dachte sie an Aanta Naahkese und ihr Magen krampfte sich zusammen. Sie hob den Blick zum Mond. Warum quälte Aanta sie immer noch, obwohl er sie doch aus seiner Erinnerung gelöscht, ja sie getötet hatte? Warum erlaubte sie ihm, sich in ihrem Bewusstsein auszubreiten, nachdem er sie verraten, sie durch Nächte und Tage der Einsamkeit gejagt hatte?

Vielleicht zur Strafe. Die anderen sollten vergessen, sie jedoch nicht. Sie sollte mit dem Bewusstsein der Schande leben.

Und sie vergaß nicht. Im Feuer, auf dem sie ihren Kaffee kochte, meinte sie manchmal, seinen Blick zu erkennen. In der geträumten Karawane von Rentierschlitten sah sie ihn vor sich, den Gürtel um die Hüfte geschlungen, den weiten Kittel, der seine magischen Geheimnisse barg, die Haare, die schwarz auf dem Stoff ruhten, die Geschmeidigkeit seiner Bewegungen.

Flüchtig streiften ihre Gedanken das stille Kind auf ihrem Rücken.

Ein ganz normales Kind. Keine Frucht des Bösen. Aber auch nicht der Liebe.

Sondern des Zufalls. Nie hätte sie geglaubt, dass Zufälle so schmerzhaft sein konnten.

Wütend stieß sie die Stöcke in den Harsch und stemmte sich weiter durch die Nacht. Sobald es dämmerte, würde sie die alte Rentierroute verlassen. Vielleicht fand sie Neusiedler, die sie ins Haus baten. Oft wurde sie zwar davongejagt, aber das war ihr gleichgültig. Sie blieb immer in Gegenden, die ihr vertraut waren, nicht weit entfernt von ihrem eigenen Volk. Hartnäckig und trotzig hielt sie beim *Joiken* die Erinnerung an ihre Familie lebendig.

Aber die winterlichen Wege, auf denen sie sich jetzt vorwärtsbewegte, konnte sie nur ahnen. Einige wenige Male war sie hier mit ihrem Vater unterwegs gewesen. In dieser Gegend besaßen sie keinen Weidegrund. Das vertraute Winterland hatte sie längst verlassen.

Der verharschte Schnee lockte sie steil ansteigende Hänge hinauf. Mit ihrem ganzen Gewicht setzte sie jeden Ski auf, stemmte sich entschlossen mit den Stöcken voran und arbeitete sich mühselig bergauf.

Sie schloss die Augen und joikte den Ort. Dann stellte sie die Gierhkeme ab und ging darüber in die Hocke. Das Kind wimmerte. Sie entblößte ihre Brust, die sich in der eisigen Luft mit Gänsehaut überzog. Es war zu kalt, das Kind würde nicht satt werden. Sein kleiner Mund sog so gierig, dass es schmerzte. Das Kleine war ein Teil von ihr. Ein ganz normales Kind.

Immer wieder rief sie sich diese Tatsache in Erinnerung.

Seine Haare waren schwarz. Noch waren seine Züge nicht ausgeprägt, auch die Augenfarbe nicht.

Sie würde an diesem Kind festhalten, wie man sich an eine Hoffnung klammert. Nichts durfte vergeblich gewesen sein.

ERSTES BUCH

Finnmark, Februar 2002

Als ich nach Karasjok kam, entdeckte ich, dass ich tot war. Damit hatte ich nicht gerechnet. Im Gegenteil: Ich hatte eine Art Heimkehr erwartet.

Mein verstaubter Rucksack stand vor dem Hotel im Schnee. Das Gebäude brütete dunkel am Hang und duckte sich unter den Schneewehen. An den Berghängen ringsum lagen Häuser verstreut und an ihren Fahnenmasten flatterte die samische Flagge. Alles wirkte fast wie neu, irgendwie geschichtslos. Eine unbegreifliche Unlust überfiel mich, und ich zögerte lange, ehe ich an die Rezeption trat. Vermutlich hatte mich schon auf dem Parkplatz draußen eine düstere Vorahnung befallen.

Der gleichmütige Mann am Empfang betrachtete mich mit leerem Blick. Schließlich bekam ich den Schlüssel zu meinem Zimmer eine Treppe tiefer – in der Unterwelt, wo angeblich all die geliebten und erinnerten Ahnen die Lebenden berühren, Fußsohle an Fußsohle. Aber ich spürte nichts.

Ich warf mich aufs Bett und starrte auf ein Kaugummi, das jemand zwischen Wand und Nachttisch geklebt hatte. Es sah eklig aus.

Schon begann ich, meinen Plan zu bereuen.

Als das Flugzeug über der Weite der Finnmark geschwebt war und ich das Meer gesehen hatte, das diese Landschaft mit ihren von Schnee und Eis bedeckten Bergen umschloss, hatte mein Körper mir signalisiert: Jetzt bist du zu Hause. Wie immer, wenn ich ins Fjäll kam.

Erst in Karasjok hatte sich etwas verändert.

Aber jetzt war es zu spät. Ich war hier. Ich hatte eine Frage gestellt, und nun war ich gezwungen, die Antwort zu suchen.

In der Grillbude spielte eine ältere Frau an einem einarmigen Banditen. Ihre traditionelle rot-blaue Kleidung war wie ein Farbtupfer in dem verräucherten Raum. Die Kieferntische schienen im Schmelzwasser zu schwimmen. Ich bestellte einen Hamburger bei einer Bedienung, die aussah, als wäre sie zu allem Möglichen bereit, nur nicht dazu, mir etwas zu servieren. Ihre Augen streiften mich blicklos und gleichzeitig forschend. Ich hielt ängstlich Ausschau nach einer Uhr. Vielleicht machten sie hier ja bald zu, und es war gedankenlos von mir, jetzt noch etwas zu bestellen? Es war Samstagnachmittag, und ich stellte mir vor, wie sie die Grillfläche geputzt hatte, während sie ungeduldig darauf wartete, dass die Uhrzeiger sich die letzten endlos erscheinenden Minuten vorankämpften, bis sie nach Hause gehen durfte. Und da kam ich, eine Touristin.

»Sie haben doch noch geöffnet?« Besser, ich fragte.

Sie runzelte bekümmert die Stirn. Dann wandte sie den Blick ab.

»Ja.« Das sollte selbstverständlich klingen.

Ich ließ mich an einem Tisch nieder und beobachtete die ältere Frau, die ausdauernd den Arm des Banditen betätigte. Die Begleitmusik des Spiels klang wie ein schriller Gassenhauer. Die Frau verlor. Ihr faltenreicher Rock mit den kunstvoll gewebten Borten wippte bei jeder Bewegung mit und der Seidenschal um ihre Schultern glänzte in der matten Nachmittagssonne.

Ich spürte eine Verbundenheit zwischen uns beiden, aber ich brachte es nicht über mich, sie einfach anzusprechen. Als sie sich umdrehte, wich ich ihrem Blick aus und holte mein Notizbuch hervor.

Diese Reise hatte ich schon lange geplant. Ich wusste nicht, ob sie ein Anfang oder ein Ende sein würde; zumindest war ich fest davon überzeugt, sie würde ereignisreich werden.

Und nun saß ich hier, in der Weite der Finnmark, aß amerikanisches Fastfood und strich unruhig über die leeren Seiten meines Buchs. Am liebsten würde ich auf die Frau im Lappenkittel zugehen und sie bitten, mir von ihrem Leben zu erzählen, von den alten Überlieferungen, die man ihr erzählt hatte, von der Liebe und vom Fjäll. Unsere Blicke würden vertrauter werden, und ich könnte sicher sein, dass wir von derselben Art waren.

Wie lange wusste ich eigentlich von dieser Gemeinsamkeit? Immer schon. Obwohl es mir niemand gesagt hatte. Unsere Abstammung gehörte zu den Dingen, von denen wir nie redeten, dennoch war ich stark davon geprägt. Oder beharrte ich gerade wegen dieses Schweigens so eigensinnig auf der Flucht ins Imaginäre? Ich spiegelte mich in unserer Durchsichtigkeit und sah nur den Körper, aber ich wusste, es gab auch einen Geist.

Wenngleich es auch Gründe gegeben hätte, zu zweifeln. Wie immer. Ich erinnere mich an einen Spätsommer daheim.

Die stickige Luft in der Abstellkammer unter der Dachschräge war von der Sonne aufgeheizt. Es war schwül und dunkel.

Vorsichtig hob ich schwere Kisten an, betastete die Säume alter Kleider und schüttelte sie vorsichtig aus. Ich fürchtete mich vor Mäusen. In der Dunkelheit erstanden in meiner Phantasie raschelnde kleine Körper, die in Vergangenem wühlten.

Ich unterdrückte ein Würgen.

Was in den Kisten verwahrt war, hatte nichts mit meiner Geschichte zu tun, es enthielt keinen Schlüssel zu aufregenden Ereignissen und Orten. Dafür war das Haus viel zu neu und wir hatten viel zu viele Umzüge hinter uns.

In den Kisten befand sich nichts weiter als ein Durcheinander von Plastikspielzeug aus den siebziger Jahren sowie muffelnde Babykleidung aus den Sechzigern, nichts von Wert. Als besitze meine Familie nichts anderes als das, was uns mit der Gegenwart verband und nicht mit unserer Geschichte.

Manchmal spiele ich mit der Vorstellung, ich übergebe mit ernster Miene meine Schätze, die ich allen Widerständen zum Trotz für die Nachwelt gerettet habe, der nächsten Generation.

»Hast du sie gefunden?«

Meine Mutter Karin leuchtete mir von der engen, niedrigen Türöffnung aus mit einer Taschenlampe in die Kammer und der Lichtstrahl zuckte nervös über das Gerümpel.

Gereizt biss ich die Zähne zusammen.

»Die Kommode steht ganz hinten, ich muss sie nicht finden, sondern nur rausziehen.«

Vorsichtig tastete ich mich zwischen einigen Kartons hindurch vorwärts und hob eine Seite der Kommode probeweise an. Natürlich war sie zu schwer. Entschlossen öffnete ich die oberste Schublade. Sie war voller Puzzleteile, und obwohl ich mich nicht daran erinnern konnte, sie in die Schublade gelegt zu haben, spürte ich instinktiv, dass einige Teile fehlten. Mittendrin lag auch eine Puppe mit strähnigen Haaren.

»Hier, nimm mal.« Mühsam wuchtete ich die Schublade über die Kartons. Meine Mutter legte die Taschenlampe beiseite, um mir die Schublade abzunehmen.

Ein Schauder überlief mich. Im Dunkeln kamen die eingebildeten Mäuse allzu nah, strichen über meine Füße, kletterten an meinen Hosenbeinen herauf, huschten über den Fußboden.

Ich zog die nächste Schublade heraus, vermied es aber, hineinzuschauen. Es war typisch für meine Schwester, uns auf den Speicher zu schicken, um die Kommode hervorzuholen, und später würde sie sich dann doch dagegen entscheiden. Ich zog die letzte Schublade heraus und ging mit tastenden Schritten rückwärts zur Tür. Dann bugsierten wir die Kommode gemeinsam über die Kartons.

»Mit ein bisschen Farbe wird die aussehen wie neu.« Sachkundig inspizierte Mama das Möbelstück. Es war nicht besonders groß, vermutlich irgendwann in den sechziger Jahren hergestellt. Ich bezweifelte sehr, dass Marie sie letztendlich benutzen würde, wenn sie bei ihr zu Hause eingetroffen war.

Lustlos begann ich, die Puzzleteile aus der Schublade zu räumen. Dann hielt ich inne. Ganz hinten stand eine kleine Dose aus Birkenholz, in der man früher wohl Butter oder Zucker verwahrt hatte. Ich konnte mich nicht erinnern, sie jemals gesehen zu haben.

»Was ist das denn?« Ich hielt die Holzdose in die Höhe. Mama zuckte mit den Schultern.

Auf der Unterseite war ein »N« eingeritzt. Vorsichtig hob ich den Deckel ab. In dem Behälter lagen gewebte Bänder. Ich nahm sie heraus, vier Stück. Sie waren verschlissen und schmutzig, am einen Ende war jeweils eine Troddel, am anderen eine Öse. Mit zitternder Hand hielt ich die Bänder hoch. Karin starrte sie mit leerem Blick an.

»Wem haben die gehört?« Ich suchte den Blick meiner Mutter.

»Wahrscheinlich dir oder Marie.«

Ich schüttelte den Kopf.

»Das sind Schuhbänder, alte samische Schuhbänder.«

Keine Antwort. Mama begann, zerfahren zwischen den Puzzleteilen zu wühlen, schob sie dann aber schnell wieder beiseite und holte den Staubsauger.

Behutsam steckte ich die Holzdose mit den Bändern in meine Tasche. Wenn die Menschen schweigen, kann man sich darauf verlassen, dass die Gegenstände sprechen.

Sie spielten *Raajroe* und Njenna hopste am Ende der Schlange aufgeregter Kinder. Die lange Reihe wand sich zwischen den Koten hindurch. Ihr Schuhband hatte sich gelöst und die Haare klebten ihr von der Wärme an den Schläfen.

Sie hatte Aanta Naahkese bemerkt, als er durch den *Johke* watete, der ihren Lagerplatz mit Wasser versorgte. Ausgelassen versuchte sie sich auf ihren kleinen Bruder zu konzentrieren, der das Spiel immer schneller vorantrieb. Aber Aanta Naahkeses Nähe brannte in ihrem Körper, pulsierte die Schenkel entlang und durch den Magen und pochte vage im Zwerchfell. Einmal hatte sie beobachtet, wie er seinen nackten Körper in das kalte Wasser des Kultsees tauchte. Die dunklen Haare klebten an seinen Schultern und seine gespannten, kräftigen Muskeln an Armen und Beinen spielten unter den Wassertropfen. Sie hatte ihn starr angesehen, um sich seinen Anblick für immer einzuprägen. Seine Haut war bleich wie Leinen gewesen, nur sein Gesicht, der Hals und die Arme zeigten Spuren von Wind und Sonne.

Plötzlich spürte sie warme Hände auf ihren Hüften. Starke Arme rissen sie zu Boden. Der Klang einer Stimme vibrierte an der empfindlichen Haut ihres Ohrs.

»Hat dich denn niemand vor den Wölfen gewarnt?«

Sie lag in Aanta Naahkeses Armen, aber es war alles nur ein Spaß. Sie versuchte zu lachen und hoffte, man würde ihre roten Wangen, die wie Feuer brannten, mit dem Spiel in Verbindung bringen.

Ihr kleiner Bruder Aanse brachte die Kinderkarawane zum Stehen und brüllte, alle sollten sich versammeln. Ein Rentier sei verloren gegangen.

Njenna setzte sich schüchtern auf und blickte in Aanta Naahkeses dunkle Augen. Nervös strich sie sich über die zerzausten Haare. Struppiges Moos und Flechten waren darin hängen geblieben und kratzten an ihren Handflächen.

»Alle warnen mich vorm Wolf.«

Er hielt ihren Blick fest, dann sprang er federnd auf die Füße und griff nach ihrer Hand. Widerwillig ließ sie sich hochziehen.

Sie wollte reden, ihn verleiten zu bleiben, die Zeit hinauszögern. Aber ihre Worte waren versiegt. Stumm stand sie vor ihm, den sie nackt im kalten Wasser gesehen hatte. Aanse zerrte ungeduldig an ihr. Er hatte seinen Part als Anführer erfüllt und das verloren gegangene Rentier eingefangen. Das Spiel sollte jetzt weitergehen.

Ihr Vater winkte Aanta Naahkese ans Feuer. Aantas Finger berührten verstohlen ihre Wange. Njenna sah ihn gehen, und in ihr sprudelten plötzlich die Worte des Zwiegesprächs, das sie ständig mit ihm führte, schweigend, wenn sie allein war.

Ihre Cousine Lottso löste sich aus dem Spiel und lief ihm nach. Auch Njenna zog es zu der Versammlung am Feuer. Dort saßen Mutter Ristin und Vater Aantaris, sein jüngerer Bruder, Onkel Jovva, und dessen Familie sowie Mutters ältere Schwester, Tante Meerke. Enttäuscht rief Aanse ihr hinterher, als sie sich mit der Arbeit des Nachmittags in der Hand am Feuer niederließ. Auch der Rentierknecht Elias saß da mit seinem abgegriffenen Exemplar von *Tat Ailes Tjalog*, der Heiligen Schrift.

»Ich werde euch ein wenig vorlesen.« Sorgsam wählte er ein Stück aus.

Njenna saß schweigend da. Elias hatte zwei Jahre auf der Missionsschule in Knaften verbracht und dort war er Christ geworden. »Ein leuchtendes Licht in einem dunklen Land«, so sah er sich selbst und als solches Licht im Dunkel hatte der Katechist Carl Tellström ihn ausgesandt. Njenna war es herzlich leid, ihn von seinem alten Lehrer und dem verdammten strafenden Gott erzählen zu hören. Tante Meerke schien die Einzige zu sein, die seinen Predigten gern lauschte. Elias betrachtete die Abende am Feuer als Gelegenheit, eine Andacht zu halten, und sie ließen ihn gewähren.

Njenna zog einen Zinnstift durch die Löcher einer Gehörnplatte und wickelte einen dünnen Faden um die Sehnenstränge. Ihre Gedanken waren bei dem Beutel für Nähutensilien, den ihr Vater ihr geschenkt hatte und der einen Nadelbehälter, Nadeln, einen Fingerhut, eine Schere und ein kleines Messer enthielt. Er war ausgesprochen hübsch und ihr Vater hatte ihn bei Jon Nilsson eingetauscht. Am Morgen hatte sie den Sehnenfaden an ihrer Wange gerollt, bis sie ganz rot war. Mit jedem Stich wurde ihre Hand sicherer und ließ immer schönere Muster und haltbarere Säume entstehen.

Aanta Naahkese sah Elias an. In seinen Augen blitzte Spottlust auf. Langsam begann er zu joiken. Seine Stimme klang selbstsicher und Njennas Vater Aantaris grinste.

»Eines Tages werdet ihr zur Rechenschaft gezogen«, mahnte Elias und schaute bekümmert von einem zum anderen.

In seinen Worten lag ein Unterton von Selbstgerechtigkeit und Übereifer, gegen den Njenna sich wehrte. Er entseelte das Leben und tötete mit seinen Worten die Flechten, die Rentiere und Bären. Verleugnete alle Verwandten unter der Erde, all jene, die durch die Erinnerungen am Leben erhalten wurden. Alle, die von Gottes Willen redeten, stellten sich in den Mittelpunkt des Lebens.

»Na ja, mach dir unseretwegen keine Sorgen.« Mutter Ristins ruhige Stimme versuchte ihn zu besänftigen.

»Viele lassen sich jetzt bekehren.« Elias versuchte das Gespräch in Gang zu halten und gleichzeitig Aanta Naahkeses Joik zu übertönen. Njenna nickte, aber ihr Blick wanderte zu Aanta Naahkese. Der mit den vielen Geheimnissen. Als sie sich seine Finger auf ihrer Wange in Erinnerung rief, konnte sie ein Lächeln nicht unterdrücken. Lottso sah ihren Blick und vielleicht auch ihr Lächeln.

»Worüber freust du dich so?« Das war keine Frage. Aus ihr sprach die blanke Eifersucht, bitter und hässlich. Njenna antwortete nicht. Elias verstummte. Er schlug das Buch auf und las still und konzentriert.

Am nächsten Morgen legte Aanse seine magere Jungenhand auf Njennas Schulter und ließ sich auf ihren Schoß fallen. Sie schlang die Arme um ihn und bohrte ihre Nase in seinen Hals, gleich unter dem Ohr. Er war schmutzig. In den Halsfalten klebten Flusen vom Lodenstoff. Mutter Ristin lachte nur, als Njenna sie darauf aufmerksam machte.

»Das hält ihn gesund.«

Tante Meerke schubste Lottso ungeduldig in Richtung See und Ristin lief hinterher. Njenna blieb mit den kleinsten Kindern am Feuer. Ihr Vater, der Knecht Elias und Onkel Jovva waren bei der Rentierherde, denn man hatte Spuren vom Wolf entdeckt. Njenna hatte nichts dagegen, zu Hause zu bleiben; es war anstrengend, durch den hellen Birkenwald zu rennen oder durch das Sumpfgebiet zu platschen, um Rentiere zu beruhigen, die sich verlaufen hatten und ängstlich waren. Auch war es kein Vergnügen, sich beim Abschaben der Rentierfelle schmerzende Finger im kalten Seewasser zu holen.

Stattdessen nähte sie Schuhe für den Winter. Es wehte ein lauer Wind, sanft blies er über die Steine und zwischen den Birkenstämmen hindurch und spielte ein wenig in der Glut des Feuers. Aanse saß bei ihr und schnitzte ein plumpes Rentier aus einem Stück Holz. Onkel Jovvas Jüngstes war dicht neben ihr eingeschlafen, die Hände unter der Wange. Seine Stirnhaare waren schweißnass vom Schlaf. Dennoch erwachte in Njenna plötzlich eine Vorahnung von etwas Fremdem, von etwas, was störte. Dann hörte sie die Stimmen.

Sie waren laut und kündigten das Nahen der Fremden an, lange bevor sie sichtbar wurden. Als sie den *Viste* erreicht hatten, gingen sie neugierig zwischen den Koten herum.

Ihre stechenden Blicke nagelten Njenna am Feuer fest. Sie arbeitete weiter, obwohl sie wusste, dass sie etwas anderes hätte tun sollen. Ihr fiel aber nicht ein, was. Nur den Pfarrer kannte sie und Israels Nila, der den Fremden den Weg zeigte. Ihrer Kleidung sah man an, dass sie aus dem Süden stammten. Es waren einige Männer und eine Frau, so eifrig und geschwätzig, dass man misstrauisch werden musste.

Als Begleiter hatten sie mindestens sechs, sieben Träger, die still am Johke stehen blieben. Njenna nickte den Fremden zu, vermied es aber, sie anzusehen. Sie hatten eine Kamera dabei, deren Teile in Kiepen aus Birkenrinde verpackt waren. Es dauerte eine Weile, ehe sie montiert war. Die Fremden fotografierten den Flusslauf, der sich durch die Landschaft schlängelte. Die Frau kauerte vor Njenna nieder. Sie lächelte und deutete auf das große Vorratshaus, das sie auf Pfählen in der Heide errichtet hatten. Sie wollte, dass Njenna sich auf einen Stein davor setzte.

Dann drehte sie sich um und sprach schnell auf Schwedisch mit den anderen. Njenna verstand nicht alles. Aber sie hörte, dass der Pfarrer ihren Widerwillen tadelte.

»Das ist nun mal die träge, unentschlossene Art der Lappen.«

Schließlich saß sie dann doch auf dem Stein und Aanse neben ihr. Sie wurden von vorn und von der Seite fotografiert. Als es endlich erledigt war, fühlte sich Njenna seltsam leer, ihrer selbst beraubt.

»Zeig doch mal den Silberkragen deiner Mutter.« Der Pfarrer legte einen schweren Arm um sie und versuchte, in vertraulichem Ton mit ihr zu sprechen, aber in seinem Blick lag reine Gier.

Njenna tat so, als hätte sie ihn nicht verstanden. Die redeten mit ihr, als wäre sie nicht richtig im Kopf. Aber sie bot ihnen trotzdem Kaffee und Rentierkäse an, wie es sich gehörte.

Hinterher erzählte Israels Nila, der Pfarrer habe gesagt,

die Lappen seien wie Kinder, und es sei wichtig, sie in diesem Zustand zu belassen. Die Leute mit der Kamera hatten ihm eifrig zugestimmt.

Dann wollten sie die Kote besichtigen. Doch obwohl Njenna zögernd den Kopf schüttelte, öffnete die Frau, die ihr zugelächelt hatte, schon weit die Tür. Njenna ging ihr hinterher. Sie hatte die Fremden nicht eingeladen, aber es war auch kein Protest über ihre Lippen gekommen. Der Eifer und die forsche Art dieser Leute verunsicherte sie. Sie warf Nila einen fragenden Blick zu, doch seine Miene blieb verschlossen. Aus ihr war nichts herauszulesen. Die Leute hatten die Kote ohnehin schon betreten. Njenna blieb unentschlossen hinter ihnen stehen. Allmählich wurde sie ärgerlich auf sich selbst. Was war eigentlich mit ihr los, dass sie sich in ihrem eigenen Zuhause keinen Rat wusste? Einer der Männer ließ sich auf Aantaris' Platz nieder. Njenna befeuchtete sich die Lippen, brachte aber kein Wort heraus und ließ die Fremden gewähren. Bald begannen jedoch die Augen der Leute vom Morgenfeuer zu tränen, und als sie sich auf die Rentierfelle setzten, wussten sie nicht, wohin mit ihren Beinen. Sie waren schnell wieder draußen und verabschiedeten sich.

Njenna lauschte ihren Stimmen nach, als sie durch das strömende Wasser wateten. Sie überlegte, ob sie recht daran getan hatte, sich fotografieren zu lassen. Aanse lachte und zeigte sein geschnitztes Ren. Er hatte seine spitze Mütze zurückgeschoben und unter seinem Haaransatz zeigte sich ein Rand blasser Haut. Seine Augenbrauen wirkten hell in dem jungen, schon wettergegerbten Gesicht. Njenna lächelte ihn an. Jetzt war es ohnehin zu spät, irgendetwas zu bereuen.

Die Herde war zusammengetrieben, aber in der Nähe schlichen sich Wölfe und Bären herum.

»Wir bewachen sie auch nachts.« Aantaris' Stimme nahm gewissermaßen Anlauf und sein Sprechen wurde rascher und eindringlicher. Er wollte unbedingt seinen Willen durchsetzen, doch diese Kraftanstrengung hätte er sich genauso gut sparen können, denn niemand protestierte.

Onkel Jovva schaute allerdings unzufrieden drein, wie so häufig in der letzten Zeit. Er murrte, doch Aantaris nahm keine Notiz von ihm. Ristin warf den beiden einen ängstlichen Blick zu. Zwischen den Brüdern hatte immer eine besondere Art von Gemeinschaft bestanden, ein herzliches Einvernehmen, doch jetzt trat bisweilen Verlegenheit ein, wo früher Vertrauen geherrscht hatte. Eine andere Art Schweigen, die ihr nicht gefiel. Es war auf eine nicht greifbare Art beunruhigend.

Njenna kochte Fisch und reichte den geräucherten Rentierkäse herum. Sie hätte den Besuch gern verschwiegen, doch sie wusste, dass Aanse den Mund nicht würde halten können.

»Israels Nila war hier.«

»Wegen der Melkweiden?« Aantaris blickte Njenna misstrauisch an. Sie schüttelte den Kopf.

»Er ist mit dem Pfarrer gekommen. Und mit Besuch. Die wollten das Silber sehen.«

Aantaris grinste.

»Aber das hast du ihnen nicht gezeigt.«

Njenna lachte auf. Genau wie Onkel Jovva.

»Nee. Aber sie haben Aanse und mich fotografiert.«

»Na dann. Solange Israel unsere Melkweiden in Ruhe lässt, darf sein Sohn ruhig mit dem Pfarrer im Fjäll rumlaufen. Wozu das auch immer gut sein soll.«

»Sie bekommen Geld dafür.« Elias hatte rote Flecken auf den Wangen.

»Reicher, als sie sind, können sie wohl kaum noch werden.« Jovva spuckte ins Feuer, dass es zischte.

Njenna dachte an Israel, wohlhabend und mit Silber behangen. Seine Rentierherde streifte durch die Berge, mischte sich mit ihrer Herde und lockte die *Aaltoe* und Kälber mit sich. Sie sah Angst in den Augen ihres Vaters, als die Sprache auf Israel kam. Niemand sagte etwas. Ihre Lage hatte sich verändert, Israels Familie breitete sich immer mehr aus über das Land. Genau wie die Neusiedler.

Aantaris streckte sich am Feuer aus. Eigentlich machte er sich keine Sorgen wegen der Wolfsspuren, sie waren mehrere Tage alt und seinen Tieren war nichts geschehen. Aber er misstraute dem Bösen. Er betrachtete Njenna und erinnerte sich daran, wie sie geboren wurde. Sie war während des Umzugs ins Winterland auf die Welt gekommen und hatte wie am Spieß geschrien. Er hatte den kleinen Körper gegen seinen gedrückt, um ihn warm zu halten. Jetzt war sie fast erwachsen. Er spürte ihr Alter in seinen Gelenken und hoffte, dass bald jemand um sie freien würde. Die Familie brauchte frische Kräfte, einen jungen Mann im Rentierwald, im Raajroe. Aantaris stopfte seine Pfeife. Vielleicht musste er den Ablauf beschleunigen und sich selbst um einen Bewerber kümmern. Den Rentierknecht Elias hatte er in die engere Wahl gezogen. Ristin hatte allerdings erraten, mit welchen Gedanken er sich trug, und versucht, sie ihm auszureden. Er solle noch warten. Aber auf was? Da hatte sie geheimnisvoll gelächelt, sein Weib. Vielleicht auf das hier.

»Du begleitest heute Nacht Onkel Jovva und Aanta Naahkese. Er hat versprochen, uns zu helfen. Elias und ich kommen später nach, falls ihr Hilfe braucht.«

Aanta Naahkese hatte nicht ausdrücklich darum gebeten, die Rentierherde zusammen mit Njenna bewachen zu dürfen, aber Aantaris hatte seinen Wunsch wahrgenommen wie eine schwache Brise, die die Gedanken kühlte, und folgsam wie ein schwankendes Rohr im Wind hatte er ihm entsprochen.

Elias fuhr gereizt auf, doch es war Lottso, die protestierte.

»Aanta Naahkese braucht doch nicht unsere Rentiere zu bewachen, ich werde Njenna begleiten.«

»Mach dich nicht lächerlich.« Meerke stieß auf die Worte ihrer Tochter nieder wie ein Aasvogel auf einen Kadaver. Sie konnte den bewundernden Glanz in den Augen der Leute nicht ertragen, wenn die Sprache auf Aanta Naahkese kam. Sobald er sich zeigte, führten sich alle gekünstelt auf und zierten sich. Dabei war er doch nichts weiter als ein Welpe. Unbeständig und selbstgefällig.

Lottso verstummte. Njenna konzentrierte sich ganz auf ihre Aufgabe und beeilte sich, die Essensreste wegzuräumen. Aber sie sah, dass Elias ihr Lächeln bemerkt hatte, das in ihren Mundwinkeln zuckte. Sie schaute weg. Es hieße, das Schicksal herauszufordern, wenn sie ihr Glück offen zeigte.

Das Feuer knisterte in der hellen Frühlingsnacht. Die Rentiere fraßen das junge Gras, und die Kühe umkreisten ihre Kälber. Aanta Naahkese hockte am Feuer und strich sich das Haar hinter die Ohren. Auch Njenna blickte gebannt in die Flammen, ohne etwas zu sehen.

Unmerklich versuchte sie, näher an ihn heranzurücken. Jovva ging herum und rief, um den Wolf zu vertreiben. Seine Stimme beruhigte die Herde. Njenna sah seine Augen neugierig aufblitzen, sobald er sich ihr und Aanta Naahkese näherte. Das machte sie verlegen.

Sie saß neben dem Mann, der ihre Gedanken beherrschte.

Nie hätte sie davon zu träumen gewagt.

Elias hatte sie begleiten wollen – ein eifersüchtiger Bewacher. Wenn sie ihr Herz erforschte, dann wusste sie, warum. Er glaubte wahrscheinlich, sie würde sein Werben annehmen. Aber seine Nähe war ihr gleichgültig. Ihr war von *Raerienaehtije* eine eigene Seele gegeben worden, die nicht Elias folgte. Und obgleich er ein tüchtiger Rentierpfleger war, der ihrem Vater die Rentiermacht sicher bewahren würde, war ihr nicht entgangen, dass auch Aantaris zögerte. Elias war Christ.

Njenna hatte beobachtet, wie sich ihr Vater mit der *Gievrie* beschäftigte, die im hintersten Winkel der Kote neben dem Jagd- und Fischfanggerät lag. Sie wusste, dass er die Trommel um Rat fragte. Auf Skiern oder zu Fuß wanderte er zu heiligen Orten, wo die Götter immer noch zuhörten. Wilden Gerüchten zufolge waren wegen der Trommel schon Menschen umgebracht worden. Das war zwar lange her, aber trotzdem. Es gab niemanden, der behauptete, es sei nicht passiert.

Sie wusste, dass viele ihre Hoffnung auf Aanta Naahkese setzten, denn er war von ihren eigenen Göttern auserwählt worden. Auch sie hatte ihre Hoffnung auf Aanta Naahkese gesetzt, aber manchmal fürchtete sie sich vor ihm.

Plötzlich hob er den Kopf und lauschte wachsam, doch dann entspannte er sich. Er lächelte und setzte sich wieder neben ihr zurecht. Sie waren allein. Sie hörte ihn den Wölfen zuflüstern, sie sollten nicht stehlen.

Behutsam legte er einen Arm um ihre Schultern und zog sie an sich.

»Frierst du?«

Njenna schüttelte den Kopf. Obwohl sie die Augen geschlossen hatte, sah sie ihn deutlich in ihrem Innern. Wie sein Gesicht bei jeder Andeutung eines Lächelns weicher wurde, wie sein Lachen ihn strahlen ließ wie die Sonne, wie seine starken Hände seinen Kittel zurechtzogen, Holz sammelten, das Feuer entzündeten.

Sie wollte von ihm entzündet, entflammt werden.

Aber wie immer, wenn sie ihm nah war, erlosch sie und verstummte.

Mit fahrigen Bewegungen stocherte sie im Feuer herum. Er legte seine Hand beruhigend auf ihre.

Dann lachte er auf, während sein Blick über den Platz wanderte, wo sie saßen. Einen Teil ihres Proviants hatte er den Unsichtbaren hingestreut. Seine dunklen Augen bekamen einen fast blauen Glanz in dem Licht, aus dem die Dunkelheit einer Sommernacht gemacht war. Jenes fahle Licht, das die Landschaft in Farblosigkeit tauchte.

»Du weißt wohl, dass wir uns hier auf *Staaloes* Boden befinden?«

Njenna schauderte. Es gab Orte, die ihr Unbehagen einflößten. Orte, an denen sie rasch vorbeiging oder die sie mied. Manchmal hatte sie die Alten von Ereignissen erzählen hören, die ihre Spuren auf der Erde, in den Bäumen und Wasserläufen hinterlassen hatten. Aber Staaloes Boden? Nein, davon hatte sie noch nie gehört.

Aanta Naahkese sah ihr ernst in die Augen.

»Du weißt nicht, was vor langer Zeit an eurem See geschehen ist?«

Njenna schüttelte den Kopf.

Er entspannte sich und begann zu erzählen.

»Staaloe ist riesengroß und deswegen schämt er sich. Und das besonders, wenn er einem so hübschen kleinen Menschen begegnen würde wie dir.« Er ließ den Blick fest auf ihr ruhen. Njenna atmete auf. Er wollte sie nur necken. Sie war erleichtert und fühlte sich gleichzeitig auf den Arm genommen.

Aanta Naahkese lächelte und Njenna sah ihn scheu an. Ihr fielen all die Geschichten ein, die sie über ihn gehört hatte, von Hexerei und Magie. Sie hatte immer darüber gelacht, doch jetzt war sie sich nicht mehr so sicher.

Er wurde wieder ernst.

»Es war ein schlechtes Jahr, damals, und viele hungerten und litten Not. Da fuhr ein Mann auf Skiern nach Norwegen, um für seine Familie Butter und Mehl einzutauschen. Er hatte zwei hübsche Kinder, einen Sohn und eine Tochter. Auf dem Heimweg brach ein Schneesturm aus. Der Mann war müde und hungrig und er fror. Er kam zu einer Kote, die auf einem Plateau an der Ostseite des Sees lag.« Aanta Naahkese verstummte.

Njenna war schon viele Male an diesem Ort gewesen,

doch Überreste eines Viste hatte sie nie dort gesehen. Aber vielleicht war die Geschichte schon so lange her, dass die Natur sich den Ort zurückerobert hatte, und so sollte es ja auch sein. Sie erinnerte sich, wie sie als kleines Kind dort gesessen und mit ihrer Großmutter über das Plateau geschaut hatte, die Wange an das abgenutzte Kittelfell der alten Frau geschmiegt, die mit gekrümmten Fingern ihre Haare streichelte. Eine schwache Erinnerung an ein Gefühl der Angst regte sich in ihr, aber an den Grund dafür konnte sie sich nicht mehr erinnern.

»Dort hat Staaloe gewohnt. Er hat dem Mann zu essen gegeben. Der musste den Hunger von mehreren Tage stillen und sein Körper war müde von der langen Reise. Erst später wurde dem Mann klar, dass alles seinen Preis hat. Staaloe verlangte die Tochter des Mannes für seinen Sohn zur Frau.«

Njenna verschränkte die Arme über der Brust. Sie wünschte, sie könnte ihre vage Erinnerung zurückholen. Aanta Naahkeses Stimme klang in ihrem Kopf wie ein Gemurmel. Als sei ihr gar nicht bewusst, dass sie ihm zuhörte.

»Ein bekümmerter Vater kehrte heim. Zwar brachte er Mehl und Butter für seine Familie mit, aber was half das, da er ja sein Wort gegeben hatte, dass seine Tochter die Frau von Staaloes Sohn werden sollte?«

Er verstummte. Njenna sah ihn an. Die Menschen, die Staaloe begegnet waren, hatten meist geistesgegenwärtig und schnell reagiert. Sie hatten sich immer gegen das plumpe Böse behauptet, daher ließ etwas sie an dieser Geschichte zweifeln.

Aanta Naahkese nickte, als hätte er gehört, was sie dachte.

»Es gab einen Mann, der war mit den *Saajve* befreundet. Er wollte helfen und riet dem Mann, sich mit seiner Familie auf den Weg zur Hochzeit zu machen, aber sie sollten sich dem Plateau von Norden her nähern.«

Um sie herum war es nun vollkommen still. Njenna bildete sich sogar ein, es sei dunkler geworden. Sie versuchte, ihre innere Unruhe zu verscheuchen. Hier saß sie mit Aanta Naahkese, und sie war so durcheinander, dass eine simple Gespenstergeschichte sie erschauern ließ. Sie suchte Aanta Naahkeses Blick. Wenn er sie anlächelte, würde alles so werden wie immer. Doch stattdessen begegnete sie dem Ernst in seinen Augen.

»Der Bräutigam wurde in seinem eigenen Hochzeitskessel gekocht und sein Vater wurde in ein Eisloch gelockt und ertrank. Seitdem ist der See eines der fischärmsten Gewässer in dieser Gegend.«

Njenna schüttelte sich. Seit sie ein kleines Kind war, hatte sie Fisch gegessen, der aus diesem See kam. Dass sie jetzt immer weniger fingen, lag an den Neusiedlern, die den See leer fischten. Sie wusste, dass Vater Aantaris sich Sorgen machte. Ihre Familie brauchte den Fisch.

»Der Bräutigam wurde auf der nördlichen Seite des Plateaus begraben. Die Grabstelle gibt es heute noch, du hast sie wahrscheinlich selbst schon gesehen, ein kahler Fleck. Der Ort ist seither so verdammt, dass alle, die an ihm vorbeikommen, Streit anfangen. Hüte dich vor diesem Ort. Dort kann man sogar die Saajve weinen hören.«

Njenna rückte näher an Aanta Naahkese heran. Wer die Unterirdischen, die sonst so glücklich schienen, weinen und verzweifelt rufen hörte, würde bald selber weinen. Ihr war unbehaglich zumute. Jovva drehte seine Runde ums Feuer und lächelte anzüglich, bevor er wieder in der Dunkelheit verschwand, um den Wolf zu vertreiben. Njennas Finger suchten nach dem Stahl des Messers, das ihre Mutter ihr umgehängt hatte. Liebevoll pflegte sie zu sagen, Njenna sei eigentlich ein Kind des kleinen Volkes, das Seite an Seite mit den Menschen lebte. Die Stimme ihrer Mutter hatte dabei unbeschwert geklungen, doch mit dem Messer nahm sie es sehr genau. Alle Befürchtungen enthielten immer auch ein Körnchen Wahrheit.

Aanta Naahkese strich Njenna behutsam über das Haar, seine Augen funkelten im Feuerschein. Vorsichtig legte er seine Wange auf ihren Kopf und sog ihren Duft ein. Sie roch nach Rauch und Harz.

Finnmark, Februar 2002

Alles endet und beginnt mit dem, was wir nicht erklären können. Die Magie ist das Alpha und Omega der Zivilisation. Wer sich nur auf die Wissenschaften verlässt, ist arm dran. Um nicht zu sagen verloren.

Ich war noch ein Kind, als ich zum ersten Mal von den Unterirdischen hörte, und im selben Augenblick wusste ich, dass das wichtig war, aber ich wusste nicht, warum.

Dieses kleine Volk war da, tappte um den Vorbau unseres Hauses herum und lachte sich eins über die nutzlosen Versuche der Menschen, sich gegen ihre Streiche zu schützen. Ein Messer unter der Türschwelle, was hinderte das die Unterirdischen? Ich selbst habe nie die Elfen tanzen sehen noch bin ich je einem Wichtel begegnet. Vielleicht ist auf irgendeiner Wiese das Vieh der Unterirdischen sanftmütig an mir vorbeigezogen, ohne dass ich es bemerkt habe. Aber von der Existenz der Unterirdischen war ich stets überzeugt.

Wie oft habe ich Großmutter nach ihnen ausgefragt? Hundertmal? Sie warf mir jedes Mal einen dieser unergründlichen Blicke zu, hinter denen sie sich so häufig verbarg.

Hinter Olles Anwesen oben am Hang hatte Großmutter die Unterirdischen tanzen sehen, ganz still hatte sie dort gestanden und das Schauspiel betrachtet, ängstlich und fasziniert zugleich. Sie hatte sie nicht gestört, sondern sich eine

Weile in den Wald zurückgezogen, und als sie zurückkam, waren sie fort gewesen, nur ihre Spuren waren noch sichtbar. Das Gras war in Kreisen niedergetrampelt.

Nur ein einziges Mal hatte sie mir von dem Erlebnis erzählt, später wies sie es lachend von sich.

»Dummerchen, ich glaub doch nicht an Spukgeschichten.«

Nein, bewahre, sie war ja schließlich aufgeklärt.

Aber ihr Blick war unergründlich.

Direkt neben ihrem Häuschen fließt der Klintforsen vorbei. Im Sommer schlief man beim Rauschen der Stromschnellen ein. Der Fluss begleitete alle Sommerferien meiner Kindheit. Als ich noch ganz klein war, erschreckte Großmutter mich mit dem Wassermann. Er holte kleine Kinder, die dem Wasser allzu nahe kamen. Mit zwölf hatte ich diese Geschichte, die Kinder vor dem Ertrinken bewahren sollte, längst durchschaut.

Ich saß häufig zusammengekauert am steilen Flussufer, neben der Wanne, die Großmutter zum Waschen ihrer Kleider benutzte. Hier ahnte man nicht, wie stark die Strömung war, denn die Wasseroberfläche war verräterisch glatt und schwarz. An einem Nagel, der in einen Stock geschlagen war, hing eine alte Kaffeedose, die als Wasserschöpfer diente. Stundenlang spielte ich damit im Wasser.

Eines Tages, die Sonne schien und die Fliegen surrten über den Kuchentellern, saß Großmutter in der Hollywoodschaukel und unterhielt sich mit Besuch, den ich nicht kannte. Ich ging wie üblich zum Fluss hinunter.

Die Espen verbeugten sich vor mir, und die kleinen Vögel sangen zwischen den Bäumen wie immer ihr eigensinniges Getriller. Der Lufthauch des Windes klang wie leise Seufzer und im Hintergrund brausten die Stromschnellen. Plötzlich wurde es still. Unheilvoll still. Dann ertönte ein Laut, den ich noch nie gehört hatte. Als würde jemand rufen, ein Kind, vielleicht aber auch ein Tier. Aus unerklärlichen Gründen bekam ich Angst, blieb aber stehen. Es klang so traurig und gleichzeitig flehend.

Gebannt rührte ich mit dem Schöpfer im Wasser herum und gab mir große Mühe, nicht hinzuhören. Der Laut schien sich zu nähern. Forschend ließ ich den Blick den Klintforsen auf und ab und über die Wälder gleiten, ohne auch nur einen Vogel zu entdecken.

Ich starrte ins Wasser und kam mir albern vor. Da stand ich nun an einem sonnigen Sommertag neben dem Haus meiner Großmutter und hatte Angst. Ich spähte zum Haus hinauf. Großmutter saß auf den orangefarben bezogenen Kissen in der klapprigen Hollywoodschaukel, einem rostigen Gestell, und schaukelte, während sie gleichzeitig die verflixten Fliegen verscheuchte.

Der Schöpfer grub Löcher in die Wasseroberfläche und mein Geplätscher war das einzige Geräusch, und doch schienen mir die Rufe immer eindringlicher zu werden. Ich ließ fallen, was ich in den Händen hatte, und lief weg. Als ich die Hausecke erreichte, blieb ich stehen, wischte mir die schweißnassen Hände an den Jeans ab und versuchte, gelangweilt und gelassen auszusehen. Ich setzte mich neben Großmutter und ihren Besuch und das Gespräch brach ab.

»Bist du schon wieder da?« Großmutter sah mich erstaunt an. Ich zuckte mit den Schultern.

»Du nimmst dich doch hoffentlich vor dem Wassermann in Acht?« Großmutters Bekannte lachte. Ich lächelte steif.

»Gibt es eigentlich am Fluss unten ein Tier, das ruft?«

Großmutter hörte auf zu schaukeln. Die Frau, die den Scherz über den Wassermann gemacht hatte, wechselte einen hastigen Blick mit ihr.

»Warum fragst du das?«

Ich deutete mit dem Kopf zum Fluss.

»Mir kam es so vor, als hätte jemand gerufen. Aber es muss ein Tier gewesen sein – ich würde nur gern wissen, was für eins.«

Großmutter schloss ihre trockene, warme Hand um mein Handgelenk. Ihr Griff war hart, aber ihre Stimme freundlich.

»Bleib hier bei uns. Lass den Fluss für heute.«

Viele Male habe ich es bereut, dass ich sie damals nicht gefragt habe, warum ich nicht mehr zum Fluss hinuntergehen sollte.

Åsele Lappmark, Juni 1861

Mittsommer näherte sich. Mutter Ristin und Tante Meerke hatten angeordnet, dass die Feiertagskleidung hervorgeholt und durchgesehen werden sollte. Das Kirchfest in Fatmomakke war einer der Höhepunkte des Jahres. Freunde würden sich nach langer Zeit wiedersehen, Gelegenheit für Unterhaltung und Klatsch über Hochzeiten und Begräbnisse. Njenna musste an Aanta Naahkese denken. Er würde sicher auch dort sein, zusammen mit seinem Vater. Sie verfügten über große Rentiermacht, und viele behaupteten, Vater Andaras sei geizig und bilde sich zu viel ein auf Reichtum und Herkunft, dennoch konnte Njenna es nicht lassen, sich Hoffnung auf Brautgeschenke zu machen. Sie träumte jede wache Sekunde von Aanta Naahkese und sah sich schon in seiner Raajroe. In seiner Kote, einer eigenen Kote.

Aber sie war nicht dumm. Sie hatte sehr wohl die funkelnden Blicke gesehen, die die Frauen ihm zuwarfen. Vielleicht trieb er ja auch mit ihr nur seine Scherze.

Cousine Lottso streckte sich faul im Gras aus, noch waren die Mücken nicht geschlüpft. Sie joikte leise. Njenna hörte, dass es ein Personenjoik war, einer von der Art, wie sie ihn von Israels Nila gelernt hatten, der aus dem Norden kam. Ihre eigenen Joiks waren ohne Worte.

»Voia voia nana nana, großer, starker großer Nachbar, großer schöner Liebling, voia voia nana nana. Als er davonlief, war er wie ein Vogel, voia, voia, nana, nana.«

Njenna warf mit einem Stoffbündel nach ihr.

»Wen meinst du damit?«

Lottso lachte verlegen.

»Jetzt bist du an der Reihe. Joike deinen Verlobten.«

»Ich habe keinen, das weißt du sehr gut. Aber sag jetzt, wem galt dein Joik? Wer ist schnell wie ein Vogel?«

»Aanta Naahkese.«

Njennas Magen krampfte sich zusammen.

»Ist er dein Verlobter?«

Lottso antwortete nicht, sie lächelte nur schelmisch.

»Willst du nicht Elias joiken?«

Njenna schwieg. Elias war der Letzte, dem sie einen Joik widmen wollte. Lottso sollte ruhig den Mund voller nehmen. In Fatmomakke würde sie schon sehen, wen Aanta Naahkese wollte.

Sie versuchte sich zu beruhigen. In ihrem Unterleib pochte es, ein drängendes Pulsieren im Takt, ein Rhythmus, der immer mehr begehrte. Sie kannte sich nicht wieder. Solange sie weit weg von ihm war, konnte sie genau wie Lottso übermütig sein, aber in Fatmomakke würde sie neben allen anderen unsichtbar werden. Neben den Mutigen und Hübschen. Doch hier, allein mit Lottso, war alles noch ganz anders.

Aanta Naahkese lag mit Aantaris und Jovva am Feuer. Er wurde rastlos. Er liebte die Freiheit und das Umherziehen und war an keinen Ort gebunden. Zuvor war er Rentierpfleger bei seinem Vater gewesen, aber dann hatte er sich für die Jagd entschieden.

»In deiner Kote, Aantaris, vergeht die Zeit immer schnell.«

Aantaris lehnte sich zufrieden zurück. Elias war draußen bei den Rentieren. Es war eine gute Zeit.

»Aber jedes Mal wenn wir uns treffen, ist Elias noch frommer geworden.« Aanta Naahkese lächelte anzüglich.

»Ein Gott mehr oder weniger macht mir nichts aus.«

»Wohl wahr. Ich habe gesehen, dass Neusiedler und Kaufleute das ganze Jahr über mit euch handeln.« Aanta Naahkese schaute durchs Feuer zu Njenna und Lottso hinüber, die mit einer Arbeit in den Händen am Johke saßen.

»So ist es. Nils Jonte hat sich mit Branntwein um seine Habe gebracht. Er verkauft mehr Rentiere, als er entbehren kann. Jetzt ist er Knecht seiner eigenen Tiere, lauter dreckigen Viechern.« Jovva spuckte Tabakkrümel aus, die an seiner Zunge kleben geblieben waren.

»Die sind wie krumme Bäume. Mehr wird auch nicht aus denen.«

Aanta Naahkese zögerte. Er kam viel herum und in ihm nagte die Sorge. Unterwegs hatte er mehr gesehen, als er gesagt hatte, aber er wusste nicht, ob er Aantaris warnen sollte. Es widerstrebte ihm. Der frohe Blick des Mannes würde erlöschen und die Ohnmacht würde ihm Sorgenrunzeln ins Gesicht ritzen. Doch etwas musste er unbedingt sagen.

»Es entstehen immer mehr neue Ansiedlungen. Sie planen irgendetwas mit dem See. Vielleicht wollen sie ihn eindeichen oder eine Mühle bauen.« Aanta Naahkese schwieg einen Moment, ehe er fortfuhr: »Nicht nur die Fische sind bedroht, es wird auch sonst knapp für euch.«

Jovva klopfte seine Pfeife an den Steinen aus, die das Feuer umgaben, dann stopfte er sie erneut. Aantaris schwieg. Aanta Naahkese legte die Handflächen aneinander, als würde er beten. Es sah aus wie eine demütige Bitte an die Mächte, diese Menschen vor dem zu bewahren, was geschehen würde.

»Du kannst das ja in Fatmomakke ansprechen.«

Der Vorschlag klang vage und nicht besonders hoffnungserweckend.

Jovva streckte den Rücken und sah seinem Bruder in die Augen, obwohl es Aanta Naahkese war, der antwortete.

»Wozu soll das gut sein? Was wird es helfen? Die belügen und bestehlen uns doch nur.«

Aantaris blickte starr vor sich hin. Er fühlte sich wehrlos gegen die Bitterkeit seines jüngeren Bruders. Nichts, was er tat, war genug. Jovvas Vorschlag war eine Anklage gegen ihn, genau wie gegen die Neusiedler. Er hoffte, dass nur er das heraushörte.

Aanta Naahkese legte Aantaris und Jovva die Hand auf die Schulter, bevor er ging, und flüsterte Aantaris etwas über ein Opfer ins Ohr. Das war zwar nur eine Notlösung, aber es würde helfen, mehr Vertrauen zu gewinnen. Eine Tat. Ein Ritual, das Zuversicht gab.

Am Johke blieb er stehen.

»Du verlässt uns jetzt also?« Njenna versuchte, ihre Stimme nicht allzu enttäuscht klingen zu lassen.

»Wir sehen uns ja bald.« Aanta Naahkese blickte in Richtung Fatmomakke. Ein halber Tagesmarsch, wenn man zügig ging.

Lottsos Augen glänzten.

Njenna wollte seinen Arm um ihre Schultern spüren wie in jener Nacht, in der sie zusammen bei den Rentieren gewacht hatten. Aber Lottsos Gegenwart schüchterte sie ein. Vielleicht waren die beiden ja doch füreinander bestimmt.

Trotzdem konnte sie es nicht glauben. Sie hatte ein schlechtes Gewissen, wenn sie insgeheim betete, dass Lottso ihn nicht bekommen sollte – selbst wenn er sie, Njenna, nicht haben wollte. Dennoch wünschte sie ihn sich. Sehnsüchtig.

Aanta Naahkese flogen die Herzen der Menschen zu, dessen war sich Njenna bewusst. Auch sie wurde von ihm magisch angezogen. Mit ihm würde sie nicht einsam sein. Er war reich, auf mehr als nur eine Art.

Njenna war auf dem Weg zum See, in dessen blankem Wasser sich die Berge spiegelten. Die Heide kitzelte ihre nackte Haut. Sie ließ sich am Ufer nieder. Aus der Ferne hörte sie die Hunde bellen. Im Innern trug sie Aanta Naahkeses Blick mit sich herum, mit dem er sie angeschaut hatte, als er den Viste verlassen hatte. »Wir sehen uns bald«, hatte er gesagt. Die schwarzen Augen konnten geradewegs in sie hineinschauen und all ihre Geheimnisse entlarven. Sie versuchte, ihre Gefühle zu verbergen, sich vor ihm zu verstecken, aber gleichzeitig wünschte sie sich nichts sehnlicher, als dass er sie entdeckte, sie wahrnahm.

Sie träumte, er entscheide sich für sie, doch auf jeden Traum folgte die Eifersucht und das stetige Nagen des Zweifels. Njenna zog die Knie unters Kinn und suchte nach Mustern im Wasser. Sie vermisste ihn schon jetzt. Die kurzen Momente, die sie in seiner Nähe verbringen durfte, reichten nicht aus, um ihre Sehnsucht zu stillen.

In ihrer Tasche steckten die Schuhbänder, die sie heimlich für ihn gewebt hatte. Das Muster war wie eine Karte von ihr selbst, und sie hatte die Pfade hineingewebt, die ihn zu ihr führen sollten. Noch hatte sie sich nicht getraut, ihm die Bänder zu geben. Jetzt kam sie sich lächerlich vor.

Sie seufzte und streckte sich auf der Erde aus. Am Himmel schwebten leichte Wolkenbäusche, die aussahen wie Rentierkälber auf unsicheren Beinen.

Die hastigen Flügelschläge eines Vogels rissen sie aus ihren Gedanken. Sie richtete sich auf und hielt nach ihm Ausschau. Der Himmel war leer, aber sie war nicht mehr allein.

Rasch drehte sie sich um.

Ein Stück entfernt stand Aanta Naahkese, der Sohn der Sonne, und lächelte sie an.

Sie machte Anstalten, aufzustehen, aber er bedeutete ihr, sitzen zu bleiben. Noch bevor sie begriff, wie ihr geschah, war er bei ihr. So nah, dass sie seinen Duft wahrnahm. Wind und Feuer.

Schweigend saßen sie nebeneinander. Njenna suchte verzweifelt nach Worten.

Vielleicht entging ihr deshalb, was geschah. Es wurde ihr erst in dem Augenblick bewusst, als es schon fast vorüber war: Aanta Naahkese legte ihr behutsam eine Hand um den Nacken und zog sie an sich. Sein Mund suchte den ihren. Als seine Lippen ihre Lippen berührten, durchströmte ein ganz neues und doch vertrautes Gefühl ihren Körper.

Dann zog er sich zurück und lächelte.

Njenna spürte ihre brennenden Wangen. Seine Augen weihten sie ein in seine Geheimnisse. Plötzlich war sie ganz ruhig. Sie legte eine Hand um seinen Nacken und spürte seine weichen Haare. Ohne Scheu drückte sie ihre Lippen auf seine. Aanta Naahkese zog sie hinunter auf den Heideboden und schmiegte seine heißen Wangen leidenschaftlich in ihre Halsgrube.

Noch nie hatte jemand sie auf diese Art berührt. Seine Hände auf ihrer Haut.

»Ich habe den ganzen Winter lang an dich gedacht.« Aanta Naahkese strich über ihre Zöpfe.

Njenna ließ einen Finger an seinem Halsausschnitt entlanggleiten. Sie glaubte ihm nicht, nicht wirklich. Trotzdem machte er sie glücklich.

»Ich glaube, du hast dich auch nach mir gesehnt, oder?« Seine Stimme klang sanft, aber selbstgewiss.

Njenna lachte und nickte.

»Ich muss gehen. Aber warte auf mich. Ich komme wieder.« Aanta Naahkese murmelte die Worte in ihr Haar. Sein warmer Atem war feucht und voller Versprechen.

Njenna wollte ihn zurückhalten. Sie wollte seine Hände spüren, die ihren Körper erforschten, wollte von ihrem rastlosen Drängen in Besitz genommen werden.

Als Aanta Naahkese aufstehen wollte, hinderte sie ihn sanft.

»Halt mich noch ein Weilchen.«

Wie sonst sollte sie glauben können, dass dieser Augenblick wirklich geschah?

»Ich muss jetzt gehen.«

»Warte.« Njenna tastete nach den Schuhbändern in ihrer Tasche. Sie zögerte nur einen kurzen Moment und drückte sie ihm in die Hand.

Verwundert schaute er sie an. Dann beugte er sich über sie und küsste sie.

All ihre Liebe hatte sie in diese beiden Bänder gewebt, und sein Blick sagte ihr, dass er es verstanden hatte. Dann verschwand Aanta Naahkese genauso schnell, wie er gekommen war.

Der Ort war auf einmal leer und verlassen. Ich müsste nach Hause gehen, dachte Njenna. Aber das wollte sie nicht. Sie fuhr sich mit den Händen forschend übers Gesicht.

Wie sollte sie diese Begegnung geheim halten? Würde ihr Körper nicht alle Zärtlichkeiten Aanta Naahkeses herausschreien? Njenna musste laut lachen.

Den ganzen Weg nach Hause rannte sie. Sie brauchte nichts zu sagen, aber sie musste auch nichts verbergen. Was sie empfand, war nichts anderes als Glück.

Sie hatten ein Rentier geopfert. Das Fleisch wurde gekocht, aber aus den Wirbelknochen wurde kein Mark gesogen und kein Fett befeuchtete ihre Gaumen. Die Knochen mussten ganz bleiben, daher nagte Njenna vorsichtig einen winzigen Hufknochen nach dem anderen ab. Nicht einen einzigen durfte man vergessen, alle mussten auf den Knochenhaufen gelegt werden, der begraben werden sollte. Onkel Jovva saß da, ohne sich zu rühren, und starrte missbilligend ins Feuer. Auch Elias schwieg, aber er aß von dem Fleisch.

Aantaris sah die beiden böse an.

»Wagst du wirklich zu zweifeln?« Die Frage war an Jovva gerichtet, aber der gab keine Antwort.

Es war nicht Aantaris' erstes *Tseegkuve,* und er war überzeugt davon, dass es auch nicht sein letztes sein würde. Wenn ihm ein Unglück so deutlich angekündigt wurde, konnte er gar nicht anders, als wenigstens den Versuch zu unternehmen, das Schicksal zu besänftigen. Aanta Naahkese hatte geträumt, welches seiner Rentiere geopfert werden sollte. Aantaris hatte gehört, dass viele, die der Aufforderung nicht gehorcht hatten, bestraft worden waren. Menschen waren sogar gestorben, weil sie allzu hochmütig oder vielleicht auch zu geizig gewesen waren.

Er sorgte sich um seine Rentiermacht, denn den Neusiedlern war es weiterhin erlaubt, sich auf den Weidegründen der Sami niederzulassen. Sein See würde bald leer gefischt sein, und die Neusiedler brannten Wald ab, um mehr Land für ihr Vieh zu gewinnen. Es war nicht mehr selbstverständlich, dass die Sami auf ihren althergebrachten Wegen wanderten, über die sie gezogen waren, solange man sich erinnern konnte.

Aantaris hatte sich an das Schöffengericht gewandt, um Fischfang und Wald für die Seinen zu retten. Aber nichts war besser geworden, im Gegenteil: Die Neusiedler hatten Recht bekommen. Und auch auf der anderen Seite des Fjälls verteilte die schwedische Krone den Wald an die Fremden. Bald würde es kein Weideland für die Rentiere mehr geben.

Niemand schien es zu kümmern, dass der Boden seit Generationen weitervererbt worden war. Sie waren vom Frühlings- und Herbstviste hinauf in die Berge oberhalb der Baumgrenze gewandert und sommers wieder hinunter in die Wälder. Sie hatten die Rentierkühe kalben sehen und Frühling um Frühling den Duft ihrer fetten Milch auf der Milchweide eingesogen. Sie hatten Heu für die Schuhe getrocknet und den Wolf verjagt, den Bösen.

Er hatte sorgfältig darauf geachtet, den *Åålgärhka* mit Freunden zu teilen, diesen zähen kleinen Muskel am Schulterblatt des Rentiers, den man niemals allein essen durfte, wenn man wollte, dass das Leben immer von helfenden Händen begleitet wurde. Er hatte Rentiere geopfert, auch

Silber, aber nun machte er sich Sorgen, er könnte trotzdem etwas versäumt haben. Eine weitere Neuansiedlung und die Befürchtungen, es könnte selbst unter den Sami zu Erbauseinandersetzungen kommen, das alles verhieß nichts Gutes.

Ehrfürchtig sammelte Aantaris schließlich die Knochen des Rentiers ein, um sie zu begraben. Darüber legte er die Krone aus Augendornen. Ihr Tseegkuve würde jedenfalls nichts schaden.

Aber er war von Angst erfüllt und führte seine Rituale durch wie betäubt. Für ihn war kein Platz mehr zwischen Israels Rentiermacht und der Anmaßung der Neusiedler. Und er spürte den ungeduldigen Vorwurf seines Bruders Jovva.

Knecht Elias legte eine Hand auf seinen Arm.

»Du hast doch Papiere, auf denen steht, dass der Boden dir gehört.« Das murmelte er nur, aber seine Worte zerrissen die Stille.

Aantaris fing Elias' treuherzigen Blick auf und nickte lächelnd.

FINNMARK, FEBRUAR 2002

Ich kam nur bis zur Tankstelle. Kinder schleppten ihre Skier den Slalomhügel hinauf, eine Mutter kämpfte sich mit einem Kinderwagen zwischen den aufgehäuften Schneewällen hindurch und in der Ferne knatterten die Schneescooter. Vom Geräusch her hätten es auch Mopeds sein können, daher machte es keinen Unterschied, ob ich gerade hier in Karasjok war oder irgendwo anders. Allerdings befand ich mich hier am Ort meiner Kindheit. Ich kümmerte mich nicht um die Blicke der Vorbeigehenden und setzte mich einfach auf einen Schneehaufen. Die Tinte in meinem

Stift war gefroren. Ich hauchte die Spitze an und drückte sie dann fest auf die leere weiße Seite in meinem Notizbuch. Auf dem Papier entstanden tiefe, farblose Rillen, aber die Wörter blieben aus. Wenn man ertrinkt, heißt es, zieht das Leben wie ein Film an einem vorüber, aber man muss nicht sterben, um dergleichen zu erleben. Manchmal reicht ein Blick, ein Wort, ein Laut oder ein Duft. Ich hatte ein Nahtoderlebnis, wie eine Sterbende. Was hatte ich eigentlich schreiben wollen? Über Einsamkeit? Ebenso gut hätte ich die Wörter »Scham«, »Schuld«, »Missverständnis« und »Verlassenheit« auf diese leere Seite hinschreiben können. Oder »Angst«.

Warum also saß ich hier auf einem Schneehaufen neben der Tankstelle in Karasjok und fror? Warum kam mir mein Leben auf einmal so vor, als hätte ich immer auf einem Schneehaufen gesessen und gefroren? Was war für mich nur so wichtig an dieser Reise? Was hatte ich erwartet? Ich versuchte mich zu konzentrieren, aber es gelang mir nicht.

Schließlich stand ich auf und stapfte querfeldein in das Wäldchen, in dem das Hotel verborgen lag. Es ging steil bergauf und ich versank bis zu den Schenkeln im Tiefschnee. Zwischen meine Schuhschäfte und Knöchel drang eisig brennende Kälte. Meine Wangen glühten unter der Anstrengung wie vor Scham. Es war, als nehme mir die Weite der Finnmark Schicht um Schicht meines Körpers, bis ich nichts weiter war als ein zitterndes, jämmerliches Skelett.

Diese Leere! Die ganze Zeit fürchtete ich, etwas zu verlieren. Aber was? Was hatte ich denn zu verlieren? Es gab nichts, was man mir noch nehmen konnte.

Tief im Innern wusste ich es doch. Das Erlebnis von gerade eben ließ mich nicht mehr los und eigentlich hatte ich es schon immer gewusst. Wieder und wieder verließ mich das Gefühl, etwas wert zu sein. Aber wie kann man etwas verlieren, was man gar nicht besitzt? Warum nur fühlte ich mich so wertlos?

Als ich zurück ins Hotelzimmer stolperte, bildete sich um

meine Füße herum eine Pfütze aus geschmolzenem Schnee. Jeder Mensch ist eine Insel. Als ich den Blick hob, meinte ich zu sehen, wie sich vor meinem Fenster ein Schatten bewegte, fast schwebend. Ich sah genauer hin, aber da war nichts als Winter.

Das Dasein war eine beschwerliche Reise, ab und zu gab es Rastplätze am Wegrand, aber es war eine Reise ohne Ankunft. Ich war des Reisens und meines Niemandslandes müde. Wenn ich nur erst zu Hause ankäme, würde ich endlich Ruhe finden. Dort dürfte ich ich sein. Dort würde ich lieben können. Karasjok, der Ort meiner Kindheit, war gar nicht mein Zuhause. Diese Erkenntnis tat erstaunlich weh.

Åsele Lappmark, Juni 1861

Als Njenna klein gewesen war, hatte sie immer mit einem Mädchen der Unterirdischen gespielt, sie hatte es Sara genannt. Sie trafen sich an einem Felsen direkt neben dem Sommerviste. Sara hatte nach feuchter Erde und Tau gerochen und hübsche Kleider getragen. Nur einmal hatte Njenna von ihrer Spielkameradin erzählt, doch Mutter Ristin konnte nicht lächeln über ihre Spiele.

Jetzt sah sie die Unterirdischen nicht mehr, aber Mutter Ristins schützenden Stahl trug sie immer noch bei sich. Das gab ihrer Mutter die Gewissheit, dass sie zurückkommen würde. Der Schnee wehte gemächlich mal in die eine, mal in die andere Richtung. Hier konnte man sich nie darauf verlassen, aus welcher Richtung der Wind blies. Der Boden wirkte fast schwarz. Der niedrige Birkenwald, durch den sie ging, war licht, und von hier konnte sie den dunkleren großen Wald sehen, der langsam überhandnahm.

Energisch brach sie die würzig duftende *Kvanne* für die Rentiermilch und bemühte sich, ihre Gedanken nicht ständig um Aanta Naahkese kreisen zu lassen. Trotzdem hoffte sie natürlich, er werde um sie freien. Aber was wusste sie eigentlich von ihm? Was machte er, wenn er von ihr ging? Wen besuchte er? Sie hatte den sehnsüchtigen Glanz in den Augen der anderen Mädchen bemerkt, wenn er auf den Märkten und Visten auftauchte. Und sie hatte Lottsos enttäuschte Miene gesehen, als er den Arm um sie und nicht um Lottso gelegt hatte. Doch es gab so viele andere Mädchen, die hübscher und kühner waren, und viele waren reicher.

Aanta Naahkese unternahm Wanderungen, von denen niemand laut sprach. Njenna hatte mitbekommen, dass viele ihn hinter seinem Rücken verhöhnten, aber keiner hatte es bisher gewagt, seine »Götzenanbetung« zur Anzeige zu bringen, dafür war sein Vater allzu mächtig und vielleicht er selber auch. Aanta Naahkese galt als berufen. Sie wusste, dass er jeden heiligen Ort kannte, und sie wusste auch, dass er drei Hilfsgeister um sich hatte.

Und vielleicht würde seine Wahl ja auf sie fallen, weil auch sie nichts mit jenem allmächtigen Gott zu schaffen haben wollte.

Sie wurde ruckartig aus ihren Gedanken gerissen, denn fast wäre sie in sorgsam unter Gebüsch und Birkenreisig verborgenes Angelgerät getreten, ein Schleppnetz und Angelschnüre. Aber das war doch *ihr* Fischsee! Rasch untersuchte sie ihren Fund. Die Gegenstände mussten fest Ansässigen gehören. Einem von diesen Neusiedlern, denen Vater aus dem Weg ging und mit denen Jovva sich anlegte. Sie schaute sich um. In der Nähe war niemand. Sie würde das Angelzeug an einem anderen Ort verstecken und nach Hause zurückkehren. Aantaris würde wissen, was er zu tun hatte. Ihr wurde bewusst, dass sie sich ganz in der Nähe jenes Plateaus befand, von dem ihr Aanta Naahkese erzählt hatte. Unwillkürlich suchte ihr Blick nach den Resten einer Behausung, nach einem Grab, das davon kündete, dass der Ort verdammt war. Sie wunderte sich über ihre mangelnde Angst, spürte innerlich aber nur eine seltsame Leere. Doch dann hörte sie ganz deutlich Aanta Naahkeses Stimme: »Du musst dich hüten vor diesem Ort.«

Sie zuckte zusammen, als fremde Worte an ihr Ohr drangen. Es dauerte einen Augenblick, ehe sie begriff, woher die Stimme kam. Einen allzu langen Augenblick.

»Diebische Lappenhündin!«

Njenna sah hastig auf und blickte in ein Paar eisblaue Augen. Vor ihr stand der größte Mann, den sie jemals gesehen hatte. Langsam wich sie vor ihm zurück. Er erinnerte sie an Staaloe, hatte aber keinen Hund dabei. Staaloe, der sich nahm, was er wollte, auch gern Mädchen. Sie schluckte. Seine Augen wirkten glasig und sahen sie seelenlos an, als wäre sein Körper nicht von einem Menschen bewohnt. Sie würde ihn überlisten, mit klugem Plan entkommen, zur Legende werden. Aber ihre Angst war zu groß. Also drehte sie sich um und lief davon. Hinter sich hörte sie schwere Schritte und keuchenden Atem. Doch sie kannte die Beschaffenheit des Bodens besser als er und sie war klein und schnell. Gut. Sie würde ihm entkommen. Er schrie ihr etwas nach, was sie nicht verstand.

Allmählich wurde ihr Körper unerklärlich müde und sie hatte keine Schuhe an den Füßen. Die Flechten stachen bösartig in ihre Fußsohlen, und ihr Herz raste, genau wie bei den Rebhühnern, die nicht verendet waren in den Schlingen. Denen musste man den Hals umdrehen.

Es war viel zu weit bis zum Viste.

Da spürte sie einen heftigen Stoß von hinten, der sie zum Stolpern brachte. Sie schrie auf.

Der Mann packte sie an den Schultern und drückte sie zu Boden. Feuchte Kühle drang durch den Stoff ihres Kittels. Sie trat um sich und versuchte sich zu befreien, aber er legte sich mit seinem ganzen Gewicht auf sie. Sein Atem ging stoßweise und roch sauer. Sie spürte, wie seine Hände unter ihrem Rock über das glatte Leder ihrer Hose tasteten. Er riss und zerrte daran. Als er in sie eindrang, hatte sie das Gefühl, in tausend Stücke zu zerspringen. Ihre Finger, die sie in sein Gesicht gekrallt hatte, starben ab. Der Schmerz in ihrem Unterleib lähmte allen Widerstand. Langsam schloss sie die Augen.

Finnmark, Februar 2002

Ich stand vor der Weissagetrommel und betrachtete die Zeichen darauf. Schon immer hatte ich gewusst, dass all die wissenschaftlichen Abhandlungen über die Trommel des *Nåejtie* blanker Nonsens waren, nichts weiter als ein Versuch, das zu beherrschen und zu besiegen, was nicht zu beherrschen war.

Es war eine Kopie, die ich mir da ansah. Die samischen Gemeinden in Karasjok mussten sich mit einer Kopie begnügen, denn die meisten Weissagetrommeln befinden sich außerhalb des Landes der Sami, an europäischen Universitäten, in Museen oder weggepackt in den staatlichen Magazinen des Nordens. Aber die allermeisten Trommeln waren damals verbrannt worden, im Namen Gottes – als wäre er so kleinlich.

Ich wartete auf jemanden, der mir etwas vom Kleinen Volk und von ihren Rufen erzählen konnte und ich hoffte, mehr darüber zu erfahren, was die Menschen sich abends an den Feuern erzählten.

Eine magere Frau mit bläulich angelaufenen Händen kam auf mich zu. Sie vermied es, mir die Hand zu reichen, sondern schob sie in die Tasche ihrer schwarzen Levis-Jeans und zog die Schultern hoch. Ihre Haare waren kurz geschnitten, einer ihrer Schneidezähne stand etwas vor und trug eine Goldkrone.

Mechanisch legte sie mir die offiziellen Schriften des Museums zu dem Thema vor, und es fiel mir schwer, meine Enttäuschung zu verbergen. Ich hielt sie zurück, um ihr meine Fragen zu stellen. Dabei bemühte ich mich, auch dann interessiert dreinzusehen, wenn sie Sachen erzählte, die ich bereits wusste.

Auf einmal verstummte sie und betrachtete mich mit kalten Augen.

»Haben Sie auch Fragen zu der Trommel?«

Ich schüttelte den Kopf.

»Die meisten Touristen fragen mich, was die Zeichen bedeuten.«

Ich streichelte mit meinem Blick über das ockergelbe Trommelfell.

»Ich glaube nicht, dass man die Zeichen auf diese Weise deuten sollte.«

Ihre Augen blitzten interessiert auf.

»Genau. Aber das verstehen nur wenige, selbst wenn ich es zu erklären versuche. Die Leute wollen darüber diskutieren, was die Trommel für eine Bedeutung hat.«

»Haben das die Forscher aller Zeiten nicht genauso gemacht? Das meiste, was über die samische Kultur geschrieben wurde, ist aus einem fremden Blickwinkel beschrieben worden. Allen Deutungen liegt doch eine schwedische, norwegische oder christliche Perspektive zugrunde. Früher war das jedenfalls so.« Ich war ganz eifrig geworden.

»Man muss die Forschung wohl immer als ein Produkt ihrer Zeit ansehen.« Die Stimme der Frau klang nachdenklich.

Schweigend standen wir vor der Kopie. Ich sann über die wissenschaftliche Forschung nach. Wie seelenlos es doch sein kann, wenn man sich in dem verliert, was messbar ist. Der Glaube an Tatsachen und Buchstäbliches ist paradoxerweise zur Religion unserer Zeit geworden. Diese Sorte Opium bietet eine Art Geborgenheit, die Sicherheit, dass alles erklärbar ist. Nicht durch Mirakel, sondern mit Hilfe empirischer Untersuchungen. Aber sollte man nicht vielmehr allem mit Misstrauen begegnen, das von sich behauptet, die Wahrheit zu sein? Ich hatte das Gefühl, darüber sprechen zu müssen, vor dieser Frau konnte ich nicht stumm bleiben.

»Ich habe mir vorhin über die Form der Trommeln Gedanken gemacht. Meine Großmutter hat nämlich behauptet, sie hätten einstmals eine andere als diese ovale Form gehabt, die man immer sieht.« Ich brach ab. Meine Großmutter hatte darüber nie ein Wort zu mir gesagt, jedenfalls nicht, solange sie noch am Leben war.

Die Frau zögerte, dann wies sie mit dem Kopf zur Ausstellung des Museums hinüber.

»Kommen Sie.«

Wir blieben vor einigen Bechern aus Birkenholz stehen.

»Ihre Großmutter hat vermutlich auch gesagt, dass die hier ursprünglich eher rund waren, nicht? Ich habe eine Theorie dazu. Schauen Sie sich diesen *Guksie* an. Er ist oval, denn das Holz nimmt eine ovale Form an, wenn man es erwärmt. Und nach langer Benutzung sind die Gegenstände mit der Zeit eben oval geworden.«

Ich nickte. Die Frau verunsicherte mich. Ich erkannte meine eigene Stimme kaum wieder, wenn ich mit ihr sprach, und ich lächelte sie dabei einschmeichelnd an. In meinem Eifer, ihr zeigen zu wollen, dass ich dazugehörte, ließ mich ihr abschätziger Blick über mich selber stolpern.

Die Dinge, die uns hier umgaben, kamen mir vor wie stumme Vorwürfe, vertraut und doch fremd.

»Sprechen Sie Samisch?« Sie fixierte mich mit forschendem Blick.

»Nein, leider nicht. Meine Familie spricht schon seit Generationen kein Samisch mehr.« Ich schämte mich meiner Unfähigkeit.

Sie dachte über meine Antwort nach.

»Woher kommen Sie?«

»Aus der Gegend um Arvidsjaur, aus dem südsamischen Gebiet.«

Waldsami, arme Sami, hieß es immer. Sie waren so arm gewesen, dass der schwedische Staat ihnen schließlich ihre samischen Rechte genommen hatte. Ihre Rentiermacht war zu klein und die Neusiedler waren zu stark geworden. Aber zumindest ihre kunstvolle Holzarbeit konnte ihnen keiner nehmen – die Geister der Hände brachten Gebrauchsgegenstände aus sprechendem Holz hervor.

»Wenn Sie die Antworten haben wollen, nach denen Sie suchen, müssen Sie Samisch lernen. Es kommt auf ganz bestimmte Codes und Nuancen an.«

Ich fiel also auf durch meinen Mangel an Kenntnissen über samische Gepflogenheiten und Denkweisen. Sogleich überlegte ich, womit ich mich wohl entlarvt hatte. Aber ich beschloss, nicht weiter darauf einzugehen, wahrscheinlich hatte sie Recht. Ich hatte es ja bereits bemerkt, als der Mann an der Hotelrezeption geradewegs durch mich hindurchgeblickt hatte. Hier gab es mich nicht, keiner beachtete mich und für die Einheimischen war ich vermutlich tot und vergessen. Eine härtere Strafe konnte ich mir kaum vorstellen. Das alles hinderte mich jedoch nicht an meinem Versuch, zu den Lebenden zurückzukehren.

»Wenn meine Großmutter sprach, hatte ich immer den Eindruck, als gäbe es auch noch eine andere Dimension. In ihrem aufgeklärten Leben war immer Platz für etwas, was viele Leute heute ›das Übernatürliche‹ nennen. In ihren Erzählungen kamen häufig Unterirdische vor. Würden Sie sagen, dass Ihnen das bekannt vorkommt?«

Ich spürte sofort, dass die Frau auf der Hut war.

»Wie hat Ihre Großmutter diese Unterirdischen genannt?«

Das war eine Fangfrage. Ich zögerte.

»Ich glaube, sie nannte sie Saajve.«

Großmutter hatte nie anders als von »Unterirdischen« gesprochen, wenn sie sie überhaupt je erwähnt hatte.

Die Frau zog ihre blau gefrorenen Hände aus den Jeanstaschen und zeigte auf eine Landkarte.

»Hier und hier und hier gibt es Überlieferungen von Saajve.« Sie fuhr in großen Kreisen über schwedisches und norwegisches südsamisches Gebiet und über schwedisches, norwegisches und finnisches nordsamisches Gebiet. Dann kniff sie die Lippen zusammen, sodass nur noch ein kleines Stückchen von ihrem Goldzahn hervorblitzte.

»Und Sie? Haben Sie selbst auch schon das eine oder andere erlebt oder gehört?«

Ich stellte meine Frage bewusst etwas vage, denn ich befand mich hier in der Finnmark, einer Gegend so voller Magie, dass im Vergleich dazu der Landesteil, in dem ich derzeit lebte, geradezu langweilig wirkte. Ich wollte die Frau nicht negativ beeinflussen. Sie sollte mir einfach irgendetwas erzählen, solange es mich nur dem näher brachte, weswegen ich hergekommen war.

Ihre Miene veränderte sich, sie reagierte so sensibel wie zitterndes Birkenlaub im Frühling.

»O ja, viel. Sehr viel. Aber niemand wird Ihnen etwas erzählen, wenn Sie kein Samisch können.«

»Sie auch nicht?«

»Während meiner Arbeitszeit erzähle ich gar nichts.«

Mir also auch nicht. Ich sah es ihr an.

»Versuchen Sie, mit den Alten bei Ihnen zu Hause zu sprechen, nehmen Sie jemanden mit, der Samisch kann. Es ist wichtig, dass Vertrauen entsteht. Aber noch besser wäre es, wenn Sie selber zuerst Samisch lernten. Prägen Sie sich ein Wort am Tag ein, dann können Sie in einem Jahr 365 Wörter. Das ist ein guter Anfang. Ohne die Sprache werden Sie nie die Nuancen und Codes verstehen.«

Ich war mit diesen Nuancen und Codes geboren worden,

das Problem war nur, dass mir nie jemand geholfen hatte, zu verstehen, was ich da mit mir herumtrug. Jetzt suchte ich nach Antworten, aber die wurden mir verweigert. Am liebsten hätte ich ihr das erzählt, fürchtete mich aber vor dem Misstrauen in ihren Augen. Es gab so viele wie mich – Abtrünnige, Möchtegern-Lappen.

»Ohne Vertrauen wird Ihnen niemand etwas erzählen, verstehen Sie? In der modernen Gesellschaft gibt es niemanden mehr, der an all das glaubt, was in der Natur neben uns lebt. Niemand möchte als Hinterwäldler dastehen. Nur die Sprache und das Aussehen schaffen Vertrauen. Und genau diese beiden Dinge sprechen gegen Sie, deswegen ist es noch wichtiger, dass Sie Samisch lernen.«

Ich schluckte und muss wohl recht betreten dreingesehen haben. Sie fuhr sich mit der Zunge über ihre Schneidezähne, während sie mich betrachtete.

»Ich brauche einen Menschen nur anzusehen, dann weiß ich, aus welchem Geschlecht er stammt. Ich erkenne einen Sami sofort. Die Älteren können das noch besser, auch wenn sie es nicht gern zugeben, man wird so leicht als Rassist beschimpft. Aber Sie sehen leider wirklich nicht besonders samisch aus.«

Ich betrachtete mein Spiegelbild im Glas der Vitrine. Meine Haare waren zu Zöpfen geflochten, die Augen blau, die Wangen rund. Das Bild, das ich sah, gefiel mir nicht. Dann wurde mir blitzartig klar, was sie damit eigentlich gemeint hatte.

»Wollen Sie etwa sagen, man kann erkennen, zu welcher Familie jemand gehört?«

»Natürlich. Aber die meisten sind da vorsichtig. Es könnte ja sein, dass ein Kind seinem Vater nicht ähnlich sieht, falls Sie verstehen, was ich meine. Man muss aufpassen, was man aufdeckt.«

»Und wenn man ein Foto von einem Vorfahren hat?«

»Zeigen Sie es den Alten, versuchen Sie, die Geburtsdaten

herauszufinden, die sagen bestimmt etwas darüber aus, zu welcher Familie Sie gehören.«

Åsele Lappmark, Juni 1861

In nebelhaften Konturen tauchten die Birken vor ihr auf, die wie mit spitzen Fingern in irreführende Richtungen zeigten. Sie stöhnte und wand sich in dem Reisig, das sie in den Rücken stach. In ihr hämmerte Staaloe, als wäre sie angefüllt von ihm und gleichzeitig leer. Als sie sich zu bewegen versuchte, zuckte der Schmerz durch ihr Zwerchfell. Sie fror. Ihre Hände tasteten nach Hose und Rock. Zwischen ihren Schenkeln klebte es zäh. Sie führte die Hände zum Gesicht. Blut. Sie sah sich um. Die Arbeit des Tages lag um sie herum auf der Erde verstreut. Mühsam versuchte sie sich aufzurichten.

Sie hätten niemals das Böse aus den Schatten hervorlocken dürfen. Kriechend versuchte sie sich ein Stück weiterzubewegen. Ihre Augen waren geschwollen und blind. Mit einem Wimmern sank sie wieder zusammen. Sie würden nach ihr suchen.

Sie träumte, Aanta Naahkese sitze an ihrer Seite. Seine warmen, weichen Hände strichen über ihre Stirn und wischten den kalten Schweiß weg. Fürsorglich deckte er ihren Körper, der vor Schüttelfrost bebte, mit einem Fell zu. Sie versuchte, seine Hand festzuhalten. Ihn zu warnen. Aber die Stimme gehorchte ihr nicht. Immer wieder versuchte sie, ihre Lippen zu befeuchten.

»Staaloe.«

Als sie wieder zu sich kam, saß Mutter Ristin neben ihr. Sie war zu Hause.

Aantaris wanderte um den See herum, rastlos und ungeduldig. Sein Körper schmerzte. Der See war Wasser, das ihnen seit Generationen gehört hatte. Jetzt konnten sich hier nicht einmal seine eigenen Kinder in Sicherheit bewegen. Er weinte. Als Elias ihm von Ristin etwas zu essen brachte, wandte er das Gesicht ab und wünschte sich, jemand anders wäre jetzt an seiner Seite. Jemand, mit dem er gemeinsam verdammen und verfluchen konnte. Jemand, der etwas von Rache verstand. Jemand wie Jovva, aber in dessen Blick war ihm nur eine wortlose Selbstgerechtigkeit begegnet: »Hab ich's nicht gleich gesagt?« Sein Bruder war schweigsam und unfreundlich. In gekrümmter Haltung wie ein Bogen ging er niedergedrückt umher. Aantaris war zu weich gewesen. Jetzt war nur noch der Rentierknecht auf seiner Seite.

Natürlich suchte auch Elias nach dem Fremden und er irrte genauso unglückselig durchs Fjäll wie Aantaris. Aber in seinem Blick lag eine Gläubigkeit, die schwer zu ertragen war. Während Aantaris ausgefeilte Pläne ersann, versuchte es Elias mit Gottvertrauen. Er betete, aber diesmal taugte der christliche Gott nicht. Sobald Elias außer Sichtweite war, wanderte Aantaris zu einem der allerheiligsten Orte. Dieser Ort war so heilig, dass Aantaris das letzte Stück auf den Knien kroch. Er ließ sein Gesicht in der großen Natur ruhen und gab sich der größten Demut hin, die er aufbringen konnte.

Aber seine Gedanken kreisten nicht um Rentiermacht oder Fischglück, sie kreisten um Njenna, sein ältestes Kind. Die Bewacherin des Feuers.

Njenna versteckte sich in der Kote und verkroch sich tief unter den Rentierfellen, aus denen Mutter Ristin ihr ein Lager bereitet hatte. Aanse schaute ständig herein, um ein Lächeln von ihr zu erhaschen, aber sie hatte keine Kraft und drehte dem Bruder den Rücken zu. Wenn sie seine eifrigen Schritte hörte, schloss sie die Augen und gab vor, zu schlafen. Sie hatte nicht einmal genügend Kraft für sich selber.

Vielleicht war es in Wirklichkeit gar nicht passiert, vielleicht nur in ihren Alpträumen.

Aantaris hatte nach den Angelgeräten gesucht, aber sie waren nicht mehr da. Und niemand hatte den Mann mit den eisblauen Augen gesehen.

Als Ristin hereinkam, um Holz aufs Feuer zu legen, befeuchtete sich Njenna ihre Lippen.

»Mutter, hast du Sara jemals gesehen?«

Ristin lachte und schüttelte den Kopf.

»Nein, aber mein liebes kleines Kind hat früher viel Spaß mit ihr gehabt.«

Störrisch drehte Njenna den Kopf zur Wand. Sara gab es, genauso wie es jenes Plateau gab, das verdammt war und vor dem sie sich hätte hüten sollen. Gern hätte sie gefragt, warum niemand sie je gewarnt hatte. Aber sie wagte es nicht.

Während sie so dalag und die Muster betrachtete, die das Feuer an die Wand warf, versank sie in einen Dämmerzustand. Zwischen Träumen und Wachen konnte sie atmen. Ohne dass es ihr bewusst wurde, begann sie Einzelheiten des Erlebten zu verändern. Sie rächte sich. Jedes Mal wenn jemand neues Holz aufs Feuer legte, zog es sie tiefer in eine Reise der Rache gegen den Mann am See. Sie lief nicht mehr weg, sie drehte sich um und starrte ihm in die unangenehmen, kalten Augen. Ihre Hand zitterte vor zurückgehaltenem Zorn und sie überschüttete ihn mit Verfluchungen. Ihr schien, als nehme sie bis in ihre Kote seinen Geruch wahr, der ihr den Weg zeigte. Sie folgte seinen elendigen Schritten übers Fjäll, kreiste schwebend über ihm und beschattete ihn wie ein Vogel des Todes. Sie vernichtete ihn, mal ertränkte, mal erdrosselte sie ihn, und ließ ihn liegen und vor Schmerzen wimmern. Es war wie ein Fieber. Sie sah die Angst in seinen Augen. Sie hörte ihn um Gnade flehen.

Von nun an war er tot für sie und niemand sollte ihn jemals wieder erwähnen.

Aanse strich aufmerksam um Njenna herum wie ein Hund. Sie tat, was getan werden musste, mörserte das getrocknete Rentierblut zu Pulver, mischte es mit Wasser und bereitete Grütze und Blutpudding. Sie flickte die Netze, sie entrindete Holz und schabte Rentierfell. Finster beobachtete Tante Meerke ihr stilles, mechanisches Arbeiten. Meerke öffnete den Mund und schloss ihn wie ein Fisch, aber etwas hielt sie davon ab zu sprechen, und Njenna tat so, als bemerke sie nichts.

Zu ihren Arbeiten gehörte auch das Ledergerben, indem man die Häute in einem Sud aus Birkenrinde kochte. Wenn das Leder getrocknet war, würde sie es mit Fett einreiben und dann durch ein Gerbeisen ziehen, damit es weich wurde. Das war eine ziemlich aufwendige Arbeit, aber Njenna war sie willkommen. Sie verspürte immer noch Scham, obwohl sie sich unter den Ihren bewegte. Es fiel ihr auch schwer, den Blicken ihres Vaters oder Onkels zu begegnen. Etwas in ihr machte die beiden zu Fremden. Nur Aanses Spiele konnten ihre innere Unruhe etwas besänftigen. Ihm gelang es manchmal sogar, sie zum Lachen zu bringen.

Lottso schien sich vorgenommen zu haben, ihr zu beweisen, dass eigentlich gar nichts passiert war. Sie schickte Aanse mit einem Auftrag weg und ließ sich neben Njenna nieder.

»Komm, lass uns Ball spielen.« Sie hielt den mit Heu gefüllten Lederball in den Händen.

Njenna schüttelte den Kopf. Aber auch Tante Meerke ermunterte sie, die Arbeit für eine Weile liegen zu lassen. Da flammte unerklärlicher Zorn in Njenna auf. Lottsos eifriges Gesicht war wie ein Hohn. Nur Meerkes Anwesenheit hielt Njenna davor zurück, die Worte auszusprechen, die herauswollten. Störrisch blieb sie sitzen.

»Spiel mit Aanse.«

Lottso sah sie traurig an und Njenna wurde etwas milder. Ihre Cousine wollte ja nur ihr Bestes. Aber wie sollte sie ihr das alles erklären? Ein gewaltiges Angelblei drückte sie nieder, und dort unten auf der kalten, feuchten Erde breitete sich in ihr der Ernst aus. Sie war plötzlich gealtert.

Sie schaute über den Viste. An der Kote waren Felle aufgehängt und an den Trockengestellen hingen Rentiermägen. Sie sah Tabakrauch aufsteigen und Aanse, der sich darin übte, mit dem Lasso nach einem Gehörn zu werfen. Meerke begann leise zu joiken, als wollte sie Njenna zu einer Schlittenfahrt entführen, als wären die vergangenen Tage nur ein stummes Nichts gewesen, etwas, das sie überspringen konnte. Es war ein Lockruf aus dem Leben. Njenna spürte, wie sie in diesem Augenblick mit sich selbst, mit Mutter, Vater, Aanse, Jovva, Meerke, sogar mit Lottso verschmolz. Wie sie langsam wieder an Bedeutung gewann, stärker wurde. Als sie sich zu ihrer Tante umdrehte, wurde ihr bewusst, dass sie weinte. Lottso steckte ihre weiche Hand in ihre. Sie hielt sie fest und sie saßen still da und genossen diesen Augenblick tiefer Verbundenheit mit der Welt.

Am abendlichen Feuer gaben sie einander Rätsel auf und spielten Spiele. Njenna genoss es, den Würfel ihre Züge bestimmen zu lassen. Willenlos ließ sie sich vom Zufall leiten. Aantaris schnaubte, wenn er verlor, und alle lachten. Aanse legte seinen Kopf in Njennas Schoß. Sie strich ihm über die weichen Haare. In dieser Nacht schlief sie tief und traumlos.

Aanta Naahkeses Körper wirkte schwer und unwillig zugleich, als er so dastand und nach Luft rang. Es war, als leuchteten Njennas blaue Flecken auf den Oberarmen durch ihren Kittel hindurch. Sie fühlte sich schmutzig. Nervös strich sie mit feuchten Handflächen über das blanke, verschlissene, fast schwarze Leder ihrer Kleidung. Am liebsten hätte sie sich in seine Arme geworfen, als sie ihn sah, hätte gerne bei ihm Trost gesucht, seine Hände in ihrem Haar gespürt und ihn auf seine wortkarge Art »ja, ja« sagen gehört. Als hätte das, was ihr widerfahren war, sie näher zueinander geführt.

Aber zwischen ihnen war jetzt ein Abstand spürbar. Jemand hatte es ihm schon erzählt.

Elias strich um sie herum und warf ihnen besorgte Blicke zu. Gereizt drehte Aanta Naahkese sich zu ihm um und hob warnend die Hand.

»Der Wolf, der Böse, ist ins Fjäll gekommen. Vielleicht wird er deine Herde auseinandertreiben.«

Es klang wie eine Verwünschung.

Njenna begann zu zittern. Ihre Lippen spannten sich, wurden trocken und rau, und sie verschränkte die Hände vor ihrem Bauch. Elias verzog sich.

Aanta Naahkese versuchte die gewohnte Selbstverständlichkeit einkehren zu lassen. Aber nichts war mehr selbstverständlich. Er war weggegangen und hatte sie schutzlos zurückgelassen. Es gab keine Worte, die das ändern konnten. Er wollte sie um Verzeihung bitten, aber nicht einmal das brachte er über die Lippen.

»Du warst von den Göttern gesandt, aber Gefahren lauern überall in ständig neuer Gestalt. Sie können in jedem Menschen verborgen sein. Sie strömen herbei wie die Flüsse im Frühling, achtlos und unaufhaltsam.« Aanta Naahkese sah sie mit fiebrigen Augen an. Die Worte sprudelten hervor, ohne dass er sie zurückhalten konnte. Sie verstand ihn nicht und er sah es.

»Denen fehlt das Herz. Sie nehmen sich einfach, was sie haben wollen.«

Er legte beide Hände um ihr Gesicht und senkte seinen Blick in ihren. Njenna stand bewegungslos da.

Sie wollte schreien, protestieren. Dann machte er einen Schritt zurück. Er wollte die Angst aus ihrem Gesicht wegstreicheln, aber das Schuldgefühl hinderte ihn daran. Er hatte es kommen sehen, die Veränderungen um sie herum wahrgenommen. Er wusste, was Hunger und Angst aus Menschen machen können. Er hatte Aantaris zwar gewarnt, aber er hatte ihm nur einen kraftlosen Rat gegeben – ein Rentier zu schlachten. Hastig schleuderte er sein Messer und die Spitze blieb zwischen ihm und ihr in der Erde stecken. Dabei murmelte er, er würde sie von sich befreien, er sei ihrer unwürdig.

Njenna blieb schweigend und schlaff vor ihm stehen. Unfähig, die Grenze zu überschreiten, die er zwischen ihr und sich gezogen hatte, unfähig, sich von ihm abzuwenden.

»Njenna *Gaaltije*. Du bist aus meiner Erinnerung ausgelöscht.« Die Worte fühlten sich plump an in seinem Mund, zu groß und schwerfällig.

Verstoßen. Jetzt war sie an der Reihe, nach Luft zu ringen. Schwer und widerwillig. Witwen lebten mit Witwern. Ledige teilten sich Viste und Kote. Uneheliche Kinder liefen mit dem Wind durch die Täler. Sie hatte doch nur Kvanne gepflückt. Sie verstand das wirklich nicht.

Als er das Messer langsam aus dem Boden zog und sich zum Gehen umwandte, erkannte sie um ihn herum wie in einer Ahnung die Gestalt eines Fisches. Sie schauderte und fühlte sich wie ein Köder für den Bösen. In ihr mahlte die Scham.

Am Abend schaute Elias sie verstohlen an. Aantaris zwirnte Seile aus Wurzeln der Eberesche. Sie hatte nichts von Aanta Naahkeses Besuch oder seinen Worten erzählt.

Sie war sich nicht einmal sicher, ob sie ihn richtig verstanden hatte.

»Aanta Naahkese war heute hier und hat uns wieder vorm Wolf gewarnt.« Elias sah sie böse an. Ristin und Aantaris tauschten hastig einen Blick.

»Was sagst du da?« Aantaris ließ das Seil in den Schoß sinken.

»Er meint, wenn wir Pech haben, könnte der Wolf, der

Böse, unsere Herde auseinandertreiben. Was hat er zu dir gesagt?«

Njenna erwiderte wütend seinen Blick. Ristin und Aantaris sahen sie fragend an. Tante Meerke seufzte.

»Er ... Er hat gesagt, ich sei von den Göttern gesandt.«

Ristin lächelte leise.

»Und ...?«, bohrte Elias nach.

»Was geht dich das an?«, fauchte Njenna. Es klang unfreundlicher, als sie beabsichtigt hatte.

»Er hat sein Messer zwischen sich und dich geworfen.«

Es wurde still. Njenna starrte ins Feuer. In ihrem Magen spürte sie die Angst wie einen stachligen Tannenzapfen.

»Sein Fluch galt nicht uns.« Ihre Stimme versagte.

Warum erzählte Elias Dinge, an die er doch nicht glaubte?

»Er sieht Unheil in den Neusiedlern.« Sie rang um Fassung. Natürlich war es so. Der Mann mit den eisblauen Augen war es, der bestraft werden sollte. Aanta Naahkese hatte die Macht dieses Mannes über sie gebrochen. So musste es sein. Liefen denn nicht auch Aantaris und Elias weite Strecken, um den Fremden zu finden?

Als sie sich schlafen legte, war sie sich fast sicher.

Manche Wolken klammerten sich hartnäckig an den Bergkuppen fest, obwohl der Wind die meisten mit sich forttrug. Es war kalt. Njenna fror. Die Haare peitschten gegen ihre Wangen, und ihre Finger wurden in dem kalten schwarzen Wasser ganz rot.

Sorgfältig spülte sie die ausgenommenen Fische ab. Manchmal war alles wie früher. Aber es kamen Momente, da fühlte sie sich von einem schmerzhaften Nichts in Besitz genommen. Und dann, wenn sie die quälende Erkenntnis überfiel, dass sie noch da, aber gleichzeitig tot war, bekam sie Atemnot. Aanta Naahkese hatte ihr das Leben genommen. Ungeschickt legte sie die Fische am Ufer ab. Sie presste sich wimmernd die Fäuste in den Magen und biss sich auf die Lippen, um nicht zu schreien. Seine Worte waren ganz unmissverständlich gewesen, was immer sie sich auch einzureden versuchte.

Sie lebte und wurde doch als Tote betrachtet. Verstoßen und unsichtbar. Bedeutungslos.

Njenna erhob sich. Sie strich sich mit klammen Fingern über die Stirn, und die Falten glätteten sich. Wenn sie still stand und ihren Gedanken freien Lauf ließ, legte sich der Schmerz in ihrem Innern. Ihr Blick schweifte über die vertraute Bergsilhouette. Dort irgendwo war er unterwegs. Aanta Naahkese.

Wie groß war seine Macht eigentlich? Nur durch seine Worte hatte sie jedes Vertrauen verloren. Wie ein Kalb Milch trinkt, hatte er ihre Kraft getrunken, bis sie sich, blutleer und blass, nicht einmal mehr selbst helfen konnte.

Auf dem Weg zurück zur Kote, übte sie zu lächeln. Ristin wartete auf den Saibling für ihren Kochtopf. Schon von weitem sah Njenna ihren kleinen Bruder Aanse mit dem Feuerholz kämpfen. Die Hunde lagen träge da, sie witterten ihren vertrauten Geruch.

Njenna ließ sich neben ihrer Mutter nieder. Sie redete und lachte und nach einer Weile war alles wie immer. Lottso warf ihr einen warnenden Blick zu. Elias war hinzugekommen und setzte sich scheu neben sie. Da erwachte ihr Schmerz von neuem, sie starrte ins Feuer und versuchte, sich ganz still zu verhalten.

Onkel Jovvas Jüngstes schrie. Tante Meerke wischte sich gereizt mit der Hand über die Stirn, und in ihren Haaren blieben Fischschuppen hängen. »Kann sie denn keiner zur Ruhe bringen?«

Er hatte es nicht hören sollen, aber er stand nun einmal da.

»Seht zu, dass der Fisch in den Topf kommt, dann wird schon alles gut.« Jovva hockte sich hin. Die Stille war angespannt. Meerke warf den Fisch in den Topf, sodass das heiße Wasser aufspritzte. Ristin legte ihrer Schwester beruhigend eine Hand auf die Schulter.

Auch Aantaris war hereingekommen. Er kratzte sich unter der Mütze. An seinen Schläfen hatte Schweiß salzige Spuren hinterlassen.

»Warum rennst du hinter diesem Teufel her? Was willst du denn mit ihm anstellen, wenn du ihn findest? Wer soll da Recht sprechen? Ein Gericht? Oder willst du ihn etwa erschlagen?« Jovva stützte sich mit den Fäusten auf dem Boden auf.

Ristin sah, dass Njenna ihren Blick immer tiefer ins Feuer versenkte.

»Seid ruhig.« Ihre Stimme klang schrill. Sogar die Hunde spitzten die Ohren.

Aantaris blickte bei Jovvas höhnischen Worten zu Boden. Njenna machte sich klein, so gut es ging, fuhrwerkte mit den Küchengeräten herum und ließ den Blick über die Kinder schweifen. Sie waren ungefährlich. Wie gern hätte sie die Hand nach ihrem Vater ausgestreckt und dabei gemurmelt, nun sei alles gut.

Finnmark, Februar 2002

Der Vater meiner Mutter hatte hellblaue Augen. Das machte ihn zu etwas Besonderem, so wie die blauen Augen auch seine Mutter zu etwas Besonderem gemacht hatten. Diese Augen hatten etwas Geheimnisvolles an sich. Sie wirkten treuherzig wie die eines Kindes und gleichzeitig eiskalt. Kennengelernt habe ich diesen Großvater nicht, er wirkte immer so abwesend. Und doch war er da, klein und unfreundlich.

Jeden Tag legte er sich irgendwo auf dem Hof einfach auf den Boden, aus heiterem Himmel. Er drehte sich auf die Seite, drückte das Ohr auf die Erde und lauschte ihrem Herzschlag. Nicht dass er uns das so erklärt hätte, aber man konnte es an seinen Augen ablesen. Dann kam er zur Ruhe und schlief ein, wenn ihn der kalte Boden an sich zog.

Er hat nie etwas von sich erzählt. Das hing mit seinen blauen Augen zusammen. Lange nachdem er gestorben war, habe ich Großmutter danach gefragt. Die Küchenuhr an der Wand tickte und Großmutters kahle Küche wirkte grau in der Dämmerung. Aber auch sie wusste keine Antwort darauf. Sie hatte ihn dasselbe gefragt und auch keine bekommen. Wie im Vorbeigehen hatte sie ihm oft gesagt, sie würde gern mit ihm über seine Mutter sprechen, aber er hatte es stets abgelehnt.

In Karasjok begegnete mir der Blick aus meinen blauen Augen im Hotelspiegel. Müdigkeit hatte sich über das Zimmer gesenkt. Ich schlurfte zum Bett und ließ mich auf das weiße Hotellaken sinken, das nach Waschmittel roch. Der Frau mit dem Goldzahn war es irgendwie gelungen, mir jede Lust und Energie zu rauben. Vielleicht sollte ich nach Hause fahren und all das Unausgesprochene in seinem Schweigen zurücklassen. Hier schien es niemanden zu geben, der bereit war, mir beim Erinnern zu helfen.

Aber was erwartete ich denn? Nicht einmal meine Familie war bereit, sich zu erinnern. Bei unserer eigenen Geschichte gingen wir miteinander um wie Gespenster. Mit den Toten und sogar mit uns selber. Nicht einmal wenn wir uns anstrengten, konnten wir uns erinnern.

Meine Mutter hat auch blaue Augen. Ihre Haare sind schwarz wie das Wasser eines spiegelblanken Tümpels in einer Sommernacht. Fast fünfunddreißig Jahre lang habe ich in ihrer Nähe gelebt, aber ich weiß nahezu nichts von ihr. Zuerst war sie meine Mutter. Ganz selbstverständlich. Dann wurde sie eine Fremde. Ich versuche, ihr Puzzle zusammenzufügen, aber immer fehlen Teile, und ich glaube, auch das hängt mit den blauen Augen zusammen.

Sie wuchs auf in Schuhen aus Rentierfell mit sorgfältig gewebten Bändern und mit Pelzen, die sie im Winter wärmten. Ihre Großmutter, die Mutter ihres Vaters, stopfte Heu in ihre Schuhe und trug den Kopf hoch, wenn im Dorf über die Lappen geflüstert wurde. Aber meine Mutter schaut mich nur mit leerem Blick an, wenn ich sie daran erinnere.

Ich riss mich zusammen. Vor dem Fenster, irgendwo da draußen, lag die Weite der Finnmark.

Åsele Lappmark, 1861

Je näher sie Fatmomakke kamen, umso stärker wuchs Njennas Unbehagen. Der endlose Weg hinunter durch die Wälder machte ihr zu schaffen. In ihre Schläfen pochte es vor Anspannung, aber sie biss die Zähne zusammen. Sie spürte den wachsamen Blick ihrer Mutter im Nacken und bemühte sich, den Kopf nicht hängen zu lassen. Widerwillig nahm die Familie ihr Schweigen hin.

Sie wünschte, sie könnte der Unlust in ihrem Körper nachgeben, sich hier auf dem Moos zusammenrollen und seine sanfte Rauheit auf den Wangen fühlen. Sie würde ihre Finger in die Erde graben und ihre pulsierende Geborgenheit erfahren. Dort war ihr vergeben worden. *Maadteraahka* wachte über sie, sie spürte das.

Aber Aanta Naahkese würde in Fatmomakke sein.

Und der Unnennbare, der mit den eisblauen Augen und

dem sauren Atem? Vielleicht war er auch dort, zwischen den Hütten und Koten, vielleicht beugte er seinen Nacken vor dem Gott in der Kirche. Vor seinem Gott, nicht ihrem. Wenn jener Unnennbare denn überhaupt menschlich war.

Maadteraahka wachte über sie, und auch Saaraahka, Oksaahka und Juksaahka – die Urmutter und ihre Töchter.

So würde sie seinem Blick standhalten und seinem Hochmut trotzen können.

Aber vor Aanta Naahkese würde sie beben wie Espenlaub.

Ihre Gelenke schmerzten, als sie durch die strömenden Bäche mit Schmelzwasser watete. Lottso schloss zu ihr auf und ging so dicht neben ihr, dass sich ihre Ärmel berührten. Sie blickte geradeaus, aber ihre Stimme tastete sich nah an Njenna heran und bettelte um Vertraulichkeit.

»Elias hängt an dir.«

Die Worte trafen sie tief. Dann senkte Lottso ihre Stimme.

»Und was hältst du von Aanta Naahkese?«

Njenna hätte Lottso bei ihren verträumten Schritten am liebsten ein Bein gestellt, damit sie auf die Steine und Wurzeln stürzte. Sie bekam langsam Kopfschmerzen.

»Ich verstehe nicht, was du meinst.«

Lottso sah enttäuscht aus. Sie hatte Njenna dazu bringen wollen, ihr übliches Spiel mitzuspielen. Njenna sollte die Antworten geben, die Lottso hören wollte. Sie hätten ihre gegenseitigen Erwartungen herausgekitzelt und einander mit Worten gestreichelt. Sie hätten gespielt und so getan, als ob. Doch jetzt wirkte das Spiel albern und verlogen.

Sie ruderten über die Bucht nach Fatmomakke. Am Ufer ertönten fröhliche Rufe und Lachen. Manche Mägen waren schon voller Branntwein. Immer mehr Neusiedler kamen an. Njenna fühlte sich wie gejagt. Eigensinnig starrte sie zu Boden oder lächelte Vorbeigehende zurückhaltend an, denn sie spürte eisige Angst, ihm zu begegnen, dem Mann, an den sie ständig dachte. Sie würde nicht zur Messe gehen, sie würde nicht tanzen, sie würde nicht lachen.

Sie wollte nur überleben. Sobald sich ihr die Gelegenheit bot, schlich sie wieder hinunter zum See und entfernte sich so weit wie möglich, um allein zu sein, aber ohne den Kontakt zum Gelächter und Gegröle auf dem Markt und dem Kirchplatz zu verlieren.

Noch hatte sie ihn nicht gesehen, weder den einen mit den eisigen blauen Augen noch den anderen mit den warmen braunen Augen. Ihn, der ihr gesagt hatte, sie passten gut zusammen, er und sie. Ihn, der ihr hätte Silber kaufen sollen, einen Kragen und Gürtelbeschläge und der zu ihr von einer eigenen Kote gesprochen hatte.

Ihn, der ihr nicht nur den Rücken gekehrt, sondern sie verstoßen hatte.

Unbewusst legte sie sich die Hände auf ihren Bauch, in dem sie Leben trug. Sie, die gerade ihr eigenes Leben verloren hatte.

Sie stand auf, um zurückzugehen, doch es fiel ihr schwer. Bis oben hin schien sie angefüllt mit dichtem, erstickendem Staub, der ihre Gedanken träge werden ließ. Sie wusste nicht, was sie tun sollte, damit alles wieder so wurde wie einst. Sie wollte Vater und Onkel Jovva wieder miteinander scherzen hören, sie wollte die Müdigkeit aus Mutters Augen vertreiben, sie wollte über Tante Meerkes spitze Zunge lachen können. Sie wollte Lottso wieder gernhaben und auch sich selber.

Sie eilte hinauf zum Wald, wo die Familie ihre Kote für das Kirchfest hatte. Es roch nach Essen und Kaffee. Sie sah, dass Besuch da war, der zu einer Hochzeit einlud, und dieser Einladung konnte sie sich unmöglich entziehen. Ein Festplatz voller Freunde und Verwandter – früher hätte sie sich danach gesehnt, alle zu treffen. Sie, die so gern mit Lottso flüsternd Geheimnisse ausgetauscht und geklatscht hatte.

Jetzt war es wie eine Strafe.

Den ganzen Samstagnachmittag grämte sie sich. Mutter Ristins besorgter Blick ruhte auf ihr, aber das kümmerte sie nicht. Wütend zischte sie, sie wolle in Frieden gelassen werden. Auf dem Festplatz hatte das Brautpaar Essen auf Rentierleder aufgetragen und daneben brodelte in einem großen Kessel Kaffee. Njenna füllte ihren Becher und nahm reichlich Rentierkäse und Speck dazu. Den gekochten Fisch verschmähte sie. Sie wollte nicht, dass ihr übel wurde vom Essen.

Dann wurde gespielt, aber sie hatte keine Lust und zog sich an den Rand des Festplatzes zurück. Sie hatte sich gezeigt, und niemand würde merken, wenn sie sich jetzt davonmachte. Unter den Bäumen atmete sie auf, der Abstand beruhigte sie. Das waren flüchtige Momente, die ihr allein gehörten und in denen sie weder fühlte noch dachte. Sie setzte einfach einen Fuß vor den anderen, war unterwegs und frei. Ein Schatten vor ihr auf dem Pfad ließ sie zusammenzucken. In ihrer Brust krampfte sich vor Schreck alles zusammen, der Atem stockte ihr. Eisblaue Augen, keuchender, saurer Atem, Blut. Als ihr der Weg versperrt wurde, hob sie den Kopf.

Da stand er vor ihr. Sein Blick war dunkel, sein Gesicht bleich und das schwarze Haar zerzaust und ungekämmt. Es war zu lang und musste geschnitten werden. Ihr Aanta Naahkese. Sie atmete auf, brachte aber kein Wort hervor.

Still stand er vor ihr und doch sah sie die Rastlosigkeit durch seinen Körper stürmen. Sie wollte die Hände nach ihm ausstrecken, doch da verschwand er.

Njenna wankte zur Kote zurück und ließ sich wimmernd auf ihren Platz sinken. Doch irgendwo ging ein schimmernder Vollmond auf und erleuchtete ihren Wald voll wirrer, unruhiger Gedanken. Vielleicht war nicht alles verloren, vielleicht gab es noch Hoffnung.

Sie hatte ja keinen Fehler begangen.

Aanta Naahkese genoss die Einsamkeit. Er wanderte durch die Täler und stillte seinen Durst an dem strömenden Wasser, das die Hände vor Kälte erstarren ließ. Er konnte sich nicht sattsehen an den wogenden Rentierherden, die sich über die Fjällhänge bewegten. Die stille Beschaulichkeit des Bären, die böswillige List des Vielfraßes, die Einfalt der Lemminge. Er entfernte sich von den Menschen und wanderte hinein in eine vollkommene Ordnung. Manchmal jagte er, aber häufig beobachtete er nur.

Doch jetzt fühlte er sich ausgeschlossen. Die Tannen schwiegen und Steine türmten sich an den vertrauten Pfaden auf und brachten ihn zum Stolpern. Wütend verließ er den Steig und zwängte sich durch ein Dickicht. Zweige rissen seine Wangen blutig. Wenn er nur erst das Fjäll erreichte, dann würde er sich besser fühlen und seine Gedanken würden sich klären. Wieder einmal würde er die Zusammenhänge sehen und die Welt besser verstehen.

Er dachte an Njenna. Warum war er so schwach? Sein eigener Hochmut, seine Prahlerei hatten ihn fehlgeleitet. Wenn er vor Njenna stand, spürte er seinen Verlust. Doch gleichzeitig wallten auch Zorn und eine Gemeinheit in ihm auf, die er nicht zügeln konnte.

Zwischendurch schlich er umher wie ein Wolf und beim Anblick eines jeden sanftmütigen oder missgelaunten Neusiedlers hätte er die Zähne fletschen und ihm an die Gurgel springen mögen.

Er hasste die Neusiedler.

Und er hasste Njenna.

Er stapfte durch ein Moor und seine Hose klebte schwer und unangenehm an seinen Beinen. Bei jedem Schritt versank er tiefer im Sumpf. Seine Schenkel rebellierten schon. Als er endlich wieder durch trockenes, raschelndes Blaubeerreisig wanderte, begann er zu frieren. Die Kälte stieg von den Füßen in seinen ganzen Körper auf, sie legte sich um sein Herz und schoss eisige Blitze durch seinen Hals.

Wer war diese Njenna, von der er in den kalten Wintermonaten geträumt hatte? Schön war sie auf eine ganz besondere Art und sie hatte das Nordlicht in ihrem Blick. In ihr wohnte eine wilde Kraft, die, wie er meinte, noch kaum jemand wahrgenommen hatte. Sie war unerwartet selbstbewusst, ließ sich nicht unterdrücken und nicht einsperren.

Er war gekommen und gegangen und sie hatte ihn angesehen. Sie hatte sich nicht darauf versteift, ihn an sich zu binden, denn sie hatte seine Berufung erkannt. So glaubte er zumindest.

Aber wer war Njenna wirklich? War sie nur eine Phantasie, die ihn wärmte, wenn ihm der Schnee in den Halsausschnitt drang, gefolgt von den Schmerzen, die ihn den ganzen Winter begleiteten? Aanta Naahkese schüttelte sich. Er begann, an seiner Wahrnehmung zu zweifeln.

Hätte er in einem einsamen Winter nur Zerstreuung gesucht, dann hätte er eine andere gewählt, eine Hübschere und Langweiligere.

Aber war sie denn nicht dieselbe, auch nachdem das passiert war?

Er hatte ihren widerwilligen Blick gesehen, als Elias seine Bibelworte herunterleierte. Da hatte er sich ausgemalt, wie es sein könnte: Zusammen könnten sie alle Reichtümer besitzen, mit Silber behängt und schön könnten sie sein, und alle würden sehen, dass sie dem Volk der Sonne angehörten.

Nicht wie Elias, der sich vom bleichen Mondvolk leiten ließ, von Menschen aus Lehmklumpen, die ohne Dach und Wände im Regen zerfließen würden und die Vollkommenheit verletzten.

Aber warum besaß er selbst nicht größere Weisheit?

Warum hatte er nicht die Gabe, Njennas verletzten, ängstlichen Blick zu heilen?

Warum erlaubte er seiner Eitelkeit, sich wie eine elende Elster mit gestohlenem Glitzerzeug auf sie zu stürzen?

Und wenn ihre Heilung schon nicht in seiner Macht lag, warum konnte er sie dann nicht wenigstens in Ruhe lassen?

Wenn er an Elias dachte, musste er sich fast übergeben.

Woher kam all sein Zorn? Er blieb stehen. Der Wald lichtete sich. Zwischen den Bäumen ahnte er die kleinen gekrümmten Birken. Er begann zu weinen.

Am Sonntag fand die Hochzeit in der Kirche von Fatmomakke statt. Es zog kalt durch die Holzwände, und die Lücken zwischen den Bohlen waren so groß, dass Schwalben aus und ein flogen, wie es ihnen gefiel. Auf dem Gewand des Pastors waren unübersehbare Flecken von Vogelkot. Die Braut trug einen schönen, mit Silber behängten Kragen, dessen Klirren in der dunklen Kirche wie zarte Stimmen klang.

Njennas Blick suchte die Bankreihen nach Aanta Naahkese ab. Sie würde ihn überall erkennen, aber er war nirgends zu sehen.

Die einschläfernden Worte des Pfarrers segelten wie Vogeldaunen auf ihren Kopf herab. Mutter Ristin stieß sie an, als ihre Kinnlade heruntersank und ihr Kopf langsam einen Ruheplatz an der nächsten Schulter suchte.

Danach war es draußen auf dem Festplatz wieder Zeit für Essen und Kaffeetrinken. Und für den einen oder anderen Schluck Kaffee mit einem Schuss Branntwein. Njenna hielt sich an Mutter Ristin, und Lottso folgte ihnen, zusammen mit Meerke. Obwohl Lottso sich zu beherrschen versuchte, blitzte bisweilen ihr Mutwille auf. Sie bewegte sich ungebärdig wie ein Kalb, das tollpatschig mit seinem Maul an allem schnupperte, woran es nicht schnuppern sollte. Njenna verspürte Lust, ihr einen Schlag zu versetzen.

Eine Frau kam ihnen entgegen. Sie war klein, ihr Rücken gekrümmt und das Haar weiß. Sie trug einen Lederrock zu einem karierten Hemd und auf dem Kopf die Mütze ihres Mannes. Seit sie sich zuletzt getroffen hatten, war sie Witwe geworden. Sie ließ sich auf einen Stein sinken und gab ihnen ein Zeichen, sich neben sie zu setzen. Njenna versuchte, sich abzuwenden. Es war eine Frau, die gern Tratsch verbreitete, und Njenna vermutete, dass sie nicht rein zufällig ihren Weg kreuzte. Für sie war es vermutlich interessant, mit ihnen zu plaudern, sie würde dabei neue Klatschgeschichten für Getuschel und anzügliche Blicke sammeln.

»Was ist denn mit Aanta Naahkese los?«, begann sie.

Ristin sah sie an, als wüsste sie nicht, wen sie meine, und Njenna musste insgeheim lächeln.

»Als er gestern hier auftauchte, war er bleich wie ein unglückseliger Greis, und am Nachmittag ist er über den See verschwunden, ohne mit jemandem gesprochen zu haben.«

Njenna schluckte und ihre Wangen brannten wie Feuer. Sie hoffte, niemand würde es bemerken, und vermied es, den Blicken der Frauen zu begegnen. Ristin neben ihr rutschte nervös hin und her, doch Lottso saß unbeweglich da. Wenn jemand laut seinen Namen nannte, war Njenna, als würde alles, was geschehen war, auf ihrer Haut brennen. Und das, obwohl sie ihr Bestes getan hatte, um es zu vergessen oder es wenigstens so weit wie möglich auf Abstand zu halten. Doch jetzt war alles wieder da.

»Nun ja, mit uns hat er nicht gesprochen.« Ristin presste die Lippen zusammen. Sie wollte ihr keine Gelegenheit zu böser Nachrede geben.

Der anzügliche Blick der Frau weckte Hassgefühle in Njenna.

»Sie sind ja noch alle in den Bergen, seine ganze Familie. Der Wolf hat ihre Herde umkreist und auseinandergetrieben. Wenn es selbst einen so mächtigen Mann wie Andaras trifft …« Die Frau beendete ihren Satz nicht.

Eine unbestimmte Furcht befiel Njenna. Ristin fingerte nervös an ihrem Becher herum, und Meerke legte die Hand auf die ihrer Tochter, damit sie nicht dazwischenplapperte. Schweigend saßen alle da. Schließlich fischte die Frau ein Stückchen Rentierkäse aus ihrem Becher.

»Ihr werdet noch an meine Worte denken. Starke Kräfte sind da am Werk.«

Es war nur ein Zufall. Aantaris hatte neben der Kirchentreppe gestanden und die anderen reden hören. Auf Schwedisch zwar, aber er hatte sie verstanden. Sie sprachen von Plänen, Gräben zu ziehen, um den Ackerboden zu verbessern. Es waren dieselben Menschen, die er beim Schöffengericht verklagt hatte, damit er ein für alle Mal seine Rechte bestätigt bekam. Jetzt standen sie da und redeten, als gäbe es ihn und seine Familie gar nicht.

Ein starkes Unbehagen überkam ihn. Über ihnen lag ein Fluch. Er war nicht abergläubisch, aber vorsichtig. Es gab Dinge, die waren schwer zu erklären, doch es gab auch Umstände, die konnte man nicht wegreden. So dachte er und trotzdem baute er sich breitbeinig vor den Männern auf. Zunächst nahmen sie keine Notiz von ihm, seine beharrliche Anwesenheit machte sie allerdings nervös. Schließlich schwiegen sie und glotzten ihn dämlich an wie Schafe.

»Nicht genug damit, dass ihr den See leer fischt, jetzt nehmt ihr mir auch noch meine Kinder, und wenn das getan ist, lasst ihr Wasser vom See ab.« Aantaris sprach und seine Lippen verzerrten sich bei diesen ungewohnten Worten. Niemand protestierte oder unterbrach ihn. Sie starrten nur auf seine Lippen, die sich bewegten, und schienen nicht zu verstehen, was er sagte. Ohne es zu merken, war er ins Samische übergegangen. Sie vernahmen nur böse, entrüstete Worte, es klang abstoßend. Er trat noch näher auf die kleine Gruppe zu. Vor lauter Überraschung standen die Männer unbeweglich da, unfähig, zu widersprechen. Aantaris schien zu schrumpfen, all seine Kraft sammelte sich irgendwo in Höhe des Herzens, bereit zum Angriff. Er wusste, er musste jetzt handeln. Hinterher hätte er dann die Gewissheit und er würde sie mit sich herumtragen wie einen überstandenen Schrecken. Doch Jovva hinderte ihn. Ausgerechnet er, der davon gefaselt hatte, Böses mit Bösem zu vergelten. Der Griff seines Bruders um sein Handgelenk raubte den Fingern die Kraft. Das Messer entglitt ihm.

Jetzt war es an ihm, dumm dazustehen wie ein Schaf. Jovva schubste ihn wie einen unhandlichen Mehlsack um die nächste Hausecke.

»Hast du den Verstand verloren?!«

Aantaris spürte, wie sein Körper zu zittern begann. Es war wie ein Schüttelfrost, wie ein Fieber in den Gelenken. Bebend musste er Halt an der Hauswand suchen. Jovva warf besorgte Blicke über die Schulter zurück, aber niemand war ihnen gefolgt.

»Wir sind von einer neuen Zeit umringt.« Das war eine Feststellung. Aantaris' Stimme klang schwach.

Jovva schnaubte und drückte ihm das Messer wieder in die Hand.

»Wir brechen besser auf, hol deinen Knecht.«

Aantaris suchte in der Menschenmenge nach Elias. Ausgelassenes Stimmengewirr drang über den Kultsee. Hunde bellten. Jahr für Jahr kamen mehr Menschen, ganz neue Gesichter. Leute, die verbissen einen Pflug in die steinige Erde trieben und magere Kühe hielten. Das erschreckte Aantaris.

Sie hatten Klagen gegen ihn vorgebracht, weil seine Rentiere ihre Heureiter beschädigt hatten. Sie meinten, mit Sicherheit zu wissen, dass es seine Tiere gewesen waren, die das Heu niedergetrampelt hatten. Und er wusste mit derselben Sicherheit, dass das sein Weideland war. Er hatte es geerbt, genau wie die Neusiedler ihre Höfe weitervererbten.

Eigentlich konnte man mit ihm ja reden, er hatte die Neusiedler ankommen sehen und sich zurückgehalten. Hatte seine Rentierherden in großem Bogen um sie herumgeführt. Aber die Neusiedler waren wie Wölfe. Sie schlichen herum, warteten auf die richtige Gelegenheit und hinterließen nur einen unangenehmen Raubtiergeruch.

Elias schien sich auf diese neue Zeit besser zu verstehen. Mit Fremden ging er genauso leicht um, als wären sie eine Rentierherde, geradezu eifrig.

Als Aantaris endlich Elias in der Menge gefunden hatte, wanderten sie gemeinsam auf die Waldkote zu. Zwischen den Bäumen sah er seine Familie. Er ließ Elias vorangehen. Aus der Ferne betrachtete er die Frau, mit der er so viele Jahre verbracht hatte, Ristin. Sie passten gut zusammen, mit ihr teilte er alle Sorgen. Aber in jüngster Zeit hörte sie ihm nicht mehr zu und gab ihm keine Antworten. Im Gegenteil, sie war seltsam still und nachgiebig auf eine Weise, wie er sie noch nie erlebt hatte.

War er von Sinnen? War er etwa dabei, den Verstand zu verlieren? Aantaris kauerte sich hin, richtete sich aber sofort wieder auf. Seine Beine zitterten immer noch. Er konnte sich nicht mehr auf sich selbst verlassen. In den Augen seines Bruders sah er, dass auch der das Vertrauen zu ihm verloren hatte. Jetzt, wo er Hilfe brauchte beim Tragen seiner Last, war er allein.

Eine neue Zeit, was bedeutete das? Dass er besiegt war. Bald würde er Aanse in die Schule schicken. Darüber hatte er schon lange nachgegrübelt. Njenna hatte er zu Hause behalten und darauf war er stolz gewesen. Er war reich genug, für die Seinen zu sorgen. Zu Hause lernten sie alles, was sie fürs Leben brauchten. So hatte er es gesehen.

Aber Aanse würde er zur Schule schicken, selbst wenn es ihm das Herz brach, so sehr würde er seinen Sohn vermissen.

Aanta Naahkese bildete sich ein, er streife ziellos übers Fjäll, doch in Wahrheit führten ihn seine Füße zu Aantaris' Frühlings- und Herbstviste. Er sehnte sich dorthin. Aus den Koten stiegen Rauchwolken auf wie Willkommensgrüße.

Es war sonderbar, früher war er bei den Wohnplätzen aufgetaucht und wieder verschwunden, ohne weiter darüber nachzudenken. Er kam und ging. Manchmal wollte er allein sein, manchmal suchte er Gesellschaft.

Die Erinnerung an Njenna hatte er dabei mit sich herumgetragen, ohne einen Gedanken an die Kote zu verschwenden, in der sie lebte, und auch nicht an seine Gespräche mit Aantaris. Aber jetzt war diese Erinnerung für ihn verbunden mit einem Ort, mit einer Familie. Er sehnte sich danach, sich an ihrem Feuer niederzulassen und nie mehr wegzugehen. Stattdessen stand er wie ein witterndes Raubtier vor ihrem Viste. Eine Kraft, die stärker war als er, zog ihn immer näher.

Er hatte mit Lottso gesprochen, die am See Fisch ausnahm. Er hatte mit ihrem Lächeln gespielt, und wenn er die Augen schloss und die Fingerspitzen auf ihre Wangen legte, bildete er sich ein, es sei Njenna.

Lottso war ein Kind. Vertrauensvoll, aber leer.

Er betrog sie. Aber näher als so konnte er Njenna nicht kommen.

Langsam bewegte er sich auf den Johke zu, der den Wohnplatz mit Wasser versorgte. Vielleicht würde ihn Njennas Nähe endlich von ihr befreien. Vielleicht würde sie hervortreten und ihm eine verzeihende Hand entgegenstrecken.

Aber als Lottso mit dicken Zöpfen, die wie eine geflochtene Pferdemähne hinter ihr herflatterten, auf ihn zugelaufen kam, wurde seine Hoffnung zunichtegemacht. Zwar lächelte er, zwar streckte er ihr die Hand hin, doch er war blind für sie.

Mutter Ristin hatte Njenna hinausgeschickt, Birkenreisig für die Kote schneiden. Njenna hatte nichts dagegen, in Einsamkeit zu arbeiten. Jede ihrer Bewegungen war langsam und gewissenhaft. Sorgfältig wählte sie in der Stille des Waldes ihre Zweige aus. Beschäftigung ließ sie fast vergessen.

Plötzlich wurden ihre Hände kalt: Unten am Johke stand Aanta Naahkese! Der Wind zauste in seinen Haaren, sein Lederkittel schmiegte sich um seine Hüften und der Gürtel war reichlich mit Stahl und Silber behängt. Njenna musste schlucken. Dann traf sie eine Entscheidung. Vielleicht hatte er sie nur in aufflammendem Zorn verflucht. Noch immer brannten seine Berührungen auf ihrer Haut. Wenn sie es ihm nur erklären könnte. Eifrig machte sie einen Schritt durchs Birkendickicht, um auf ihn zuzulaufen.

Da wandte er sich lächelnd in Richtung des Viste um. Njenna zog sich wieder in den Schutz der gekrümmten Bäume zurück. Lottso kam auf ihn zugelaufen, verlangsamte dann ihre Schritte und lächelte ihn schüchtern an. Aanta Naahkese streckte ihr seine Hand entgegen, so, wie Njenna gehofft hatte, dass er ihr einmal die Hand entgegenstrecken würde, und Mutter, Vater und alle Angehörigen, lebende und tote, sollten Zeugen sein.

Eine Hand, die ein ganzes Leben versprach.

Aber seine Hand hatte ihr Tod und Vergessen befohlen.

Lottsos Wangen leuchteten rot in dem blassen Licht.

Njenna sah, wie er dem Mädchen zärtlich über die Wangen streichelte, so, wie er sie gestreichelt hatte. Sie wandte sich ab. Mehr brauchte sie nicht zu sehen, um zu wissen, dass er nun Lottso leicht über den Rücken strich, sodass es vor Wohlbehagen kitzelte. Und dann würden seine ernsten Augen aufblitzen vor Mutwillen und sein Lächeln würde die Erde erwärmen.

Sie starrte auf die Mauseöhrchen der Birkenblätter. Wütend schnitt sie wahllos Zweige von den Bäumen. Die Birken wehrten sich zäh gegen ihre Angriffe, die saftigen Triebe widersetzten sich dem kalten Stahl des Messers, und durch ihren Körper schossen Wellen von Übelkeit wie Fieberschübe.

Nie hätte sie die Schuhbänder für ihn weben dürfen. Vielleicht besaß er deswegen noch so viel Macht über sie, obwohl er sie verstoßen hatte.

Lustlos fingerte sie am Garn herum. Vielleicht sollte sie sich selber noch stärkere Schuhbänder weben? In den Farben unverheirateter Frauen, vielleicht bekäme sie dann mehr Abstand zu ihm und könnte ihr eigenes Herz in die Irre führen.

»Mein lieber Junge, holst du mir etwas Feuerholz?«

Es versetzte ihr einen Stich, als sie hörte, dass ihre Mutter den kleinen Bruder Aanse zum Holzholen schickte.

Energisch entwirrte sie die Fäden für ein neues Schuhband, während Aanse davonhüpfte. Wenn sie nur wieder ein Kind sein könnte. Gehegt und gepflegt und liebevoll zugedeckt. Voll Sehnsucht gab sie sich den Erinnerungen an die Lastenrentiere hin, die ihr Körper mit sich herumtrug. Die Tiere hatten sie als kleines Kind gemächlich zwischen den Jahreszeiten von Viste zu Viste transportiert, und ihre Herzen hatten in einem Rhythmus geschlagen, der ihr für immer Geborgenheit vermitteln würde.

Aanse kam mit Feuerholz zurück, das ein wenig feucht vom Regen war. Es würde so stark rauchen, dass ihnen die Augen tränen würden. Njenna lächelte, niemand konnte so stolz aussehen wie ihr kleiner Bruder. Bald würde er an ihr zerren und mit ihr spielen wollen und sie würde ihm nicht widerstehen können.

Dann überfiel sie wieder die Erinnerung an Aanta Naahkese und Lottso. Nie mehr wollte sie sich außerhalb der Kote bewegen. Niemals mehr Lottso begegnen, nie mehr den Schmerz im Körper spüren, der ihr sagte, dass sie Aanta Naahkese verloren hatte.

Ärgerlich zwinkerte Njenna die Tränen fort. Keiner sollte

sie weinen sehen. Als Mutter Ristin sie musterte, drehte sie den Kopf weg.

Das Gerücht verbreitete sich in Windeseile im Fjäll, noch bevor Polizei eintraf. Wieder einmal stand Israels Nila am Johke und trat verlegen von einem Bein aufs andere. Diesmal war er allein. Er wirkte nervös, als fühlte er sich nicht willkommen. Onkel Jovva ging ihm entgegen, die anderen folgten ihm auf den Fersen. Nilas stechender Blick aus seinen schräg stehenden Augen flackerte über den Viste. Njenna empfand eine unerklärliche Abneigung gegen ihn. Er war wie ein Schneetreiben, das einem von vorn entgegenwehte. Sie runzelte die Stirn.

Sie sah, wie Jovva erbleichte, während die beiden redeten. Neugierig trat sie heran. Nila warf ihr einen scheuen Blick zu. Sein ganzer Körper signalisierte ihr, nicht näher zu kommen. Aber alle saßen um Nila herum, warum sollte dann nicht auch sie hören, was er zu erzählen hatte? Als sie sich niederließ, verstummte das Gespräch. Ristin stopfte sich umständlich eine Pfeife, und Njenna sah, dass ihre Hände zitterten.

»Der Neusiedler ist tot.«

Sie wusste sofort, von wem sie redeten. Alle wussten es. Staaloe. Njenna hatte schon zu zweifeln begonnen, ob er überhaupt ein Mensch aus Fleisch und Blut gewesen war. Es war nicht schwer, die Leute in der Gegend im Auge zu behalten. Man wusste, wer kam und wer wegzog. Aber der Mann mit den eisblauen Augen hatte sie alle genarrt.

»Seine Leiche muss schon lange dort gelegen haben. Die Nachbarn haben ihn vermisst und im Fjäll gesucht, aber er war spurlos verschwunden. Sie haben ihn dann in seinem Erdkeller gefunden, obwohl sie hätten schwören können, dort mehrere Male nachgesehen zu haben. Sein Gesicht war blau und seine Augen waren zerhackt und leer. Man glaubt, es war ein Vogel.« Nila fiel es schwer, das alles zu erzählen.

»In seinem Erdkeller?« In Njennas Frage schwang Zweifel mit.

»Sie glauben, er wurde umgebracht.«

Njenna starrte Nila an. Gern hätte sie ihren Vater angesehen, aber sie wagte es nicht. Sie befeuchtete ihre Lippen, brachte jedoch kein Wort heraus. Tante Meerke brach das Schweigen. Ihre Stimme war genauso klar und sachlich, als würde sie über den Salzpreis diskutieren.

»Von wem?«

Nila fingerte an dem Becher herum, den ihm jemand gereicht hatte. Seine Lippen waren trocken. In seinem wettergegerbten Gesicht zogen sich weiße Lachfältchen um die Augen, die sichtbar wurden, wenn er ernst war. Njenna wünschte sich, er würde lachen.

»Sie verdächtigen die Lappen.« Er sagte es so leise, dass man ihn kaum verstehen konnte.

Aantaris sank sichtlich zusammen, und Elias fummelte an der Bibel herum, die er immer bei sich hatte. Mit Lappen konnten nur sie selber gemeint sein. Njenna verstand, was das bedeutete. Es war ihr Fischwasser und sie war die Tochter dieser Familie. Hatte sie nicht selbst in Gedanken wieder und wieder den Mann in den Tod getrieben? Sie hatte ihm den Vogel des Todes geschickt.

»Wie starb er?« Ihre Stimme war fast tonlos.

In Nilas Augen flammte ein lüsterner Schimmer auf, er beugte sich vor und sah in dem Kreis, der sich um ihn herum gebildet hatte, einen nach dem anderen an.

»Das ist das Sonderbare, sie wissen es nicht. Manche sagen, er ist verhungert, aber seine Hütte war voll mit Nahrung. Erdrosselt, sagen andere, aber sein Hals war lilienweiß und unverletzt.«

Man tauschte Blicke. Njenna wusste, an wen alle dachten: an Aanta Naahkese, der Kräfte hatte, über die niemand laut zu reden wagte. Sie starrte zu Boden. Ihr war schlecht und saurer Magensaft stieg ihr in die Kehle. Sie hatte den Vogel des Todes, der sie auf eine Reise der Rache mitnehmen wollte, in ihrem eigenen Innern gespürt. Hatte Aanta Naahkese ihn geschickt? Ängstlich schob sie den Gedanken beiseite. Sie hatte es zugelassen, dass er zu ihr kam, hatte ihn sogar selber angelockt und Ruhe gefunden in der Rache. Sie hatte es für selbstverständlich gehalten, dass das gut und richtig war. Aanta Naahkese hatte sie verstoßen und sie selber hatte mit unbekannten Kräften gespielt.

Finnmark, Februar 2002

Als meine Großeltern frisch verheiratet waren, setzten sie sich auf Großvaters leichtes Motorrad und unternahmen eine Hochzeitsreise nach Arvidsjaur. Es war das letzte Mal, dass sich meine Großmutter auf ein Motorrad setzte.

Sie hatte nie etwas anderes von diesem Urlaub erzählt als davon, wie und mit was für einem Fahrzeug sie gereist waren. Nicht, warum sie sich für das Fjäll entschieden hatten, nicht, wen sie besucht hatten.

Im Nachhinein habe ich herausgefunden, dass fast meine ganze Familie von dort stammt. Ihre Mitglieder waren einst zwischen Norwegen und Piteå oder Lycksele Lappmark herumgezogen und dann, aus irgendeinem Grund, in Kusmark, nah der Küste, gelandet. Aber sobald ich Genaueres über sie herausfinden will, führen sie mich an der Nase herum, verstecken sich, verweigern sich. Sie sind durch dieses Vergessen gestorben, und jetzt kommt es mir so vor, als wollten sie auch gar nicht wieder lebendig werden.

Vor meinem Hotelfenster in Karasjok hing eine Wächte aus nassem Schnee wie eine Markise. Durch den kleinen Spalt, der Frühlingslicht hereinließ, sah ich die Koten des Touristenbüros, die sich ein wenig von denen unterschieden, die man in Arvidsjaur baute und bewohnte.

Mit kaum noch entzifferbarer Tintenschrift steht in den Kirchenbüchern, gewissermaßen resigniert, geschrieben: »Lappen, aus unbekanntem Anlass an unbekannten Ort verzogen.«

Es handelte sich bei ihnen um Angehörige der Waldsami, die einen Teil der samischen Kultur bildeten. Über sie finden sich fast keine schriftlichen Zeugnisse, sie bevölkerten große Teile Schwedens als fast genauso mystische Wesen wie die Unterirdischen – ohne Spuren zu hinterlassen.

Die wenigen, die übrig geblieben sind, kämpfen heute für ihre Rechte. Sie kämpfen gegen die große Gesellschaft, aber auch gegen Mitglieder ihrer eigenen Volksgruppe, die reicheren Fjällsami. Das sind die mit der Rentiermacht, die mit Silber Behängten, die ganz oben in der Hierarchie stehen.

Damals lebten die Waldsami nah bei den Neusiedlern; sie machten ihnen Platz und lernten schließlich Stricken und Ackerbau. Sie lernten auch Schwedisch und langsam verkümmerte ihre eigene Sprache. Der Staat hatte die Direktive herausgegeben, Samisch sei unheilvoll, daher wurde es verboten, obwohl das in diesen Gebieten vielleicht voreilig war. Die Waldsami wurden sesshaft, legten den Lappenkittel ab und sprachen Schwedisch. So einfach ging das. Aber die Seele, was machten sie mit ihrer Seele?

Versuchte mancher, wie mein Großvater, sich seine Seele dadurch zu bewahren, indem er weiterhin darauf bestand, draußen zu schlafen? Er verdammte die Lohnsklaverei und fühlte sich jeden Tag, wenn er zur Arbeit trabte, wie ein Tier im Käfig. Und stopften andere sie vielleicht mit dem Heu in ihre Schuhe, sodass jeder Schritt sie daran erinnerte, woher sie kamen?

Oder versuchte man vielleicht, sie in den liebevoll gekleideten Kindern zu bewahren, die Pelze, gewebte Bänder und rot und blau gewebte Mützen trugen?

Es ist schwer zu sagen. Denn wir sind gewissermaßen gestorben, wir Nachkommen, die wir wie unselige Geister durch das Land streifen, um einen Platz zu finden, den wir unser Eigen nennen können. Wir sind nirgends willkommen, werden übersehen, sind unsichtbar.

Im äußersten Fach meines Rucksacks lagen die verschlissenen Schuhbänder, zusammengerollt in der kleinen Holzdose mit dem eingeritzten »N«.

Das Problem mit den Bändern ist, dass sie weder aus Arjeplog noch aus Arvidsjaur stammen. Man erkennt das an den Farben und dem Muster. Ich holte sie hervor und betastete sie. Obwohl sie verschlissen waren, war die Kunstfertigkeit der Webarbeit noch zu erkennen. Wenn ich sie so in meinen Händen hielt, spürte ich eine schwer begreifliche Ehrfurcht. Die Bänder waren fast zu meinem liebsten Besitz geworden.

Dennoch stellten sie mich vor Rätsel. Wie waren sie auf unseren Speicher gelangt und woher kamen sie?

Ich legte sie auf das Hotelbett und streckte mich daneben aus. Sie rochen alt und ein bisschen muffig. Ich wünschte, sie würden zu mir sprechen, aber bei ihrem Anblick hatte ich das Gefühl, als stünde ich vor jemandem, der in einer unverständlichen, fremden Sprache mit mir redet. Man lauscht der Satzmelodie, sie gefällt einem, man ahnt einen Inhalt, ohne ihn sicher verstehen zu können, aber man lächelt und nickt, um seinen guten Willen zu zeigen. Hinterher stellt sich ein Gefühl gähnender Leere und Frustration ein und das aufgezwungene Schweigen ist bedrückend.

Aber so viel begriff ich jedenfalls: Diese Schuhbänder waren für Personen unterschiedlichen Geschlechts bestimmt. Sie waren von einem Mann und einer Frau getragen worden. Ich hoffte, dass sie glücklich miteinander gewesen waren.

Es war immer noch kühl, und Njenna fröstelte in der rauen Seeluft, die den Abhang zu den Koten heraufkroch. Die Rentierkühe und -kälber hielten sich dicht beieinander. Sie sah ihre Erinnerungen an die mühsamen Geburten der Tiere nun in einem ganz neuen Licht. Nie war ihr in den Sinn gekommen, dass ihr einmal dasselbe zustoßen könnte: unter Schmerzen zu gebären. Nie hätte sie daran gedacht, dass sie ein Kind zur Welt bringen würde, das sie nicht willkommen hieß, nicht haben wollte.

Sie fühlte sich verlassen.

Niemand sprach über das, was geschehen war oder was geschehen würde. Als wäre es nicht vorgefallen. Anfangs hatte sie das Schweigen vorgezogen, obwohl sie es als genauso klebrig empfand wie einen schwülen Gewittertag. Aber jetzt fühlte sie sich ins Unrecht gesetzt, missverstanden, und durch das Schweigen aller schrumpfte ihre Bedeutung. Seit Nilas Besuch wurde sie von Schuldgefühlen zerfressen: Wenn es sie nicht gäbe, wäre alles wie immer.

Elias stellte sich schweigend neben sie und blickte zusammen mit ihr über den See. Sie hatte ihn gar nicht kommen hören. Aber erstaunt war sie nicht, denn er hatte immer ein wachsames Auge auf sie gehabt. Er fing sogar an, ihr zu gefallen.

Schließlich brach er das Schweigen: »Wir könnten heiraten.«

Njenna starrte ihn an. Da stand er neben ihr, ein wenig steif und abwartend, und sie sah, wie er sich bemühte, gleichmütig auszusehen, doch seine Kiefermuskeln waren angespannt. Er hatte kurzgeschnittene Haare, die heller waren als die der meisten Sami, und seltsame Augenbrauen, die irgendwie nicht recht zu seinem Gesicht passten.

»Wenn du willst, freie ich um dich, wie es sich gehört.«

Elias' milder Blick suchte ihren. Seine Augen waren lieb, fast ein wenig schwächlich. Wie die eines gehorsamen Hundes.

Njenna befeuchtete die Lippen.

»Es ist nicht ohne Folgen geblieben.« Diese Worte fielen ihr schwer. Sie fühlten sich unbehaglich an, wie zu klein geraten. Sie scheuerten und irritierten sie. Dennoch war sie gezwungen, sie auszusprechen.

Er nickte. Kratzte sich am Nacken. Sein Arm berührte den ihren.

»Vielleicht kannst du lernen, mich zu lieben?«

Njenna runzelte die Stirn. Was war denn das für eine Art zu reden, für einen Mann? Sie spürte, wie sich die alte, gewohnte Gereiztheit wieder bei ihr einschlich. Warum entblößte er seine Kehle vor ihr?

»Ich verstehe das nicht, Elias. Warum solltest du mich heiraten?«

Elias ergriff ihre Hand. Sie spürte seine Wärme in ihre Handfläche strömen. Seine Berührung war selbstverständlicher, als seine Worte es waren. Sie wünschte, er würde mit der Sprache seines Körpers sprechen.

»Du brauchst mich, die Rentiermacht deines Vaters ist groß. Es wäre gut für uns beide.« Er sah verlegen zu Boden. »Du musst doch bemerkt haben, dass ich ein Auge auf dich geworfen habe.« Die letzten Worte flüsterte er fast.

Njenna nickte. Ihr war eigentümlich kalt.

»Ich … Ich weiß nicht, was ich sagen soll.« Was sollte sie ihm antworten?

»Wenn du mich nicht daran hinderst, halte ich um deine Hand an.« Elias' Stimme war kräftiger geworden.

Njenna stand schweigend und blicklos da, unfähig zu sprechen. Bevor Elias ihre Hand losließ, spürte sie einen leichten Druck. Mit raschen Schritten ging er auf die Kote zu. Dann drehte er sich zu ihr um: »Zögere niemals, Gott zu bitten, dir den Weg für dein Leben zu zeigen. Gott erhört dich.«

Aber Njenna hörte nicht hin.

Als sie wieder allein war, setzte sie sich auf die Erde, die Beine unter sich gezogen. Langsam und schleichend fiel die Frühlingsdämmerung herab. Der Wind sang sein Lied für sie und ein blasser Mond leistete ihr Gesellschaft. Ihre Sinne kamen zur Ruhe und rollten sich gleichsam zusammen wie ein Hund, der daliegt und abwartet. Sie war ganz bei sich und spürte ihren Herzschlag, ihren Atem.

Dann erstarrte sie. Sie vernahm die klagenden Rufe eines Uhus, die immer näher kamen, und dann war sein Schrei ein paar Sekunden lang ganz nah, bevor der Vogel davonflog.

Aanta Naahkeses Worte hallten in ihr wider. Sie hatte ihn verraten und verleugnet, sodass er sie vor Aantaris und Ristin verstoßen hatte. Ängstlich stürmte sie zur Kote.

Denn nun hatte er ihr den Vogel des Todes geschickt.

Elias wollte am Kirchfeiertag im Herbst in Fatmomakke heiraten und dazu nach Saxnäs gehen und das Aufgebot bestellen. Njenna schämte sich. Alle würden wissen, wie es um sie bestellt war, würden von ihrer Schwangerschaft erfahren. Aber Elias' Gott würde verzeihen, wenn sie es ihm nur erlaubte. In ihr klang noch das Klagen des Uhus nach.

»Vielleicht sollte Njenna mich nach Saxnäs begleiten und den Pastor kennenlernen?« Elias sah sie hoffnungsvoll an. Ristin und Aantaris sagten nichts, aus schweigendem Einverständnis und auch aus Erleichterung. Ein Seufzer glitt durch die Luft. Wer war sie denn, wieder einmal die Hoffnung ihrer Eltern zu ersticken? Njenna nickte. Es konnte nicht mehr schlimmer werden und vielleicht würde sie dann Ruhe finden.

In der Morgendämmerung traten sie ihre Wanderung nach Saxnäs an. Schweigend gingen sie vor sich hin. Elias joikte nie, das war heidnisch und verstimmte seinen Gott. Das Schweigen trug dazu bei, dass ihr der Weg länger vorkam, als er war.

In Saxnäs angekommen, gingen sie sofort zum Pfarrhof. Sie mussten draußen warten. Elias wirkte entschlossen, und als der Pfarrer erschien, packte er Njenna am Arm. »Das ist Njenna, sie ist eine große Sünderin und möchte zu Jesus kommen.« Sein Griff war hart. Njenna blickte starr zu Boden. Sie kannte sich selbst nicht wieder.

»Es freut mich, dich zu unserem großen Erlöser zu geleiten. Folgt mir in die Kammer, dort können wir miteinander sprechen.« Der Pfarrer zeigte ihnen den Weg. In seinem Mundwinkel klebten Essensreste, aber an seinem Ernst bestand kein Zweifel.

Elias schob Njenna vor sich in den Raum, doch der Pfarrer schickte ihn hinaus, er wollte allein mit Njenna reden. Sie richtete den Blick auf den Kultsee, dessen Wasserfläche kalt und still vor dem Fenster schimmerte.

Sie, eine Sünderin!

»Lass uns die Knie beugen, im Angesicht des Glaubens an die Gnade.«

Eine schwere Hand drückte sie auf die abgetretenen Dielenbretter hinunter; in den Zimmerecken lag Mäusedreck. Die Prozedur dauerte eine Ewigkeit. Draußen in der Küche hörte sie Geschirrklappern.

Kein Wort kam über ihre Lippen. Ständig sah sie Aanta Naahkeses Gestalt vor ihrem inneren Auge, so deutlich, dass sie den Linien in seinem Gesicht folgen konnte, der Narbe an seiner Stirn. Sie konnte auch seinen Joik hören. Hastig erhob sie sich. Der Pfarrer sah sie verwundert an.

»Du wirst Frieden finden.«

Zum ersten Mal begegnete sie seinem Blick. Es war offensichtlich, dass er nicht wusste, wovon er sprach.

Sie bewegte sich rückwärts zur Tür, riss sie auf. Es konnte ohnehin nicht mehr schlimmer werden, als es schon war. Elias kauerte auf dem Boden und wartete auf sie, ruhig und reglos. Sie schnaubte laut, als sie ihn sah, und stürmte wütend an ihm vorbei. Erst als sie draußen war, konnte sie wieder klar denken. Es war wie eine Erlösung, nur gegenteiliger Art.

»Njenna, warte.« Elias kam ihr nachgelaufen und holte sie ein. Sie hastete weiter, atemlos. So war es jetzt oft, als drücke ihr etwas die Luft ab. Schon bei jeder kleinsten Steigung musste sie keuchen.

»Ich bin also eine Sünderin?!«, stieß sie hervor. Sie wusste nicht einmal, was das sein sollte.

Elias nickte eifrig. Sie hätte sich seiner erbarmen müssen, denn er hatte noch nicht begriffen, was geschehen war.

»Und solche wie ich finden Frieden durch Gott?« Sie blieb stehen und sah in sein selig strahlendes Gesicht.

»Genau.« Elias' Stimme klang glücklich.

»Aber dein Gott gibt mir keinen Frieden. Ich verstehe kein Wort von alldem.«

Wie sollte sie auch? Er war nicht ihr Gott. Und sie wusste, dass er nicht der einzige Gott war. Außerdem wusste sie jetzt, dass sie niemals mit Elias würde leben können, ganz gleich wie vernünftig es auch sein mochte.

»Aber …«

Njenna ging weiter und Elias eilte ihr nach. Die Wanderung zurück verlief noch schweigsamer.

Zu Hause saßen Ristin und Aantaris, sicher überglücklich, weil Elias ihre Tochter haben wollte, ein junger Mann mit der Kraft, die nötig war, um ihre Rentiermacht zu erhalten. Ein junger Mann, dem es nichts ausmachte, ein uneheliches Kind anzunehmen, das Kind eines Schweden. Und Aanse spielte sicher mit seinen Tannenzapfen, die Njenna auf eine Sehne gezogen hatte. Er wusste nicht einmal, was vor sich ging. Wenn sie sich nur überwinden und bezwingen könnte, dann könnte alles gut werden. Vielleicht würde sie eines Tages sogar die gleiche Wärme in der Stimme haben wie Mutter Ristin, wenn sie mit einem ihrer Kinder sprach.

»Elias und ich werden nicht heiraten.« Njenna wusste

nicht, ob sie das zu sich selber oder zu Elias sagte. Sie strebte beharrlich vorwärts und Elias sah verzweifelt aus.

»Der Ungerechte flieht selbst dort, wo es keinen Feind gibt. Warum erlaubst du mir nicht, dir das Lasso der Erlösung überzuwerfen und dich in Gottes Reich zu ziehen?« Er sprach, als zitiere er aus einem Buch. Njenna begann zu weinen. Elias sah sie streng an.

»Jetzt ist es genug.«

Aber es half nichts. Nichts half, das wusste sie nun. Elias schluckte alle weiteren Vorwürfe herunter, obwohl sie darum kämpften, herauszukommen.

»Ich kann dir eine Hochzeit geben.« Er flüsterte, als hätte er ihre Gedanken gelesen.

Aber sie konnte einfach nicht.

Sie hatte eine Arbeit am Bandwebstuhl begonnen, bevor sie sich mit Elias auf den Weg gemacht hatte. Jetzt webte sie schweigend weiter. Aantaris und Ristin wirkten unzufrieden und Elias war noch draußen bei den Rentieren. Eigentlich hatte sie noch keinen Entschluss gefasst, doch sie wusste, dass die *Vhedtegh*, die sie webte, sie über das Fjäll begleiten würden. Die Schuhbänder würden sie zu einer Entscheidung führen. Vielleicht würde sie den Winter abwarten, sich das beste Zugtier nehmen und über den schroffsten Felsen in den Tod fahren, wie sie es von den Alten gehört hatte.

Hierzubleiben und sich ständig Elias' Bibelworte anhören und eine glückliche Lottso sehen zu müssen, die vielleicht Aanta Naahkese in seine Kote folgte, wäre zu grausam. Oder aber, was noch schlimmer wäre, erleben zu müssen, dass er sich dann auch noch, wie es üblich war, bei ihnen niederließ.

»Was sitzt du herum und hängst deinen Gedanken nach?« Tante Meerke versetzte ihrer Tochter einen Stoß. Lottso warf Njenna einen Blick zu, der jedoch nicht erwidert wurde. Lottso gab ihrer Mutter keine Antwort, aber träumte sich Aanta Naahkeses Gestalt herbei. Auch wenn er nicht selber kam, versuchte sie sich zu trösten, so konnte sie ihn doch wahrnehmen. Sie hatte Lust, sich selbst und alle anderen zu schütteln, damit sie aus dieser schwarzen Nacht, in der sie lebten, erwachten. Sie wollte sich wieder freuen dürfen. Sie wollte spielen und das wärmende Murmeln vertrauter Stimmen in der Dämmerung hören. Hätte Njenna doch nur diese Angelgeräte liegen gelassen. Aber da sie das nun nicht mehr ungeschehen machen konnte, könnte sie doch wenigstens Elias heiraten. In der kurzen Zeit, in der die beiden fort gewesen waren, hatte man wieder atmen können.

Njenna blickte zu ihrer Tante hin. Ihre Mundwinkel waren herabgezogen, und sie sah noch missgelaunter aus, als sie tatsächlich war. Insgeheim war sie überzeugt, dass Njennas Beschluss nur eine Laune war. Sie war die Einzige, die sich erlaubte, etwas dazu zu sagen. Jetzt stieß sie Njenna mit ihrem spitzen Ellenbogen an.

»Besinne dich, solange du es noch kannst.«

Njenna tat so, als hätte sie nichts gehört, und wandte sich an Lottso.

»Er kommt nicht.« Sie genoss es zu sehen, wie die Glut in Lottsos Augen erlosch.

Meerke blickte misstrauisch zwischen den beiden hin und her. Aantaris erhob sich und entfloh dem drückenden Schweigen. Njenna hörte ihn etwas brummen. Sie wusste, dass sich noch andere über sie das Maul zerrissen. Wütend zog sie an den Webfäden. Die Knoten wurden zu stramm und die Farben verschwammen ihr vor den Augen, als sie sich auf das Muster zu konzentrieren versuchte, das unter ihren Fingern hervorwuchs.

Ristin rückte näher an sie heran.

»Mein liebes Kind.«

Njenna schwieg. Ristin zupfte ihr einige Fäden von ihrem Kittel.

»Ich erinnere mich noch daran, wie dein Vater und ich zum ersten Mal in der Raajroe dabei waren. Ich war so stolz. Ich sah ihn voranlaufen mit den Rentieren, stark, geschickt und schön. Die Schlitten waren beladen mit allem, was er mir versprochen hatte: eine eigene Kote, Nahrung, Rentiermacht. Seitdem habe ich ihn immer mehr geliebt.«

Njenna beschäftigte sich verbissen mit den Schuhbändern. Das Feuer erhitzte ihre Wangen. Neben ihr schlief ihr kleiner Bruder Aanse, die reine Unschuld. Sie hätte sich am liebsten neben ihn gelegt, seine runde Wange an ihrer gespürt und sich von seinem warmen Atem streicheln und in die Kindheit zurückführen lassen. Sie hätte am liebsten die im Schlaf geschlossenen Fäuste geöffnet, um ihre Hand auf seine zu legen, deren Haut Zukunft atmete.

»Du sprichst nicht von Vater, du sprichst von Elias. Ich werde nie stolz mit ihm in einer Raajroe gehen. Ich glaube nicht einmal, dass du selber daran glaubst, ich könnte eines Tages stolz sein. Du fürchtest dich nur vor Gerede und Klatsch. Sogar vor Hexerei und Bannflüchen fürchtest du dich. Du denkst an dich selber, nicht an mich. Aanta Naahkese jagt dir Angst ein. Und du fürchtest dich vor dem toten Neusiedler.«

Njenna spuckte ihr die Worte förmlich ins Gesicht. Ristins Blick wich ihrem aus. Mit geübter Hand legte sie ein Stück Holz auf das Feuer.

»Es gibt so viel, was du nicht weißt.« Ristin fingerte verlegen an Aanses Spielsachen herum. Er ließ sie immer am Feuer liegen, eine Art eigener Ordnung, an die sich alle gewöhnt hatten.

Njenna wünschte, sie könnte ihre Gefühle in Worte kleiden und ihrer Mutter erklären, was sie wollte. Aber sie hatte keine Worte dafür, jedenfalls keine, die Ristin oder Aantaris verstehen würden.

Sie wusste nicht, wie es zugegangen war, aber plötzlich befand sie sich in einer anderen Welt als ihre Eltern.

Elias floh zu seiner Arbeit mit den Rentieren, Aantaris ebenso. Sie packten Nahrung ein, die eine ganze Jahreszeit reichen würde. Und Njenna floh vor dem Rest der Familie – oder sie versuchte es zumindest. Aber Lottso umkreiste sie mit einer Hartnäckigkeit, hinter der Njenna reine Bosheit vermutete. Eigentlich konnte sie sich nicht erklären, warum sie nicht tot zu Boden fiel, wenn sie gezwungen war, Arbeiten mit ihrer Cousine zusammen zu erledigen. Sie versuchte, ihren Stolz vor Lottso aufrechtzuerhalten. Es war ein Hochmut, für den es keine Berechtigung gab, und er diente einzig dazu, sie vor der Verzweiflung zu bewahren. Sie war wie ein nur halb erdrosseltes Rebhuhn; ihr Herz hämmerte wild, das Blut rauschte, die Flügel schlugen, ihre Sinne waren frei, aber der Hals, der war halb gebrochen. Und alle außer ihr selber meinten, es wäre am barmherzigsten, ihr den Hals ganz umzudrehen.

Onkel Jovva lächelte nicht mehr, wenn die Rede auf Aanta Naahkese kam. Auch Njenna nicht. Sie begann wirr und unzusammenhängend zu reden in der Hoffnung, die anderen würden den Faden verlieren und das Gesprächsthema vergessen. Wenn sie nur lange genug selber redete, dann würde niemand all die schmerzhaften Worte aussprechen, die sie um keinen Preis hören wollte.

Hinterher wünschte sie sich jedes Mal, sie hätte den Mund gehalten. Zu spät.

Sie ertappte sich dabei, dass sie sich sogar nach Elias' Predigten sehnte, nach seinem lauten Vorlesen und seiner Religion. Sie war fast bereit, an seinen Gott zu glauben, wenn er sie nur von der unstillbaren inneren Unruhe und dem Schmerz befreite, die sie dazu brachten, die Fäuste zu ballen und unkontrolliert laut drauflos zureden. Wenn er nur die Dunkelheit vertrieb, die sie nachts erstarren ließ, wenn sie als Einzige wach lag.

Ihre Einsamkeit war unerträglich.

Langsam ging Njenna am See entlang. Auf der gegenüberliegenden Seite. Nie mehr würde sie das nördliche Ufer aufsuchen, sie schaute nicht einmal hinüber. Lottso folgte ihr. Von dort, wo man ihn gefunden hatte, waren laute Stimmen zu vernehmen. Diese schwedischen Fremden hörte man immer schon von weitem. Sie waren gleichsam von einem Echo umgeben. Eigentlich sollte sie sich von ihnen fernhalten, nichts würde dadurch besser werden, wenn man sie dort sah. Aber Njenna konnte sich nicht zurückhalten, eine unsichtbare Hand schob sie vorwärts.

Der Vogel aus jenen Tagen kurz danach flatterte wieder in ihr auf. Sie hatte dem Kerl die Augen ausgekratzt, nicht nur einmal. In ihrer Erinnerung hörte sie Nilas Stimme, die von den leeren Augenhöhlen erzählt hatte.

Lottso trödelte hinter ihr her und blieb immer weiter zurück, bis sie ganz stehen blieb. Ihre Stimme klang zugleich wütend und bittend, als sie rief, sie sollten umkehren. Als ob das noch möglich wäre, eine Umkehr.

Njenna war so tief ins Waldland vorgedrungen, dass sie die Hütte sehen konnte, und es würgte sie. Ernst dreinblickende Männer bewegten sich auf der gerodeten Fläche, auf der Baumstümpfe und große Steine herumlagen. Staaloes Viste.

Er war groß und stark gewesen, aber dumm, und der Sage nach hätte sie ihn überlisten müssen. Aber warum nannte sie ihn eigentlich Staaloe, das war albern. Warum sollte man sich überhaupt vor Schreckgestalten aus den Sagen fürchten, wenn es Menschen gab?

Selbst Aanta Naahkeses Erzählung – die war auch nur dumm gewesen. Wie oft hatte sie sich nicht schon am nördlichen Ufer des Sees aufgehalten? Sehr oft. Der Johke, der zum Nordufer floss, war von Weiden gesäumt. Dort hatte sie sich nie mit jemandem gestritten. Im Gegenteil, diesen Ort hatte sie geliebt, den See, das Fjäll, den Wind, der durch das Tal zu kriechen schien. Wenn der Sommer sich dem

Ende zuneigte und die Raajroe aus den baumlosen Bergen hierher zurückkehrte oder nach der langen Winterwanderung durch die Waldlandschaft, wenn sie schon von weitem ihre Kote entdeckte, war sie immer glücklich gewesen. Bis jetzt.

Sie kehrte um. Aus den Augenwinkeln sah sie den elenden Kerl auf einem dürren, verkrüppelten Ast sitzen.

Es war an der Zeit, den Rentieren ins Fjäll zu folgen. Mücken umsurrten Tiere und Menschen wie schwarze Wolken. Nur Aanse und Ristin blieben zurück auf dem Viste. Das Kind übte, mit dem Lasso zu werfen. Ristin bereitete gerade den Umzug vor, als sie in einiger Entfernung eine Bewegung wahrnahm. Die anderen wurden noch lange nicht zurückerwartet. Sie streckte den Rücken und sah blinzelnd der Gestalt entgegen, die sich näherte. Es war eine Frau und Ristin erkannte sie. Sie gehörte zu der Neusiedlerfamilie, die sich als erste am See niedergelassen hatte. Während des ganzen ersten Jahres hatten sie in einer Reisighütte gewohnt. Jetzt stand dort ein kleines, windschiefes Holzhaus. Nach dem Herbstumzug hatten die Leute behauptet, die Rentierherden hätten ihre Heureiter mit dem Riedheu niedergetrampelt. Die Ereignisse der letzten Zeit ließen Ristin auf der Hut sein. Besorgt sah sie sich um. Sie wünschte, jemand wäre bei ihr, aber sie streckte dennoch ihre Hand aus und begrüßte die Frau, so wie sie Fremde zu begrüßen pflegte.

Die Frau sah Aanse, der neugierig herbeigelaufen kam, ängstlich an. Dann maßen die beiden Frauen einander mit Blicken.

»Niemand weiß, dass ich gekommen bin.« Die Frau sprach schwedisch.

Ristin nickte und lud sie ein, sich am Feuer auszustrecken, doch die Frau schüttelte den Kopf. Sie war barfuß und ihr Rock war weit bis über die Knie nass. Auf dem Rücken trug sie eine Kiepe. Ristin nahm einen Becher, goss Kaffee über den Rentierkäse und reichte den Becher ihrem Gast. Die Frau trank gierig.

»Ich sollte eigentlich nicht hier sein.«

Es wurde still. Ristin wartete, kniff die Augen zusammen und beobachtete die Fremde, obgleich sie merkte, dass es die Frau nervös machte. Dann holte die Fremde tief Luft, streckte eine abgemagerte Hand aus und legte sie auf Ristins Kittel.

»Die Kinder hungern. Lasst uns nicht untergehen.«

Ristin wusste nicht, ob sie richtig verstanden hatte. War die Frau gekommen, um zu betteln? Ihre Augen waren voller Angst, irgendetwas stimmte also nicht. Ristin räusperte sich.

»Bittest du um Essen?« Es war ihr peinlich, zu fragen. Vielleicht sollte sie der Frau einfach ein Stück Fleisch in die Hand drücken.

Doch die Fremde schüttelte den Kopf. Und jetzt, bei ihrer wortlosen Geste, verstand Ristin, dass die Frau um Gnade flehte. Als ob Ristin daran schuld wäre, dass den Neusiedlern die Nahrung ausging. Sie erinnerte sich an Nilas Worte: »Das müssen die Lappen gewesen sein.« Mittlerweile ging es nicht mehr nur um Klagen über niedergetrampelte Heureiter.

Ristin riss der Frau den Becher aus der Hand. Sie suchte nach schwedischen Worten. Wenn nur Elias hier wäre. Er hätte dieser Person den Katechismus an den Kopf knallen können. Außerdem sprach er fehlerfreies Schwedisch.

»Sag doch etwas! Bestraf mich nicht, weil ich gekommen bin.« Jetzt flüsterte die Frau. Sie sah angsterfüllt aus, als könnte Ristin eine Krankheit über sie bringen.

Ristin hob die Hand. Dies hier war Rentierweideland, karg und mit langen, harten Wintern. Auf dieser Erde konnte man keinen Ackerbau betreiben. Doch diese Menschen kamen her und entrissen ihnen den Boden, der ihnen seit Generationen gehörte, und nun klagte man sie obendrein noch der Hexerei an.

»Ich kann dir nicht helfen.« Nur mühsam fand sie ein paar verständliche Worte, die sich in ihrem Mund plump anfühlten.

Die fremde Frau sah sie lange an, bevor sie sich erhob. Sie ging rückwärts bis zum Johke. Erst dort drehte sie sich um und rannte weg. Ristin versuchte ihr Unbehagen abzuschütteln. Aanse sah sie verwundert an. Sie lächelte ihn an und rief ihn zu sich, ihr zu helfen. Ihre Kinder mussten nicht hungern, jedenfalls noch nicht.

Das Feuer warf Schatten an die Wände der Kote, und die Eltern flüsterten im Dunkeln. Aantaris gestand, er habe Angst. In den Hütten hatten sie angefangen zu reden. Alle wussten, dass sie die Neusiedler nicht hierhaben wollten. Einer von ihnen war auf entsetzliche Weise ums Leben gekommen, und es war nicht undenkbar, dass er, Aantaris, es gewesen war. Ristin versuchte, ihn zu beruhigen.

»Nicht doch.« Aber dann überlegte sie es sich anders. Worte konnten jetzt nichts mehr aus der Welt schaffen.

»Vielleicht sollten wir jetzt so schnell wie möglich zur Sommerweide ziehen. Vielleicht beruhigen sich dann die bösen Zungen.« Ristin zögerte, bevor sie fortfuhr. Sie wusste nicht, warum sie nichts von dem Besuch erzählt hatte. Dieses elende Weib würde Aantaris' Befürchtungen nur noch bestätigen. Doch ihr war klar, dass er es erfahren musste. Die Worte auszusprechen erschien ihr jedoch wie eine schicksalsschwere Entscheidung.

»Heute war eine Frau hier. Sie kam, um uns zu bitten, wir sollten sie verschonen.« Ristin vermied, zu erzählen, wer genau es gewesen war. Ihn in Unwissenheit zu lassen war für sie wie Öl auf die Wogen zu gießen.

»Sie verschonen? Von was denn?« Aantaris legte mehr Holz aufs Feuer.

»Von Hexerei und Verdammung.«

So weit war es also schon. Die beiden saßen schweigend

da, wie Gefangene. Ristin fühlte sich betrogen, auch wenn sie nicht wusste, warum. Als sei die Falle eines listigen Jägers zugeschnappt. Aantaris lauschte ihren Gedanken, wie er es immer getan hatte. Bis jetzt. In der letzten Zeit waren sie taub füreinander geworden und hatten selbst in Gedanken geschwiegen. Doch jetzt hatte er auch wieder die Worte vernommen, die sie nicht ausgesprochen hatte.

»Ich hätte ihn mit bloßen Händen töten können, das weißt du. Aber das war kein Werk von Menschenhand, glaub mir.«

»Es ist aber auch nicht das erste Mal, dass sich ein Tier an einem Kadaver gütlich getan hat, und sei es der Kadaver eines Menschen. Dieser Mann war nicht der Erste, der hier zum Opfer wurde. Überleg doch einmal.« Sie begegnete Aantaris' Blick. Er nickte.

Njenna schloss die Augen. Sie hatte ihn umgebracht. Sie war sich nicht bewusst gewesen, was sie tat, aber sie hatte ihn getötet, und nun sollte ihre Familie ihr Verbrechen sühnen. Sie legte eine Hand auf ihren Bauch.

Elias packte seine Habe in eine Kiepe aus Birkenrinde. Unter der braungebrannten Haut mahlten seine Kiefermuskeln. Er blickte Njenna bedeutungsvoll an und hielt dabei die Bibel in der Hand. Er betastete das Buch und strich über den abgegriffenen Einband. Er hatte sich entschieden, die Heilige Schrift würde er hier lassen.

Aantaris' Augen brannten.

Elias streckte ihm mit zitternder Hand die Bibel entgegen.

»Hier, nimm sie. Du wirst sie brauchen.« Er wich den Blicken aus, die auf ihn geheftet waren.

Njenna erinnerte sich genau an ihre Worte in Saxnäs, als

sie vor einem Pfarrer Gott verleugnet hatte. Jetzt sprach die zerlesene Bibel zu ihr. Als sie sah, dass ihr Vater zögerte, riss sie das Buch an sich und drückte es gegen ihren Körper.

»Danke, Elias.«

Er könnte gegen ihre Familie zeugen. Sie hatten ihn wegen seines brennenden Glaubens an den allmächtigen Gott verhöhnt, vor den Augen des Pfarrers hatte sie seine Hand zurückgewiesen. Aber auch er hatte gegen seinen Willen von dem geopferten Rentier gegessen, dem Tseegkuve ihres Vaters.

Sie war stolz und überheblich gewesen. So, wie seine Hände eben noch liebevoll über den Einband gestrichen hatten, ließ sie sich nun die Handflächen von dem straffen Leder wärmen. Es war ein Gefühl, als würde sie Elias berühren. Jetzt, wo er fortging, begann es sie zu reuen. Vielleicht wäre alles anders gekommen, wenn sie ja gesagt hätte, dann hätten sie nun eine Hochzeit vorbereitet. Aber jetzt war es zu spät.

Einige Tage später holte man Aantaris zum Verhör ab. Alle wussten, das war ein schlechtes Omen. Genau zu der Zeit, als der Neusiedler umgekommen war, hatte man Aantaris in der Nähe von dessen Hütte gesehen. Und verhielt es sich nicht so, dass es genau dieser Mann gewesen war, der sich an seiner Tochter vergangen hatte?

Aantaris verteidigte sich mühselig auf Schwedisch. Dass er auf seinem eigenen *Lappskatteland* gesehen worden war, könne man ihm doch nicht zum Vorwurf machen.

Aber all die Streitigkeiten? Um den Wald, das Wasser und die Heureiter?

Aantaris verteidigte sich nach Kräften. Hatte er nicht den rechtlichen Weg beschritten und seine Klage vor das Thing gebracht?

Doch, ja, das schon.

Pompös thronten sie um ihn herum und starrten auf seine

Kleidung. Er sah, sie misstrauten ihm, noch ehe er den Mund aufmachte.

Aber die Tochter?

Njenna, seine kalte Quelle. War es überhaupt der tote Mann gewesen? Er wusste es nicht. Njenna sprach nicht viel darüber, aber es war ein Neusiedler gewesen, so viel hatte sie erzählt.

Der Vorsitzende ergriff das Wort. Ob er zu anderen Göttern bete als dem christlichen?

Das konnte Aantaris wahrheitsgemäß beantworten. Er dachte an die begrabenen Rentierknochen. Ein Tseegkuve war kein Gott. Nicht direkt.

Die Männer um ihn herum murmelten miteinander, von Hexerei und Magie. Er hatte immer gesagt, ganz gleich was war, Menschen sahen, was sie sehen wollten.

Mit dem nagenden Hunger im Magen fiel es ihm schwer, still zu sitzen. Dort, wo sie ihn eingesperrt hatten, war es dunkel. Er saß gegen die zugige Holzwand gelehnt auf dem Boden.

Sie hatten Elias zum Verhör bestellt. Blass, aber mit geradem Rücken hatte er dagesessen und ihnen auf manierlichem Schwedisch geantwortet. Er zitierte die Bibel und erklärte, Neusiedler und Lappen seien gar nicht so verschieden, wie man meinen könnte.

Über Aantaris könne er nichts anderes sagen, als dass er gut zu ihm gewesen sei.

Aber nun stünde er nicht mehr in seinen Diensten?

Nein, er sei kein Knecht mehr, niemandes Knecht. Er habe begriffen, dass er für andere Aufgaben nötiger gebraucht werde. Dann sah er den Männern vor ihm in die Augen und sagte laut und deutlich: Die Leute bei Aantaris waren gläubig, das Evangelium wurde dort nicht gebraucht. Wenn in diesem Fall Hexerei im Spiel war, dann war Aantaris jedenfalls nicht daran beteiligt. Aantaris nicht. Dann hatte Elias eine Kunstpause eingelegt und sich vorgebeugt, wie im Vertrauen. Diese hochgeachteten Männer glaubten doch wohl nicht an Hexerei? Immerhin lebten sie im Jahr der Gnade 1861. Vielleicht war es möglich, dass Hunger und Angst Menschen zu unchristlichen Gedanken verführten, aber das mit der Hexerei war nur böses Gerede. Das musste doch wohl jedem klar sein, der sich von seiner Vernunft lenken ließ.

Wenn sie die Augen schloss und ganz still lag, spürte sie, wie die innere Leere ihr bis in die Fingerspitzen kroch. Hätte sie nur die Kraft aufzustehen, dann könnte sie ins Fjäll aufbrechen und sich irgendwo verlaufen. Aber sie blieb liegen. Das Reisig stach ihr in den Rücken, der Wind strich über ihre Wangen und kitzelte sie. Das Wasser im Johke sprang über die Steine, mit aufreizender Ausgelassenheit, wie um zu betonen, dass das Leben trotz allem weiterging.

Lottso kam und setzte sich neben sie. Im Viste war man bereit, ins Hochgebirge hinaufzuwandern. Aber das Warten auf Aantaris hielt alle zurück, obwohl die Wärme und die Mücken bereits die Herde zu vertreiben begannen.

»Alles wird gut.«

Njenna antwortete nicht. Ihr Blick folgte den Wolken am Himmel. Sie sehnte sich danach, höher hinauf zu gelangen, den Duft der glühend roten Krähenbeeren zu riechen. Dort oben über der Baumgrenze würde alles anders sein.

»Ich sehne mich auch dorthin.« Lottso geriet ins Grübeln. Das Lächeln, das in der letzten Zeit ihre Mundwinkel umspielt hatte, war verschwunden. Jetzt trieben Sturmwolken innerer Unruhe über ihr Gesicht und man musste jeden Augenblick mit einem Unwetter rechnen.

Njenna schämte sich nicht einmal, dass sie eine gewisse Befriedigung angesichts der immer düstereren Stimmung ihrer Cousine empfand, obgleich ihr das eigentlich nichts leichter machte, aber trotzdem. Es war unerträglich gewesen, Lottsos ständiges Reden über Aanta Naahkese anhören zu müssen, und noch schlimmer waren ihre kindischen Geheimnisse zu ertragen gewesen, die ihre Augen nicht ganz zu verbergen vermochten. Njenna zog das Schweigen vor.

Lottsos Hände zupften rastlos an den Reisigzweigen.

Sie beide hätten nähen müssen, mit Flicken und Ausbessern wurde man nie fertig. Sonst saßen sie ständig mit Kleidung und Schuhen in den Händen da und wussten, dass mehr auf sie wartete.

Bald würden die Mütter nach ihnen rufen, liebevolle Rufe, die sie in die Gemeinschaft zurücklockten. Es wäre leichter gewesen, sich zu verstecken, hätte sich Lottso nicht neben sie gesetzt. Njenna stand auf.

Lottso sah ihr starr in die Augen, aber Njennas Blick wich ihr aus.

»Ich wünschte, nichts von allem wäre geschehen.« Lottso flüsterte, als fürchtete sie sich vor ihren eigenen Worten.

Njenna warf den Kopf in den Nacken. Von Lottso hatte sie keine Rücksicht, kein Mitleid zu erwarten. Ihre Cousine sehnte sich vielmehr nach jener Zeit zurück, als Aanta Naahkese ihnen noch seine Besuche abgestattet hatte. Reine Eigenliebe trieb Lottso dazu, ihre Ängste auszusprechen. Das hatte sehr wenig mit Njenna zu tun.

Doch Njenna besann sich. Was wusste Lottso schon? Sie konnte doch gar nicht erwarten, dass Lottso etwas verstand. Vielleicht bildete sie sich alles nur ein. Was hatte sie selbst vor diesem Tag am See verstanden? Und was verstand sie eigentlich jetzt?

Mutter Ristin saß mit dem weichsten Leder in den Händen da. Es war kostbar. Njenna beobachtete ihre flinken Hände. Selbst in den kältesten Monaten waren die Handflächen ihrer Mutter warm, wenn sie Njenna über die Wange strich.

Ristin begegnete ihrem Blick.

»Das ist für deinen Vater. Wenn er wiederkommt.«

Njenna zuckte unter ihren Worten zusammen. Aber sie wollte so gern daran glauben. Wenn Vater wiederkommt.

Ihr Blick wanderte zu den Berghängen, wo sich die Rentierherde unruhig bewegte. Für die Rentierkühe war es Zeit zu kalben.

Ristin war ihrem Blick gefolgt.

»Er wird wiederkommen.«

Und wenn nicht? Sie hätte ihm folgen müssen. Sie hätte sich vor das Thing stellen und sagen müssen, wie es gewesen war. Ich habe ihm die Augen ausgestochen. Ich habe diesen eisigen Blick nicht ertragen. Ich habe ihm den Vogel des Todes geschickt, um ihn schon in diesem Leben zu bestrafen. Ich wollte nicht darauf warten, bis er in eure Hölle kommt. Das wäre nicht genug gewesen. Ich habe dafür gesorgt, dass er sofort leiden musste, genau wie ich.

»Woran denkst du, meine geliebte kleine Feuerbewacherin?«

Njenna sah sich schuldbewusst um. Ihre Tante saß mit gesenktem Kopf da und nähte Sommerschuhe. Neben ihr spielte ihr Jüngstes mit den Puppen, die Njennas Vater einmal für sie geschnitzt hatte.

Lottso war damit beschäftigt, einen Kittel zu flicken. Njennas Augen suchten nach dem kleinen Bruder Aanse. Aber sie konnte ihn nirgends entdecken. Sie war wie im Winterschlaf gewesen, und die Tage waren verronnen, ohne dass ihre Hände etwas zustande gebracht hätten. Was sie dennoch erledigt hatte, war wie im Traum geschehen, einem bösen Traum.

Sie hatte von Frauen und Männern gehört, die den Verstand verloren hatten. Vielleicht fühlte sich das genauso an. Um sie herum ging das Leben weiter, alle redeten mit ihr, als sei nichts Besonderes geschehen. Sie selbst aber gab es nicht mehr. Das sah sie in den Augen der anderen.

»Ich denke an Aanta Naahkese.« Ihre Stimme klang trotziger, als sie selbst in Wirklichkeit war. Niemand hatte seinen Namen mehr erwähnt und er war nicht mehr vorbeigekommen.

Meerke schaute auf. Plötzlich wurde der Wind kühler. Lottsos Wangen leuchteten rot. Die kleinen Kinder hatten aufgehört zu spielen. Und Ristins Hände sanken in den Schoß.

»Wenn dieser Neusiedler auf so mystische Art umgekommen ist, warum spricht man dann mit Vater, warum nicht mit Aanta Naahkese?« Njenna warf den Kopf in den Nacken. Sie war mit dem Vogel des Todes geflogen, hatte ihn vielleicht sogar gelenkt, aber sie wusste wahrlich nicht genug von Hexerei, um ihn anlocken zu können.

Meerke warf einen ängstlichen Blick über die Schulter und zischte Njenna dabei zu, sie solle still sein.

Ristin saß reglos da.

»Hüte deine Zunge, meine Tochter.«

Njenna sah ihre Mutter unverwandt an. Dann krümmte sich ihr Körper, Schlachtmesser zerrissen sie.

»Versteht ihr denn nicht? Ich war es, ich habe ihn umgebracht.«

Die Sonne blendete Aantaris. Er blinzelte in das ungewohnte Licht, während er nach dem Tabak in seinem Kittel tastete. Der Tabak war trocken wie Zunder, nichts, womit er seine Stummelpfeife hätte stopfen können.

Du bist frei, du kannst gehen, hatten sie gesagt. Das Verhör war vorbei. Soweit er verstanden hatte, war man der Wahrheit nicht näher gekommen. Nicht dass ihm das jemand mitgeteilt hätte, aber er sah es ihnen an. Er warf einen Blick auf den Speicher, der sein Gefängnis gewesen war. Fensterlos. Wie bei dir zu Hause, hatte einer grinsend zu ihm gesagt, der ihm abends die Grütze gebracht hatte.

Wie bei dir zu Hause. Er dachte an die Rentierherde, die auf dem Weg in die Berge hinauf sein sollte. An die Raajroe, die ihr dabei folgte. Fort, weit weg von all dem Elend. Dennoch waren die Probleme damit nicht gelöst. Er fühlte sich noch genauso eingesperrt wie vor einer Weile. Es ging nicht nur um Njenna. Der Fisch im See reichte nicht für alle und es war sein See. Aber das half nichts. Es war sein Boden, es war sein Leben. Diesmal hatten sie noch versucht, ihn mit einem Messer aus Worten zu erstechen. Das war ihnen nicht gelungen, aber es hinterließ einen bitteren Geschmack in seinem Mund. Er fühlte sich gejagt.

Als ihn der dichte Tannenwald umschloss, atmete er auf. Er war auf dem Weg nach Hause und folgte einem Pfad, der sich tiefer und tiefer in das Waldesdunkel bohrte. Es ging immer steiler bergauf. Bald, sehr bald würde es sich lichten und fast unmerklich in hellen Birkenwald übergehen. Er lauschte auf die vertrauten Geräusche, die ihn umgaben. Der Himmel sagte ihm, dass sich die leichte Brise bald legen würde. Es war warm. Am nächsten Johke würde er sich waschen und seinen Durst stillen.

Er war ganz steif vom Stillsitzen. Seine Beine waren schwach und beim Anstieg bekam er Stiche in den Waden. Als er an der ersten Neusiedlerhütte vorbeikam, wurde sein Gruß nicht erwidert.

Aanta Naahkese hatte auf Aantaris gewartet. Wie gezüchtigt, wie eine krumme Birke hatte er dagestanden und ihn an sich vorbeigehen lassen, ohne sich bemerkbar zu machen. Er wusste nicht, warum. In seinem Herzen tobte ein Sturm, aber in seinem Mund herrschte Flaute. Nicht ein Wort war über seine Lippen gekommen. Er hatte sein Leben geliebt, hatte sich vom Wind treiben lassen. Nun stemmte er sich dagegen, aber er wurde gebeugt wie eine einsame, kraftlose Weide.

Njenna entzündete ein Rauchfeuer am Ufer und hoffte, jemand, irgendwer, würde es sehen und sein Boot ins Wasser schieben, um sie zu holen. Sie hatte sich, am See der Familie vorbei, zu dem großen Wasser tiefer unten im Waldland geschlichen. Wenn ihr nur jemand ans andere Ufer verhalf, würde sie auf die schnellstmögliche Art Stunden von ihrem

Viste entfernt sein. Eine andere Lösung hatte sie nicht mehr gesehen. Sie war ein Gespenst, das die Lebenden belastete. Aber durch ihr Fortgehen würde es für die Ihren daheim leichter werden.

Schon jetzt brannten in ihr Sehnsucht und Trauer. Ihr Körper war schwer und unwillig, als widerstrebe es ihm, den heimatlichen Boden zu verlassen. Ihre Augen suchten nach dem Fjäll, das sie nicht mehr sehen konnte. Sie joikte die Berge trotzdem, wie sie es getan hatte, seit sie sich erinnern konnte. Jeden Frühling, jeden Herbst.

Dann sah sie ein Boot, das mit kräftigen Riemenzügen über den See gerudert wurde, und kniff die Augen zusammen. Aus der Art, wie es sich über den launenhaften Bergsee näherte, schloss sie, dass es einer der jungen Neusiedlersöhne sein musste, der sich in der Gegend herumtrieb. Sie hatte seinesgleichen in Fatmomakke gesehen, war ihnen aber immer ausgewichen.

Falls er verwundert war, wenn er feststellte, dass es niemand von seinen Leuten war, so zeigte er es jedenfalls nicht.

Sie kümmerte sich nicht um seinen Blick, nickte nur zum Gruß und setzte sich schweigend in den Bug des Bootes. Die Kiepe behielt sie auf dem Rücken.

»Ich rudere dich über die Bucht. Dort mähe ich Gras.«

Sie nickte. Es war der Boden, den die Rentiere im späten Winter niedertrampelten, auf ihrem Weg zum Kalben an den Berghängen. Wenn es einen schneereichen Winter gab, war es schwer, sie von den Heureitern zurückzuhalten. Die Tiere benutzten die Wege, die sie immer gegangen waren, und die Neusiedler wussten das. Obwohl ihr Vater die Herde immer sehr zügig an den Katen und Sennhütten vorbeitrieb, gab es Streit und hohe Bußen. Sie zogen rasch vorbei, unsichtbar wie die Unterirdischen, aber allein das Wissen, dass die Routen der Herden an ihren Hütten vorbeiführten, veranlasste die Bewohner, nach Spuren zu suchen und Anschuldigungen über sie auszuschütten.

Es gab Papiere, die belegten, dass das Land nicht den Neusiedlern gehörte. Trotzdem bestellten sie den Boden, brachen Steine aus der Erde, rissen Wunden in das Land. Sie tränkten den Boden mit ihrem Schweiß und ihrem Blut, hungerten im Winter, trugen Särge mit ihren toten Kindern durch die Wälder, denn sie sollten in geweihter Erde ruhen. Njenna hatte sie gesehen, die kleinen Holzsärge, geschmückt mit Tannenreisig. Gefrorene Kinderleichen, auf dem Weg zur Kapelle, wo sie langsam auftauten. Sie wurden in die Erde gelassen, sobald der Frost daraus gewichen war.

Der Wellengang des Sees bereitete ihr Übelkeit. Als ob das Leben in ihrem Bauch die Gelegenheit ergreifen wollte, herauszukommen, erbrochen zu werden. Sie hätte es getan, den Eindringling herausgebrochen, wenn sie es gekonnt hätte.

»Willst du nach Vilhelmina?«

Njenna lächelte nur. Ihre Wege oder ihr Ziel gingen niemanden etwas an. Aber nach Vilhelmina wollte sie nicht.

Es war ungewohnt, sich zur Sommerzeit in der Waldlandschaft um Åsele aufzuhalten. Alles sah anders aus ohne Schnee, der die Erde im Winter bedeckte. Die Wanderung war schön gewesen, ihre Gedanken wurden vom Wind, vom Regen, der Sonne und den Wolken zerstreut. Sie hatte sich herumgetrieben. Die Wochen hatten sich zu einem wirren Gewebe verflochten, dessen Fäden sie vor langer Zeit verloren hatte. Mit Nahrung hatte sie Glück gehabt, doch jetzt war sie hungrig, brachte es aber nicht über sich, zu betteln. Sie hatte alle Wertgegenstände zu Hause gelassen, nur den Nähbeutel, das Geschenk ihres Vaters, trug sie an der Hüfte, ihre Mutter hatte noch ein Herz aus Silber hinzugefügt. Auch in ihrer Kiepe hatte sie nur ein wenig Winterkleidung verstaut. Unterwegs hatte sie sich von Beeren ernährt, den Vorratsschuppen im Winterland wollte sie nicht anrühren. Die Familie rechnete mit dem, was es dort gab, und sie war ja keine Diebin.

Geschlafen hatte sie unter Tannen und Felsbrocken, hartnäckig von Mücken umsurrt. Nun war sie hungrig und gleichzeitig war ihr schlecht. Ihr Magen schrie nach Nahrung, aber sobald sie sich mit den Beeren, die es gab, gesättigt hatte, wollten sie wieder heraus. Sie ließ sich an einem Baumstamm niedersinken und legte das Gesicht auf ihre Knie. Sie wusste nicht weiter, war aber zu stolz, um nach Arbeit zu fragen. Um die Höfe hatte sie jedes Mal einen großen Bogen geschlagen, damit sie keinem Menschen begegnete. Aber jetzt brauchte sie etwas zu essen. Und Schlaf. Mühsam hob sie den Kopf und lehnte ihn gegen die raue Birkenrinde. Ihr Blick war matt, aber es war zu spät zur Umkehr. Sie hoffte, ihr Vater befinde sich inzwischen wieder dort, wo er gebraucht wurde. Sie hatte gestanden und war geflohen. Das durfte nicht vergeblich gewesen sein.

Langsam senkte sich die Dämmerung, im Wald fielen keine Axtschläge mehr und alles war still. Njenna hatte Angst, den Weg der Waldarbeiter zu kreuzen. Sie ballte die Fäuste im Schoß. Nie mehr sollte ihr das geschehen. Nie mehr. Sie schloss die Augen.

Als sie eine Hand auf ihrer Schulter spürte, schrie sie auf. Sie, die die Natur immer mit ihrem Schweigen geehrt hatte.

Rasch kroch sie hinter den Baumstamm und duckte sich vor dem Fremden. Ihr ganzer Körper schrie ihr zu, sie solle fliehen, aber sie wusste, dass es nichts helfen würde.

Da hörte sie einen Gruß in ihrer eigenen Sprache und von einer freundlichen, warmen Stimme und hob das Gesicht. Sie maß die Gestalt vor dem Baum mit ihren Blicken. Der Mann, der im Alter ihres Vaters sein mochte, trug eine Tracht, die sie kannte, aber sie war verschlissen und geflickt. Seine Füße waren nackt und schmutzig.

Sie erwiderte den Gruß.

Der Mann lächelte. Seine Haare waren kurz geschnitten und über der Schulter trug er eine Axt. Njenna richtete sich auf und zupfte sich Zweige und Laub von ihrer Kleidung.

Er fragte sie nicht, wovor sie sich fürchtete, aber sie sah diese Frage in seinen Augen. Doch Njenna erklärte nichts. Schweigend sahen sie einander an, dann reichte er ihr die Hand.

»Fremde, ich heiße Torkel.«

»Njenna.«

»Woher kommst du?«

Sie klärten die Verwandtschaftsverhältnisse, doch sie kannten einander nicht. Njenna spürte allerdings seinen Blick, der abschätzend über ihre Kleidung glitt. Sie war reich, aber sie wünschte sich, dass er verstand, dass sie gleichzeitig auch arm war. Wenn er wüsste, dass sie in Wirklichkeit tot war, würde er nicht hier vor ihr stehen bleiben. Aber vielleicht ahnte er es zumindest, denn sie war allein unterwegs, und es war schwer, allein zurechtzukommen.

Mühsam stand sie auf, sie war größer als er. Dann konnte sie es sich nicht verkneifen, den kostbaren Beutel an ihrem Gürtel zurechtzuziehen.

Torkel schlug angesichts ihres Hochmutes den Blick nieder und sie setzte sich trotzig die Kiepe auf den Rücken. Ohne sie weiter auszufragen, lud er sie zu sich nach Hause ein. Mit zögernden Schritten folgte sie ihm, denn ihre Sehnsucht nach einem wärmenden Feuer und Essen war zu groß. Aber die Rentiermacht ihrer Familie umgab sie wie Sonnenglanz. Noch hatte sie das nicht verleugnet, noch war sie Njenna, die Bewacherin des Feuers, Tochter ihres Vaters und ihrer Mutter. Noch hatte sie nicht wirklich begriffen, dass sie tot war.

Als ihre Gedanken Lottso streiften, musste sie beiseitetreten und sich an einer Tanne übergeben.

Vor einer Felswand blieb Torkel stehen und gab ihr mit der Hand ein Zeichen, voranzugehen. Sie verstand aber nicht, in welche Richtung, denn vor ihr türmte sich nichts weiter als ein Haufen Reisig auf. Aber sie nahm Rauchgeruch wahr.

Umständlich zog Torkel eine für sie nicht erkennbare Tür zu einer Hütte auf und trat vor ihr ein. Der Boden war mit frischem Birkenreisig bedeckt und der Schein eines behaglichen Feuers zuckte über die Decke. Njenna blieb an der Tür stehen und ließ sich auf die Knie sinken. Torkel ging zu seinem Platz und eine Frau rührte mühsam weiter in einem Kessel. Njenna kroch auf den Knien näher.

Sie wurde willkommen geheißen und ließ sich dankbar nieder. Obwohl es am Feuer warm war, spürte sie die raue Kühle, die von der Felswand ausging. Man bot ihr eine wässrige Grütze mit Preiselbeeren an und es schmeckte göttlich. Endlich konnte sie sich satt essen.

Die Frau lächelte schüchtern. Sie hieß Karin.

Torkel kauerte sich in einer Ecke der Hütte auf den Boden und zündete seine Pfeife an. Karin holte Arbeit hervor und flickte Lodenhosen, damit sie noch einen weiteren Winter hielten. Njenna erahnte Verzweiflung hinter dem vorsichtigen Tonfall und den demütigen Gesten der beiden, aber auch eine Entschuldigung. Ihr war unbehaglich zumute. Sie selber hatte keine Vorstellung von ihrer Zukunft. Angesichts der Erinnerung an den Uhu, der ihren Tod angekündigt hatte, wäre es eine Anmaßung, etwas zu planen. So jedenfalls hatte sie sich die Zukunft nicht vorgestellt.

Der saure Geruch von Torkels Pfeife erfüllte die Reisighütte. Njenna sah sich um. Vielleicht war dies ihre Zukunft. Sie strich über ihre weiche Lederkleidung. Torkel und Karin hatten ihr dürftiges Mahl mit ihr geteilt. Sie hatte es demütig angenommen. Aber sie war anderes gewohnt. Njenna holte ihr Messer hervor und schnitt das Silberherz von ihrem Beutel ab. Schweigend reichte sie es Karin.

»Für eure Gastfreundschaft.«

Karin sah ihr ernst in die Augen.

»Wo willst du dein Kind gebären?«

Njenna hielt Karin immer noch die Hand mit dem Herz hin. Ihre Hand zitterte, aber sie versuchte, stolz zu sein.

»Nimm es. Das reicht für Essen.«

Karin schloss ihre rußige Hand um Njennas. Es dauerte nur einen kurzen Moment, aber lange genug, dass Njenna wieder erschöpft auf dem Boden zusammensank.

»Behalte dein Herz. Bleib bei uns. Wir können Hilfe gebrauchen.« Karin nahm ihre Arbeit an den Lodenhosen wieder auf, aber ihre Augen hatten tief in Njennas Augen geblickt. Sie war nicht mehr allein.

Sie blieb bei ihnen, aber sie war nie etwas anderes als ein Gast. Der Boden unter ihren Füßen blieb ihr fremd. Sie kannte die Pfade nicht und war nicht an diese Landschaft gewöhnt. Sie hatte keine Namen für die Orte, die sie umgaben. Karin und Torkel hatten sich für die Einsamkeit entschieden, für dieses verstrüppte, schwer zugängliche Fleckchen Erde, das auf gespenstische Weise leblos war. Und Njenna tat alles, um es in diesem unzugänglichen Zustand zu erhalten.

In der Hütte, die sich gegen eine Bergwand lehnte, gab es keinen abgetrennten Küchenteil. Torkel saß in der hintersten Ecke und rührte in einem Kessel mit Fisch. Njenna saß rechts vom Feuer, an dem Platz, der einem Gast gebührte. Sie ging in den Wald, sammelte Holz und fischte im See. Sie lebten nicht im Überfluss, und es blieb ihnen nichts, was sie für später hätten sparen können. Njennas Bewegungen waren jetzt schwerfällig. Sie fühlte sich hier zu Hause und gleichzeitig doch fremd. Sie war es nicht gewohnt, dass man sie geradeheraus nach Dingen fragte, die nur sie etwas angingen. Über sich zu erzählen, war gefährlich, dennoch hatte sie gehört, wie ihr die Worte aus dem Mund gesprudelt waren.

Als der Schnee hoch lag, wusste sie, dass sich ihre Familie

dort irgendwo in den Wäldern aufhielt, entfernt und doch so nah. Wie gern wäre sie zu ihnen gegangen, hätte sich am Feuer niedergelassen, ihre Arbeit aufgenommen und dem gedämpften Gespräch ihrer Eltern und den Atemzügen ihres schlafenden Bruders gelauscht. Sie war wankelmütig geworden und begann sich einzureden, dass eine Rückkehr tatsächlich möglich sei. In ihrem Kopf waren die Ereignisse verblasst, manche fast schon verschwunden. Wenn jemand sie gefragt hätte, wäre es ihr schwergefallen zu erklären, was eigentlich passiert war.

Torkel lächelte geheimnisvoll.

»Ich habe etwas für dich. Ich zeige es dir nach dem Essen.«

Njenna bemühte sich, erfreut auszusehen. Sie hatte nichts, womit sie die Gastfreundschaft der beiden vergelten und ihnen den ärmlichen Alltag erleichtern könnte.

Sie war an ein anderes Leben gewöhnt, an Silberkragen, Fleisch in den Töpfen und an die ruhigen Gespräche, wenn die Rentierkühe kalbten und nur wenige gebraucht wurden, um die Herde beisammenzuhalten. Sie war es gewohnt, Rentierblut zu trocknen, Milch zu konservieren und Rentierkäse zu räuchern. Die Umzüge vorzubereiten und den unterschiedlichen Jahreszeiten mit planender Voraussicht zu begegnen.

Torkel und Karin hatten alles verloren, was sie sich einst erarbeitet hatten. Sie waren in eine neu gebaute Hütte gezogen, wurden jedoch davongejagt, als man entdeckte, dass sie sich Rinder und Rentiere hielten.

Jetzt wohnte jemand anders in dem mühsam erbauten Holzhaus.

In der Reisighütte war es zugig, und Njenna trug ständig ihre Winterkleidung: unter der *Ålkoe-muadta* einen Unterkittel, den Alltagskittel, der robust und haltbar war, aber nicht die Weichheit des Feiertagskittels besaß. Sie hatte die Blicke gesehen, die Karin darauf geworfen hatte, aber die Kleidung war alles, was sie noch von zu Hause besaß, und sie brachte es nicht über sich, sie zu verschenken. Was sollte sie denn sonst anziehen? Besonders hier, wo sie selbst dann noch fror, wenn sie auch drinnen die Oberbekleidung anbehielt?

Torkel ging hinaus. Er kam zurück und zeigte ihr stolz eine Gierhkeme aus einem ausgehöhlten Baumstamm. Außen war das Holz mit Sämischleder bespannt, das dunkel geworden war. Die gewebten Bänder verrieten, dass ein Junge darin gelegen hatte. Torkel legte ihr die Gierhkeme in den Schoß.

»Für das Kind.«

Es war eine hübsche Arbeit. Njenna spürte, dass ihr Tränen die Wangen hinunterliefen.

»Karin und ich haben beschlossen, dass sie dir gehören soll. Ich habe selbst als kleiner Junge darin gelegen. Karin und mir sind leider keine Kinder beschieden worden. Und jetzt, wo du hier bist ...«

Njenna strich sich über den Bauch. Sie hatte bis zuletzt dagegen angekämpft und den Kopf hoch getragen, als wüsste sie nicht, was unter ihrem Herzen wuchs. Aber Kinder waren ein Geschenk. Vielleicht auch ihr Kind.

Sie schaute das ältere Paar an. Wie hatte sie ihr Kind vor den beiden verleugnen können?

Karin hatte Torfmoos getrocknet, auf das Njenna ihr Kind legen konnte. Nun fehlte nur noch ein Stück Stoff. Und Kleidung. Bis jetzt hatte sie es vermieden, an etwas Derartiges zu denken. Ihr fiel Mutter Ristin ein, wie sie ihre Tochter durch die Schwangerschaft begleitet hätte, wie sie alles, was nötig war, mit streichelnden Händen vorbereitet hätte. Njenna wischte sich mit dem Handrücken über die Augen.

Torkel begann, von Erinnerungen an seine Jugend zu erzählen, und Karin steuerte ihre eigenen Erlebnisse bei. Und allmählich gingen sie dazu über, zu singen.

In Vilhelmina ruhte er sich aus. Aanta Naahkese bekam bei Alt-Jon Branntwein und Tabak. Sie saßen auf der Treppe von einer der Kirchhütten. Die Sonne wärmte. Jon betrachtete ihn, fragte aber nichts und reichte ihm nur hin und wieder den Flachmann.

Ein Herr und eine Dame spazierten heran. Aanta Naahkese hob fragend eine Augenbraue.

Alt-Jon klopfte seine Pfeife an der Treppe aus.

»Die rennen im Fjäll herum und fotografieren Lappen. Mich auch.« Seine Stimme klang ein wenig stolz.

»Israels Nila hat ihnen offenbar die Wege gezeigt«, meinte Aanta Naahkese und sah dem Paar, das auf sie zukam, misstrauisch entgegen.

Alt-Jon antwortete nicht.

Die beiden Fremden blieben vor der Treppe stehen und grüßten, als wären sie alte Freunde. Aanta Naahkese wandte den Blick ab. Der Mann streckte auffordernd die Hand aus.

»Ich hab schon viel von dir gehört. Könntest du uns einige Stellen zeigen?«

Aanta Naahkese blinzelte sie durch den Pfeifenrauch an.

»Ihr wollt mich als Wegweiser mieten?« Er sprach nicht oft Schwedisch und die ungewohnten Worte kamen ihm schwer über die Lippen.

Das Paar wurde eifrig.

»Wir haben von den Plätzen gehört, die euch heilig sind. Von heidnischen Opferstätten.« Der Mann lächelte nachsichtig, aber sein Blick glühte vor Begeisterung.

Aanta Naahkese starrte ihn wortlos an. Er hatte herausgefunden, dass dieser starrende Blick die Fremden nervös machte.

»Ich habe von Orten gehört, die ihr für heilig haltet. Vielleicht können wir einen Tausch vorschlagen?«

Aus den Augenwinkeln sah Aanta Naahkese den Pastor, der die Gottesdienste in Fatmomakke abhielt, eilig den Hügel heraufkommen.

Mit rosigen Wangen zog er das Paar beiseite, während er bemüht war, Jon und Aanta Naahkese den Rücken zuzukehren.

Jon grinste.

»Der hat aber Angst vor dir.«

Aanta Naahkese sah das lüsterne Aufblitzen ihrer Neugier. Hexerei und Magie und beharrliches Trommeln – sie verstanden nichts, und was noch schlimmer war, sie merkten gar nicht, dass sie nichts verstanden. Sie stellten eifrige Fragen und warteten nicht einmal die Antworten ab. Er lächelte. Die Augen der Frau glänzten.

Der Pastor warf einen ängstlichen Blick über die Schulter zurück. Bedächtig zog Aanta Naahkese sein Messer hervor und stieß es in das dunkle Holz der Treppe. Dabei bewegte er die Lippen, ohne die Gruppe aus den Augen zu lassen.

Jon blinzelte.

Der Pastor legte seine Arme schützend um die Besucher und zog sie von ihnen weg.

Der Mann drehte sich ängstlich um.

Aanta Naahkese fixierte ihn mit seinem Blick, bis der Mann sich wieder umwandte.

Jon gluckste gutmütig.

»Sei vorsichtig mit deinen Verwünschungen, sie könnten in Erfüllung gehen.«

Die beiden Männer lehnten sich träge ans Treppengeländer. Der Flachmann ging zwischen ihnen hin und her. Aanta Naahkese verzog keine Miene, wenn das scharfe Getränk seine Kehle hinunterrann.

Ich ging rasch am Portier in der Hotelrezeption vorbei. Er lächelte mich an, fast ängstlich vor Verlegenheit, als er mich sah. Doch ich fing allmählich an, mit meinem Tod leben zu lernen. Ich hatte erkannt, dass ich keineswegs übertrieb, auch wenn mein Herz hämmerte und der Kopf dröhnte: In Karasjok weigerte man sich, mich zu erkennen.

Ich spazierte an der Touristeninformation und am Slalomhügel vorbei und weiter in Richtung Kautokeino. Nicht dass ich die zwölf Meilen dorthin gehen wollte, aber das norwegische Sameting lag in einigen hundert Meter Entfernung am Weg und dort war auch die samische Bibliothek untergebracht.

Vielleicht fand ich dort etwas, was mich der Wahrheit über meine Vergangenheit näher brachte.

Die Architektur war eindrucksvoll und der Bau so großzügig wie ein großer Vorratsschuppen, sodass man meinen konnte, der Wind spiele zwischen den Brettern und zirkuliere im Haus. Wenn man das Sameting betrat, befand man sich sogleich in der Bibliothek. Dort reihte sich Band an Band, Werke über samische Kultur, Romane, Gedichtbände, akademische Dissertationen, politische Dokumente.

Das Gebäude war so konstruiert, dass man den Eindruck eines lichten Raumes mit einer hohen Decke hatte. Die Symbolik wurde mir besonders deutlich, als ich vor einer dunklen, erloschenen Feuerstelle stand.

Von den Politikern, die ich auf ihrem Weg zwischen den Zimmern sah, trugen viele die traditionellen Lappenkittel. Ich sah mich um. Hier also kämpften die Sami gegen die große Gesellschaft und gegeneinander: Fjällsami gegen Waldsami, Norwegisch Sprechende gegen Samisch Sprechende, Frauen gegen Männer, die Aristokratie der Rentierbesitzer gegen den Pöbel der Besitzlosen.

Es hätte mich nicht gewundert, wenn »Nur für Rentierbesitzer« auf der Bank gestanden hätte, auf die ich mich setzte. Und gäbe es im Ort öffentlichen Nahverkehr, dann hätte ich mich wohl ganz hinten in den Bus hocken müssen.

Eine Frau fragte lächelnd, ob sie mir helfen könne. Scheu sah ich sie an. Für den Bruchteil einer Sekunde genoss ich ihre selbstverständliche Art, mit der sie mich behandelte. Ich brachte mein Anliegen vor und sofort wurde sie unsicher. Sie holte eine Bibliothekarin.

Ich fragte nach samischen Erzähltraditionen. Das Zögern der Bibliothekarin ließ mich zunächst vermuten, sie habe meine Formulierung nicht verstanden, doch ihr ernster Blick ließ mich verstummen.

»Da bin ich wahrscheinlich nicht die richtige Ansprechpartnerin. Warten Sie, ich werde meinen Chef fragen.« Sie verschwand. Unterdessen musterte ich die Bücher. Am liebsten wäre ich wieder gegangen. Sie sahen mir an, dass ich eine Abtrünnige war. Jemand, der nicht dazugehörte.

Die Bibliothekarin kehrte mit einem bedauernden Lächeln zurück. Ihr Chef hatte nichts zu der Frage zu sagen. Und ihre eigene Familie war christlich – Laestadianer, die einer streng moralischen protestantischen Bewegung angehörten – und diese Menschen widmeten sich natürlich nicht dem Erzählen von Geschichten. Ich war drauf und dran, den Bibliotheksbesuch zu beenden, als die Bibliothekarin eine Frau am Schalter ansprach.

»Sie sind doch von hier, vielleicht können Sie ja etwas über die Erzähltradition Ihrer Familie sagen?«

Ihre Frage machte mich aus irgendeinem Grund verlegen.

Das Gesicht der Frau verschloss sich wie eine Muschel. Sie antwortete auf Samisch. In ihrer Familie gebe es keine Erzähltradition. Ich hörte ihr erstaunt zu. Mir fiel es schwer, mir irgendwo auf der Welt eine Familie vorzustellen, die nicht durch ihre gemeinsame Geschichte zusammengehalten wurde. Oder aber, wie in meiner Familie, durch die Verleugnung ihrer Geschichte.

Es spielt keine Rolle, welcher von beiden Varianten wir angehören, aber wir werden, was wir sind, indem wir einander erzählen. Wir sind durch die gemeinsame Erinnerung miteinander verbunden, die Worte erfüllen unsere Blutsverwandtschaft erst mit Leben.

Die Bibliothekarin sah unglücklich aus, denn sie war eine freundliche Frau. Mühsam suchte sie nach Worten, um mir einen Teil ihrer eigenen Überlieferungen zu vermitteln. Mir ging auf, dass auch sie nicht hierher gehörte.

Dankbar setzte ich mich zu ihr und hörte zu. Es war wie Balsam für meine tote Seele. Sie wollte mich weiterlotsen und rief den Chef der Volksbibliothek an, der sie jedoch abwies. Ich merkte, dass ich allmählich lästig wurde. Die arme Frau vor mir lächelte immer verzweifelter. Als ich gehen wollte, nahm sie meinen Arm.

»Hier in der Finnmark sind Dinge in Bewegung gekommen, alle spüren das, aber viele scheuen sich, mit Außenstehenden darüber zu sprechen. Sie fürchten, missverstanden zu werden. Für uns gehört es allerdings zum Alltag.«

Ich nickte.

»Selbst in diesem neu errichteten Haus geschehen Dinge, die man nicht erklären kann. Viele wollen nicht in den Keller gehen …«

Interessiert blieb ich stehen.

Sie ließ meinen Arm los.

»Wenn Sie Augen haben, werden Sie im Hotel viel sehen.«

Hatte ich denn Augen, zu sehen? Ich wusste es nicht. Vermutlich war meine Angst zu groß, um das herauszufinden.

Sie senkte die Stimme.

»Dort gibt es ein Zimmer, in dem ist es unruhig.«

Ich sah ihr an, sie wusste, dass es mein Zimmer war.

Karin hatte unter den wenigen Fellen, die es in der Hütte gab, ein dickes Lager aus Tannenreisig errichtet. Auf dem Feuer kochte Wasser. Sie wischte Njennas Stirn ab und murmelte tröstende Worte. Njenna verstand sie nicht und hörte nicht hin, aber die Stimme beruhigte sie. Sie wünschte, ihre Mutter wäre bei ihr. Auf einmal verstand sie nicht mehr, warum sie geflohen war, aber zur Umkehr war es jetzt erst recht zu spät. Sie kauerte sich hin, die Hände gegen die Felswand gestemmt, und die Haare hingen ihr in die Augen. Vielleicht war es dieser Moment, den ihr der Uhu angekündigt hatte, und auch Aanta Naahkese. Wie konnte sie überhaupt noch an ihn denken?

Wie viele Frauen waren nicht schon im Kindbett gestorben?

Wie viele hatten sich zu Tode geschrien und geschwitzt mit einem Kind, das nicht herauskam, wie es sollte?

Sie stöhnte laut.

Griff nach Karins Hand.

»Wenn ich sterbe, müssen Mutter und Vater es erfahren.«

»Scht, scht«, machte Karin. »Du wirst doch wohl nicht sterben wollen.«

Und sie starb nicht. Stattdessen gebar sie eine Tochter, wohlgestaltet und kräftig schreiend. Karin und Torkel lachten. Das kleine Bündel Mensch wurde in ein Stück Leinen gewickelt; Kalbfell gab es nicht, aber die kleine Lagerstatt hatten sie mit Steinen gewärmt.

Njenna schaute in das runzlige kleine Gesicht. Das war also ihr Kind. Es war unfassbar. Sie suchte nach Gefühlen, aber sie war zu müde, fast gleichgültig.

Karin nahm das warme Wasser vom Feuer und wusch das Kind behutsam. Ihre zärtlichen, leichten Berührungen strahlten Liebe aus. Njenna wandte das Gesicht ab. In ihr begannen sich die Erinnerungen zu regen und sie spürte ihren eigenen Puls. Doch die Augenlider wollten ihr zufallen und sie sehnte sich nach Schlaf.

Sie versuchte, gar nichts zu fühlen. Wie viele Male hatte sie nicht schon von der Gefahr gehört, in der ersten Zeit, nachdem ein Kind geboren war, etwas Böses zu denken oder zu tun. Dabei hatte diese Mahnung stets jenen gegolten, die ehrfürchtig um Mutter und Kind herumgeschlichen waren. Aber was geschah erst, wenn die Mutter selbst das Böse war?

Karin legte Njenna das Mädchen an die Brust und strich beiden zärtlich übers Haar.

»Jetzt müsst ihr euch ausruhen.«

Fürsorglich polsterte sie den Boden der Gierhkeme mit Moos aus und allem, was es in der Hütte an Leinen und Fell gab. An die drei Bänder über dem Kopfende waren einige Messingringe genäht. Für Stahl hatte es nicht gereicht.

Vorsichtig nahm sie die warmen Steine aus der Wiege, damit Njennas Kind es behaglich warm hatte.

Njenna schnupperte an ihrer Tochter. Sie roch nach Schlachtabfall. Jetzt waren sie zu zweit. Nichts ließ sich mehr ungeschehen machen. Langsam öffnete sie ihre Sinne für das zarte kleine Wesen an ihrer Seite.

»Sie soll Ristin heißen, wie meine Mutter.«

Aanta Naahkese hockte auf einem Felsabsatz. Der Schnee unter ihm war kompakt und hart, und er hatte freie Sicht, während er für die Umwelt verborgen war. Dies hier war nicht sein Land. Die Hütten lagen näher beieinander, als er es ertrug. Er hatte die missbilligenden Blicke der Ansässigen gesehen, wenn er an ihren Höfen vorbeistrich. Nicht besser als ein armer Lappe, genauso wenig willkommen wie ein Bettler. Es war verlockend, Verwünschungen gegen die selbstgerechten und geizigen Kleinbesitzer hervorzuschleudern, aber er behielt die Worte für sich.

Er folgte dem ängstlichen Torkel mit Blicken. Der Mann lächelte jedes Mal, wenn Schreie aus der Hütte ertönten. Aanta Naahkese lehnte sich gegen den geraden Stamm einer Kiefer, und seine Halsmuskeln pulsierten vor zurückgehaltenem Zorn. Er war um die Hütte geschlichen wie ein Wolf in der Nacht, ohne sich zu erkennen zu geben.

Aber er hatte sie gefunden. Dort drinnen lag sie fürsorglich gebettet und gebar ein Kind. Die Geister hatten entschieden, dass es eine Tochter wurde. Das Kind eines anderen. In ihm brannte Eifersucht, sosehr er sich auch anstrengte, sie zu unterdrücken. Das hier war nicht ihre Entscheidung, schrie er sich selber zu. Und selbst der scheinheilige Elias war gütiger mit ihr gewesen als er. Elias war mit ihr nach Saxnäs gewandert, um sie zu heiraten.

Aanta Naahkese stöhnte. Dann richtete er sich auf und machte einige prüfende Schritte auf sie zu, bevor er aus dem Wald floh.

So lange wie möglich nutzte Njenna die Wärme von Torkels und Karins Gastfreundschaft. Aber sie sah selbst, wie die Vorräte schwanden. Als die Nacht den Wald in dichte Winterdunkelheit tauchte und der Mond sein Bestes tat, um Nachtwanderern den Weg zu weisen, schnallte Njenna die Skier unter, die Torkel ihr angefertigt hatte. Das Kind trug sie auf dem Rücken in Torkels Gierhkeme. Karin hatte ihr noch etwas von der knappen Nahrung zugesteckt, und bevor Njenna die beiden verließ, drückte sie Karin das silberne Herz in die Hand.

Sie würde sie nie mehr wiedersehen. Die ersten freundlichen Seelen in ihrem persönlichen Totenreich. Das würde sie ihnen nie vergessen.

Der Schneeharsch sang unter ihren Skiern. Es ging rasch

voran. Sie war auf dem Weg zum Meer, zu den Städten, aus denen die lauten, wohlhabenden, fotografierenden Fremden kamen. Die dafür bezahlten, sie ansehen zu dürfen.

Ein ganzer Winter war vergangen. Vor lauter Zorn hatte er Wölfe getötet und mit einem Vielfraß gekämpft. Er hatte sich im Schnee eingegraben und verdrossen die Stürme über sich hinwegheulen hören. Aber er gehörte nicht zu denen, die erfroren.

Im Sommerregen ließ Aanta Naahkese sich nass werden. Er schämte sich, so einfach war das. Die Scham zog seine Muskeln zu schmerzhaften Knoten zusammen, und sein Blick vermied es, etwas anderem zu begegnen als dem Boden, über den er ging. In der Kälte war es leicht gewesen, den Nacken zu beugen, doch jetzt musste er den Blick heben.

Er wurde zurückerwartet. Müde rieb er sich die Augen.

Njenna. Vielleicht hatte sie ihn mit einem Fluch belegt. Die Rückkehr würde ihm nicht gelingen, denn er hatte Angst um sich gesät. Er hatte solchen Leuten wie dem missionarischen Elias in die Hände gespielt und er hatte sich damit in aller Augen in nichts anderes als einen Hexer verwandelt. An den heiligen Orten war er bald einsam. Schon seit seiner Kindheit hatte er gesehen, wie die Schweden immer näher rückten und immer mehr forderten. Sie beanspruchten Land, das seit Generationen unter den Sami weitervererbt und jedes Jahr zwischen den Familien entsprechend ihrer wechselnden Bedürfnisse verteilt worden war. Ohnmächtig hatte er mit ansehen müssen, wie man Gräber ausgehoben hatte. Er schauderte.

Dennoch schien das Entsetzen keine Macht mehr über ihn zu haben. Durch seine Mystik lebte er in sich selber.

Aber das gefiel ihm nicht.

Er war gefährlich. Er war wie eine eigensinnige Krähe, die die Dunkelheit ankündigt. Bisher war ihm das nur nicht bewusst gewesen, denn er hatte mit seiner Kraft auf erbärmliche Weise vor sich selber geprahlt.

Zornig watete er in den See hinaus, die Kälte sollte seine Gelenke mit Schmerzen strafen. Schmerz war bald das Einzige, was er noch ertrug, der Schmerz erhielt ihn am Leben.

Nur widerwillig hob er den Blick und ließ ihn auf der stillen Wasseroberfläche ruhen, bevor er ans Ufer zurückkehrte. Noch gab ihm die Natur Kraft.

Ihm ging plötzlich auf, dass es sich beim Höllenfeuer, vor dem alle Pastoren ständig warnten, um unglückliche Herzen handeln musste. Er grinste.

Seine Sinne waren bald genauso verdunkelt wie die der Christen.

ZWEITES BUCH

Skellefteå, Mai 1909

Die beiden Frauen standen jede auf ihrer Seite der Straße, einer schmalen Schotterstraße mit unbefestigten Rändern aus Lehm, Erde und braunen Grasbüscheln. Ristin stand wie festgewachsen auf dem Weg, der zur Tischlereifabrik hinunterführte, und blickte starr zu ihrer Mutter hinüber, einer kleinen, jämmerlich wirkenden Frau, die sich in ihrem Zuhause wie eine Riesin bewegte. Hätten sie sich näher gegenübergestanden, hätte Ristin das Flehen in Njennas Blick gesehen, doch aus der Entfernung wirkte er auf sie eher hart und unerbittlich. Sie wusste nicht, was es war, aber in ihr kribbelte es vor Ärger und Groll, ein Jucken von altem Unrecht. Es waren die Worte der Alten, die in ihr die Geißel der Erinnerungen weckten. Dabei genügte schon der geringste alltägliche Anlass und sie ertrug es nicht länger.

»Steh nicht herum und glotz, tu lieber was.« Sie wandte Njenna den Rücken zu und trabte zur Fabrik hinunter.

Njenna befeuchtete die aufgesprungenen Lippen mit der Zunge, um etwas zu erwidern, ließ es aber. Sie schaute Ristin nach, die den mit Schnee und Eis bedeckten Hügel hinunterstolperte. Ihre Tochter. Im Augenblick fiel ihr nicht ein, worüber sie sich eben noch gestritten hatten. Stattdessen erinnerte sich ihr Körper, wie es gewesen war, das kleine Kind im Arm zu halten. Ihre Arme erinnerten sich an das kompakte kleine Gewicht. Sie sah die runden Kinderwangen und die Augen vor sich, die niemals unschuldig geglänzt hatten. Njenna drehte sich um.

Stolz thronte das Haus mitten auf dem Hügel. Der Klintforsen schlängelte sich über das Grundstück und stürzte dann in einem wilden Wasserfall herab. Hier hatte Njenna so viele Jahre gewohnt, dass es schon nicht mehr von Bedeutung war, wie lange. Die Tage flossen ineinander wie ein zäher Teig aus Arbeit und alltäglichen Beschäftigungen. Jahr für Jahr immer dasselbe. Sie begann, sich nach ihrer Jugend zu sehnen, nach dem Fjäll und den Umzügen zu anderen Lagerplätzen, nach den wiederkehrenden Wechseln der acht Jahreszeiten. Sie begann zu verstehen, was in ihrem Leben anders hätte sein können.

Auf dem Acker würde sich bald der Weizen leicht vor dem Wind beugen, aber noch lag die Erde schwarz, lehmig und düster da. Von der Fabrik herauf tönten die vertrauten Laute von Arbeiten, bei denen Holz in die Form von Fenstern, Möbeln und Skiern gezwungen wurde. Njenna schaute auf ihre Füße hinunter. Sie sehnte sich danach, barfuß zu gehen und ihren schwarzen Lodenrock schwingen zu sehen, der die schmutzigen Füße fast verbarg. Ristin verstand so etwas nicht. Sie war der Meinung, ihre Mutter sollte das ganze Jahr hindurch Schuhe tragen. Njenna stieg die samtweichen Holzstufen zur Veranda des großen Hauses hinauf. Im Sommer wohnten sie nicht dort. Die kleinere Hütte an der Grundstücksgrenze war die erste, die Ristin und ihr Mann Johan als Sommerhaus gebaut hatten. Ein jahreszeitlicher Umzug im Kleinen. Njenna lächelte.

Sie teilte sich mit einem der Enkelkinder die Küchenbank. Abends flüsterte sie dem Mädchen Märchen ins Ohr, bis es einschlief. Ristin schnaubte, wenn sie es sah, und sagte, sie solle dem Kind keine Grillen in den Kopf setzen.

Im großen Haus roch es nach grüner Seife und frisch gebohnerten Fußböden. Ristin nahm es genau. Vorsichtig stieg Njenna die Treppe zum Obergeschoss hinauf. In einem der Schränke unter der Dachschräge stand eine Holzkiste, die sie nicht mehr geöffnet hatte, seit sie verheiratet war. Die hatte sie mitgenommen, als sie die Hütte in Kusmark verlassen hatte, um zu ihrer Tochter zu ziehen. Darin hatte sie die alte Njenna verstaut, die Kleidung, die sie und ihre Mutter so mühselig aus Rentierfell und Loden genäht hatten, und den kleinen Beutel, den sie von ihrem Vater bekommen hatte und an dem das silberne Herz fehlte, das sie Karin geschenkt hatte. Auch die Schuhbänder hatte sie darin aufbewahrt, die sie über das Fjäll und durch den Wald zu Martin getragen hatten. Sie hob den Deckel ab. Zuoberst lag der Alltagskittel aus Fell für den Winter.

Sie strich mit den Händen darüber, bevor sie ihn sich über den Kopf zog. Obwohl es unter den Dachbalken von der Sommerwärme stickig war, fröstelte sie. Staub schwebte langsam in der stillstehenden Luft, und zwischen Fliegendreck und Spinnweben sickerte das Sonnenlicht herein. Man räumte auf, scheuerte und bürstete die Gegenwart weg, aber man brauchte nur den Arm sinken und den Scheuerlappen ruhen zu lassen, und schon würde alles wieder anfangen zu atmen und die Menschen an die Zeit erinnern, die gar nicht flieht. Sie bleibt, trottet auf der Stelle, unabhängig davon, was geschieht. Diese Sachen hatte Njenna in jenem Herbst getragen, damals, als sie die Küste erreichte. Mit Ausdauer und Beharrlichkeit.

»Na ja, Lappe bleibt eben Lappe.« Rut, die sie als Magd eingestellt hatte, hatte abfällig die Lippen geschürzt, aber Njenna war stumm geblieben.

»Ich habe gehört, dass sich Bären in der Nähe herumtreiben. Pass also auf.«

Njenna erinnerte sich, was sie am liebsten geantwortet hätte: Vor dem Bär braucht man sich niemals zu fürchten. Man muss ihm nur zeigen, dass man eine Frau ist. Der Wolf dagegen, der Wolf kann den Menschen mit seinem Blick in Trance versetzen, heimtückisch umkreist er die Rentierhirten, folgt der Raajroe, macht Reiche zu Armen und Arme zu

Toten. Sie hatte ihren Vater gesehen, wie er den Wolfspfeil im Bogen auf ihn anlegte. Niemand hatte getrauert.

Aber wenn es dagegen ein Bär war! Bären haben Verstand wie Menschen. Und begrub man jeden Knochen eines Bären so, wie er gebaut war, wurde er wiedergeboren. Seiner Seele widmete man einen Joik. Man zeigte ihm, dass man eine Frau war. Aber Njenna hatte geschwiegen. Auf diese Weise war ihr wenigstens erspart geblieben, die Messe besuchen zu müssen. All das Gerede über Gott, Strafe, Gerechtigkeit und Sünde. Sie war eine Sünderin, denn sie hatte ein Kind geboren, ohne verheiratet zu sein.

Nein, sie war etwas Schlimmeres. Sie war ein Tier. Sie hatte die Blicke des jungen Pfarrers über ihre Kleidung wandern sehen. Diesen bohrenden, neugierigen Blick. Auch er hatte zu ihr gesprochen wie zu einem Kind. Er hatte sie gezwungen, in die Kirche zu gehen und auf der Schandbank für die nicht Gerechten zu sitzen. Sie blickte starr zu Boden, um ihn nicht anzuspucken. Wenn er Gott sagte, dachte sie an Raerienaehtjie, wenn er Jesus sagte, an Maadteraahka, wenn er Heiliger Geist sagte, streiften ihre Gedanken Saaraahka, die die Geburt ihrer Tochter bewerkstelligt hatte. Jedes Mal wenn das Kreuz vor ihren Augen baumelte, schrie es in ihr nach der Gievrie. Ihr Vater hatte die Trommel immer noch benutzt, damals, bevor sie fortgegangen war, sie erinnerte sich genau. Also gab es sie doch, dachte sie störrisch. Njenna hatte gejoikt, als sie die Kirche verließ, doch Rut hatte sie mit einem Zischen zum Verstummen gebracht.

Im Wald fühlte sie sich geborgen, aber unbeholfen. Auf dem Moor leuchteten die Multebeeren wie kleine Sonnen. Wenn der sumpfige Boden die Füße festsaugte, hob Njenna den Kopf und suchte nach den Silhouetten vertrauter Berge, wie sie es immer getan hatte. Aber hier wanderte sie in dunklem Dickicht. Es erinnerte ein wenig an das Winterweideland und dann auch wieder nicht.

Aber in der Einsamkeit war sie immer noch Njenna Gaaltije, die kalte Quelle.

Der Rock klatschte um ihre Beine, und jedes Mal wenn sie sich nach den reifen runden Beeren bückte, war das Kind in der Gierhkeme im Weg. Die Multebeeren mit ihrer nassen Süße lagen schwer in der Kiepe und die Mücken sirrten um ihre schweißnassen Schläfen.

Entlang der Pfade ahnte sie die Nähe der Kreaturen. Losung. Irgendwelche Leute ließen hier ihre Herde weiden. Sie musste sich davor hüten, ihnen zu begegnen. Als sie sich dem Dorf näherte, hob sie trotzig den Kopf. Sie hatte gesehen, wie sie die Nasen gerümpft hatten wegen ihres Kittels aus Sämischleder.

Aber sie war jemandem begegnet, Martin. Dem Zimmermann mit dem sanften Gemüt, der alles, was er anfasste, in etwas Schönes verwandelte. Alles, nur sie nicht. Aber als sie sich trafen, hatte sie gehofft, er würde etwas anderes aus ihr formen können, als sie war.

Er war Lappe wie sie und doch wieder nicht. Und sie sah, dass er sah, woher sie kam, obwohl sie ihm die Verwandtschaftsbeziehungen nie offenlegte. Sie schwieg und er ließ sie schweigen.

Er war in einem Sommer in Arvidsjaur geboren worden. Seine Eltern zogen zwischen Torfkoten hin und her, im Winter sammelten sie die Rentierherde in Kusmark, um im Frühling ins Waldland in der Nähe von Akkavare hinaufzuziehen. Die Herde war nicht besonders groß und Martin hatte sich eine Arbeit im Wald gesucht. Mit der Axt ging er um, als wäre sie ein Teil seines Körpers. Seine Holzarbeiten waren begehrt, und er wanderte dorthin, wo es Arbeit für ihn gab. Er kam und ging, ein neues Leben auf alten Spuren. Bevor sie heirateten, zeigte er ihr ein Stück Land, das er zu kaufen gedachte.

»Das soll uns gehören.«

Sie erinnerte sich an seine Worte. Um sie herum siedelte

sich seine Verwandtschaft an. Sie kauften Land, sie sprachen Schwedisch, sie zogen Kartoffeln und Mohrrüben, aber ihre Schuhe banden sie mit *Vhedtegh*. Im Volksmund waren sie nichts anderes als Lappen. Anders und doch gleich.

Sie blieb auf dem kleinen Fleckchen Land, während er herumzog. Sie beneidete ihn, aber seltsamerweise war es ihre Rastlosigkeit, die sie an diesen Ort schmiedete, der Kusmark hieß. Sie brachte es nicht über sich, ihn zu verlassen. Nicht einmal für einen Besuch irgendwo.

Njenna zog den Kittel aus. Martin war schon vor langer Zeit von ihr gegangen. Dieses Haus hatte er nicht mehr gesehen. Njennas Blick suchte das Fenster. Dort draußen hatte sie gestanden und sich mit ihrer Tochter gestritten, obwohl sie es gar nicht wollte. Zwischen Martin und Ristin war alles von Anfang an einfach gewesen. Njenna hatte es gleich beim ersten Mal gemerkt, als Martin das Mädchen zärtlich hochhob und seine Wange an den derben Stoff ihres Kittels legte. Er schaute in diesen Kinderblick und sah etwas, nach dem Njenna nicht einmal zu suchen vermochte. Dafür war sie ihm dankbar. Er machte das Mädchen zu seiner Tochter.

Aus der Ferne hörte sie Kinderstimmen beim Spielen. Ristin rief ihnen etwas zu. Auch Ristin war mit jemand verheiratet, der von der anderen Art war. Jemand, der anders war und dennoch gleich. Manchmal schämte sich Njenna für ihren Hochmut. Was hatte sie denn, womit sie sich brüsten konnte, sie, die verstoßen und tot war? Vielleicht war es der Fluch, der bewirkte, dass sie sich immer fremd fühlte, auch dort, wo sie sich zu Hause fühlen sollte.

Und auch Johan war ein guter Mann, der Sohn einer Cousine von Martin. Seine Eltern hatten Rentiere oben im Fjäll an einen Lappen vermietet und wohnten selbst in einem neuen Haus nur eine Meile von Kusmark entfernt. Johan war Martin ähnlich, genauso ruhig, genauso schlicht. Ristin hingegen hatte Njennas Rastlosigkeit geerbt, die in ihrem Körper wütete.

Njenna konnte sich immer noch nicht daran erinnern, was für ein Gefühl sie gehabt hatte, als ihr dieses runzlige, rote kleine Wesen in die Arme gelegt worden war, ihre Tochter. Auch ihr gegenüber fühlte sie sich manchmal fremd. Vielleicht waren es die Augen: Sie waren hellblau, fast durchsichtig, aber ihre Haare waren schwarz und das Kinn hatte sie von ihrer Mutter geerbt.

Martin hatte nie etwas über die Kleidung gesagt, die Njenna für Ristin nähen ließ. Aber sie wusste, dass sie ihm nicht gefiel. Ihr Hochmut war ein Vergehen, aber das Beste war ihr gerade gut genug gewesen. Njenna hatte alles darangesetzt, alles Ungeziefer der Vergangenheit abzuschütteln. Ristin sollte ein normales Kind werden und niemand sollte sich das Maul über sie zerreißen. Aber Njennas Bemühungen hatten das Mädchen andersartig werden lassen, sie war ein Kind, das auffiel. Eines Tages war Ristin aus der Schule gekommen und hatte von Njenna verlangt, sie solle ihr das Haar zu Zöpfen flechten, die in festen Kringeln auf dem Kopf festgesteckt wurden. Und sie wollte schwarze Lederstiefel tragen, obwohl sie rote Scheuerstellen an den Füßen hervorriefen. Wenn sie aus der Schule nach Hause kam, musste sie sie ausziehen.

Njenna und Ristin sprachen Schwedisch miteinander. Am Ende hatte sie nicht einmal mehr mit Martin in ihrer eigenen Sprache gesprochen. Jetzt fragte sie sich, warum. Vielleicht passten die schwedischen Ausdrücke besser zu dem Leben, das sie führten. Anfangs in der Hütte in Kusmark hatte sie die Lappen eingeladen, die jeden Herbst kamen und sich am Acker niederließen. In ihrer Nähe roch es nach zu Hause. Sie pflegte die Lappenkinder auf den Schoß zu nehmen und ihre Nase in die Haare und Kleider der Kleinen zu stecken, die nach Rauch und Rentierfett rochen.

Zu der Zeit hatte sie Winterschuhe für Ristin genäht, hatte

Gras gesammelt und es für die Schuhe getrocknet. Aber ihre Tochter wollte lieber gestrickte Strümpfe haben und dafür an den Füßen frieren, Njenna hingegen ließ es sich mit dem Schuhheu gut gehen. Ristin wandte sich immer mehr von ihr ab.

Njenna hatte gefunden, was sie suchte. Sie schloss den Kistendeckel. Müde ging sie die Treppe hinunter und auf die Veranda. Sie hatte das Gefühl, als wäre sie seit dem Tag, an dem sie ihre Familie verlassen hatte, ständig unterwegs gewesen. Es zehrte an ihren Kräften, eine Fremde in ihrem eigenen Leben zu sein. Ihre Füße traten in das froststarre Gras hinaus. Der Hund lag träge im Schatten, die rote Zunge hing ihm aus dem Maul. Sie nahm seinen sauren, stoßweise gehenden Atem wahr. Wütend starrte sie auf die Brotstücke, die auf dem Rasen verstreut waren. Vogelfutter. Das zog Unglück an. Sie wollte das todbringende Piepsen der Kohlmeisen nicht hören, das nichts als Unheil verkündete und Unruhe brachte. Nichts half dagegen und sie fühlte sich ohnmächtig angesichts des Unausweichlichen.

Die Enkel saßen um sie herum. Johannes, Eldbjörg und Nils. In allen dreien konnte sie sich wiedererkennen, mehr oder weniger. Sie setzten den Weg fort, den sie einmal eingeschlagen hatte. Ihr wurde plötzlich bewusst, dass sie sich selbst nie als Beginn, sondern immer als Ende gesehen hatte. In der Hand hielt sie einen Silberring, der sich kühl auf der Haut anfühlte. Es war schon lange her, seit sie ihn getragen hatte. Er war ein Brautgeschenk, schön, auffallend verziert, protzig. Genau so einer, wie sie ihn sich gewünscht hatte. Man hörte ihn leise klirren, wenn man die Finger bewegte. Anfangs war das Geräusch eine Erinnerung daran gewesen, dass sie nun nicht mehr einsam war. Dann, im Laufe der Zeit, hörte sie es nicht mehr. Schließlich waren ihre Finger von Alter und Arbeit angeschwollen und sie hatte den Ring ablegen müssen.

Sie spielten Karten. Njenna hatte sich zurückgezogen, nachdem sie alle geschlagen hatte. Mit zufriedenem Lächeln neckte sie die drei Verlierer. Das älteste Kind, Johannes, machte sich nicht die Mühe, seinen Ärger zu verbergen. Hartnäckig versuchte er, sie ins Spiel zurückzulocken, um eine Revanche zu bekommen, aber sie schüttelte den Kopf. Sie beobachtete, wie Eldbjörg ihn mit geschickten Zügen hereinlegte. Ihr hätte Njenna den Ring schenken mögen, aber er war ein Erbstück, das von der Mutter an die Tochter weitergegeben wurde. Zuerst war Ristin an der Reihe, und dann würde Eldbjörg ihn zu gegebener Zeit bekommen, da sie die einzige Tochter war.

Njenna schloss die Hand. Heute Abend würde sie ihn Ristin geben. Etwas hatte sie auf den Speicher hinaufgetrieben, um den Ring zu holen, also nahm sie an, dass es an der Zeit war. Erst hatte sie beabsichtigt, Ristin den Ring nach ihrem Tod finden zu lassen, während sie das Haus von ihrer Mutter befreite. Aber das wäre feige. Sogar geizig. Oder neidisch. Trotzdem fiel es ihr schwer. Da war etwas Störrisches in ihrem Körper, was sie zurückhielt. Es wäre einfacher gewesen, den Ring Eldbjörg zu geben. Njenna stand auf, und die Kinder beugten sich weit über den Tisch, die Köpfe nah beieinander. Sie erinnerte sich, wie sie einmal vor langer Zeit genauso dagesessen hatte, eifrig, mit offenem Mund und wachen Augen, und das Haar eines anderen hatte sie an der Wange gekitzelt. Mit Ristin hingegen hatte sie nie gespielt, das ging ihr erst jetzt auf. Sie verließ das Haus.

Die Arbeitsgeräusche aus der Fabrik waren verstummt. Nur der Wasserfall stürzte sich unermüdlich den Steilhang hinunter, ein einschläferndes Brausen. Jemand hatte ein schadhaftes Fässchen für Käselab neben den Feuerholzschuppen geworfen, und ein Stück entfernt stand ein Holzgerüst, auf dem man Fleisch und mit Blut gefüllte Mägen aufhängen konnte. Es war leer und das sah ein bisschen traurig aus. In Kusmark, das ihr Zuhause geworden war, hatten mit Blut gefüllte Rentiermägen neben der Kote gehangen, die Martin errichtet hatte, bevor er das Haus baute.

Njenna hörte an dem rhythmischen Klopfen, dass Ristin am Webstuhl saß. Sie selbst hatte es nicht gelernt, auf diese Art zu weben und auch nicht zu stricken, obwohl Martins Mutter versucht hatte, es ihr beizubringen. Vielleicht hatte sie einfach nicht gewollt, aber Ristin konnte es. Njenna setzte sich auf die Treppe. Neuerdings saß Ristin so oft an diesem Ungetüm, dass Njenna sie im Verdacht hatte, sie weiche ihr aus. Aber bald würde es sowieso zu dunkel sein, um in dem ausgekühlten Zimmer in der kleinen Hütte zu arbeiten, in das man den Webstuhl hineingequetscht hatte.

»Ach, hier bist du?« Ristin hatte sich ein Tuch um die Haare gebunden, aber an ihren Schläfen sahen schwarze Strähnen hervor. Der Blick ihrer Augen in dem eckigen Gesicht kehrte sich langsam nach innen.

Njenna klopfte auf die Holzstufe und Ristin ließ sich neben ihr nieder. An den Mauern blühten immer noch Frostrosen, obwohl es bald Mai war. Njenna wusste nicht recht, wie sie anfangen sollte. Sie öffnete die Hand.

»Martins Ring.« Njenna wandte sich ihrer schweigenden Tochter zu.

Still saßen sie da und betrachteten den Silberring. Er war in Skellefteå gefertigt worden, eine hübsche Arbeit. Njenna lächelte.

»So etwas Feines hatte ich nicht erwartet.« Sie erinnerte sich immer noch daran, wie Martin ihn schüchtern und etwas ungeschickt auf ihren Finger geschoben hatte.

»Warum nicht? Vater war nie geizig.« Ristin machte Anstalten aufzustehen. Njenna legte ihr rasch eine Hand auf den Arm. Vielleicht sollte sie Worte nicht überbewerten. Sie und Ristin redeten ständig aneinander vorbei. Nein, Martin war nicht geizig gewesen. Das wurde ihr in diesem Augenblick erst richtig bewusst. Ständig war sie von seiner Großzügigkeit überrascht worden.

»Nimm ihn«, sagte sie mit sanfter Stimme und ließ den Ring in Ristins Hand gleiten. Es war eine Liebesgabe, und sie hoffte, dass ihre Tochter das verstand. Gern hätte sie mit dem Ring eine Geschichte verwoben, etwas, was die Erinnerung in die richtige Richtung lenkte, aber sie blieb stumm. Es gab so viel, worüber sie und Ristin nie gesprochen hatten, zum Beispiel, wer ihr richtiger Vater war. Und darüber, dass Njenna ihre Einsamkeit wie eine Rüstung getragen hatte, als Martin sie in seine Gemeinschaft zog. Dieser Ring war das Symbol für all ihre Geheimnisse. Vielleicht hatte er deswegen so lange in der Kiste auf dem Speicher liegen müssen. Sie hätte ihn Ristin gern erspart, und daher war es ihr unmöglich, dem Ring eine Geschichte mitzugeben, ohne zu lügen.

Ristin schloss die Hand um den Ring. Das war typisch für ihre Mutter, immer setzte sie andere herab. Sie konnte sich vorstellen, wie glücklich Martin gewesen sein musste, als er Mutter den Ring an den Finger steckte. Daher freute sich Ristin über das Geschenk, denn es erinnerte sie an ihn. An Martin mit seinen freundlichen Augen und den Lachfältchen, mit seinem lächelnden Mund und seinem sanften Schweigen, in das sie sich als Kind hineingeschmiegt hatte.

»Man wird nackt geboren und stirbt mit leeren Händen. Aber dazwischen soll man leben.« Njenna nickte zu ihren Worten.

Ristin war sich nicht sicher, ob sie verstand, was ihre Mutter meinte.

»Nun probier ihn schon.« Njenna stieß Ristin mit dem Ellenbogen in die Seite. Ristin schob den Ring über ihren Finger. Er passte, aber Njenna sah, dass das Geschenk fast zu spät kam. Ristins Fingergelenke waren geschwollen und ihre Finger krümmten sich langsam durch die Kälte und Wärme, durch viel Arbeit und allzu wenig Ruhe.

Man nannte sie Ristin. Das war ihr Name. Aber in ihrem Innern war sie Kristina. Das passte viel besser zu ihr, obwohl sie noch nie darüber gesprochen hatte. Sie konnte sich die Kommentare vorstellen, wenn sie darum gebeten hätte, so genannt zu werden. Kristina. Der Pastor hatte ihr im Konfirmandenunterricht feierlich diesen Namen gegeben. Sie lächelte vor sich hin. Eigentlich war es albern, Gedanken auf so etwas Unwesentliches zu verschwenden. Sie fröstelte. Im Stall war es dunkel. Die kleinen Fenster waren fast schwarz von Fliegendreck und die Tür hatte der Wind zugeschlagen. Sie bewegte sich träge. Es war, als hielte sie jemand am Rock fest, um sie an der Arbeit zu hindern. Hier drinnen wurde sie, wenn sie ihre Wange an das Fell der Kuh legte, zu der Frau, die sie eigentlich war, und die Einsamkeit zeichnete ein genaues Porträt von ihr. Dann konnte sie ihren eigenen Gedankenpfaden folgen. Es beunruhigte sie allerdings, dass sie so wenig ausgetreten waren und ihr unbekannt vorkamen. Manchmal fragte sie sich, wer sie eigentlich war. Welchen Platz das Leben ihr zugedacht hatte und ob sie ihn jemals finden würde. Doch es waren Gedanken ohne Worte, eher vage Gefühle, die sich mühsam in ihr bewegten.

Draußen auf dem Hof hörte sie die Kinder. Sie blies sich eine Haarsträhne aus dem Gesicht, während sie den Eimer mit den Kartoffelschalen vor dem Schwein leerte.

Als sie hinauskam, blinzelte sie in das grelle Sonnenlicht. Mutter Njenna bewegte sich unheilverkündend über das stoppelige Gras. Sie wachte peinlich genau über die Kinder, als wäre der Leibhaftige hinter ihnen her.

Im Holzschuppen roch es nach aufgestapeltem, trockenem Feuerholz. Der Boden vor dem Schuppen war weich von Sägespänen. Ristin warf Holzscheite in den alten Spankorb, der Löcher bekommen hatte, und ärgerte sich über Nils, der seine Aufgabe vergessen hatte. Es war Zeit für den Kaffee, im Herd musste ein Feuer angezündet und der Kaffeesatz im Kessel musste mit Wasser aufgegossen werden.

Sie hielt in ihren Bewegungen inne und ließ den Blick auf dem Wasserfall und der Brücke ruhen, die über den Fluss führte. Sie hatte richtig gehört. Hundegebell mischte sich mit dem Rauschen des Wassers, das auf dem Weg hinunter zur Mühle und Tischlerei Purzelbäume schlug. Die Kinder unterbrachen ihr Spiel.

»Schwarzpfote!«, rief Eldbjörg und lief dem alten Hund entgegen. Nils rannte hinter ihr her.

Aber Ristin wusste, dass es noch eine Weile dauern würde. Der Hund kam immer vorausgestürmt, wie eine Vorankündigung. Sie hatte noch Zeit, Kaffee zu kochen und ein wenig Brot herauszunehmen, bevor Johans magere Gestalt in der Wegbiegung auftauchen würde.

Schwarzpfote tänzelte ihnen um die Beine herum, die Zunge hing ihm aus dem fast zahnlosen Maul, und Ristin bekam Lust, sich zu bücken und ihr Gesicht in sein weiches, grau gesprenkeltes Fell zu drücken. Doch stattdessen eilte sie mit dem Holzkorb ins Haus. Johan würde den Kaffee draußen auf dem Hof trinken wollen, im Liegen, den Ellbogen aufgestützt und die Augen auf den Fluss gerichtet. Sie lächelte. Er würde sie mit diesem Blick anschauen, der sie verlegen machte. Unbewusst fuhr sie sich mit der Hand über die Haare und sah auf ihre fleckige Schürze. Sie hoffte, dass er Bargeld mit nach Hause brachte. In der letzten Zeit hatte sie ihrer Familie wenig vorsetzen können. Mutter Njenna war wortlos zum Fluss gegangen und hatte Fische geangelt. Das war möglich, wenn man sich ein Stück stromaufwärts begab. Ristin sollte ihr eigentlich dankbar dafür sein, aber stattdessen hatte sie es wie eine schweigende Missbilligung empfunden.

Johan sah froh aus, als er über die Brücke getrabt kam. Nils und Eldbjörg stürmten ihm entgegen, aber sein Blick suchte Johannes. Njenna saß auf der Treppe und sah blinzelnd in seine Richtung.

Als Ristin mit dem Kaffeekessel aus dem Haus kam und er ihr über die Wange streichelte, versetzte sie seiner Hand einen Klaps.

»Denk an die Kinder.«

Er grinste. Jedes Mal wenn er wegging, hatte sie das Gefühl, dass es jedes Mal länger dauerte, ehe er zurückkam. Ihr fiel es schwer, die Rastlosigkeit zu zügeln, die ihren Körper beherrschte, wenn er fort war. Diese innere Unruhe und Ungeduld kroch durch den Magen und stach und juckte in Armen und Beinen.

»Wo ist Johannes?«, fragte Johan.

Verlegen wedelte Ristin eine Fliege weg und goss umständlich Kaffee in den Becher, in den sie Käse gelegt hatte. Njenna nickte den Hügel hinunter.

»Er hilft Nilsson, das Scheunendach mit Schindeln neu zu decken.«

»Hat er nichts Besseres zu tun, als für diesen Geizkragen zu arbeiten?« Johan schnaubte. Aber ob es ihm gefiel oder nicht, es war dringend notwendig, dass auch die Kinder zur Versorgung der Familie beitrugen. Ristin fiel es schwer, seinen und Njennas Unwillen zu verstehen, wenn die Sprache auf die Arbeit der Kinder kam.

Was Johannes anging, war sie richtig froh, wenn er sich nicht wie ein unseliger Geist auf dem Hof herumtrieb, schlecht gelaunt und wortkarg. Auch er war geizig. Er gab vermutlich nicht einmal die Hälfte seines Verdienstes zu Hause ab. Sie wusste nicht, was er mit dem Rest anstellte. Er war wie eine Elster und häufte gierig seine Schätze an.

Johan warf seiner Frau einen vorwurfsvollen Blick zu. Er hatte einen Stolz, den sie nicht verstand, aber er verlor keine Worte darüber. Nils rückte nah an seinen Vater heran, und seine schmutzigen Finger streichelten ein Stück Horn, das an der Kiepe hing, die Johan auf dem Rücken getragen hatte. Er zerstrubbelte die schwarzen Haare seines jüngsten Sohnes. Leder hatte er auch mitgebracht, denn für Nils war es an der Zeit, sein erstes Messer herzustellen, aber davon wusste er noch nichts.

Eldbjörg kuschelte sich an Schwarzpfote. Ihre Haare waren lang und dunkel und zwischen den Pfoten des Hundes wirkte sie ganz klein. Es sah aus, als umarme er sie. Ristin stand mit über der Brust verschränkten Armen da. Steif und irgendwie nicht dazugehörig. Sie kauerte sich neben die Kinder. Johan zog ein Stück Leinenstoff hervor und reichte es seiner Tochter. Neugierig riss sie das Bündelchen an sich. Darin lag ein kleines, zartes Silberherz. Mit glänzenden Augen reichte sie es ihrer Mutter.

»Ist das nicht hübsch?«

Ristin strich dem Mädchen über den Kopf, bevor ihre kurzen plumpen Finger über die sanfte Oberfläche fuhren. Es stimmte, das Herz war sehr hübsch, trotzdem fühlte sich der Gegenstand in ihrer Hand fremd an. Sie gab ihn zurück.

Njenna beugte sich zu dem Mädchen hinüber und hielt ihr eine hohle Hand hin. Vorsichtig legte Eldbjörg das Herz hinein. Ein Herz. Das war sonderbar. Als Njenna es näher an die Augen führte, um es zu betrachten, hatte sie sekundenlang das Gefühl wie in jenem Moment, als sie Karin ein ganz anderes Herz in die Hand gedrückt hatte. Ihr, die nichts besessen und doch so viel gegeben hatte. Wenn sie nicht schon so lange gelebt hätte, sie hätte es für ein Zeichen gehalten.

Finnmark, Februar 2002

In Großmutters Haus herrschte eine seltsame Leere. Etwas fehlte. Es dauerte lange, ehe ich begriff, was da fehlte. Ich lief über den kleinen Acker und durch das Gras voller Löwenzahn, die blanken, verschlissenen Treppenstufen zur Haustür hinauf. Ich aß in der Küche, schlief im Bett, duschte im Bad und führte ein freies Leben, wie es sich ein Kind nur wünschen kann. Es war ein einfaches Leben.

Erst als ich erwachsen war, sah ich die Zimmer in einem neuen Licht. Dort gab es nichts über das absolut Notwendige hinaus, nichts, was man gemeinhin Gemütlichkeit nennen könnte. Aber es war keine exklusive Leere, nicht diese ängstlich weiße und geglättete Bürgerlichkeit, die zu gutem Geschmack überhöht wird. Der rote Wachstuchüberzug der Küchenbank war an den Kanten rissig. Um den Tisch herum standen ungleiche Stühle. Die Wanduhr tickte die Zeit strebsam voran, obwohl sich niemand darum kümmerte, außer man wollte den Bus in die Stadt erwischen. Dann stand Großmutter fix und fertig angezogen am Küchenfenster und spähte hinaus, um ihn den Hügel heraufkommen zu sehen, denn wenn man in dem Augenblick losging, schaffte man es genau.

Man hätte sicher behaupten können, das Haus sei ärmlich, aber in dem Fall musste man die schwedische Brille aufsetzen, die Gleichberechtigung und Wohlstand mit materiellem Streben vermischt. Wir wurden nie frei, wir wurden bürgerlich gemacht, mit Wohnzimmer und feinem Sofa, mit Kristallschalen und Obstmessern mit Griffen aus Walnussholz.

In dieser Form hat Großmutter die Obrigkeit nie hereingelassen. Über ihrem Haus hing kein soziales Streben. Sie war keine tüchtige Arbeiterin. Aber sie konnte gut arbeiten.

Ich spüre immer noch die Scham, die mich packte, als ich erkannte, dass diese Freiheit keineswegs etwas war, worauf ich stolz sein konnte. Natürlich hatte ich es geahnt. Ich ging schon zur Schule, kann mich jedoch nicht mehr erinnern, wann mir klar wurde, dass ich anders war. Ich wusste es einfach. Es drehte sich häufig um Kleinigkeiten. Anfangs begriff ich nicht, dass ich mich in den Wertvorstellungen spiegeln sollte, die die Klasse bestimmten, dass ich Bestätigung in der Gleichheit suchen und die anderen nicht mit meiner Auffassung von Ungleichheit verunsichern sollte, die es in den Begriffen ihrer Welt nicht gab. Übrigens ließen mich nicht nur die Kinder den Unterschied spüren, auch die Lehrer und Eltern. Ich hatte keine polierte Fassade, hinter der ich mich verstecken konnte wie andere Kinder. Jene, die mit Regeln protzten, an die sie sich gezwungenermaßen halten mussten, als wäre das ein Maß dafür, wie vornehm man war. Die gelernt hatten zu lügen, um den bestmöglichen Eindruck zu erwecken.

Dann lernte ich, in den Augen der anderen ängstlich nach Antworten zu suchen, nach einem stillschweigenden Übereinkommen, das meine innere Unruhe besänftigte. Ich suchte nach Ähnlichkeiten, bemühte mich, es allen recht zu machen, passte mich an. Selbst dann, wenn ich rebellierte, bildete ich mir noch ein, ich bäte um Erlaubnis.

Es war an einem Septembertag. Wir sollten von unseren Sommerferien erzählen. Als ich an die Reihe kam, berichtete ich eifrig von Fliegen, die so fett waren, dass sie es kaum schafften, aufzufliegen, und die zu Großmutters gespieltem Erstaunen in ihrer Vorratskammer wohnten. Ich erzählte von Großvater, der nachts draußen schlief und mich mit einem Spaten jagte, weil er kein geduldiger Mensch war. Ich erzählte von einem Leben ohne Verbote, in dem der Hund Leberwurstbrote zu fressen bekam und in dem ich mich wusch, wenn ich selber Lust dazu hatte. Dieses Kind, das ich war, war natürlich nicht in der Lage, zu erklären, dass es dabei um eine Lebenseinstellung ging, um eine andere Art, das Leben zu bewerten. Bei jedem meiner Worte schrumpfte ich in dem Schweigen, das mir entgegenschlug. Aber ich wollte den Punkt erreichen, wo man mir einen anerkennenden Blick zuwarf, also redete ich weiter. Und weiter. Und weiter. Und wurde mehr und mehr missverstanden, mehr und mehr verachtet. Übrigens, gibt es etwas Dämlicheres als eine Lappenmütze? Mit einem Bommel obendrauf? Mist, wie das schneit.

Skellefteå, Mai 1909

Am Morgen erhob sich Njenna schwerfällig vom Küchensofa und schob das Bettzeug in einer Ecke zu einem Haufen zusammen. Die Enkelin, Eldbjörg, war schon aufgesprungen. Sie stand auf dem kalten Fußboden und zog sich den Kittel über den Kopf. Als sie sah, dass Njenna aufgestanden war, drehte sie eine Pirouette und ihr Rock wehte in einem eleganten Wirbeln um sie herum.

»Guck mal, Großmutter.«

Njenna lächelte. Der Saum des dunkelblauen Kittels war mit roten, grünen und blauen Borten besetzt. Njenna hatte sie selbst angenäht. Es war eine Tracht aus Martins und Johans Heimatgegend. Eldbjörg wollte, dass man ihr das Silberherz über der Brust annähte.

Ristin kam in die Küche und sah ihre Tochter schweigend an. Beim Anblick des Bettzeughaufens seufzte sie, doch als sie sich vorbeugte, um nach dem Laken und der Decke zu greifen, legte Njenna ihre Hand auf Ristins.

»Entschuldige. Eine alte Angewohnheit. Ich mach das schon.«

Als sie das Laken ausschüttelte, schnaubte Ristin verärgert auf. Njenna verstand sie. Vielleicht war es gelogen, dass das eine alte Angewohnheit von ihr war, denn es war schon lange her, seit sie in einer Kote gelebt hatte. Aber die morgendlichen Rituale kriegte sie einfach nicht aus ihrem Bewusstsein. Umständlich faltete sie das Laken zusammen, klopfte die mit Heu gefüllte Matratze zurecht und klappte die Sitzbank darüber.

Eldbjörg saß auf einem Küchenstuhl und baumelte mit den Beinen, während sie ihre Grütze schlürfte. Ristin betrachtete sie.

»Das da ist kein Alltagszeug. Du solltest es für festliche Anlässe schonen.«

Njenna hörte zu, ohne sich einzumischen. Das Kind schaute auf seine dunkle Tracht, dann nickte es.

»Das ist das Feinste, was ich habe.« Eldbjörg zog den Kittel aus und reichte ihn ihrer Mutter. Ristin warf Njenna einen Blick zu.

Es wurde still. Ristin hängte den Kittel neben Johans hinter der Tür auf. Langsam fuhr sie mit den Fingern über den weichen Stoff.

»Heutzutage trägt niemand mehr so was«, sagte sie wie beiläufig, aber sie vermied dabei, Njenna anzusehen.

Aber das stimmte so nicht. Natürlich hatte sich viel verändert, zum Beispiel bestand Johan darauf, einen schwarzen Mantel und einen Hut zu tragen, obwohl man auf den meisten Köpfen immer noch die traditionellen Mützen sah. Njenna trug Martins Mütze, wie es sich für eine Witwe gehörte. Auch die Gürtel und Bänder waren immer noch kunstvoll gewebt und die meisten Frauen trugen die reich verzierten blauen Kittel. Aber nicht Ristin. Sie mied diese Tracht und damit wollte sie etwas zum Ausdruck bringen.

Die Morgensonne fiel durch die kleinen Sprossenfenster und zeichnete Vierecke auf die Küchenwand. Im Herd glühte ein Feuer, denn es war Zeit zu backen. Keine dünnen Brotfladen auf heißen Steinen, sondern Weizenbrot. Njenna fuhr mit den Händen über den Küchentisch, den Martin angefertigt hatte. Die Platte war abgestoßen und zerkratzt. Rut hatte ihr beigebracht, in einem eisernen Herd zu backen, sogar Kuchen. Ristin klapperte auf dem Backtisch und Njenna setzte sich aufs Sofa und zog die Beine unter sich. Eldbjörg spähte unter das Backtuch und steckte neugierig einen Finger in den weichen Teig. Sofort schloss sich das kleine Loch wieder. In der Ferne bellte ein Hund.

»Schön, dass Johans Arbeit so nah ist.« Ristin begann zu plaudern.

Er baute ein Reicheleutehaus in der Stadt. Für den Apotheker. Sie hatten eigens Johan gebeten, bekannt, wie er war, wegen seiner guten und gewissenhaften Arbeit. Die beiden Jungen arbeiteten in der Fabrik. Njenna gefiel das nicht, sie waren dort so eingesperrt. Spielen sollten sie, ihrer Meinung nach, und durch den Rentierwald rennen, auch Eldbjörg. Aber Johan und Ristin besaßen keine Rentiere, nicht einmal verpachtete wie die Schwiegereltern. Doch Johan und Ristin waren fortgezogen von den alten Wegen der Rentiere und den Weidegebieten. Von Stensvedjan war es nicht weit zum Meer und in die Stadt, aber Njenna war noch nie dort gewesen. Sie hatte noch nie etwas in der Stadt zu erledigen gehabt, denn Ristin sorgte dafür, dass sie alle Neuerungen der Zeit mitbekam. Sie war eine andere geworden, seit sie umgezogen waren.

In Kusmark hatten sich ihre Lebensart und die der anderen berührt. Man spürte das Nahen einer Veränderung, aber es war eine langsame Umgestaltung, die nach und nach in ihr Bewusstsein eindrang. Hier war es anders. Njenna hob die Schuhe auf, die vom Tragen weich geworden waren und für den Winter geflickt werden mussten. In diesem Jahr sollten sie Nils passen.

Ristin summte vor sich hin, während sie die kochende Grütze umrührte. Sie gab mit einem Löffel reichlich Preiselbeerkompott darüber und stellte Milch auf den Tisch. Es gab sogar gepökeltes Rentierfleisch und weiches weißes Weizenbrot. Immer wieder wanderte ihr Blick zu der kleinen, mit Horneinlagen verzierten Birkenholzdose, die sie zum Aufgebot bekommen hatte. Sie stand auf dem Kleiderschrank, und darin verwahrte sie ihre wenigen Schmuckstücke und Geld, wenn sie einmal welches hatte. So wie jetzt. Sie lächelte, als sie daran dachte.

Märta, die unten am Hügel wohnte, hatte sie gefragt. Ristin gehörte nicht zu denen, die von Haus zu Haus gingen, um nach Arbeit zu fragen, daher war sie erstaunt gewesen. Märta wollte neue Gardinen gewebt haben, und Ristin war ganz verlegen gewesen, als Märta ihr erklärte, ihr hätten die hübsch gewebten Bänder, die ihre Kinder trugen, so gut gefallen. Bänder zu weben hatte Njenna ihr beigebracht. Sicher war das etwas ganz anderes, als an einem Webstuhl zu sitzen, aber sie hatte zugesagt und sie hatte das feinste gebleichte Leinengarn in die Hände bekommen. Es wurden Gardinen wie für Majestäten. Leicht und fast aus sich selbst heraus leuchtend.

Als Ristin sie ablieferte, hatte Märta sie zu Kaffee und Kuchen aus der Konditorei eingeladen, und sie hatte lange in dieser hellen Küche gesessen, in der es nach grüner Seife und frisch gepflückten Blumen roch. Märta war mit der Hand über die Gardinen gefahren und hatte gesagt, jetzt habe niemand so hübsche Fenster wie sie. Auf der Fensterbank standen rote Pelargonien in Töpfen.

Dann hatte sie Ristin ein Kuvert zugeschoben, wie im Vorbeigehen, und Ristin hatte sich erst zu Hause getraut, hineinzuschauen. Es hatte ihr gefallen, bei Märta zu sitzen. Zwar hatte es sich fremd angefühlt, fast als wäre es verboten, und sie hatte den Gedanken an Mutter Njenna abschütteln müssen. Die wäre, wenn sie davon gewusst hätte, mit ihrem Wanderstab den Weg heruntergestürmt, um sie nach Hause zu scheuchen, weil sie wollte, dass Ristin sich an die eigenen Leute hielt. So wie sie es immer getan hatte, seit Ristin klein war.

Bevor sie nach Hause ging, pflückte Märta ihr noch einen Strauß Flieder. Jetzt stand er auf dem Tisch und es duftete in der ganzen Hütte. In der Holzdose lag Geld, das sie ganz allein verdient hatte.

Ihr Jüngster, Nils, blieb auf der Schwelle stehen und schnupperte wie ein Hund, der Fremdes wittert. Langsam ging er auf sie zu und ließ sich wie ein leichter Wind in ihre

Arme fallen. Sie streichelte ihm zärtlich übers Haar, stand jedoch hastig auf, als sie im Vorraum Schritte hörten.

»So, jetzt ist Essenszeit.«

Auch Johan war erstaunt. Mit fragender Miene setzte er sich an den gedeckten Tisch, aber Eldbjörg kam ihm zuvor. Sie steckte das Gesicht in die duftenden lila Blumen.

»Wie schön. Hast du gesehen, Großmutter?«

Ristin betrachtete ihre Mutter und sah, wie ihre Finger den Kratzern auf dem Tisch folgten.

»Ja, ja. Man soll nichts annehmen, was man nicht braucht.«

Ristin schüttelte die unfreundlichen Worte ab, forderte die Familie zu essen auf und schnitt jedem eine ordentliche Scheibe vom Rentierfleisch ab. Sie war überzeugt, das würde Njennas Mundwerk stopfen.

Johan lehnte sich zufrieden zurück und betrachtete Ristin. Es war lange her, dass er sie so fröhlich gesehen hatte. Er wischte seine fettigen Hände an den Hosenbeinen ab und fuhr sich mit dem Pulloverärmel über den Mund. Die Kinder sahen ihn erwartungsvoll an. Sie warteten darauf, dass die vertraute Stimme zu erzählen begann, anfangs würden die Wörter noch stockend, aber dann immer eifriger und vorwitziger aus ihm heraussprudeln. Sie warteten darauf, Dinge aus der fremden Welt der Erwachsenen zu erfahren, die sie nur ahnen konnten. Aus diesem Leben, das ihr Vater neben ihnen führte und das voller Ereignisse zu sein schien, die sie sich nicht einmal vorstellen konnten.

»Eriksson hat sich das Kleine Volk zu Feinden gemacht.«

Eldbjörg und Nils horchten auf. Johannes schnaufte verächtlich.

»Solche Geschichten sind was für kleine Kinder.« Aber er blieb sitzen.

Johan lachte gutmütig und legte die Füße aufs Sofa. Eldbjörg und Nils zischten ihrem Bruder zu, er solle still sein. Sie wollten nicht, dass ihr Vater die Lust am Erzählen verlor, denn dann würden ihnen diese Geschichte entgehen.

»Man munkelt, dass die Erikssons einen Pfad der Unterirdischen verbaut haben. Und jetzt sind jeden Morgen, wenn sie zum Melken kommen, die Kühe draußen und das Tor steht offen.«

Njenna brummte. Bauern. Die glaubten, man könne alles verändern und drauflosstürmen wie eine Meute Wölfe, aber das rächte sich immer.

»Ja, den Unterirdischen kann man nicht einfach ihre Pfade wegnehmen.«

Johannes grinste. Johan zog sein Messer hervor und begann an einem Stück Birkenholz zu schnitzen. Kleine, harte Späne füllten den Raum, zusammen mit seinen Wörtern. Ristin sah, wie Nils und Eldbjörg immer stärker von der Magie des Erzählens gepackt wurden. Sie erinnerte sich an ihre eigene Kindheit. Auch jetzt gefiel es ihr, Johans Geschichten zu lauschen, aber heute Abend waren ihre Gedanken bei Märta und ihr Blick ruhte auf der Holzdose. Sie war selbst erstaunt, dass sie von sich aus nichts erzählt und auch niemand sie gefragt hatte, warum Märta ihr einen Strauß Flieder geschenkt hatte. Aber das spielte keine Rolle. Mit der Zeit würden sie es schon erfahren.

Njenna wusste nicht, wann er zu ihr zurückgekommen war. Vielleicht hatten auch nur die Erinnerungen sie überwältigt, weil sie die Kiste geöffnet hatte. Am Abend, als sie neben dem warmen, zarten Körper ihrer Enkelin lag, erzählte sie ihr flüsternd die Geschichte von dem seltsamen Mann, der sich in drei verschiedene Tiere verwandeln konnte. Sein Name war Aanta Naahkese. Mal erschien er in Gestalt eines Vogels, mal in der eines Fisches und mal in der eines Rentiers, und seine Augen waren tiefe, bodenlose Teiche. Wenn er wollte, konnte er mit den Unterirdischen sprechen.

Ristin machte »psst«, aber Eldbjörg drehte sich einfach zur Großmutter hin und sie sah den Blick ihrer Enkelin in der Dämmerung vor Wissbegier leuchten. Njenna fuhr ihr mit der Hand über das weiche, dunkle Haar.

In der Nacht träumte sie von Vögeln, den Vorzeichen des Todes, und von ihrem Bruder Aanse. Aber nirgends sah sie Aanta Naahkese. Wenn sie sich gestattete, seinen Namen zu denken, dann war es ein Gefühl, als würde sie wieder sie selber. Eine ganz andere als die Frau, die jetzt in diesem fremden Landstrich ihr Leben führte.

Am Morgen kämmte ihr die Enkelin das Haar und flocht es zu Zöpfen. Sie saß auf dem Fußboden, während sich der warme Körper des Kindes an ihren Rücken drückte. Das gab ihr das Gefühl, jünger zu sein.

Eldbjörg zog leicht an den fertigen Zöpfen ihrer Großmutter. Dann zögerte sie. Die alte Frau war gleichzeitig mild und hart. Manchmal verscheuchte sie das Geplapper der Kinder, als wäre es Ungeziefer, manchmal hörte sie zu und lachte. Man konnte nie sicher sein.

»Großmutter?«

Njenna drehte sich um. Sie erkannte sich selbst in den kindlichen Zügen. Eine Aura von Unbeugsamkeit und Stolz umgab Ristins Tochter. Mit den Jungen war es schwieriger. Den Jüngsten konnte sie kaum anschauen, denn sein Aussehen schleuderte sie zurück in die Vergangenheit. Der Junge mit den blauen Augen hatte so viel von Ristin. Sie sah, dass Ristin wusste, was sie dachte, und ihre Tochter schloss daraufhin den Jungen nur noch stärker in ihr Herz.

Njenna griff nach dem Kinn ihrer Enkelin.

»Was möchtest du, meine geliebte kleine Freundin?«

Eldbjörg setzte sich genau wie Njenna auf den Fußboden und nahm vorsichtig die Hand der Alten in ihre. Sie hatte ihr etwas Ernstes mitzuteilen. Ihre kindlichen Züge erschienen dadurch plötzlich reifer, und ihre Worte klangen bestimmt und irgendwie schwebend, wie fliegende Trollkessel. Aber es lag auch ein Zögern darin, vielleicht war es Angst.

»Ich hab ihn gesehen, den Mann mit den drei Gestalten. Der sich in ein Tier verwandeln kann.«

Finnmark, Februar 2002

Was muss man tun, um im Nichts zu versinken?

Die Häuser an dem alten Schotterweg erwecken den Eindruck einer geheimnisvollen Uneinnehmbarkeit. Im Frühling kann man auf diesem von Huflattich gesäumten Weg im Geruch nach Mist spazieren gehen und sich einbilden, man sei Teil all dessen, aber dann stellt sich jedes Mal wieder heraus, dass dies einer der wenigen Orte ist, die man nicht für sich in Anspruch nehmen kann. Als ich klein war, lief ich Pfade entlang, die nirgendwo hinführten. Manchmal fragte ich nach ihnen, bekam aber immer nur einen leeren Blick zur Antwort. Als ich die Scheune am Fluss, den Wald oberhalb von Olles oder die gerippeartige Ruine der alten Fabrik mit einem anderen Blick zu betrachten versuchte, einem Blick voller Magie, wurde ich jedes Mal brutal in die Wirklichkeit zurückgestoßen.

Aber ich suchte nach dem passenden Glied in der Kette, das dem Dasein einen Zusammenhang gab, nach etwas, was es sinnvoll machte.

An einem Sommertag saß ich mit meinen Cousinen und Cousins auf einem Autoreifen auf dem Hof der Großeltern und unser Großvater ließ ein Donnerwetter über uns ergehen. Mit neugierigen und gespannten Blicken hielten wir uns mit unseren kleinen, schmutzigen Händen am schwarzen Gummi fest und trotzten dem Tod.

Als es vorüber war, hob mein Cousin die Hand und zeigte auf ein Haus, das es nicht mehr gab.

»Dort hat Johannes gewohnt.«

Die anderen grinsten. Sie wohnten immer noch in den Häusern um Großmutter und Großvater herum und die Gegend war ein Teil der Lappenstraße. Ich hatte noch nie etwas von Johannes gehört.

»Er war Großvaters ältester Bruder. Niemand mochte ihn. Er war bösartig und unfreundlich. Nicht einmal seine Mutter ertrug ihn. Sie mochte nur Großvater.«

Das Haus, das es nicht mehr gab, war klein und baufällig gewesen, und an den Wänden hatten Tierhäute von Niederwild gehangen.

An diesem Abend schaute ich Großvater mit anderen Augen an. Er war der am meisten Geliebte gewesen. Mich bekümmerte, dass man ihm das so gar nicht anmerken konnte. Er wirkte nicht besonders glücklich. Seine Augen waren gewissermaßen blicklos, wenn sie meinen begegneten.

Er schmierte dem Hund ein Butterbrot und streichelte zärtlich seine Ohren, dann stieg er, ohne weitere Worte, langsam auf den Speicher, wo er häufig lag und dem Wasserfall lauschte. Man konnte seinen röchelnden Atem bis in die Küche hören.

»Das kommt von der Arbeit«, sagte Großmutter immer. Ich begriff frühzeitig, dass die Sache mit der Arbeit ein notwendiges Übel, die Freiheit aber etwas viel Wertvolleres war, als man uns einzureden versuchte.

Als ich mit Großmutter allein war, fragte ich sie nach Johannes. Nach dem, den niemand gemocht hatte. Sie zuckte mit den Schultern.

»Er hatte auch seine guten Seiten.«

Ich glaubte ihr nicht. Sie sah mich an, als flehte sie um Geduld mit diesem Verwandten, den ich nie kennengelernt hatte, der aber jetzt gewissermaßen seinen Kopf aus dem Totenreich streckte und mich berührte. Nach einer Weile fügte sie hinzu:

»Man weiß so vieles nicht.«

Später versuchte ich, aus meiner eigenen Mutter etwas herauszulocken. Etwas über Johannes, den niemand geliebt hatte, und über Großvater, der zwar einst der Meistgeliebte gewesen war, aber trotzdem als Lebender bereits gestorben schien. Und etwas über die Verwandten, die sich dort an der Biegung des Klintforsen auf der steinigen, mageren Erde niedergelassen und verbreitet hatten.

Über Ristin, Mutters Großmutter väterlicherseits, und über all das, was ich nur in Ansätzen wusste. Ich sah ja, woher sie kam, doch darüber sprach sie von sich aus nie.

Natürlich erzählte sie manchmal die eine oder andere Geschichte, aber ihre Wörter waren dabei genauso wenig lebendig und greifbar wie der Ort ihres Elternhauses. Alles erschien mir leer und austauschbar, aber gleichzeitig bedeutungsschwer. Später würde ich sie der Oberflächlichkeit anklagen.

Es erscheint unmöglich, so viele Jahre am selben Ort zu leben, ohne sich Fragen zu stellen und ohne die Geschichte zu kennen, der man selbst entstammt.

Als Kind hat Mama Schuhe aus Rentierleder getragen, erzählte aber nur von den Tannenzapfen, die sie fürs Feuer sammeln musste. Im Winter wurde sie von Fellen gewärmt, und sorgfältig gewebte Bänder hielten diese Felle zusammen, aber sie erinnerte sich nur an die Hunde, die gierig am Wildgeruch der Häute schnupperten.

Sie sagt, jemand habe ihr Geschichten erzählt, als sie klein war, aber an die Geschichten selbst könne sie sich nicht mehr erinnern.

Ihre Großmutter Ristin wanderte Pfade entlang, von denen niemand wusste, wohin sie führten. Manchmal begleitete Mama sie dabei. Sie besuchten jemanden, aber Mama kann sich nicht daran erinnern, wen.

Von Johannes erzählte sie mir noch, er habe, trotz allem, auch etwas Bemitleidenswertes an sich gehabt. In der Kindheit habe er mit Mama herumgetobt. Er und seine Frau seien nicht miteinander ausgekommen, daran sei nichts zu ändern gewesen. Aber er habe eben auch seine guten Seiten gehabt. Es klang nicht überzeugt, als sie das sagte.

Ich verließ Karasjok. Innerlich fühlte ich mich leer und irgendwie ohne Zuversicht. Die Häuser schlossen ihre Fensteraugen und die Fahnen rutschten auf halbmast. Großmutter hatte mir einmal erzählt, der Tod eröffne neue Welten. Mein eigener Tod erschien mir dagegen dürftig. Ich spürte, wie mein Blut im Körper pulsierte, wie ich meine Lippen blutrot biss, und trotzdem zog ich wie ein schwarzes Loch durchs Universum. Der Bus, der über Land fuhr, brachte eine Meile nach der anderen zwischen mich und den Ort, wo ich gehofft hatte, Lösungen für einige der Rätsel zu finden. Im Rucksack steckten die Schuhbänder, aber auch sie schienen verstummt zu sein.

Auf halbem Weg nach Lakselv stieg ein Mann in den Bus. Er kam mir bekannt vor. Seine altmodische Kleidung wirkte matt und glanzlos gegen die blauen Augen, die alterslos waren. Er lächelte, aber es war kein freundliches Lächeln. Ich wandte den Blick ab und ließ ihn über die Weite der Finnmark schweifen, um meinen Geist klar zu bekommen. Als ich wieder zu seinem Platz hinsah, war er verschwunden.

Zu Hause angekommen, setzte ich mich mit einem Haufen Papiere hin. In den Auszügen aus Kirchenbüchern mit Namen, die mit meiner Geschichte in Zusammenhang standen, sah ich buchstäblich eine Art Stammbaum vor mir: Lappenmagd, Lappenknecht, Lappenmann und Lappenwitwe.

Neben mir lag ein Schreibblock. Ich hatte beschlossen, alle Geschichtenbruchteile aufzuschreiben, die ich in meiner

Kindheit gehört hatte, aber nicht mit den mühsam archivierten Angaben der Pfarrer in den Kirchenbüchern in Übereinstimmung bringen konnte.

Zunächst schrieb ich »Åsele«. Jemand soll aus den Lappengebieten bei Åsele gekommen sein. Eine geheimnisvolle Person, die nie erzählt hat, warum oder wann die Familie die heimatliche Fjäll-Landschaft und die Waldgebiete zugunsten der Dörfer von Skellefteå, besiedelt von Kleingrundbesitzern, aufgab. Es handelte sich dabei um eine Frau, so viel wusste ich. Darunter schrieb ich »Tischler«. Der Bruder meiner Mutter hat mir einmal in einer Museumsbroschüre einen Text über den bekannten Zimmermann Johan gezeigt, der Holz mit der Hand bearbeitete und in großen Teilen der waldsamischen Landschaft in Västerbotten – oder Lappland, wie manche es lieber nennen – viele Verzierungen geschnitzt hat.

Kirchen und Schulen der Samen von Skellefteå bis Arvidsjaur haben ihn beauftragt, und zwar in der Nähe derselben Orte, wo unsere gemeinsamen Verwandten in gleichmäßigen Abständen ihre Pflöcke einschlugen, bevor sie weiterzogen. Einige verschwanden periodenweise nach Norwegen. Sie sind Lappen, schrieben die Pfarrer lakonisch.

Es gab also Orte, an denen ich meine Hand an die Holzwände legen und den Schweiß meiner Vorfahren berühren konnte. Orte, die immer noch Spuren ihres mühsamen und geschickten Handwerks trugen.

Aber Johan zog nicht jedes Mal mit um. Er ließ seine Familie am Klintforsen sesshaft werden, direkt am Wasserfall. Er selbst setzte seine Wanderungen fort. Ich fragte mich, warum sie sich gerade dort niedergelassen hatten. Gab es einen Grund, oder wurde auch ihr Leben nur von Gelegenheiten und Möglichkeiten gelenkt, die sich im jeweiligen Moment anboten? Nichts schien sich aus einer Entscheidung oder hartnäckigem Streben zu ergeben, ebenso wenig wie auch in meinem Leben. Die Dinge geschahen einfach. Doch wenngleich die Vergangenheit nicht bereit war, sich wie ein roter

Faden über die Jahrhunderte hinweg vor mir aufzurollen, so gab es dennoch gewisse Dinge, die konstant schienen.

Wir haben das Handwerk im Blut und in den Händen, aber in dem Haus am Fluss gab es nichts, was von dieser Geschicklichkeit zeugte. Doch, eine Kelle. Es gibt eine Kelle, die Johan meiner Großmutter als Hochzeitsgeschenk geschnitzt hat. Sonst nichts.

Als Nächstes schrieb ich »Fotos«. Ich wusste, dass es in Großmutters Haus einen Karton mit alten Fotos gab, die ich als Kind angeschaut hatte. Soweit ich mich erinnerte, war nichts Auffallendes darauf gewesen, aber vielleicht fand ich auf ihnen Anhaltspunkte darüber, wer ich war und wonach ich eigentlich suchte. Oder die Bilder offenbarten mir etwas, was ich als Erwachsene mit anderen Augen sehen würde.

Nach einer Weile schrieb ich »Kleidung«. Meine Mutter hatte als kleines Kind die traditionelle Tracht getragen, was aber keine Spuren bei ihr hinterlassen hatte und seltsamerweise auch vielen anderen damals nichts zu bedeuten schien. Es war eine praktische Alltagskleidung, klar, aber gleichzeitig auch eine ethnische Markierung. Noch waren sie keine Schweden, noch identifizierten sie sich mit etwas, was die große Gesellschaft mit Verachtung betrachtete. Mit etwas, was anders war.

Zuletzt schrieb ich »Großvater«. Dann nichts mehr.

Skellefteå, Juni 1909

Eldbjörg folgte ihrer Großmutter dicht auf den Fersen. Beide schritten nicht besonders langsam, aber auch nicht besonders schnell voran, sie schienen sich vielmehr durch die Landschaft treiben zu lassen.

Sie lauschten dem Vogel, betrachteten den Himmel, kommunizierten in der Stille. Frag die Erde vor dir, lehrte Großmutter, bitte sie um Erlaubnis, tritt vorsichtig auf das Leben, streue den Unsichtbaren etwas von deinem Überfluss hin. Und achte die Stille.

In der einen Hand hielten sie ihren Wanderstab. Eldbjörg pflegte ihren hinter der Scheune am Acker zu verstecken, dort, wo der Fluss vorbeiströmte. Sie hatte ein Messer bekommen, das ihr Vater hergestellt hatte. Es war klein und hübsch und lag leicht in der Hand. Die Finger schlossen sich fast automatisch um seinen glatten Griff aus Birke.

Njennas Stab war mit Mustern und Zeichen übersät, Eldbjörgs dagegen fast leer.

»Er darf nie fertig werden, mein Kind. Vergiss das nicht.«

Eldbjörg fand keinen Gefallen an ihren eigenen Schnitzereien im Holz. Ihre Hände wollten weder ihrem Kopf noch ihrem Herzen gehorchen.

Njenna legte ihre geäderte Hand auf die des Kindes und lächelte.

»Denk nicht, tu etwas.«

Sie sah, das Mädchen hatte nicht die handwerkliche Geschicklichkeit geerbt, mit der sein Vater so reichlich beschenkt worden war. Aber Eldbjörg besaß etwas anderes – Offenheit. In dem Kind gab es so etwas wie eine durchlässige Stelle, durch die der Wind blies, und es konnte Dinge sehen. Das war Njenna vertraut. Eldbjörg war die Tochter, die Ristin nie gewesen war. Das Mädchen streckte ihr eine Handvoll Moos hin und wollte mit wichtiger Miene seinen Namen wissen, den richtigen Namen. Njenna sprach ihn langsam aus. Ihr Mund war es nicht mehr gewohnt, diese Wörter zu bilden, aber sie weckten in ihr den Wunsch, das, was schließlich ihr Leben geworden war, in Sprache zu kleiden. Die Sprache ihrer Jugend klang lustig aus dem Mund des Kindes, als es Njennas Wörter wiederholte. Njenna beugte sich vor und lächelte verschmitzt.

»Mit dem Moos haben wir uns früher den Hintern abgewischt.«

Eldbjörg kicherte. In der Ferne hörten sie den Lärm der Fabrik und das Brausen des Wasserfalls. Njenna setzte sich auf die Erde und schloss die Augen. Ihr wurde bewusst, dass sie sich nicht mehr an die Geräusche des Fjälls erinnerte. Auch nicht an die Gerüche.

Es war warm, das Flusswasser lockte. Eldbjörg zappelte herum und Njenna betrachtete das Mädchen insgeheim. Es war dunkel und klein und ständig in Bewegung und es war rasch in Gedanken und Taten. Aber Njenna konnte sie bändigen.

»Wenn du weißt, wer du bist und woher du kommst, dann weißt du auch, wer jene sind, denen du begegnest.«

Eldbjörg sah ihrer Großmutter in die Augen, schwieg jedoch. Aber sie hatte es verstanden. Sie verstand immer. Njenna sah das Mädchen wie im Flug durch den Wald eilen, dem Lachen und Geschrei am Fluss entgegen. Njenna folgte ihr und setzte sich ans Flussufer, um die Badenden zu beaufsichtigen. Sie murrte. Sich zu häufig zu waschen, war nicht gut, es zerstörte das Immunsystem, reizte die Haut und machte krank. Nils hatte sein Messer und ein Stückchen Holz auf einem Baumstumpf liegen lassen. Er wollte einen Hund schnitzen. Sie erkannte schon die Umrisse des Tiers in dem Stück Holz. Aber sie wusste auch, dass er die Arbeit nicht beenden würde. Er würde das Messer in die Hosentasche stecken und weglaufen und der Hund würde vergessen sein.

Er verstand es nicht, seine Begabung zu nutzen, denn er sah sie nicht. Darin erkannte Njenna sich wieder.

Ristin stellte Blutpudding mit Preiselbeerkompott und zerlassener Butter auf den Tisch. Das Essen schmolz im Mund und wärmte die Mägen. Alle waren zufrieden und satt. Doch Johan trieb es wieder hinaus. Er musste durch die Wälder laufen, so weit, bis sie sich lichteten. Er wollte sich satt fischen und würde vielleicht auch in die eine oder andere Hütte hereingebeten werden. Er würde durch die Landschaft wandern, die seit Generationen seine Heimat war, und erst zurückkehren, wenn seine Arbeit vollbracht war. Man kam zurück, wenn man musste. Sie konnten seine Schritte auf der Brücke hören, lange bevor sie ihn sahen. Genau wie damals bei Aantaris, wenn er die Rentierherde bewachte. Manchmal blieb er wochenlang fort. Njenna wäre gern mit ihm gewandert.

Sie erinnerte sich, wie ihre Mutter einen Stein oder einen Baumstamm umarmt hatte, um Aantaris Gedanken zu schicken, um ihm zu sagen, dass alles gut war, und um ihn zu fragen, wie es ihm ging.

Nachdem Johan sich die Schuhbänder umgewickelt, den schönen schwarzen Mantel angezogen und sich die Kiepe über den Rücken gehängt hatte, sahen sie ihn über die Brücke davongehen und in der Biegung beim Schöffengericht verschwinden.

Njenna bückte sich nach einem grauen, runden Stein. Er wurde warm in ihrer Hand. Vorsichtig legte sie ihn in Ristins Hand. Ihre Tochter sah den Stein mit leerem Blick an.

»Das ist doch alles Quatsch.« Aber sie warf ihn nicht weg, sondern schloss die Finger darum.

Im Lauf der Jahre hatte Njenna ihre Stirn gegen viele Bäume gelehnt. Sie hatte nach Vater Aantaris und Mutter Ristin gesucht, nach Aanse und sogar nach Lottso. Aber sie hatte nie eine Antwort bekommen. Weil sie selbst stumm war. Oder tot, korrigierte sie sich.

Nils hielt sich von ihr fern. Njenna bemerkte es. Er bewegte sich wie ein Schatten am Rande ihres Gesichtsfeldes. Scheu schlich er beiseite, wenn sie seinen Namen rief. Sie hatte keine Kraft, etwas dagegen zu unternehmen.

Vielleicht war es so, weil er ein Junge war. Ein kleiner Junge mit dem Blick eines Mannes in seinen hellblauen Augen. Vielleicht war es so, weil ihn Ristin immer mit zusammengekniffenen Lippen schützte. Ein stummer Streit zwischen Mutter und Tochter.

Nils. Nila.

Das Seltsame war, dass er mit seinem krummen, mageren Kinderkörper, den derben dunklen Haaren, dem energischen Kinn und den scharfen Wangenknochen das Enkelkind war, das Njenna am stärksten ähnelte. Er strahlte seine Herkunft förmlich aus. Ein Blick auf ihn von jemand von daheim, und man würde wissen, aus welcher Familie er stammte. Die Alten würden es sehen.

Sie wollte die Hand ausstrecken und die zarte Kinderwange berühren, ihn anlächeln, aber sie brachte es nicht über sich.

Sie wusste nicht, ob sie ihn oder sich selbst bestrafte. Wenn sie Ristins Hände liebevoll auf den schmalen Jungenschultern ruhen sah, wandte sie den Blick ab. Der Jüngste. Derjenige, der eines Tages das alles hier erben würde. Bruder und Schwester würden in die Freiheit entlassen werden, während er ihre Geschichte auf seinen Schultern tragen musste.

Nils saß auf dem Fußboden neben einem Haufen Tannenzapfen, die er für das Feuer gesammelt hatte. Aber im Augenblick stellten sie Kühe dar. Er rutschte umständlich um die Tiere herum. Ristin stieg über ihn hinweg, und er lachte begeistert, als ihr langer Rock sein Haar zerzauste und seine Wangen streichelte. Ristin ahmte den Lockruf der Mägde nach, der im Sommer durch die Wälder hallte, wenn die Kühe frei herumstreifen durften. Eifrig ließ Nils eins seiner Tiere sich verlaufen.

Njenna saß mit gekreuzten Beinen auf dem Sofa und ließ

den Blick zum Fenster wandern. Der Schotterweg wand sich den Abhang hinunter und der dunkle, dichte Tannenwald stand wie angetreten vor der Grenze zu Nilssons Grundstück. Sie waren Neusiedler, deren niedrige, langgestreckte Hütte im Schatten der Bäume hockte. Den größeren Teil ihres Bodens nutzten sie als Kartoffelacker.

In den ersten Jahren mit Martin war sie mit ihm durch die Waldlandschaft gewandert. Sie hatten sich bei Neusiedlern eingemietet und sich mit anderen Familien in zugigen Zimmern gedrängt. Njenna hatte es ertragen, erstaunt über die Freundschaft zwischen diesen Schweden und Martin. Sie hatte Daane geboren, ihn aber wieder verloren. Schwindsucht, hatte es geheißen, aber Njenna wusste es besser.

Er war Ristin kein bisschen ähnlich gewesen, als wäre er auf einem ganz anderen Wege zu ihr gekommen. In seinen Augen war sie dem Verständnis und der unbegreiflichen Klugheit Neugeborener begegnet. Sie konnte sich nicht daran erinnern, dass ihre Tochter sie jemals so angesehen hatte. Nicht einmal jetzt, als Erwachsene.

Daane sollte genau wie Nils der Jüngste sein. Der, der alles erbte. Njenna schaute auf ihre Hände. Es war ein bisschen mehr geworden als nur eine kleine Kätnerstelle. Martin hatte einen hübschen Platz ausgesucht, direkt neben einer kalten Quelle. Obwohl sie ihm nie erzählt hatte, dass das auch der Name war, den ihr Mutter und Vater einst so liebevoll gegeben hatten, Gaaltieje.

Sie hatte lustlos Furchen in die Erde gezogen, die ihr wie Wunden im Boden vorkamen. Martin hatte sie beobachtet. Dieser Ort wurde nie ihr Ort. Es war ein Leben, in dem sie nie heimisch wurde.

Die Landschaft, die sie umgab, war irgendwie düster. Wald, überwiegend Flachland, eine bewohnte Dunkelheit. Kleine Anwesen nahmen immer mehr Raum ein. Natürlich gab es auch Wege. Über diese pflegte sie landeinwärts zu wandern. Sie war immer noch schnell.

Martins Mutter hatte häufig lächelnd zu ihr gesagt, sie sei zu einer Familie mit vielen Schwiegereltern gekommen. Es gab unzählige jüngere und ältere Onkel und Tanten. Sie bewegten sich genauso leichtfüßig durch den Wald wie sie, aber für die anderen war der Wald ihr Zuhause. Martin hatte ihr auf dem Weg nach Arjeplog, zu den Rentieren, altes Weideland und auch Staaloestellen gezeigt. Auf dem Rückweg nach Kusmark hatte ein boshafter Ton in ihr nachgeklungen und sie hatte sich geschämt.

Sie schauderte. Ungeduldig stand sie auf, warf das Spielzeug des Kindes in den Herd und zündete Feuer an. Es hatte keinen Sinn, nach etwas zu schmachten, was man nie bekommen würde.

Abends, wenn das Sommerlicht durchs Fenster strömte und ihnen die Mücken um die Köpfe sirrten, bat Eldbjörg oft, Ristin solle von Großvater und Großmutter väterlicherseits erzählen. Sie hatten ein Haus weiter landeinwärts gebaut, besaßen Rentiere und besuchten sie im Herbst, wenn die Herde vom Fjäll in den Wald hinunterkam. Sie hatten ihre Rentiere verpachtet. Njenna schürzte die Lippen.

Sie schauderte auch, wenn sie die mühsam neu errichteten Anwesen der Neusiedler sah. Als wäre jeder Balken, der schwer auf die Erde gelegt wurde, ein Hohn gegen ihre eigene Lebensweise, die keine Spuren hinterließ und die sie in ihrer Jugend zu schätzen gelernt hatte.

Zu der Zeit, als sie über ihr eigenes Fjäll gewandert war, hatte sie die alten Wohnplätze der Familie gekannt, und dort konnte sie immer noch die Gegenwart der Ihren wahrnehmen. Doch an manchen Plätzen verharrte sie nie, sondern ging nur mit demütig gesenktem Kopf vorbei. Mit bloßem Auge war jedoch nichts zu sehen. In Martins Wald hingegen sah man ständig Spuren menschlicher Anwesenheit – einer unaufgeräumten Vergangenheit.

Sie hatte ihr Bestes getan, um die Spuren zu beseitigen. Aber sie war nicht sicher, ob es ihr gelungen war.

Sie stand auf und nahm den Besen, der hinter der Tür lehnte. Mit leicht schwingenden Bewegungen begann sie, den gelaugten Holzfußboden zu fegen.

Ristin streckte sich. Sie war allein im Haus, was nicht gerade alltäglich war. Langsam schloss sie die Tür zum Vorraum und stellte sich vor den Kittel, den Mutter Njenna für Eldbjörg genäht hatte. Sie berührte den weichen Stoff, nahm einen Ärmel und musterte die feine Handarbeit. Es war eine schöne Arbeit. Als Eldbjörg Johan das neue Kleidungsstück stolz vorgeführt hatte, hatte er anerkennend gelächelt. Müde wischte sich Ristin mit der Hand über die Augen. Niemand sollte behaupten, dass sie sich ihrer Herkunft oder ihrer selbst schämte. Sie war die misstrauischen Blicke und den Hochmut ihrer Mutter so leid. Als wären alle Menschen von anderer Art zwangsläufig schlechter als sie. Aber von welcher Art war sie selber? Mutter Njenna schwieg darüber wie ein Grab. Doch sie war wie von einem Zischen umgeben, als suchten sich die Wörter, die sie nie aussprach, ungeduldig ihren eigenen Weg aus ihrem Körper.

Ristin war eine Uneheliche, die aus dem Nichts kam. Das hatte sie durch Dorfklatsch erfahren. Die Schulkameraden wussten offenbar mehr über ihre Herkunft als sie selber. Als sie bei ihrer Mutter nachfragte, hatte diese nur den Kopf geschüttelt und war mit ihrem Blick ausgewichen, wie bei einer Schande, die nicht benannt werden darf. Das war Antwort genug.

Es hatte auch Ristin verstummen lassen. Auf diese Weise legte sich die Scham zwar zur Ruhe, aber es brauchte nicht viel, um die Unruhe erneut zu wecken. Als sie heiratete, hatte Johans Mutter ihr den Silberkragen ihrer Familie angelegt. Sie hatte sich damit so schön gefühlt, aber Njennas abschätzender Blick hatte genügt, um ihre Freude zu ersticken. Am liebsten hätte sie gefragt, ob ihre Mutter denn mit etwas Größerem, Schönerem, Protzigerem aufwarten konnte.

Ob sie überhaupt irgendetwas beitragen konnte?

Ristin legte die Hände auf ihren schwarzen Rock. Ihr Bauch fühlte sich geschwollen an, als hätte Nils den Mutterleib nie richtig verlassen. Sein Geist ruhte immer noch unter ihrem Herzen, obwohl er herumlief und nachweislich geboren war.

Vielleicht war sie es selber, die ihn nicht losließ. Wenn sie die Kinder lachen sah, vermisste sie Martin, sein warmes Lächeln und die Selbstverständlichkeit, mit der er zu ihr wie zu seiner Tochter gesprochen hatte. Sie wusste, dass sie es nicht war. Für ihn schien alles so einfach gewesen zu sein. Er war der, der er war, sie war die, die sie war. Ristin wünschte sich, dass das für ihre Kinder genauso galt. Aber es klang irgendwie falsch. Damit gaben die Leute sich nicht zufrieden. Sie mussten tuscheln und Nachforschungen anstellen, und wo Gewissheit fehlte, erfand man etwas.

Das wusste sie wohl.

Trotzdem genoss sie es, wenn Märta sie im Kaufladen anlächelte und wenn sie alltägliche Freundlichkeiten mit den Leuten austauschte, denen sie begegnete, anstatt ihnen auszuweichen. Die Gardinen, die sie für Märta gewebt hatte, hatten ihr weitere Aufträge eingebracht. Sie strengte sich an, schnell und trotzdem genau zu sein, obgleich sie sich die Zeit am Webstuhl stehlen musste. Sie ließ ihre Hände arbeiten und die Grübeleien ruhen. Das Geld legte sie in den Holzbehälter.

Sie sah, dass Johan sich Gedanken machte, aber er sagte nichts. Aus Feigheit, nahm sie an. Sie hatte angefangen, diesen Zug an ihm zu verachten, dieses ausweichende Schweigen, das zu deuten er ihr überließ, diese Angst, ihren Unmut zu erregen. Sie hatte beschlossen, nichts zu sagen, denn solange keiner von ihnen darüber sprach, konnte er so tun, als sei nichts, und so lange konnte sie weitermachen. Er glaubte wahrscheinlich, dass sie diese Arbeiten für Geld tat, aber es ging ihr dabei um etwas anderes. Ihr gefiel es, in den Küchen fremder Leute zu sitzen und Kaffee und Lob zu schlürfen.

Hexerei. Sie versetzte die Menschen in Angst und Schrecken und Njenna wusste das nur allzu gut. Trotzdem waren ihr die Worte entschlüpft, als wären sie ihr von einer fremden Macht in den Mund gelegt worden. Sie hatte ihren zitternden Zeigefinger auf die Frau gerichtet, die vor ihr stand, und ihr einen Fluch entgegengeschleudert. So etwas sah ihr sonst gar nicht ähnlich.

Seit ihren Kindertagen hatte sie diese Geschichten gehört: dass die Lappen jene verhexten, die sie nicht gut behandelten. An eine Geschichte erinnerte sie sich besonders gut. Als die Rentierpest wütete und die Kinder starben, weil die Hungersnot wie ein Wintersturm über das Fjäll raste, hatte ein Mann bei den Nachbarn um das Leben seiner Familie gefleht. Er hatte von einer Neusiedlerfamilie Fleisch erbeten, aber es war ihm verweigert worden. Lieber sahen diese Leute ihre Nachbarn sterben, als zu teilen. Ihr Fleisch brauchten sie selber. Da hatte der Mann seine Stimme erhoben und gesagt, Fleisch würden sie wohl allezeit zur Genüge haben.

Bald darauf starb das Pferd der Neusiedler, das ihr Ein und Alles und für die Arbeit auf dem Hof unentbehrlich war. Das Fleisch des Tieres konnten sie jedoch nicht verwenden, denn als Schweden aßen sie kein Pferdefleisch.

Die Lappen nutzten die Angst der Neusiedler nur zu gern aus. Daraus entstanden gute Geschichten, die abends im Dunkeln für Unterhaltung sorgten und ihnen halfen, etwas von ihrem Stolz zu bewahren. Listig saßen sie dann da und lachten sich eins ins Fäustchen.

Nachdem Njenna den Finger erhoben hatte, schlug die Erinnerung wie ein Blitz bei ihr ein: ein Messer, das ihr vor die Füße geworfen worden war, Gemurmel, der Vogel des Todes und kurz darauf ein unbegreiflicher Todesfall, jedenfalls für alle anderen, die nicht wussten, was ihr fiebriges Gehirn zusammengedichtet hatte.

Sie beschleunigte ihre Schritte. Eldbjörg, Nils und Johannes liefen schweigend hinter ihr her. Sie waren blass, und Njenna sah, dass selbst die Enkel Angst vor ihr hatten.

Eldbjörgs Gesicht war von Tränen und Rotz verschmiert, doch Nils pfiff vor sich hin. Njenna zischte ihn an, er solle still sein.

Die kalte Verachtung, die ihnen entgegengeschlagen war, hatte sie dazu verführt, der abschätzige Blick und die Art, wie diese Person die Nase gerümpft hatte über Eldbjörgs Frage.

»Die sind von anderer Art«, hatte die Frau gesagt. Einer Art, von der Njenna wusste, dass sie kaum für menschlich gehalten wurde. Eldbjörg dagegen verstand gar nichts. Sie hatte die Pfarrersfrau weiter fragend angeschaut, als hätte diese ihre Frage gar nicht gehört.

Aber Njenna war vorgetreten. Die anämische Pfarrersfrau mit ihren raschelnden Röcken und dem standesgemäßen Hut war zwar jung, aber schon kränklich. Sie war fast durchsichtig in ihrer Blässe und gerade erst aus dem Süden heraufgezogen.

Ihr zitternder Finger hatte auf die Frau gezeigt.

»Du wirst in deinem Leben nicht von Kindern behelligt werden.«

Genau das hatte Njenna gesagt, und jetzt wusste sie, dass es auch wahr war. Das Leben würde jedes Mal, wenn es sich festsetzen wollte, aus der Frau herausrinnen. Aber diese Tatsache bestimmte kein Zauberfluch. Es war die Natur.

Es war warm. Das Gras am Grabenrand stand kniehoch, und der Schotter auf dem Weg staubte, wenn einzelne Pferdefuhrwerke vorbeirollten. Die stillen Kinder rührten sie. Sie drehte sich um. Eldbjörg strich sich mit dem Ärmel unter der laufenden Nase entlang. Nils sah zu Boden. Johannes war still, aber bockig. Sie spürte, wie ihr der Schweiß über die Brust und die Schulterblätter herunterfloss.

Njenna bog von der Landstraße ab und bahnte sich einen Weg durch Waldstorchschnabel und Wiesenkerbel. Die Kinder blieben unsicher an der Straße stehen. Sie winkte ihnen zu. Zögernd folgten sie ihr, rutschten einen Abhang hinunter, kämpften sich durchs Gestrüpp und gelangten in den kühlenden Schatten eines Espenhains. Unter ihnen strömte der Fluss dahin.

Njenna hockte sich hin. Sie schloss die Augen und ließ ihren Körper eins werden mit dem Ort. Ein Vogel setzte sich still auf ihre Schulter und die Kinder standen schweigend um sie herum. Njenna öffnete die Augen und begegnete ihren Blicken. Nils stand mit offenem Mund da und in Eldbjörgs Augen war Leben zurückgekehrt.

»Seht ihr, die Pfarrersfrau hat sich geirrt. Nicht wir sind von der anderen Art. Wir gehören dazu. Wir gehören zu den Bäumen, den Vögeln, dem Wald und dem Fjäll. Vergesst das nie.«

Njenna warf einen übermütigen Blick auf den Fluss.

»Jetzt gehen wir baden.«

Johannes jubelte, Nils fummelte an seinem Hosengürtel und einer nach dem anderen sprang in das kühlende Wasser.

»Großmutter, willst du nicht auch baden?«, fragte Eldbjörg, die tief aufschnaubend ins kalte Wasser hineingewatet war.

»Dummerchen. Es ist nicht gesund, sich zu waschen. Das weißt du doch.« Njenna lächelte und setzte sich mit gekreuzten Beinen auf die kühle Erde unter den Bäumen. Sie konnte sich nicht daran erinnern, als Kind jemals auf diese Weise gebadet zu haben. Die Seen und Bäche waren allzu kalt gewesen. Aber sie spürte immer noch die wohltuende Erfrischung, wenn sie während der langen Wanderungen über das Fjäll mit hohlen Händen Wasser eingefangen und sich damit bespritzt hatte. Sie erinnerte sich auch an Aanta

Naahkeses milchweißen Körper im Wasser des Kultsees. Ein Ziehen ging durch ihren Unterleib, genau wie damals, und sie spürte in sich eine seltsame Kraft.

Abends schnitzte Johan Messer, Löffel und Holzbehälter. Es war nicht schwer, Lappenhandwerk zu verkaufen, im Gegenteil, es brachte einen guten Verdienst. Im Eisenherd knisterte ein Feuer und die Petroleumlampe warf einen schwachen Schein in den Raum.

Er war zurückgekommen. Sie saßen um ihn herum und lauschten seinen Neuigkeiten über Verwandte und Freunde und kuschelten sich im Halbdunkel eng zusammen. Es roch nach ungelüfteter Kleidung und Schweiß, und Arme rieben aneinander, wenn sie mit den Schnitzmessern arbeiteten. Johan war auch in Kusmark gewesen. Wenn man seinen Erzählungen lauschte, war es, als betrete man selbst die Hütten und Koten der Menschen, die sie kannten. Einige waren gestorben, andere geboren worden. Der alte Theodor war auf seine alten Tage fromm geworden. Dem Pfarrer, den er im Kirchdorf traf, hatte er berichtet, er sei so sündig, dass die Erde unter seinen Füßen bebe.

»Er hat aufgehört zu saufen. Sagt, dass es keinen Spaß mehr macht, wenn man alt ist.« Johan grinste.

Ristin lachte. Ihre Augen glänzten und die Wangen glühten. Die Kinder schliefen schon und die Sommerabende wurden schon wieder dunkler.

Johan wurde ernst. Er legte sein Messer und das Holzstück weg.

»Er hat all seine Rentiere verkauft und angefangen, im Wald zu arbeiten.«

Ein einfacheres Leben. So sah man das. Der Alte war sicher schon an die sechzig Jahre. Njenna wusste, dass er es bereuen würde. Er würde sich nach dem Geräusch von Hufen in der Waldlandschaft sehnen.

Sie selbst hatte auch einmal ein Zugrentier besessen, es

selbst gezähmt und mit ihrer Mutter zusammen in der Rentierkarawane geführt. Aanse war noch zu klein gewesen, er hatte im ersten Ackja gesessen, der von den zahmsten Rentieren gezogen wurde. Doch sie war voller Stolz neben den schwer beladenen Schlitten hergegangen.

Wie alt mochte sie gewesen sein, als sie zum ersten Mal in den Rentierwald durfte? Nicht alt. Vielleicht zwölf. Allein mit dem Hund und der Herde. Sie hatte es geschafft.

Sie sah immer noch vor sich, wie ihre Mutter Rentiere im Pferch einfing. Wie sie ein Tier an einem Hinterlauf und einer Geweihstange packte und es umwarf.

Ristin erzählte, was inzwischen zu Hause passiert war – von den Kindern und der Ernte und vom neuesten Dorfklatsch.

»Insgesamt gibt's von hier nicht viel Neues zu erzählen.«

Johan warf seiner Schwiegermutter einen langen Blick zu.

»Oh, da hab ich was anderes gehört.«

Ristin sah ihn erstaunt an.

»Ich hab gehört, dass eine alte Lappin die Pfarrersfrau mit Flüchen belegt hat. Kinderlos soll sie bleiben.«

Njenna starrte auf ihre Handarbeit und spürte, wie ihre Wangen glühten.

Ristin lachte.

»Das würde dieser hochmütigen Frau nur recht geschehen.«

Njenna hob den Blick und betrachtete ihre Tochter. Johan grinste belustigt.

Einen Moment erwog sie zu erzählen, was passiert war, aber dann ließ sie es. Vielleicht würde Ristin den Zwischenfall doch nicht auf die leichte Schulter nehmen, wenn sie erfuhr, dass es ihre eigene Mutter gewesen war, die mit dem Finger auf die Pfarrersfrau gezeigt hatte.

Johan senkte die Stimme. Es würde noch mehr kommen. Njenna hätte ihn am liebsten gegen das Schienbein getreten, um ihn zum Schweigen zu bringen, aber sie saß nur angespannt mit leerem Blick da.

»In Kusmark ist ein Zauberkundiger aufgetaucht, ein Nåejtie. Obwohl die Leute immer behaupten, die gibt es nicht mehr. Aber über *Tjoeneh* werden seltsame Geschichten erzählt. Er besitzt sogar Gegenstände, mit denen er fliegen kann, er kann blutende Wunden stillen und er lockt verschwundene Tiere wieder nach Hause. Die Leute sagen, sie haben gesehen, wie er sich in einen Vogel verwandelt hat oder in einen Fisch.«

Njenna schluckte. Das war ihre Rettung. Die Hexerei anderer war unterhaltsam. Ihre Muskeln entspannten sich, und sie hatte ein Gefühl, als schrumpfe ihr Körper ganz klein zusammen.

»Woher kommt er?«, fragte Ristin neugierig.

Johan zuckte mit den Schultern.

»Das weiß keiner. So einen mächtigen Mann fragt man ja nicht nach seiner Abstammung. Einige sagen, er kommt vom Marsfjäll, andere behaupten, dass er eigentlich gar nicht menschlich ist und von nirgendwoher kommt.«

»Was macht er in Kusmark?«, fragte Njenna kaum hörbar. Auf diese Nachricht war sie nicht vorbereitet gewesen. Eldbjörgs Worte fielen ihr wieder ein: »Großmutter, ich habe den Mann gesehen, der sich in ein Tier verwandeln kann.« Njenna hatte damals nicht weiter nachgehakt, entzückt von dem todernsten Gesichtsausdruck ihrer Enkelin. Sie hatte geglaubt, es sei ein Spiel.

»Ja, das kann man sich wirklich fragen. Was macht ein großer Nåejtie in einer Kätnerhütte in Kusmark?«

Nils stand beim Hauklotz und strich mit seinen schmutzigen Fingern über ein Stück Birkenholz. Es war hart und schön. Er hatte versucht, Birke zu bearbeiten, aber das Messer schien sich kein bisschen in das Holz graben zu wollen. Es blieb immer viel mehr übrig, als er beabsichtigt hatte. Er hatte es einige Male versucht, aber jedes Mal hatte es damit geendet, dass die Ungeduld wie ein Juckreiz über seinen Körper gekrochen war. Doch jetzt wollte er sein erstes Messer schnitzen. Ein schimmernder, glatter, aber dennoch harter Griff aus Birke sollte es werden, mit geäderter Maserung. Sein Vater hatte ihm erlaubt, sich ein Stück auszusuchen, und nun stand er hier und fragte sich, ob er das richtige Holz gewählt hatte. Da kamen ihm die Worte einfach so in den Sinn: Du bist nicht aus dem richtigen Holz, hatten sie gesagt. Mit ihm stimmte etwas nicht, so viel verstand er, aber er verstand nicht, was es bedeutete.

Er wog das Stück Birke in seiner Hand. Dies war allerdings genau das richtige Holz, das spürte er tief in seinem Körper. Es war dazu gewachsen, ein Messer zu werden.

Johan nickte anerkennend, als Nils es in seinen knochigen Jungenhänden hochhielt. Mit einigen einfachen Bewegungen zeigte er seinem Sohn, wie man am besten die Form herausholte und mit dem Birkenholz zusammenarbeitete. Nils saß still da und ließ sein Schnitzmesser arbeiten. Johan beobachtete ihn dabei. Nils hatte die Ungeduld seiner Mutter geerbt. Flüchtig bewegte er sich durch Tage und Nächte, Spiel und Arbeit streifte er immer nur. Er schien sich zu scheuen, sein Herz an etwas zu hängen, aber jetzt, wo es um dieses Messer ging, sah er entschlossen aus. Seine Lippen waren konzentriert zusammengepresst, die Wangen rot.

Johan erklärte ihm alle Teile eines Messers und nannte dazu die richtigen samischen Namen, nicht die schwedischen. Er war nicht sicher, ob Nils ihm zuhörte und ihn verstand.

Der Junge hatte begonnen, in der Sägerei zu arbeiten, aber er sprach nicht viel darüber. Johan legte ihm zärtlich eine Hand in den Nacken. Die Haare an seiner Stirn standen ungekämmt ab.

Nils sah hastig auf. Dann lächelte er.

Sie würden zusammen in die Stadt fahren und den Stahl

für das Messer aussuchen. Den besten, hatte Johan gesagt. Nur das Beste ist gut genug für dieses Messer.

Der älteste Hund des Hofes lag zu ihren Füßen. Holzspäne landeten sanft auf seinem Fell, das hier und da schon grau wurde. Draußen hörten sie die Kuh brüllen.

Nils hätte gern gefragt, was es mit der Bemerkung auf sich habe, er sei nicht aus dem richtigen Holz. Was es war, das ihm fehlte. Aber er schämte sich. Wenn er nichts sagte, würde vielleicht niemand merken, dass mit ihm etwas nicht stimmte. Nur in der Schule, auf dem Schulhof hatten sie ihm »Lappenpack« nachgerufen. Ein bedrohlicher Kreis schloss sich dort immer enger um ihn. Er hatte wild um sich geschlagen und einen Jungen am Hosenbund gepackt und ihn zu Boden geworfen, sodass der blank gewetzte Hosenboden gerissen war. Als er rückwärts von den anderen weggegangen war, hatte plötzlich seine Schwester neben ihm gestanden, ihn am Arm genommen und weggezogen. Doch bevor sie wegliefen, hatte sie sich noch umgedreht und gebrüllt: »Lieber ein Lappe als ein Loch in der Hose!« Auf dem Heimweg hatten sie gelacht, aber in sich hatte er etwas wie einen leeren schwarzen Abgrund verspürt.

Ristin hängte Wäsche auf eine Leine, die zwischen zwei Birken am Fluss gespannt war. Es roch frisch nach Lauge und Frühsommerwind und unter dem Waschkessel glühte es noch immer. Frisch gewaschene Wäsche war etwas ganz Besonderes. Sie prüfte die groben Laken. Johans Großmutter hatte ihr Weben beigebracht. Njenna waren Bettlaken noch unbekannt gewesen, um nicht zu sagen, sie hielt sie für unnötig. Eine schwedische Unsitte, wie sie zu sagen pflegte. Allerdings, die Alte konnte lesen, und sie verfolgte, was auf der Welt geschah. Sie redete über die Landestreffen der Lappen und über ihre Rechte, aber irgendwie ging es dabei nie um sie selber. Die Lakenränder waren ungleichmäßig und die gestickten Monogramme ein wenig plump geraten. Ristin sah es. Es war eine ihrer ersten Arbeiten gewesen. Sie steckte die Nase in die nasse Wäsche, die nach Schmierseife roch. Sie selber hatte früher anders gerochen. Njenna hatte aus der Asche von der Feuerstelle eine stark nach Lauge riechende Seife hergestellt. Die war allerdings nur für abgehärtete Erwachsene bestimmt gewesen. Immer wenn sie den Duft nach der ätzenden Sauberkeit roch, die ihre Mutter in Kleidung und Haut geschrubbt hatte, musste Ristin an die Alten mit der ledernen dunklen Haut denken, die sie in Arjeplog getroffen hatte. Kindern wurde die Prozedur erspart; das war nichts für sie.

Njenna beharrte immer noch darauf, diesen Mischmasch herzustellen, aber Ristin verbot ihr, ihn zu benutzen. Nicht einmal für die Fleckerlteppiche, die auf der kleinen hölzernen Gräting am Fluss geschrubbt wurden, durfte das Zeug angewandt werden.

Auf der kleinen Sandbank, die sich aus dem Fluss erhob und die die Kinder Insel nannten, lärmten Eldbjörg und Johannes. Nils durfte nun auch mitspielen. Sie waren zu alt für die Geschichte vom Wassermann, trotzdem gefiel es Ristin nicht, dass sie durch das strömende Wasser wateten, um zur Insel zu gelangen.

»Was macht ihr?«

»Wir suchen Schätze«, johlte Eldbjörg.

»Lappensilber«, schrie Johannes.

Ristin lachte, war jedoch froh, dass Njenna es nicht hörte.

»Wessen Silber?«, rief sie zurück.

Aber die Kinder hörten sie nicht. Lappensilber. Häuptlinge, die mit Silberschmuck behängt waren, dass es klirrte, wenn sie sich bewegten. Mit Ösen versehene Ringe, Silberkragen und Gürtel, die schwer auf den Hüften ruhten. Sie selber hatte immer nur arme Lappen getroffen. Na ja, bei ihrer Hochzeit hatte sie auch einen Silberkragen getragen, allerdings einen geliehenen. Aber Rentiermacht kannte sie nicht und auch keine mythenumwobenen, vergrabenen Reichtümer. Oder die Hexerei. Falls solcherlei das Erbe ihrer Vorfahren ausmachte, so hatte es sich um Menschen und Erfahrungen aus einer anderen Zeit gehandelt. Sie fühlte sich alldem nicht mehr teilhaftig. Das waren Sagen, die ihr fremd waren, so wie vielen anderen hier auch.

Njenna glaubte, Ristin würde das Gerede über die Lappen hinter ihrem Rücken gar nicht hören. Aber solches Gerede störte sie nicht. Es ging ihr eher um das, was sie irgendwo zu Hause zu hören meinte. Wechselbalg. Vom Berggeist in den Berg gelockt. Mitten dazwischengeraten.

Sie hängte das letzte Winterlaken auf die Leine und wollte gehen. Auf dem Weg zum Haus stand Elin aus Degerbyn. Ihr Rock war vor langer Zeit einmal schwarz gewesen, jetzt war er grau von Ruß und Schmutz. Die gestreifte Schürze hatte Fettflecken am Bauch und ihre Haare lagen dünn um ihr gelbliches Gesicht.

Ristin ging ihr entgegen. Elin wohnte in einer kleinen Kate direkt an der Wegkreuzung. Sie war unverheiratet und in ihrer Hütte wimmelte es von Kindern. Sie waren umgeben von dem Geruch nach Armut, aber es war schwer zu sagen, was es genau war – abgestandene Luft, Schimmel. Sie sprachen eigentlich nicht miteinander, aber Ristin steckte Elins Kindern hin und wieder etwas zu, wenn sie etwas übrig hatte. Sie verbreiteten sich wie ein Waldbrand über die Ansiedlung, und Ristins Kinder wurden häufig mit in ihre Streiche hineingezogen, bis Njenna sie dann jeweils zurückholte. Das waren die wenigen Male, dass Ristin dankbar für die mürrische, sture Art ihrer Mutter war, denn die Läuse, die sie auf den Köpfen dieser Kinder vermutete, wollte sie nicht auf ihren eigenen Kindern herumkriechen haben. Aus ihrer Kindheit erinnerte sie sich noch daran, wie es im Feuer geknackt hatte, wenn Njenna Kleidung und Leder über den Flammen ausgeschüttelt hatte. Und wie verwundert die Dorfbewohner geschaut hatten, als sie ihre Kleidung über

Ameisenhaufen breitete, damit auch die letzte kleine Nisse aufgefressen wurde. Auf diese Weise waren sie läusefrei geworden, oder jedenfalls fast. Aber in diesem »Fast« hatte es immer noch ausreichend Raum für Juckreiz und das ewige Kratzen von Nägeln über die Haut gegeben, was alles nur noch schlimmer machte.

Elin sah ängstlich aus, als sich Ristin ihr näherte. Still abwartend befeuchtete sie die Lippen.

»Die Pfarrersfrau hat ihr Kind verloren.«

Ristin war verwundert. Weder Elin noch sie selber waren besonders kirchlich eingestellt. Deshalb war es nicht gerade eine Neuigkeit, wegen der es sich lohnte, extra zu kommen.

»Ach?« Ristin wollte aber auch nicht unhöflich oder hochmütig wirken. Als sei jemand wie Elin nicht gut genug.

Plötzlich erinnerte sie sich wieder an Johans Worte bei seiner Heimkehr, von der alten Lappin, die die Pfarrersfrau mit einem Fluch belegt hatte. Misstrauisch machte sie einen Schritt rückwärts. Vielleicht war es ja Elin, die sich hier aufs hohe Ross setzte, vielleicht waren diese scheinbar unschuldigen Worte eine Verhöhnung.

Elin wirkte wie gelähmt. Sie stand da und schien unfähig zu sein, zu reden oder zu gehen. Aber dann nahm sie sich zusammen.

»Mein Sohn ist krank, ich habe alles versucht, aber nichts hat geholfen. Er wird sterben. Vielleicht könnte deine Mutter …?«

Ristin starrte die Frau an. Ihre Mutter? Njenna? Dann ging ihr ein Licht auf. Dass sie es nicht längst begriffen hatte! Wütend drehte sie sich auf dem Absatz um.

»Ich kann bezahlen«, rief Elin ihr nach.

Ristin biss die Zähne zusammen. Was für eine Schande. Die Hexe auf Stensvedjan. Außerdem, was für eine Lüge. Mutter Njenna konnte niemanden verhexen, genauso wenig wie sie selber.

Ihr Inneres wurde förmlich zerrissen, von Elins Worten in schartige Streifen geschnitten. Wenn Elin es wusste, dann wussten es alle. Alle hatten es gewusst, nur sie, Ristin, nicht. Sie schämte sich, und die Scham brannte auf ihrer Haut, sodass sie meinte, man müsse es ihr durch ihre Kleidung hindurch ansehen.

Johan und Nils kamen herein. Der alte Hund legte sich auf die Treppe vor der Tür. Johan grinste, legte einen Arm um Nils und sagte: »Halt dich an den Hund, der ist klüger als du.«

Die Worte drangen in Ristin ein wie Holzpflöcke und nagelten sie fest. Sie hätte sich auch an jemanden halten sollen, der treuer zu ihr stand als Johan. Er hatte ihr die Wahrheit vorenthalten.

»Das Essen ist fertig, du kannst unserer Hexe Bescheid sagen.«

Nils' Lächeln erstarrte und Johan ließ den Arm sinken.

»Du darfst das nicht so ernst nehmen. Das ist doch nur dummes Gerede.«

Ristin stützte sich auf den Küchentisch. Ihre Hände waren weich vom Waschen, die Finger geschwollen. Der Ehering würde sich nie mehr abnehmen lassen, die Knöchel wurden breiter und die Finger krumm von der Arbeit. Sie bohrte ihren Blick in Johans. Es war ein stahlblauer Blick, der eisige Kälte ausstrahlte.

»Die Pfarrersfrau hat eine Fehlgeburt gehabt.«

Johan wurde blass. Alle schwiegen, als Njenna die Küche betrat. Ristin starrte ihr entgegen. Ihre Mutter war ihr so vertraut und doch so fremd. Sie blieb ihr auf ewig ein Rätsel. Nils hatte sich in einer Ecke verkrochen. Draußen auf dem Hof hörten sie Johannes und Eldbjörg.

»Da hast du schön was angerichtet, du alter Satan.« Ristin war erstaunt über ihre eigenen Worte. Aber sie war wütend.

Johan setzte sich auf die Küchenbank. Er war immer wie gelähmt, wenn es zu Meinungsverschiedenheiten kam. Mehr als einmal hatte Njenna ihn sagen hören: »Ristin schickt mich«, wenn es auch nur ansatzweise unangenehm zu werden drohte.

Njenna kam langsam näher. Nils' erschrockener Blick hielt sie vor einer scharfen Antwort zurück.

»Hast du noch mehr Verfluchungen auf Lager? Hast du noch mehr vergessen zu erzählen?« Ristins sarkastische Stimme füllte den kleinen Raum. Sie hatte zwar gelernt, die Alten zu ehren, aber jetzt reichte es ihr. Sie knallte den Topf auf den Tisch.

»Hexerei, na, ich danke schön. Das sieht doch jeder Idiot mit bloßem Auge, dass dieses Frauenzimmer viel zu blutleer ist, um ein Kind zur Welt zu bringen, aber du musst dich wieder aufspielen.«

Njenna senkte den Blick. Auf dem Fußboden sah sie die Spuren, die viele Füße hineingetreten hatten. Vor dem eisernen Herd war eine Kuhle, genau wie direkt vor der Tür. Natürlich waren es jetzt andere Zeiten. Jetzt galten Bauernbräuche und man musste schwedisch sein. Aber trotzdem. Was war das für ein Zorn, den sie in ihre Tochter eingepflanzt hatte? Dieser aberwitzige Zorn, der ständig auf der Lauer lag. Ein unangenehm kalter Zorn. Wenn sie nur erzählen könnte, warum sie ihre zitternden Finger gegen dieses aufgeblasene Frauenzimmer mit Hut erhoben hatte. Aber sie würde es nicht erklären können. Sie dachte an ihren Vater oben im Fjäll. Der hätte insgeheim gelacht und ihrer treffsicheren Menschenkenntnis mit anerkennendem Nicken Beifall gezollt. Sie hatte nichts anderes getan, als die hässlichen Gedanken dieser Frau gegen sie selbst zu verwenden.

Sie nahm sich zusammen und begegnete mit festem Blick dem ihrer Tochter.

»So ist es nicht gewesen.«

Dann sah sie Nils an. Er starrte ins Leere und tat so, als wären ihm die Ohren abgefallen.

»Es war ganz anders.« Njenna setzte sich an den Tisch. Als

sie an Eldbjörgs Scham vor der Pfarrersfrau dachte, bereute sie gar nichts. Diese Frau belog die Lappen, und Njenna hatte nichts anderes getan, als ihr eine ihrer eigenen Lügen auf einem Silbertablett zu servieren, wie ein Geschenk.

Nils zog umständlich einen Stuhl unter dem Tisch hervor und pflanzte seinen mageren Hintern auf den abgenutzten Sitz. Johan schaufelte das Essen in sich hinein. Eine unbehagliche Rastlosigkeit hing im Raum. Niemand wollte hier sein, aber alle waren unfähig hinauszugehen. Vielleicht war es ja genau das, was damit gemeint war, nicht vom richtigen Holz zu sein, dachte Nils. Anders zu sein. Oder von einer anderen Art.

UMEÅ, MÄRZ 2002

Wie war ich so geworden, wie ich bin? Was in mir trieb mich an, nach dem unsichtbaren Erbe zu suchen, von dem ich immer gewusst habe, dass ich es in mir trug, das aber immer abgeleugnet oder jedenfalls verschwiegen oder weggescherzt wurde. Was wäre geschehen, wenn Mama sich nicht vor mir versteckt hätte?

Ich betrachtete meine Schwester. Wir saßen in ihrem Wohnzimmer, es war geputzt wie immer, und sie hatte die Teelichter in den verschiedenfarbigen Glaszylindern angezündet, sodass ein ganzes Farbspektrum über die weiß gestrichene Wand flackerte. Nirgends in der Wohnung konnte ich die Kommode entdecken, in der ich die Schuhbänder gefunden hatte. Bestimmt hatte sie das Möbelstück auf ihren eigenen Speicher verbannt. Ich stellte mir vor, dass sie es eine Woche lang benutzt hatte, dann hatte sie es sich anders überlegt und entschieden, dass es nicht gut genug war. So wie immer. Ambivalent. Einerseits, andererseits. Was meinst du? Wo ich rastlos und ungeduldig war, war sie nachdenklich und sanftmütig.

Wir tranken Tee aus handgetöpferten Tassen. Legte man die Hände um die bauchige Form, wurde die Wärme von den Fingerspitzen in die Handflächen geleitet und weiter durch den Körper, ein Gefühl, als würde man in eine Warmhaltekanne verwandelt.

Ich erzählte ihr von den Schuhbändern. Sie lagen in meiner Tasche, aber meine Schwester schien nicht besonders interessiert daran zu sein, sie zu sehen. Stattdessen stand sie auf und wechselte die CD.

»Wie war es in Norwegen?« Sie ließ sich wieder in die Sofaecke sinken und zog die Beine unter sich. Auf diese Frage konnte ich unmöglich einfach so antworten. Meine Reise hatte meine Familie provoziert, und sie umkreisten dieses Thema mit dieser speziellen Art von Schweigen, mit der man über gewisse Dinge spricht, die eigentlich absolut nicht zur Sprache kommen dürfen. Deswegen fragten sie nach den Hotels, dem Wetter und den Preisen. Wenn ich etwas anderes erzählte, hörte ich nur das Echo meiner eigenen Stimme. Mir wurde einfach nicht erlaubt, die Spur zu wechseln.

»Ich glaube, ich weiß, warum die Schuhbänder so wichtig für mich sind und warum mich die Vergangenheit immer so interessiert hat.«

Ich hätte hinzufügen können: Warum ich euch gezwungen habe, dem Erbe nachzuspüren, das in uns ist. Dass es meine Absicht war, an das Ausgesperrte zu gelangen und diese Selbstverleugnung zu durchbrechen, zitternd und nicht in mir selbst ruhend, wie ich manchmal bin.

Darüber hatte ich schon oft mit meiner Schwester reden wollen. Wie merkwürdig es ist, eine Mutter zu haben, die man überhaupt nicht kennt. Die es gewissermaßen als Persönlichkeit nicht gibt, obwohl sie ein Mensch aus Fleisch und Blut ist. Als ich klein war, habe ich noch Fragen gestellt und versucht, sie zu ändern. Aber schließlich bin ich verstummt und habe aufgegeben.

Viele behaupten, meine Schwester und ich seien uns ähnlich. Ich empfinde mehr die Unähnlichkeiten. Sie war die Umworbene und Favorisierte, ich war die Unsichtbare. Sie war Papas Kind, ich war niemandes Kind. Vielleicht habe ich mich deshalb bei Großmutter so wohlgefühlt. Es wurde zwar nie direkt ausgesprochen, aber ich wusste, dass die Großeltern nicht fein genug waren. In ihrer anspruchslosen Einfachheit fand ich Asyl.

»Warum also?« Marie sah mich an.

»Weil ich ein Zuhause brauchte, irgendetwas, wohin ich passte.«

Ich erwartete nicht, dass sie diesen absurden Widerspruch verstehen würde. Ich bin immer stolz auf meine samische Abstammung gewesen, obwohl sie stets verleugnet, vergessen, säkularisiert wurde. Aber über die Generationen hinweg hat dennoch der Rhythmus eines Rentierherzen in uns geschlagen, taktfest, manchmal leidenschaftlich und stoßweise heftig, manchmal blutarm und schwach. Ich habe dabei stets gedacht: Jedenfalls kann mir keiner nehmen, was ich im tiefsten Innern weiß. Ich brauche eigentlich nichts anderes.

Aber dann gibt es da noch die Scham. Wenn ich Menschen traf, die stolz ihre Kittel trugen, die sich umarmten und ihre Verwandtschaft erforschten, und die wenigen, die ihre Rentierzeichen und ihre Dazugehörigkeit zu den Dörfern der Samen nachweisen können.

Jene, die nicht dem Druck der großen Gesellschaft nachgegeben haben, die sich nicht ducken, wenn ihnen »Lappenpack« nachgerufen wird, die ihre Rentiermacht bewahrt haben. Aber eigentlich ist die Scham gar nicht so greifbar, sie macht sich schleichend bemerkbar, ist unscharf in den Konturen und kommt sogar entschuldigend daher.

»Ein Zuhause? Meinst du eine Identität?«

Ich schüttelte den Kopf und holte die Schuhbänder aus

der Tasche. Sie fühlten sich kalt an. Vorsichtig legte ich sie auf das Sofa zwischen uns. Marie nahm sie pflichtschuldig in die Hand und betrachtete die verschlissenen Fäden, die verblichenen Farben und die kleinen Troddeln, deren Garn mit den Jahren ausgedünnt war.

»Waren die auf dem Speicher?«

Ich nickte. Marie legte sie zurück. Auch wenn wir im Lauf der Jahre vieles durchgehechelt hatten, von unserer Herkunft hatten wir nie gesprochen. Und jetzt lag eine Erinnerung daran hier vor uns. Aber meine Schwester schien gar nicht besonders erstaunt zu sein.

»Du weißt doch, dass Mamas Großmutter väterlicherseits hellsehen konnte?« Marie betrachtete mich. In ihrer Stimme lag eine Wärme, die mich überraschte.

Sie konnte hellsehen? Ich dachte an die Bibliothekarin in Karasjok. Nein, ich hatte nicht gewusst, dass diese Großmutter über eine solche Gabe verfügte.

»Sie hat Mama einmal vorm Ertrinken gerettet. Mama war im Eis eingebrochen und klammerte sich an den Eisrändern fest, sodass ihre Finger anfingen zu bluten. Sie wagte sich nicht zu bewegen, aus Angst, dann würde sie untergehen. Da kam die Großmutter und zog sie heraus. Während sie in der Küche stand und Kaffee trank, hatte sie gesehen, was passiert war. In diesem öligen, schwarzen Getränk hatte Mama um Hilfe gerufen.« Marie biss sich auf die Lippe.

»Kristina. So hieß sie.«

Ich nahm noch einen Schluck Tee. Dann fragte ich lächelnd: »Glaubst du das?«

Marie schmiegte ihre Wange an die Sofalehne.

»Manchmal glaube ich, dass ich selbst Vorahnungen habe.« Sie lachte verlegen.

»Erzähle!« Ich wurde neugierig. Aber sie wehrte ab und hielt mir den Teller mit den Zimtschnecken hin.

»Übrigens hab ich was für dich.« Marie sprang vom Sofa auf und holte ein Heft aus dem Bücherregal. Es war eine

Abhandlung über Schädelmessungen, die in Schweden im Namen der Wissenschaft vorgenommen worden waren, und zwar von Rassenbiologen, die im Reich herumgereist waren und sich nicht einmal gescheut hatten, Leichen zu stehlen. Ich blätterte das Heft rasch durch und blickte Seite um Seite in wettergegerbte Gesichter, die mich ernst ansahen. Es waren Profile, der Freiheit zugewandt, aber genau in dem Augenblick gefangen genommen, als man sie auf die Glasplatte des Fotografen bannte. Gesichter ohne Namen und ohne Geschichte. Und dennoch sprachen sie zu mir. In ihnen schien Leben zu pulsieren, ihre Blicke drangen durch die Zeiten, und sie erzählten ihre Geschichte, auch wenn niemand danach fragte. Sie verlangten, dass ich zuhörte.

»Da kriegt man ja eine Gänsehaut.« Ich schaute auf. Marie nickte und ließ sich wieder auf das Sofa sinken. Die Kerzenflammen flackerten und zeichneten gelbe, rote und blaue Muster an die Wand. Eine Weile saßen wir still da.

»Erzähl mir, warum dir die Schuhbänder so wichtig sind.« Sie gab sich Mühe mit mir, diese Öffnung kam unerwartet. Jetzt, da ich die Möglichkeit hatte, auszusprechen, was ich zu sagen hatte, bekam ich Angst und spürte einen Widerstand. Eine zählebige Furcht regte sich in mir und wollte mich warnen.

»Für mich hat es eine Art Geborgenheit bedeutet, zu wissen, dass es noch ein anderes Zuhause gab. Einen Ort, wo ich besser hinpasse. Aber ich hatte immer das Gefühl, dieser Ort sei verboten. Manchmal habt ihr es tatsächlich geschafft, dass ich mich wie eine Betrügerin fühlte. Als hätte ich das alles nur zusammephantasiert.«

Marie hörte mir zu.

»Ich habe mir natürlich auch nur zu gerne vorgestellt, dass unser Erbe uns beeinflusst hat. Es muss schließlich eine Bedeutung haben, warum alles so gekommen ist.«

Ich wurde eifrig. »Wirst du nicht auch ganz misstrauisch, wenn du merkst, dass etwas verschwiegen und vertuscht wird?

Man kann doch davon ausgehen, dass man genau an der Stelle nachforschen muss, wenn man etwas herausfinden will.«

Marie lachte. Es war ja nicht so, dass sie nicht auch versucht hatte, das Schweigen der Familie zu verstehen. Sie hatte nur andere Wege gewählt.

»Doch, ich glaube, du hast Recht. Ich habe es nur nicht unter deinem Aspekt gesehen. Und ich habe die Großeltern einfach nicht verstanden. Bei ihnen hab ich mich nie wohlgefühlt. Es war irgendwie ärmlich dort. Du weißt, was ich meine.«

Ich verstand sie genau. Sie hatte die Scham und die Schuld nicht ertragen können. Das konnten nicht viele. Es war wie ein sehr altes Weinen gewesen, das durch die Jahrzehnte sickerte. Wir waren gefangen in diesem Weinen und gleichzeitig waren wir irritiert. Warum war es für uns so leicht, die Großeltern abzulehnen?

»Aber ich war gern bei ihnen.« Meine Stimme klang trotzig.

»Ich weiß nicht, findest du nicht auch, dass sie seltsam träge waren? Über dem ganzen Haus lag so eine Lethargie.« Jetzt schwang in Maries Stimme der übliche Ton von schlecht verborgener Verachtung mit. Diese Verachtung schmerzte mich.

Ich schüttelte den Kopf.

»Ich weiß nicht, warum dir das so vorkam.«

Ihre Einstellung verletzte mich. Es war typisch: Was für mich eine emotionale Heimat werden könnte, das verwarf sie. Es taugte nicht für sie. Ich taugte nicht. Es war ein Gefühl, als würde ich bestohlen. Ich sah ihr an, dass sie mich nicht verstand. Ich legte das Heft mit den Schädelmessungen vor sie hin.

»Als ich in Karasjok war, haben sie darüber diskutiert, ob nur Norwegisch sprechende Samen ihren Platz im Sameting behalten sollten. Man rechnet dort mit halben und ganzen Menschen. Man rechnet mit Viertelanteilen. Wehrt man sich so gegen Unterdrückung? Wie soll man das paranoide Gefühl loswerden, man bewege sich unter Kollaborateuren? Wie verteidigt man sich gegen eine Meute Wölfe, die ihre Zähne in das bisschen schlagen, was man noch besitzt, die einen bettelarm machen und ausstoßen? Vielleicht liegt es da nahe, selber Schädel zu vermessen, um sagen zu können: Seht her, es gibt immerhin ein Wir, es gibt eine Gemeinschaft. Es gibt Blutproben, die beweisen, dass wir existieren. Trotz allem.«

Meine Mutter hatte genau das Gegenteil getan. Sie hatte ihren Schädel vermessen und gesagt: Seht, ich bin von keiner anderen Art, ich bin rein und makellos. Sie wollte kein Wir und keine Gemeinschaft.

Marie richtete sich auf. Etwas in unserem Gespräch hatte sie nachdenklich gestimmt. Ihre Worte kamen zögernd.

»Am meisten hat mich enttäuscht, dass Mama sich so selten auf unsere Seite gestellt hat. Sie hat uns nicht verteidigt, gegen niemand. Alle anderen schienen mehr Rechte zu haben als wir.«

Ich überlegte. Es stimmte, was Marie sagte. Karin hatte sich immer in den Schatten gestellt, den Nacken gebeugt und allem zugestimmt. Da war etwas, wie ein Ringen nach Luft. Todesangst.

Skellefteå, Juli 1909

Die Veränderung kam schleichend. Vielleicht mit den Unterkünften, den Holzhäusern in den Wäldern, die im Frühling schwarz und im Sommer blau waren. Vielleicht kam sie mit dem Pflug, der Wunden in den mageren Nordlandboden riss und ihm Ernten abrang. Etwas hatte sich jedenfalls verändert.

Als wäre das Familienleben mit einer Sense zerteilt, zu Boden geschlagen und mit blutenden Narben liegen gelassen worden. Njenna war anderes gewohnt gewesen. Sie war in den Rentierwald geschickt worden, hatte mit beiden, Vater und Mutter, die Herde gehütet. Alle hatten sich die Arbeit geteilt, denn nur gemeinsam konnte man überleben. Natürlich war man auch jetzt noch voneinander abhängig, trotzdem wurde, immer tiefer, ein Keil in die Familie getrieben. Sie sah es ganz deutlich. Johan wanderte, den Aufträgen folgend, durchs Land, und Ristin war zu Hause und kümmerte sich um das kleine Anwesen. Aber das war nicht gut genug und wurde nicht geschätzt. Man merkte es daran, wie die Leute redeten, wie gleich über Weiberherrschaft getuschelt wurde, wenn eine Frau selbstbewusst ihr Leben meisterte.

Und jetzt war Njenna selbstbewusst aufgetreten, wenngleich auf andere Weise. Sie ging in den Wald und suchte Blaubeeren. Es war Blaubeerzeit, aber der Sommer war zu trocken gewesen. An den Sträuchern, die im Wind raschelten, hingen einige kleine, trockene Beeren, die sich kaum zu pflücken lohnten. Njenna pflückte sie trotzdem und warf sie ungeduldig in ihre Kiefernkiepe. Mit den Jahren hätte sie klüger werden müssen. Sie hatte ihre Tochter stärker verletzt, als ihr klar gewesen war, trotzdem brachte sie es nicht über sich, sie um Entschuldigung zu bitten. Immer noch verfolgte sie der heimtückische Wolf, der sie all die Jahre gejagt hatte. Sie war immer weiter geflohen, aber nun war sie am Ende. Eine kindliche innere Stimme aus der Vergangenheit flüsterte ihr ein, sie habe allzu große Kräfte herausgefordert und sich dann einfach davongemacht wie eine elende Wühlmaus. Sie erinnerte sich an Mutter und Vater, an ihren Bruder, aber nur ganz vage. Sie erinnerte sich auch an den Viste und die Rentierherde, aber nicht daran, wie alles so hatte kommen können. Sie erinnerte sich sogar an Elias. Merkwürdigerweise war er jetzt wichtiger als damals. Er war ein Wegweiser, an dem sie vorbeigegangen war, und dann hatte sie sich verirrt. Wenn sie zurückblickte, wirkte alles so sinnlos, aber sie schob diesen Gedanken beiseite. Sie war nicht besser als jene, die über sie tratschten. Der Fluch, der ihr herausgerutscht war und sie hierhergetrieben hatte, hatte nichts mit Hexerei zu tun, sondern mit etwas viel Unheimlicherem. Es hatte sie Jahre gekostet, das zu durchschauen. Es war Angst. Die gleiche Angst, die sie auch in Ristins Augen sah. Sie konnte sich selbst nicht vergeben.

Der Wald um sie herum war in leichter Bewegung, wie eine milde Erinnerung an ein Jetzt, das nicht von diesem harten Knoten von Unruhe im Magen bestimmt war. Njenna streckte sich auf einer moosbedeckten Felsplatte aus und starrte hinauf in einen Kiefernwipfel. Voller Stolz und aufrecht wie eine Kiefer war sie gewandert, hatte vor niemandem und nichts den Nacken gebeugt. Niemand hatte sie berühren dürfen. Doch jetzt verrottete ihre Rinde und entblößte die Fäulnis im Stamm. »Hol Feuerholz, mein geliebtes Kind.« Sie hatte immer noch die sanfte Stimme ihrer Mutter im Ohr, doch wie wenig Honig war über ihre eigenen Lippen geflossen. So wenig Zärtlichkeit hatte sie gegeben, so wenig Zuversicht und Trost.

Das trockene Moos pikste in ihrem Rücken. Sie war verschwitzt und Stechmücken umsirrten ihren Kopf. Es war Zeit, nach Hause zu gehen, aber sie blieb seltsam kraftlos liegen und blinzelte in die Zweige, die schwarz waren vorm graublauen Himmel. Aber sie hatte keine Lust, die Konturen und Zeichen zu deuten. Schließlich richtete sie sich auf. Jetzt musste sie alle Kraft sammeln. Wenn jemand sie so sähe, dann finge das Gerede wieder an: Die alte Hexe liegt kraftlos im Wald, und jeder würde denken, sie habe sich an den Teufel verkauft. Das Vergnügen gönnte sie ihnen nicht.

Ristin saß am Webstuhl und legte letzte Hand an einen Läufer. Die Bestellungen waren zurückgegangen. Die Leute schauten verlegen weg, wenn sie ihr begegneten. Es war nicht gerade so, dass sie ihr auswichen, aber sie spürte wieder die Distanz in den Blicken und Bewegungen. Diese stumme Leere, die sich nicht füllen ließ, nachdem das Allernötigste gesagt war. Es zerriss sie fast vor Scham, obgleich sie diese mit aller Macht hatte abschütteln wollen. Umständlich vollendete sie ihre Arbeit. Es brauchte ihr niemand etwas zu sagen, denn mit schmerzhafter Sicherheit wusste sie auch so, dass es keine neuen Aufträge mehr geben würde. Aber sie hatte nicht vor, sich zu demütigen, indem sie um Arbeit bat oder durchs Dorf wanderte, um den Läufer abzuliefern. Das konnte Johan erledigen.

Um sie herum schien die Welt verstummt zu sein. Sogar die Spiele der Kinder wirkten gedämpft. Als Schwarzpfote um ihre Beine strich, scheuchte sie ihn weg. Elins Kinder schlichen mit hungrigen Augen ums Haus, aber sie warf ihnen nur einen wütenden Blick zu und sie liefen davon. Johan schaute auf, als sie über den Hof ging. Er schob seine Mütze in die Stirn.

»Es ist wohl Zeit, nach den Kartoffeln zu sehen.«

Ristin warf ihm das Päckchen mit dem Läufer in den Schoß.

»Das muss zum Kaufmann. Und das Geld für die Arbeit sollen sie dir mitgeben.«

Johan sah sie bekümmert an. Sie konnte den Zorn, der in ihrem Körper wütete, kaum zügeln. Sie sah Johan schon vor sich, wie er folgsam davonwanderte und mit einem entschuldigenden Lächeln sagte: »Ristin schickt mich.« Der arme Kerl tat den Leuten vermutlich leid.

Selbst das Brausen des Wasserfalls klang matter als sonst und war nicht mehr als ein Geplätscher im Hintergrund. Vielleicht war es das ständige Gemurmel des Wassers, das es ihr so leicht machte, zu schweigen. Für einen Moment glaubte Ristin, Johan würde protestieren. In seinen Augen blitzte etwas auf, ein Splitter Widerstand aus der Vergangenheit. Aber nichts geschah. Er schwieg nur noch länger als sonst, bevor er langsam das Messer weglegte und das leichte Päckchen in der Hand wog.

Anfangs war es mehr ein Spiel gewesen. Eldbjörg hatte sich abends auf der Küchenbank an ihre Großmutter gekuschelt. Sie hatte ihre Atemzüge wie einen zarten Windhauch gespürt und die wispernde Stimme hatte Bilder in ihrem Kopf hervorgezaubert. Sie spürte den Duft der Worte und empfand einen sonderbaren Genuss in diesem schwebenden Zustand, bevor der Schlaf kam. Manchmal reichten die Erzählungen bis in ihre Träume und wurden so zu ihren eigenen Geschichten. Es gab niemanden, der Spukgeschichten so wie ihre Großmutter erzählen konnte. Sie kannte die Geheimnisse der Unterirdischen und konnte dem Worte verleihen, was schwer erklärbar war. Von alldem war sie bisher überzeugt gewesen, doch jetzt wurde sie unsicher. Es war zwar noch dieselbe Großmutter, die auf der Küchenbank lag und schlief und alt roch, aber dann auch wieder nicht. Eldbjörg fühlte sich nicht mehr geborgen. Und es war auch kein Spiel mehr.

Sie hatte neben der Pfarrersfrau gestanden, als Njenna ihren knochigen Finger erhoben hatte, und sie hatte die schicksalsträchtigen Worte gehört, die nach mehr geklungen hatten als nach ihrer bloßen Bedeutung. In jenem Augenblick war etwas geschehen, was sie nicht verstand, nicht einmal wortlos in ihrem tiefsten Innern. Und das erschreckte sie.

Genau wie das Schweigen. Sie wusste, dass es verboten war, die Fragen zu stellen, auf die sie Antworten haben wollte. Sie sah es an der Art, wie Mutter und Vater sich bewegten, und daran, wie Großmutters bloße Anwesenheit die Stimmung im Haus niederdrückte. Sie brauchte nur ihren runden

Rücken zu sehen, wenn sie am Herd stand, um von einer wortlosen, aber überwältigenden Scham erfüllt zu werden.

Eldbjörg saß auf der kleinen Insel im Fluss und tauchte unablässig einen Birkenzweig ins Wasser, das im Vorbeifließen Muster bildete, die Stickereien ähnelten. Wenn sie den Zweig seitlich hielt, entstanden gekräuselte Linien, die fast im selben Moment wieder ausgelöscht wurden, in dem sie entstanden. Eldbjörgs nackte Knie waren sommerbraun. Sie zog sie an und legte ihr Kinn darauf. Als es am Flussufer drüben prasselte, hatte sie keine Lust, hinüberzuschauen. Es war ja doch nur Nils, der sie mit ängstlichen Augen bat, ihm herüberzuhelfen. Er war immer noch zu klein, um es sicher über die Steine zur Insel zu schaffen. Sie wollte ihm zuschreien, er solle abhauen und sich in den Röcken der Mutter verstecken, wie er es doch sonst auch tat. Aber sie hörte Johannes' vertraute Schritte. Er kam von der Säge und pfiff leise vor sich hin. Das kannte sie sonst gar nicht an ihm.

»Aha«, sagte er nur, als er Nils niedergeschlagen am Ufer stehen sah, und er half ihm hinüber.

Schweigend saßen sie da und lauschten dem Fluss, wie er seinen Weg hinunter zur Mühle und zum Sägewerk nahm. Der Wasserfall klang fast unheilverkündend, wenn man hier saß und scheinbar auf dem kleinen Flecken Boden dahinsegelte, der aus dem Fluss ragte. Als würde man jeden Moment mitgerissen werden. Dann würde man sterben, von den Klippen im Wasserfall erschlagen werden. Das wusste jeder. Vielleicht würde man auch in das Mühlrad hineingezogen werden. Dann müssten die Männer zur Flussbiegung gehen und mit dem Suchtau nach dem Leichnam fischen.

Johannes seufzte. Auf seinem Kinn spross Flaum und seine Stimme hatte einen tieferen Klang bekommen. Er roch auch anders, nicht mehr so nach Sommer und nicht mehr mild.

Es schien eine Ewigkeit her zu sein, seit sie zuletzt zusammen auf dieser Insel getobt und gespielt hatten.

Nils räusperte sich. Er wollte so gern die Frage stellen, die in ihm brannte. Aber er brachte sie nicht heraus. Eldbjörg warf erst ihm und dann Johannes einen raschen Blick zu. Sie fingen alle an zu kichern.

»Wir sind vielleicht ein fröhlicher Haufen.« Johannes schnappte nach Luft. Das Kichern wurde zu einem Lachen, das im Magen schmerzte und ihnen Tränen in die Augen trieb. Sie wälzten sich im feuchten Gras herum. Dann stand Eldbjörg auf.

»Ich erzähl euch ein Geheimnis.«

Nils und Johannes beruhigten sich.

»Großmutter hat mir von einem richtigen Hexer erzählt«, sagte sie wichtig. Ihre Worte gingen Nils hinunter wie Butter. Ein richtiger Hexer. Das musste ja bedeuten, dass Großmutter selber keine richtige Hexe war.

Johannes schüttelte sich ungeduldig. Er wollte nichts mehr davon hören. Es reichte ihm. Derb stieß er Eldbjörg seinen Ellbogen in die Seite. Er wollte lieber stromaufwärts gehen und nachschauen, ob dort die Dorfkinder angelten. Breitbeinig würde er sich neben sie stellen. Er beantwortete Boshaftigkeiten mit Boshaftigkeit. Bald würden die Leute etwas anderes finden, worüber sie sich die Mäuler zerreißen konnten.

Nils schaute wieder ins Wasser. Eigentlich wollte auch er keine Spukgeschichten hören.

»Dieser Hexer ist hier gewesen. Ich hab ihn selbst gesehen.« Eldbjörg sah ganz ernst aus.

Nils riss die Augen auf. Er spürte kalte Finger an seinem Rücken und schrie auf. Eldbjörg fing an zu lachen und wütend stieß Nils ihre Hand beiseite. Dann wurde sie wieder ernst und legte ihre Hände um die weichen Wangen ihres Bruders.

»Wir sind wir und wir haben einander.«

Als sie ihrem kleinen Bruder wieder an Land geholfen hatte, glitt der Schatten eines großen Vogels über ihre Köpfe hinweg. Doch keiner von beiden schaute hinauf.

Man wird nackt geboren und stirbt mit leeren Händen. Das hatte sie gesagt, als sie Ristin den Ring gegeben hatte. Jetzt klangen die Worte wie bitterer Hohn. Zwar hatte Ristin sich schon gefragt, warum es so lange gedauert hatte, ehe Njenna ihr den Ring gab, aber jetzt wollte sie ihn nicht mehr haben. Lappensilber und Hexerei. Fliegende Kessel und zitternde Finger, die Flüche schleuderten. Darauf konnte sie gut verzichten.

Ristin stand vor der Kommode und versuchte, sich den Ring vom Finger zu ziehen. Das leise Geräusch, das dabei entstand, irritierte sie, aber der Ring saß fest. Nils und Eldbjörg hatten den Grützlöffel halb zum Mund geführt und blickten neugierig den abweisenden krummen Rücken ihrer Mutter an, die mit etwas zu kämpfen schien. Aber keiner von beiden fragte, mit was. Als ihre Großmutter mit einem Armvoll Feuerholz hereinkam, senkten sie den Blick auf ihre Teller. Nils schlürfte hörbar.

Ristins Blick war schwarz, als sie Njenna ansah. Wie selbstgefällig und schamlos ihre Mutter mit dem Feuerholz hoch erhobenen Hauptes dastand, wie ein Schild. Sie rechnete wohl damit, dass Ristin ihrem Blick auswich, wie sie es immer getan hatte. Aber das Maß war voll. Ristin unternahm einen letzten verzweifelten Versuch, sich den Ring vom Finger zu reißen, aber er ließ sich nicht über das Gelenk schieben.

»Soll ich dir helfen?« Njenna ließ das Holz in den Korb neben dem Herd fallen. Die beiden Kinder duckten sich unter der Frage. Ristin streckte sich.

»Du hast schon genug angerichtet.« Ihre Stimme klang laut und klar, fast ruhig. Sie hatte Lust, die Alte zu schlagen, ihr die silbernen Berlocken an die Schläfen zu drücken, dass es schmerzte. Aber es würde ihr schon reichen, wenn sie diesen verdammten Ring vom Finger bekam.

Die Worte ließen Njenna frösteln. Sie sah Nils' und Eldbjörgs blasse Gesichter und wusste, dass das Mädchen bald vor lauter Nervosität zu reden anfangen würde. Eldbjörg versuchte immer alles mit einem Gewebe aus Worten glatt zu streichen, ein Wortstrom, der nicht einmal versiegte, wenn sie Luft holen musste.

Ristin machte ein paar schnelle Schritte auf die Arbeitsplatte zu und riss einen Lederbeutel auf, in dem der Seifenbrei war, den Njenna aus Asche hergestellt hatte. Zu irgendwas musste der Mist ja gut sein. Als sie ihre Hand in einen Topf mit Wasser auf dem Herd steckte, wimmerte Nils, aber der Ring glitt vom Finger. Eldbjörg rutschte von der Bank und schlüpfte hinaus. Njenna ergriff die Hand ihrer Tochter und senkte sie in den Wassereimer, der auf der Arbeitsplatte stand. Ristins Haut leuchtete rot. Sie stieß Njennas Hand weg, hielt ihre Hand aber weiter ins Wasser. In der anderen hielt sie den Ring so fest, dass die Knöchel weiß wurden. Sie sah Njenna an. Fast wäre sie wieder weich geworden und hätte nachgegeben, aus lauter Scham, die ihre Mutter immer in ihr wachrief.

Nils kam herbeigelaufen und legte das Gesicht an den Bauch seiner Mutter. Sie ließ den Ring zu Boden fallen und strich ihm über die Haare. Die verbrannte Hand erschien ihr wie ein Schmerzensschrei. Als sie sie aus dem Wasser zog, tropfte ein Muster von Selbstekel auf den Fußboden. Es war, als hätte die Hitze alle Lebenslügen von ihr abgeschält. Jetzt war sie gezwungen, in ein Selbst zu schauen, von dem sie sich mit aller Kraft hatte entfernen wollen. Der Schmerz nagelte sie fest und bewirkte die Geburt ihres eigenen Selbst. Ein kernloses Wesen, nicht mehr und nicht weniger.

Njenna riss die verzogene Hüttentür auf, durch die im Winter sicher der Wind pfiff. Nichts verriet, dass dieses Anwesen bewohnt war. Den Hof umgab eine verwilderte Wiese, der Acker daneben lag brach. Es gab weder Topfpflanzen noch Gardinen in den Fenstern.

Obwohl die Sonne von einem klarblauen Himmel leuchtete, war es dämmrig im Haus, aber aufgeräumt. Außer einer

Küchenbank und einem Klapptisch gab es jedoch nichts, und niemand war da.

Njenna zögerte. Aanta Naahkese. Sollte er wirklich hier wohnen? Vielleicht war er doch nur eine Erscheinung, die beharrlich ihre Aufmerksamkeit forderte. Vielleicht war es auch nur ihre eigene Hoffnung, die sie dazu verführte, den Gerüchten über den großen Nåejtien Tjoeneh zu glauben, von dem es hieß, er habe sich in Kusmark niedergelassen. Eine Hoffnung, die sie durch den Wald hierhergetrieben hatte, als ob nicht schon genug über sie geredet würde.

Wütend warf sie die Tür hinter sich zu.

So viele Jahre waren inzwischen vergangen. Sie hatte so viele Erniedrigungen erlitten, hatte den Nacken vor dem Unausweichlichen gebeugt, war gestorben und wiederauferstanden.

Das Mädchen, das sie geboren hatte, war nicht die Saat des Bösen, aber trotzdem kein gewöhnliches Kind, denn Ristin hatte Njenna von ihrem eigenen Volk, ja von sich selbst fortgetrieben.

Sie war nicht wie eine der Frauen, die einen Neusiedler geheiratet hatten und im Herbst und Frühling eifrig nach den Rentieren Ausschau hielten. Sie war keine von denen, die im Schatten der Bergkämme lebten und von Verwandten und Freunden besucht wurden, wenn die Jahreszeiten die Wanderer an den Häusern der Sesshaften vorbeiführten.

Sie hatte ein Kind geboren, das ihre Vergangenheit verschlungen und ihre Erinnerungen verzehrt hatte. Und dennoch lebte sie und in ihr pochte ein Herz. Vielleicht nährte sie deswegen die Hoffnung, dass Aanta Naahkese nach all diesen Jahren eine Lösung wusste.

Wütend ging Njenna den Weg zurück, den sie gekommen war. Sie setzte sich in die Küche, erleichtert, dass sie allein war.

Vielleicht war sie auf dem besten Weg, verrückt zu werden.

Der Weg der Lappen, wie das klang, mit einem nasalen Schnauben verächtlich ausgespuckt.

Ristin hörte solche Bemerkungen nie, und ihre Kinder kicherten gutmütig darüber, als verstünden sie nicht, was es bedeutete.

Njenna reckte den Körper. Sie wusste nicht, wie lange sie so dagesessen hatte. Der Stoff, mit dem die Bank bezogen war, klebte an ihrem Gesäß und den unter den Körper gezogenen Beinen fest und es roch nach feuchtem Geschlecht. Die Wanduhr tickte gleichmäßig und unbeirrt das Dasein voran. Njenna ärgerte sich darüber. Über die Zeit.

Ihr Leben war jetzt so schwedisch, so demütigend. Jeden Tag sah sie Nils schweigend zur Fabrik gehen, so klein er noch war. In seinen Augen lag Sehnsucht. Er glich Ristin, und wenn er der Sohn von jemand anderem gewesen wäre, hätte er nicht nur die Sehnsucht, sondern auch den Freiheitsdrang geerbt.

Jetzt würde er sich mit Wanduhren und einer Staublunge begnügen müssen. Und später würde er einen Schnurrbart tragen, diese alberne Rotzbremse, wie es kriecherisches Herrentum verlangte.

»Sitzt du schon wieder da und starrst vor dich hin?« Ristin, die mit dem Milcheimer aus dem Stall hereinkam, warf ihr einen missmutigen Blick zu.

Njenna hatte plötzlich den Geschmack ihrer Kindheit im Mund, von fetter, warmer Rentiermilch. Jede Rentierkuh gab nicht mehr als etwa einen Deziliter. Das Melken war eine mühselige Arbeit, aber Mutter Ristin hatte die Rentierkühe gejoikt, *daat mov smavve kråvna* – hier, meine kleine Krone –, und mutig, liebevoll und geduldig das dichte, silbrig schimmernde Fell der Tiere gestreichelt.

Damals, als sie noch die Schellen läuten hörte und den Geruch nach frischer Rentierlosung wahrnahm, hatte sie da jemals die Vorstellung von einem anderen Leben gehabt?

Vielleicht eine Angst. Sie erinnerte sich immer noch an die

wachsamen Blicke ihres Vaters, sobald sie auf ihren Wanderungen an einem neuen Haus vorbeikamen. Sie hörte ihn immer noch vor den Pastoren lügen, die sie zwangen, zu den kirchlichen Feiertagen in die Kirche nach Fatmomakke zu kommen. Und sein Schweigen gegenüber den eigenen Leuten, die zum christlichen Glauben übergetreten waren. All diese Kinder mit biblischen Namen, die früher die Namen ihrer Ahnen getragen hatten.

»Holst du die Kinder?« Ristins Stimme klang freundlicher als sonst.

Njenna glitt lautlos aus der Küche. Ihr gefiel es nicht, dass ihre Enkel mit Kindern spielten, die sie in Wirklichkeit verachteten. Sie holte sie immer dort weg. Die Kinder sollten hier sein, unter den Ihren.

Was für ein Leben hätte sie gehabt, wenn sie Elias nicht in jugendlichem Hochmut abgewiesen hätte?

Aber auch dann hätte sich alles verändert. Sie joikte ein Leben, das gewesen war und nicht zurückkehren würde. Übrigens joikte sie gar nicht. Nicht mehr.

Sie wusste nicht einmal, wie es den Ihren ging und wie sie lebten. Rentierbesitzer, denen schlechtes Weideland oder der Wolf Schaden zugefügt hatte, waren verarmt und lebten ohne das Recht, sich eine Kote auf ihrem eigenen Land zu bauen, das in Generationen weitervererbt worden war. Sie waren hinausgeworfen und zu Geldstrafen verurteilt worden. Man übte nicht mehr das althergebrachte Recht ihres Volkes aus und konnte nicht mehr für sich selber sprechen. In den Augen der Leute, die jetzt das Sagen hatten, leuchtete nichts als Verachtung auf. Und wo in all dem Elend befand sich Aanse, ihr geliebter kleiner Bruder?

Sie hatte kapituliert. Vor blauen Augen und saurem Atem. Sie gehörte nicht mehr zu ihrem Volk. Sie hatte ihr Recht verwirkt, war tot und wiederauferstanden, war schwedisch und doch nicht schwedisch.

Sie jagte die Kinder nach Hause und ihr Blick schweifte

zum Klintforsen. Es hatte den Anschein, als hätten Wasser und Wind aufgehört, mit ihr zu sprechen. Sie fühlte sich leer und lustlos.

Sie erinnerte sich an ein Festessen in Kusmark, auf dem sie Branntwein getrunken hatte. Er verscheuchte für eine Weile ihre ewige Sehnsucht. Martin hatte sie auf seiner Schulter nach Hause getragen, und sie hatte jemand sagen hören: »Diese Leute resignieren in Armut und Elend. Werden schlapp und haben kein Rückgrat mehr, verlieren Halt und Stabilität.«

Wenn sie sich richtig erinnerte, hatten sie gegrinst darüber. Und Martin hatte sie mit Schweigen gestraft. Als er in den Wald eintauchte, hatte er erleichtert aufgeatmet, vermutete sie. Jetzt ertappte sie sich dabei, dass sie sich nach ihm sehnte. Das war seltsam, jetzt, wo er tot war.

Skellefteå, Juni 2002

Eigentlich wusste ich nicht, warum ich zauderte, in Großmutters altes Haus zu gehen. Seltsam, wie man sich vor etwas so Vertrautem fürchten kann.

Mama hatte sich feingemacht. Wir fuhren auf der E 4 in nördlicher Richtung. Es war Vormittag, trotzdem hing immer noch Nebel über den Mooren. Die Straße führte durch endlosen Tannenwald, der sich blaugrau, schwermütig und flach vor uns erstreckte.

»Wenn man sich auf jemand in seinem Leben verlassen kann, dann sind es die Geschwister.« Ihre Stimme klang zufrieden. Ich warf ihr von der Seite einen Blick zu. Manchmal überraschte sie mich. Ich hatte nie den Eindruck gehabt, dass meine Mutter einen besonderen Kontakt zu ihren Geschwistern pflegte. Trotzdem bezweifelte ich nicht, dass sie es so empfand. Es war nur eine weitere Seite, die sie vor mir verbarg, eine weitere Schicht, die für Distanz zwischen uns sorgte. Aber ich hatte auch gelernt, dass man nicht mehr als kleine Gucklöcher und Risse erwarten konnte, wenn die Firnis hin und wieder abblätterte.

»Es ist schon lange her, dass du sie besucht hast, nicht?«

Karin nickte.

»Ich hab's einfach nicht über mich gebracht, seit meine Mutter gestorben ist.«

Hundertfünfzig Kilometer trennten sie von der Landschaft ihrer Kindheit. Eine Schwester wohnte noch im Elternhaus und alle waren so froh darüber. Das sagten sie jedenfalls, aber sie hätten ebenso gut über den Preis von Fleischwurst reden können. Früher habe ich ihre unsentimentale Einstellung zu ihrer Herkunft nicht verstanden, aber jetzt sah ich das anders. Ich entfernte mich selbst immer weiter von meiner eigenen Jugend. Die Kälte um mich herum hatte mich schließlich dazu gebracht, eine harte Kruste zwischen meinem Traum und der Alltagswirklichkeit gefrieren zu lassen. Manchmal öffnete sich im Fluss meiner Trauer ein Eisloch, aber immer seltener. Was gewesen ist, ist vorbei. Mit den Jahren blätterten die leuchtenden Farben meiner romantischen Ideale und Visionen ab und ließen ein Skelett zurück, das kaum noch erkennen ließ, was es einst gewesen war. Es war endgültig zu spät für eine glückliche Kindheit, nun war es an der Zeit, erwachsen zu werden.

War es auch zu spät, die eigene Geschichte zu finden? Vielleicht.

Mir lagen Worte auf der Zunge, die ich lieber wieder hinunterschluckte. Stattdessen fragte ich nach meinen Verwandten, nach Tanten, Onkeln, Cousins und Cousinen, Enkeln. In meiner Kindheit war ich ihnen noch so nah gewesen, aber ich hatte mich von allen immer weiter entfernt. Wir gleiten durchs Leben wie Schlitten auf verharschtem Schnee.

Doch auch aus der Ferne gehöre ich noch dazu, genau wie damals in meiner Kindheit, als ich bei Gewitter und Regen hier auf dem alten Reifen gesessen hatte. Als ich klein war, bildete ich mir ein, dass hier alle ein beneidenswertes Wissen mit sich herumtrugen, aber langsam wurde mir klar, dass gar kein so großer Unterschied zwischen ihrem und meinem Wissen bestand. Es war nur so, dass ihnen gleichgültig war, wonach ich suchte.

Auf dem Rücksitz lagen die Papiere mit den Namen von sämtlichen Verwandten. Ich hatte mir in den Kopf gesetzt, meine Mutter auf eine Odyssee durch die Vergangenheit mitzunehmen. Ich war einfach mit meinem Vorschlag herausgeplatzt, jeden Ort zu besuchen, den ich in den Kirchenbüchern gefunden hatte.

Karin hatte nicht einmal erstaunt ausgesehen.

Degerbyn, Kusmark, Arjeplog. Vielleicht auch Åsele.

Aber mir war klar, dass nichts dabei herauskommen würde, auf geraden Strecken durch anonyme Dörfer und Ortschaften zu fahren, ein sinnloses Unterfangen.

Als wir uns Stensvedjan näherten, nahm Karin einen Kamm heraus, richtete sich die Haare und legte mehr Lippenstift auf. Ich sah, sie war voller Erwartungen. Wir bogen auf den Hof ein, und mir ging plötzlich auf, dass ich sie mir hier unmöglich als kleines Kind vorstellen konnte, wie sie die Schotterwege entlanggelaufen war und am Fluss gespielt hatte, auch nicht, wie sie später Schallplatten auf ihren so mühselig zusammengesparten Plattenspieler gelegt hatte.

Noch bevor ich die Autotür öffnete, hörte ich den Wasserfall. Der alte Trampelpfad über den spärlichen Rasen war durch Steinplatten ersetzt worden. Auch die Glasveranda mit den gesprungenen Fensterscheiben war verschwunden, aber nicht die Treppe mit ihren abgenutzten, schiefen und samtweich abgetretenen Holzstufen.

Der Acker lag brach und das alte Sommerhaus war abgerissen, aber der Fluss schlängelte sich wie eh und je über das

Grundstück. Ich wusste, wenn ich dem Pfad hinunter zur Fabrik folgte, dann würde ich immer noch in den geheimnisvollen Espenhain eintauchen. Vielleicht hingen dort sogar noch einige der Lianen aus meiner Kindheit. Nur die Scheune war zusammengebrochen.

Auf der ebenen Fläche neben dem Acker war ein langer Tisch gedeckt, genau dort, wo Großmutter immer in ihrer Hollywoodschaukel gesessen hatte. Nachher sollten dort Nackenkoteletts gegrillt werden, dazu gab es Kartoffelgratin, und auf dem Tisch verteilt standen bereits kleine Schüsseln mit geschnittenen Tomaten.

Ich hörte das Lachen meiner Tante Emma-Maria. Sie und Karin standen ein wenig abseits und Onkel Mikkel zündete den Grill an. Einige Cousinen und Cousins saßen im Gras. Ich setzte mich mit dem Gefühl zu ihnen, als hätte ich mich hierher verirrt. Alles war so vertraut und doch so fremd. Die Worte blieben mir gewissermaßen im Halse stecken, wenn ich sprechen wollte. Sie sahen mich lächelnd an, aber zwischen uns war eine unermesslich große Fremdheit und Distanz. Ich beobachtete sie, ihre Gesichter und die gestikulierenden Hände beim Reden, ihr Lachen, aber auch ihr Schweigen. Ich sah jeden an, der gerade sprach, registrierte die Blicke, die getauscht wurden, und alles, was man nicht mit Worten zu benennen brauchte. Es herrschte die Art von Gemeinschaft, die nur durch Nähe und Alltag entstehen kann. Seit meiner Kindheit war ich in diesem Schweigen ein und aus gegangen. Während ich nun hier saß, wollte ich, dass alles wie früher war, als wir herumgetobt und auf dem Acker gespielt hatten, obwohl wir das nicht durften, und wie Gespenster in den Wald geschlichen waren, auf der Jagd nach Geheimnissen, die nur in unserer kindlichen Phantasie existierten.

Das Essen war fertig. Tante Emma-Maria klopfte auf den Stuhl neben sich. Sie war genauso klein und dünn wie meine Mutter, aber irgendwie wirkte ihre Erscheinung farbiger, wärmer. Ihre Haare waren nicht so schwarz wie Karins und lockten sich über der Stirn, und ihre Augen blickten fröhlich drein. Ihr Blick ruhte lange auf mir.

»Du hast dich nicht verändert.«

Ich wies mit dem Kopf zu der Stelle hinüber, wo das alte Sommerhaus gestanden hatte.

»Ich vermisse es.«

»Ach, das. Es war gerade noch gut für Feuerholz, um darauf Kaffee zu kochen.«

Sie lächelte, dann nickte sie zu ihrem Sohn Mikael hin.

»Ihr beiden wart als Kinder ein Herz und eine Seele.«

Wir verloren uns in Erinnerungen. Sie wusste Details, die ich vergessen hatte – welche Bücher wir gelesen haben, lang ausgestreckt in der Hollywoodschaukel, des einen Füße beim Kopf des anderen. Wir lasen nicht gerade gehobene Literatur, es ging um Indianer und Cowboys, Westernhelden, um Badeausflüge und kindliche Streiche.

Ich lachte. Die anderen beteiligten sich am Gespräch, das allmählich mehr und mehr von den Großeltern handelte. Es ging um ihre Schrullen, die einen irritiert hatten, aber die jetzt, da sie tot waren, in zärtlicher Erinnerung bewahrt wurden. Die Gesten wurden lebhafter, die Anekdoten immer drastischer und das Gelächter brandete über den Rasen und weiter in den Wald. Ich beobachtete das Schauspiel. Bald forderten die Geschichten eine Choreographie, die es nicht mehr erlaubte, am Tisch sitzen zu bleiben.

Cousin Mikael kam heran, legte mir eine Hand auf die Schulter und nickte zum Fluss hinüber. Wir gingen über den Rasen. An der Hauswand lehnten die Angeln und er wählte zwei davon aus.

»Würmer gibt es am Ufer.«

Wir folgten dem schmalen Pfad stromaufwärts. Aus der Ferne hörte ich Autoverkehr. Ich erinnerte mich nicht, in meiner Kindheit hier jemals Autos gehört zu haben. Der Wald am anderen Flussufer war abgeholzt. Jetzt waren dort

Häuser zu sehen, von denen ich gar nicht gewusst hatte, dass es sie gab.

Wir kannten die Stelle, an der wir stehen bleiben mussten. Mikael kauerte sich am feuchten Ufer nieder und grub eine Weile mit einem Stöckchen in der Erde. Schließlich fischte er einen Wurm heraus. Er befestigte Köder an beiden Haken und gab mir die eine Angel.

»Ich nehme an, dass du dich immer noch ekelst, wenn du einen Wurm auf den Haken ziehen musst.«

Ich setzte mich hin, ließ die Angel leicht in meiner Hand ruhen und blickte dem Schwimmer nach, der von der Strömung in Richtung Großmutters Haus gezogen wurde. Mikael schob die Kappe in die Stirn und legte sich in das hohe Gras. Er stützte sich auf die Ellbogen und betrachtete mich blinzelnd. An einem Schneidezahn klebte Kautabak. Mir wurde plötzlich klar, dass ich überhaupt nichts über sein Leben wusste. Wer er jetzt war und was er erlebt hatte. Es war, als hätte ich mir vorgestellt, er liege in einer Konservendose, bereit, für mich hervorgenommen zu werden, wenn ich zu Besuch kam.

»Hoffentlich beißt keiner an.« Besorgt schaute ich meinem Schwimmer nach, als er unter der Wasseroberfläche verschwand. Mikael grinste.

»Du hast so viel Schnur ausgelassen, da besteht wohl keine Gefahr.«

»Es ist lange her, seit wir uns zuletzt gesehen haben.«

Mikael antwortete nicht. Ich sah mich um. Alles kam mir viel kleiner vor, als würde es unter meinem forschenden Blick langsam schrumpfen und verblassen.

»Schade, dass sie das Sommerhaus abgerissen haben.«

»Findest du?« Mikael zuckte mit den Schultern, bevor er fortfuhr: »Das war doch nichts mehr wert.«

Ich wollte protestieren. Dieses kleine, windschiefe Haus mit der verwitterten Holzveranda und der dunklen roten Farbe war hübsch gewesen. Für mich hatte es auch einen

Symbolwert, es war eine Markierung in der Zeit oder die einfachste Art einer Zeitmaschine. Man brauchte nur über die Schwelle zu treten und schon stand man in seiner eigenen Geschichte. Wenn man die Hand ausstreckte und damit über die matte, rostige Oberfläche des eisernen Herdes fuhr, war das ein Gefühl, als tauche man in den Alltag von Generationen ein. In seinem Inneren war es stets kühl gewesen und hatte ein bisschen muffig gerochen, dennoch hatte es nie verlassen gewirkt. Zu viele Seelen hatten sich in den Zimmern bewegt, und in den Wänden hingen zu viele Gespräche, als dass sie nicht zu jedem Besucher sprechen würden, der willig war zuzuhören. Aber ich hatte das Gefühl, ich würde ihn verletzen, wenn ich weiter auf meiner Ansicht beharrte.

Er sah mich an.

»Man kann doch nicht in einem Museum leben.«

Das war eine Spitze, aber es steckte ein Körnchen Wahrheit darin. Für mich war es ja leicht, herzukommen und zu sagen, wie ich es hätte haben wollen.

»Klar.« Ich hatte ihm von den Schuhbändern erzählen wollen, aber etwas hinderte mich daran.

Mikael zeigte auf eine kleine Ansammlung von Steinen, die fast vom hohen Gras überwuchert wurde. Es war eine perfekte Natursteinmauer, die sich über den Uferrand erhob. Ich holte die Angelschnur ein und legte meine Angel auf den Boden, ehe ich mich auf die Mauer stellte und ins schwarze Wasser schaute.

»Onkel Johannes hat sie gebaut. Hier war sein bester Angelplatz.« Mikael hob seine Angel aus dem Wasser und kontrollierte, ob der Wurm noch am Haken hing.

Onkel Johannes. Den niemand gemocht hatte.

»Woher weißt du das?«

»Onkel Mikkel hat es mir erzählt.«

Ich stieg von der Mauer herunter. Onkel Mikkel, er konnte nur wenige Jahre alt gewesen sein, als Onkel Johannes starb.

»Hier haben sie früher Rentierleder bearbeitet. Großmutter hat mir mal gezeigt, wie man das macht. Ich durfte das Fell abschaben. Überall hatte man Haare, sogar im Mund.« Mikael lachte.

»Was?« Ich war erstaunt.

»Meine Mutter hat einen Kurs belegt und Großmutter gezwungen, ihr zu zeigen, wie man das macht. Aber es ist dann nichts weiter draus geworden.«

»Wollen wir zurückgehen?« Ich war rastlos und ungeduldig. Während wir den schmalen Pfad zurückwanderten, Mikael voran, lag mein Blick unverwandt auf seinem Rücken. Man sah an seinem Gang, dass er den Weg kannte. Sicher und ruhig bewegte er sich vorwärts.

»Ich war immer ein bisschen eifersüchtig auf euch, dass ihr hier irgendwie mehr zu Hause wart als ich, das weißt du wohl.« Ich sprach zu seinem Rücken. Das war leichter.

Ich erinnerte mich an einen Sommer. Voller Erwartung war ich aus dem Bus gestiegen, und Mikael hatte auf einer der Schaukeln gesessen, die aus alten Autoreifen bestanden. Er war schon sonnengebräunt und voller Sommersprossen gewesen. Rasch hatte ich mein Gepäck ins Haus gebracht und war zu ihm gelaufen. Aber er hatte nur mit den Beinen gebaumelt und gesagt: »Bald kommt Ella. Das ist meine Lieblingscousine. Sie ist so hübsch, findest du nicht?«

Ich hatte ein wahnsinnig hässliches T-Shirt an und begann mich zu schämen. Hier sollten doch nur Mikael und ich sein – ein Herz und eine Seele. Und da saß er nun und redete von Ella. Es tat mir immer noch körperlich weh, wenn ich daran dachte. Aber damals war ich nur auf die Schaukel geklettert und hatte gesagt: »Ja, wahnsinnig hübsch … Sie ist auch meine Lieblingscousine.« Das sagte ich, obwohl ich wusste, dass es hässlich war, zu lügen. Aber noch wichtiger war mir, dass ich hinter der Lüge meine Scham vor ihm verstecken konnte.

Als wir zurückkamen, waren die Kaffeetassen der anderen bereits leer. Onkel Mikkel und seine Mona hatten angefangen abzuwaschen. Jemand rief nach mehr Kaffee. Tante Emma-Maria kam uns entgegen.

»Karin hat erzählt, dass du dir gern die Fotos ansehen möchtest.«

Es stellte sich heraus, dass sie sie schon hervorgenommen hatten. Ich folgte ihnen ins Haus und wir stiegen die Treppe ins Obergeschoss hinauf. Ein Mückenfenster ließ das Brausen des Wasserfalls herein. Auf einem Tisch vor den Schränken stand ein brauner Pappkarton.

»Die Fotos sind total ungeordnet, niemand hat sich die Mühe gemacht, sie in ein Album zu kleben.« Emma-Maria knipste die Deckenbeleuchtung an.

»Ich möchte nur ein bisschen darin herumstöbern.« Ich hoffte, sie würde gehen, weil ich allein sein wollte. Für Fragen war später Zeit.

»Falls was ist, ruf nur.« Sie verschwand die Treppe hinunter. Aus der Küche hörte ich, wie sich Mikkel und Mona leise unterhielten. Ich sah mich um. Die Decke war niedrig. Hier hatte ich als Kind geschlafen, auf einem Zeltbett mit derben, selbstgewebten Laken und einer Decke, und die Betten der Großeltern hatten im Nachbarzimmer gestanden. Ich setzte mich hin und spähte in den Karton. Zuoberst lag eine alte Blechschachtel, auf der »Ein schwedischer Tiger« stand. Sie enthielt vergilbte Todesanzeigen auf brüchigem Zeitungspapier. Ich las die Namen, aber die meisten sagten mir nichts. Ehrfürchtig hob ich die schwarzweißen Fotos heraus. Als Erstes sah ich Großmutter und Großvater in jungen Jahren, mit samtglatter Haut. Als ich in ihre Augen schaute, wusste ich, dass ich sie niemals richtig kennenlernen würde. Nun schon gar nicht mehr, da sie tot waren. Durch das Mückenfenster hörte ich die Stimme meiner Mutter. Ich betrachtete ein Bild von ihr, auf dem sie vielleicht zwanzig Jahre alt war, damals genauso fremd wie jetzt. Man glaubt, das Leben würde Antworten geben, aber vielleicht ist es genau umgekehrt. Das Leben serviert Lügen, man muss versuchen, sie zu durchschauen.

Ich wühlte mich bis zum Boden des Kartons durch, und in meinen Ohren klangen die Worte aus Karasjok: »Die Alten können erkennen, mit wem Sie verwandt sind.« Es war, als wüsste ich, was ich finden würde. Hier lag es. Ein Foto von einer alten Frau, die mir bekannt vorkam. Sie sitzt auf einem Stuhl vor einer Kommode und im Hintergrund ist eine dunkle Tapete zu sehen. Ihre Haare sind grau, die Augen munter. An den Füßen trägt sie handgenähte Fellschuhe, die von Schuhbändern zusammengehalten werden. Ich ging zum Fenster und hielt das alte Foto ins Licht, aber ich konnte nicht erkennen, ob das Gewebe dasselbe Muster aufwies wie die Bänder, die in meiner Tasche lagen. Ich beschloss, mir das Bild auszuleihen. Als ich den Deckel auf den Karton zurücklegen wollte, fiel mein Blick auf ein Bild, das ich offenbar übersehen hatte. Darauf war ein Mann und er war tot. Er lag in einem Sarg, ausgestreckt und starr in einem schwarzen Anzug, in demselben Hof, aus dem ich jetzt Lachen und Reden hörte. Ich drehte das Bild um, aber auf der Rückseite standen weder ein Datum noch ein Name.

Ich zögerte, dann steckte ich es zusammen mit dem Foto von der alten Frau in meine Tasche. Angesichts des Todes kann man nicht gleichgültig bleiben.

Als ich nach unten kam, saßen Karin und ihre Geschwister auf der blankgewetzten Vortreppe. Ich ließ mich neben ihnen nieder. Emma-Maria nickte zum Obergeschoss hinauf.

»Bist du schon fertig?«

»Mmm. Ich möchte diese Fotos gern ausleihen. Weißt du, wer das ist?« Meine Finger streiften die Holzdose in meiner Tasche, als ich die Fotos herausnahm. Ich weiß nicht, warum ich sie nicht ebenfalls herausholte und die Schuhbänder zeigte. Vielleicht konnte jemand Licht in das Dunkel bringen, aber ich ließ es auf sich beruhen.

Die Fotos gingen von Hand zu Hand. Alle schüttelten den Kopf. Mikkel saugte an seiner Unterlippe und sah eine Weile nachdenklich aus, aber dann sagte auch er, dass er es nicht wisse.

»Ist das nicht Großmutter?«

Karin schüttelte den Kopf. Mein Finger strich über das Foto von der alten Frau.

»Stellt euch vor, wenn noch etwas von dem existieren würde, was hier auf dem Bild ist – die Möbel, vielleicht einige ihrer Kleidungsstücke oder ihre Brosche.«

Mikkel nickte.

»Vater hat alle alten Möbel verbrannt. Er machte daraus so gern Feuerholz.« Sie grinsten. Dann wurde Karin ernst.

»In der Scheune dort hinten gab es massenhaft alten Krempel. Große, schöne Kupferkessel, altes Werkzeug. Papa hat alles verschenkt, ganz gleich wer danach fragte. Damals hatte man noch kein Gespür für den Wert solcher Sachen.«

»Aber manche müssen es doch schon begriffen haben«, wandte ich ein. »Sonst hätten sie die Gegenstände doch nicht haben wollen.«

»Tante Eldbjörg hat einen Teil genommen und ihren Kindern geschenkt.« Karin schaute hinüber zu der verfallenen Scheune.

Eldbjörg war auch schon tot. Zu ihren Kindern hatte niemand Kontakt. Sie waren nach Süden gezogen, vielleicht mit all den Gegenständen, die unsere gemeinsame Geschichte ausmachten.

Wir saßen schweigend da. Mikkel kratzte sich am Kopf und Emma-Maria bewegte sich unruhig.

»Er hat nichts für seine Kinder aufbewahrt, absolut nichts.« Karins Blick war ausdruckslos, aber ihre Stimme klang bedeutungsvoll, fast affektiert.

Emma-Maria griff nach dem Foto von dem toten Mann.

Sie blinzelte. Die dünnen Linien um ihre Augen vertieften sich.

»Ist euch aufgefallen, wie sehr Karin ihm ähnlich sieht?«

Skellefteå, Juli 1909

Am Sonntag zerrte die Unruhe in Njennas Körper. Sie warf Ristin einen verstohlenen Blick zu. Manchmal hasste sie das Schweigen ihrer Tochter, aber sagen konnte sie nichts. Wenn sie jetzt hoch erhobenen Hauptes ginge, würde Ristin nicht fragen, wo sie gewesen war, wenn sie zurückkam.

Sie stand so hastig auf, dass der Stuhl umfiel. Johan hob den Blick von dem Stück Holz, das er mit einem Messer bearbeitete. Njenna stürmte hinaus, an dem Acker mit dem wogenden gelben Weizen und den Reihen mit kräftigem Kartoffelkraut vorbei. Sie lief über den ausgetretenen Pfad, der sich am Klintforsen entlangschlängelte, rutschte im Morast aus, beschmutzte ihre Rocksäume.

Erstaunt bemerkte sie, dass ihr Tränen die Wangen hinunterrannen, dabei hatte sie ihre Ehre dareingelegt, nie mehr zu weinen. Sie lief, bis ihre Brust schmerzte. Als das Stechen zu heftig wurde, sank sie zu Boden und grub mit den Fingern in der Erde. Sie wiegte sich selbst, bis sie wieder ruhig atmen konnte, und strich sich die Haare aus den Augen. Es war nicht mehr weit bis Kusmark. Wenn er dort war, würde sie ihn finden.

Entschlossen setzte sie ihren Weg fort. Als sie sich der kleinen Kate näherte, verlangsamte sie den Schritt. Das Haus wirkte genauso leer und unbewohnt wie beim letzten Mal und niemand hatte Pfade in das Gras getreten. Sie schluckte. Langsam ging sie auf die Treppe zu. Diesmal betrat sie das Haus nicht, sondern klopfte nur leicht an die Tür und wartete keine Antwort ab. Stattdessen setzte sie sich auf die oberste Stufe und lehnte den Kopf gegen die sonnenwarme Wand. Wenn sie jünger gewesen wäre, hätte sie gejoikt, aber jetzt hatte sie keine Kraft mehr.

Vielleicht war sie eingeschlafen.

Als sie die Augen wieder öffnete, war die Sonne längst hinter der Hausecke verschwunden. Sie fröstelte und kam sich lächerlich vor. Warum saß sie allein vor einer unbekannten Hütte in einem Dorf, das nicht mehr ihr Dorf war? Sie schüttelte den Kopf. Als sie sich erhob, stand er plötzlich da.

Aanta Naahkese. Er schien überhaupt nicht gealtert zu sein. Seine Haare waren zerzaust und schwarz, mit einem Messer in Schulterhöhe abgeschnitten. Der Gürtel streichelte seine Hüften und im Kittel verbarg er seine magischen Geheimnisse. Gesicht und Hals waren braun von der Sonne, aber sie wusste, dass seine Haut unter den Kleidern weiß war wie Milch.

Hastig fuhr sie sich mit der Hand übers Haar. Es war borstig, durchzogen von grauen Strähnen, die widerspenstig aus den Zöpfen herausspitzten. Sie trug Rock und Schürze wie alle Frauen im Dorf, aber sie trug immer noch die Schuhe mit den Schuhbändern in den Farben der unverheirateten Frau. Mit Martin hatte eine andere Frau gelebt.

Sie bekam Angst.

Aanta Naahkese hatte sie verstoßen. Alle Gespräche, die sie im Lauf der Jahre mit ihm geführt hatte, hatten nur in ihrem Kopf stattgefunden. Sie war nicht einmal sicher, ob sie überhaupt noch dieselbe Sprache sprachen.

»Ich bin's, Njenna …«

Er schwieg.

Nervös befeuchtete sie ihre trockenen Lippen.

»Ich wollte sehen, ob es wirklich stimmt …«

Sie redete wie ein Dummkopf. Beschämt wich sie seinem Blick aus.

»Njenna Gaaltije.«

Sie zuckte zusammen. Es war lange her, seit jemand sie zuletzt kalte Quelle genannt hatte. Sie lachte.

»Aanta Naahkese.«

Sie wusste nicht, wer ihm seinen jetzigen Namen gegeben hatte, Tjoeneh, der Funke. Sie wusste nichts von ihm, außer dass er schön war. So schön, wie sie ihn in Erinnerung hatte. Verlegen starrte sie zu Boden.

»Ich war jung, Njenna, ich wusste es nicht besser.«

Erstaunt schaute sie auf.

»Ich wollte dich freigeben, aber in mir bist du nie gestorben.« Er betrachtete sie ernst.

Sie würde ihm nicht von den Gesprächen erzählen, die sie im Lauf der Jahre mit ihm geführt hatte, oder wie oft sie ihn gejoikt hatte, wenn es keiner hörte. Sie würde ihm nie eingestehen, dass sie seine Küsse immer noch in ihrer Erinnerung bewahrte wie ein schwärmerisches Kind. Und dass sie seinem Fluch getrotzt hatte.

Sie war es, die ihn gezwungen hatte, sich an sie zu erinnern, sie hatte ihn nicht losgelassen. Erschrocken sah sie auf. Ihr war klar, dass er jetzt ein mächtiger Mann war. Vielleicht waren es ihre unschuldigen Spiele, die sie hierhergetrieben hatten. Trotzig begegnete sie seinem Blick.

»Für mich bist du auch nie gestorben.«

Als ob das jetzt noch von Bedeutung wäre.

Ein Schatten glitt über sein Gesicht und sie machte erschrocken einen Schritt rückwärts.

Sie hatte geglaubt, ihm mit größerer Würde begegnen zu können, aber vielleicht hatte sie auch gar nicht ernsthaft über die Begegnung nachgedacht. Sie hatte im Laufe der Jahre eine Szene nach der anderen in ihrem Kopf geschaffen, das Problem war nur, dass sie in ihrer Phantasie immer noch dieselbe Njenna war, die er verlassen hatte. Ohne Kind und

Mann, ohne schwedische Kleidung, ohne graue Strähnen im Haar, das sich unter der Hand widerborstig anfühlte, ohne Taten, die sie bereuen musste.

»Komm.« Aanta Naahkese verschwand hinter derselben Hausecke, hinter der die Sonne verschwunden war, ohne dass sie es bemerkt hatte. Zögernd folgte sie ihm. Das hohe Gras schloss sich um ihren Körper, kitzelte sie an den Armen, verbarg ihre Schritte. Er war zum Waldrand hinter dem Haus gegangen. Dort stand er über eine Feuerstelle gebeugt.

Eine abgrundtiefe Sehnsucht trieb ihr erneut Tränen in die Augen. Sie hatte vergessen, wie es war, im Sommer am Feuer zu liegen, wenn jemand anders die Rentiere bewachte. Sie hatte das Reden und Lachen vergessen. Sie hatte vergessen zu leben.

Unbeholfen setzte sie sich hin, schlang die Arme um die Beine und verbarg das Gesicht im Rock. Nie hatte sie sich vorgestellt, dass sie sich so fremd fühlen würde.

Aanta Naahkese stopfte sorgfältig eine Pfeife und reichte sie ihr. Schwach erinnerte sie sich an ihre Mutter und Großmutter, die gemütlich vor der Kote gequalmt und mit ihr gespielt hatten. Er steckte eine Hand in seinen Kittel und holte einen Lederbeutel heraus. Ernst zog er ein Päckchen hervor, das er vor ihren Augen aufwickelte.

Es waren die Schuhbänder, die sie für ihn gewebt hatte.

Sie waren abgenutzt und schmutzig, die Farben matt und verblichen.

»Ich habe sie all die Jahre aufbewahrt und sie getragen, solange sie hielten. Jetzt begleiten sie mich in meinem Kittel.«

Njenna saß verlegen da und hielt linkisch die Pfeife in der Hand. Ihre eigenen Schuhbänder lagen in einem Holzbehälter, den Martin ihr geschnitzt hatte. Er hatte sicher geglaubt, sie würde etwas Wertvolleres darin verwahren als ein Paar alte Schuhbänder. Ein Lächeln huschte über ihre Lippen. Aanta Naahkese streckte die Hand nach ihrer Pfeife aus und steckte den Tabak in Brand.

Njenna holte tief Luft. Es gab so viel, worüber sie reden musste, aber sie hatte Angst.

»Mutter, Vater, Aanse, was ist aus ihnen geworden?«

Und Lottso, dachte sie, aber nicht einmal nach all diesen Jahren wollte sie ihm ihren Namen nennen.

Er sah sie an, und in seinen Augen verwandelte sie sich in das hoffnungsvolle junge Mädchen, das er in der Waldlandschaft vor Åsele verlassen hatte. Er sah, was sie nun von ihm erwartete. Er sollte diesen Schmerz lindern, der ein tiefes Muster in ihr Gesicht gegraben hatte, und er sollte die Schuld lindern. Wenn er es nur könnte. Denn nichts von dem, was er ihr erzählen könnte, würde sie heilen. Im Gegenteil, es würde an ihrem Inneren kratzen und zerren und sie nur dem näher bringen, wovon sie Abstand gehalten hatte. Aber er hatte aufgehört zu spielen. Er hatte aufgehört, die Verantwortung für das Leben anderer zu übernehmen.

»Es wurde karg in Aantaris' Kote. Magere Jahre traten ein. Er hat nie die Hoffnung aufgegeben, dass du zurückkehren würdest. Sie lebten, aber nicht viel mehr.«

Njenna schluckte. Sie hörte alles, was er nicht sagte. Es hing in den Zwischenräumen der Wörter. Jetzt waren sie tot, außerhalb ihrer Reichweite. Sie spürte, wie sie sich selbst entglitt.

»Du hast ein Mädchen geboren.« Aanta Naahkese suchte mit dem Blick im Gras und folgte einem leisen Wind, der zwischen den Halmen tanzte.

Njenna nickte.

»Ein ganz gewöhnliches Kind.« Sie dachte an Ristin und an ihre Hand, die sie sich verbrannt hatte. Sie war kein Kind mehr. Sie war wie ein Zugrentier mit einem Ackja, der so vollgeladen war, dass sie einknickte.

»Ja, ein ganz gewöhnliches Kind.« Seine Stimme klang traurig.

»Sie heißt Ristin, möchte aber Kristina genannt werden.«

Ihr ganzes Leben war in diesem Bekenntnis enthalten.

Ihre Tochter trug den Namen ihrer Großmutter, aber sie war nie von den liebevollen Armen der alten Frau umfangen worden. Sie wusste nichts von diesen Großeltern. Sie verdrängte ein Erbe, dessen sie beraubt worden war.

Aanta Naahkese sah ernst ins Feuer.

»Ein Kind ohne Sprache.« Er redete jetzt mehr mit sich selber.

Njenna starrte ihn sekundenlang an. Sie wollte ihm keine Macht geben, etwas zu formulieren, wovon er nichts wusste. Er mochte ja Recht haben, aber trotzdem.

»Sie spricht Schwedisch.« Njenna dachte an den Webstuhl. Sie hatte es nicht begriffen. Tatsächlich begriff sie es erst jetzt.

Aanta Naahkese wandte den Kopf ab, und Njenna fuhr trotzig fort: »Sie hat einen Vater bekommen, Martin. Er war ein guter Mann und hat sich um sie gekümmert, als wäre sie seine eigene Tochter.« Njenna hätte weiterreden können. Sie hätte ihm sagen können, dass er wie jene Linie gewesen war, die Tote und Lebende verbindet. Stattdessen beobachtete sie, wie Aanta Naahkese eingehend seine Schuhe betrachtete, wie er den Zorn in ihrer Stimme zu überhören versuchte.

Martin hatte ihr tatsächlich eine Rückkehr ins Leben angeboten, aber sie war eigensinnig weitergestiefelt in ihrem privaten Totenreich, ganz und gar mit ihrem Leid beschäftigt. Sie hatte sogar ihre eigene Tochter in diesen bodenlosen Sumpf zurückgestoßen, nachdem sie sich allmählich mühsam herausgearbeitet hatte. Sie sah den Mann an, der so lange in jedem ihrer Sinne gelebt hatte. Hatte er einstmals drei Schutzgeister gehabt, so sah sie jetzt keinen mehr davon. Er fiel vor ihren Augen in sich zusammen und wurde zu einem Menschen aus Fleisch und Blut, weiter nichts.

»Ich habe gesagt, dass ich zu jung war. Ich begriff es nicht.« Beharrlich wiederholte Aanta Naahkese die Worte.

Sie wusste, dass es stimmte, was er sagte. Sie wusste aber auch, dass es zu spät war.

DRITTES BUCH

Skellefteå, April 1953

Ristin starrte Ethel nach, die den Weg hinunterlief, der Dorfhure und zu allem Unglück ihrer Nachbarin. Das gefiel Ristin gar nicht. Ihr gefiel vor allem nicht, dass Nils' Kinder ständig bei ihr ein und aus gingen. Aber für ihre Enkel war Ethel nichts weiter als eine liebe Tante, die ihnen hübsche Pralinenkartons schenkte, in denen sie ihre Lesezeichen verwahrten. Ristin schnaubte verärgert.

Nils lächelte.

»Warum grinst du?« Ristin zog die Mundwinkel herunter.

Er zuckte mit den Schultern.

Aber sie wusste es, natürlich wusste sie es. Auch wenn man nicht über die Scham spricht, ist sie trotzdem immer gegenwärtig, nur nicht so deutlich umrissen, eher wie ein Schatten. Sie schürt eine innere Unruhe, eine ständige Habtachtstellung, und dennoch barg sie viele unliebsame Überraschungen.

Aber das Schweigen linderte ihre Scham so sehr, dass sie beschlossen hatte, nie über sich selbst zu sprechen. Sie war Kristina und Ristin war das Hurenkind.

Der jüngste Enkel Mikkel war auf das Dach des Holzschuppens geklettert. Dort oben saß er jetzt und spähte über den Wasserfall und die Fabrik. Die Luft war kühl, obwohl die Sonne schien, und das Tropfen der Eiszapfen war wie eine langsame Abschiedsmelodie des Winters. Ristin wollte Mikkel auffordern, vom Dach herunterzukommen, aber Nils' Blick hielt sie zurück.

Karin und Emma-Maria waren mit den Fahrrädern weggefahren. Es war Sonntag und die beiden hatten frei. Ristin hätte es lieber gesehen, sie wären zu Hause geblieben, aber Nils' Frau Iris hatte ihr eine Hand auf den Arm gelegt und gesagt: »Lass ihnen doch das Vergnügen.« Ristin hatte die Berührung brummelnd abgeschüttelt. Sie verabscheute diese sanfte zurechtweisende Stimme, brachte es aber nicht über sich, zu protestieren. Und doch tobte in ihrem Inneren ein unbändiger Zorn, der sie lähmte und apathisch machte.

Gleichzeitig jedoch schäumte sie insgeheim vor Ungeduld über die zähe Langsamkeit und Ängstlichkeit ihrer phlegmatischen Schwiegertochter. Iris sagte nicht besonders viel und tat nur, was nötig war. Ihr schien irgendetwas zu fehlen, vielleicht die Worte. Sie war ziemlich schwedisch und bäuerisch schwerfällig. Ristin zuckte mit den Schultern und ging den morastigen Pfad zum Haus hinauf.

Sie wurde alt und zu ihrem eigenen Entsetzen ihrer Mutter Njenna immer ähnlicher. Es war so, als hätte sie zu guter Letzt etwas verstanden. Doch auch Ristin war ohne Worte und konnte nicht einmal sich selbst beschreiben, was sie verstanden hatte. Sie hatte angefangen, sich nach ihrer Mutter zu sehnen, nach alldem, was sie ihr einst gesagt hatte und was sie nie hatte hören wollen, als sie noch die Möglichkeit gehabt hatte, ihr Gehör zu schenken.

Ristin ging hinunter zum Fluss und den schmalen Pfad entlang, der zu einer der Scheunen am Acker führte. Auf halbem Weg trat sie hinein in den Schutz der raschelnden Espen und setzte sich auf die Erde. Sie hatte begonnen, ihr eigenes Schweigen zu hassen. All das Wilde in ihr hatte sich angesichts ihrer Kraftlosigkeit resigniert zur Ruhe gelegt.

Schon von weitem hörte sie, dass Mikkel offenbar ebenfalls zum Wasser gegangen war. Vermutlich saß er auf dem Fleckchen Erde, das schon für ihre eigenen Kinder ein abenteuerlicher Ort gewesen war. Mühsam hatte er dort eine kleine, windschiefe Hütte zusammengenagelt. Mit seiner

Kinderhand hatte er ihr im Schulatlas Orte gezeigt, deren Namen sie schon im Radio gehört hatte. Dieser elende Krieg hatte die Welt zu ihnen gebracht. Und Mikkel spielte, die fremde Welt befände sich in seiner Hütte: El-Alamein, Berlin, Pearl Harbor. Er reiste über den Atlantik und den Pazifik und legte an irgendeinem Ufer an. Er befand sich nicht mehr in Stensvedjan, und seine Insel lag niemals dort, wo sie sich tatsächlich befand. Im tiefsten Innern verstand Ristin diesen Wunsch, sich weit vom eigenen Ich zu entfernen, sich abzuwenden von allem, was schmerzt, sich einzureden, alles wäre anders. Diese Kunst hatte sie selbst nur zu gut beherrscht. So gut, dass sie sich nicht mehr daran erinnerte, wer sie selbst eigentlich war. Das hatte sie an kleinen Dingen gemerkt, denn sie hatte angefangen, sich in Frage zu stellen. Wollte sie wirklich zerlassene Butter zum Blutkloß haben, oder war es eigentlich Johan gewesen, der sich das vor langer Zeit so gewünscht hatte? Oder wenn Nils morgens nach dem Wetter fragte, dann antwortete sie jedes Mal, es würde sicher aufklaren, nur weil sie es ihm recht machen wollte. Wer war dieses Mädchen, das Johan einst geheiratet hatte? Einsam war sie, das war das Einzige, was sie mit Sicherheit wusste. Sie war einsam gewesen.

Einmal hatte sie geglaubt, sie würde dazugehören. Njennas Gerede, sie sollten sich an die Ihren halten, hatte sie verabscheut. Natürlich hatte sie das gehässige Getuschel der anderen über die Lappenstraße und über diese armseligen Lappen gehört, aber sie hatte ihre Ohren verschlossen, genau wie Johan. Er hatte ihr vorgelebt, dass eigentlich alle von derselben Art waren. Er war in erster Linie Mensch, deswegen mochten die Leute ihn, den gutmütigen Johan. Wenn er sich über irgendetwas beklagte, dann wusste man, dass Ristin dahintersteckte. Aus ihr wurde niemand klug.

Karin und Emma-Maria waren nach Hause gekommen, als Ristin vom Fluss zurückkehrte. Sie sah die Fahrräder an der roten Bretterwand lehnen. Blau mit geraden Lenkern und Gepäckträgern. Es war Essenszeit. Mit Iris waren neue Moden ins Haus eingezogen, die sich auf dem Esstisch zeigten. Es kam kein Rentierfleisch mehr auf den Tisch. Sonntags gab es einen Rinderbraten mit Kartoffeln und Soße. Und Mohrrüben. Iris zog sie in einem Beet neben dem Kartoffelacker. Am häufigsten gab es jedoch Mehlspeisen, Blutkloß und Pfannkuchen.

Als Ristin hereinkam, saßen schon alle am Tisch. Nils schälte Kartoffeln, schweigend und methodisch. Dem Hund, der auf dem Fußboden saß, tropfte der Geifer aus dem Maul auf den Boden, ein zäher Speichel, der streng roch. Auf einer Porzellanplatte lag das aufgeschnittene Fleisch.

Mikkel zerdrückte die Kartoffeln in der braunen Soße zu Brei. Karin rutschte beiseite, damit Ristin auch noch Platz auf der Küchenbank hatte. Niemand sagte etwas, aber Karins Augen brannten vor Ungeduld. Ristin betrachtete sie. Sie war siebzehn Jahre alt und auf dem Weg, erwachsen zu werden. Sie arbeitete in der Stadt und schleppte neumodische Sachen an, aber im Winter kuschelte sie sich abends immer noch neben ihre Großmutter auf die Küchenbank. Sie roch nach Seife. Dieser Duft war irgendwie fremd, das Mädchen, das an ihrer Seite aufgewachsen war, verschwand fast hinter diesem intensiven Geruch.

Ristin schaute sich am Tisch um, ehe sie näher rückte. In ihr keimte eine Sehnsucht auf, nach etwas anderem, das verloren gegangen war. Sie befürchtete allerdings, dass sie es selbst gewesen sein könnte, die es weggeworfen hatte.

Nils fuhr sich mit dem Handrücken über den Mund und nickte Iris zu. Es hatte gut geschmeckt. Er schlug ein Bein über das andere, beugte seinen mageren Körper zu dem Hund hinunter und kraulte ihn hinter den Ohren. Iris lächelte. Ristin schob den Teller beiseite. Die Schwiegertochter hatte ihre Schürze nicht abgelegt und auf dem Bauch war ein Fettfleck. Iris ließ ihre Blicke zwischen ihrem Mann und seiner Mutter hin- und herwandern. Sie waren sich wie aus dem Gesicht geschnitten und bildeten eine Einheit, in die sie eingebrochen war. Die ersten Jahre waren wie eine einzige lange Wanderung über einen frisch zugefrorenen See gewesen, viele Male war sie eingebrochen und hatte die eisige Kälte ihrer Schwiegermutter zu spüren bekommen. Dabei waren es besonders diese Augen gewesen, der helle blaue Blick, in den sie sich bei Nils verliebt hatte. Sein unschuldiger Kinderblick, den er von Ristin geerbt hatte. Sie hatte lange Zeit gebraucht, ehe sie erkannte, dass diese Augen, weder Ristins noch Nils', nicht besonders unschuldig waren, aber auch nicht das Gegenteil. Ihre Augen waren wie etwas, was sich am helllichten Tag versteckte.

Karin radelte den Hügel aufwärts, vorbei an der Mühle und über die Brücke, die über den Fluss führte. Auf dem Hof sah sie Mikkel im Schneematsch spielen. An der Hauswand aufgereiht standen Skier aus Birke. Es roch nach Mist und Tauwetter. Kleine Osterglocken stachen aus dem Schnee hervor. Sie sahen aus wie gelbe Sonnen in dem dunklen und erdigen Boden, der sich in all dem Weiß spiegelte, das den Boden noch bedeckte.

Die Reifen schlidderten im Morast, aber darüber lächelte Karin nur. Sie konnte gar nicht anders, denn in den wenigen Momenten, wenn ihre Mundwinkel sich entspannten, flitzten ihre Gedanken schon davon. Dann prickelte in ihrem Körper die Freude wie perlende Kohlensäure und sie musste einfach lachen.

Als sie auf den Hof einbog, ordnete sie ihre Gesichtszüge. Ihre Wangen waren rot und die Strickmütze war viel zu warm für die Jahreszeit; auf ihrer Stirn kitzelten sie Schweißperlen. Papa war noch nicht aus der Fabrik nach Hause gekommen, genau wie sie gehofft hatte. Sie wollte allein sein mit Mutter Iris. Ohne ihrem kleinen Bruder auch nur ein »Hallo« zuzurufen, stürmte sie die Treppe mit zwei Schritten auf einmal hinauf und riss die Haustür auf. Sie schnürte den Filz ab, behielt aber die dicken Socken an. Der Fußboden war kalt.

Iris legte gerade im eisernen Herd Feuerholz nach, denn im Topf kochte der Blutkloß. Ein Glas Konfitüre leuchtete rot in der Frühlingssonne.

»Du kommst aber früh nach Hause.«

Karin ließ sich auf die Bank sinken. Seit sie vierzehn Jahre alt war, arbeitete sie als Kindermädchen in der Stadt. Und sie hatte jede Sekunde davon gehasst. Die verwöhnten Gören wuselten quengelig um sie herum, obwohl sie gar nicht so viel jünger waren als sie selbst, und ihre Eltern überwachten jeden ihrer Handgriffe, fuhren mit dem Finger über Flächen, wenn sie Staub gewischt hatte, und musterten die Teppiche, die sie die Treppen runter- und raufgeschleppt und auf dem Hof geklopft hatte. Jetzt war sie Laufmädchen bei einem Kaufmann. Das war besser, aber nicht gut. Nicht so gut wie das, was vor ihr lag. Sie platzte fast vor Eifer. Ihr war die Stelle einer Telefonistin angeboten worden. Sie sah sich schon dort sitzen und mit kühler, angenehmer Stimme mit den Leuten am anderen Ende sprechen. Sie würde schöne Kleidung tragen und Geld sparen können, denn diese Arbeit wurde besser bezahlt.

Ristin kam vom Speicher herunter, sobald sie Karins Stimme hörte. Sie wurde alt und brauchte eine Ewigkeit für die Treppe, wobei sie sich krampfhaft am Geländer festhielt. Karin warf ihr einen irritierten Blick zu. Jetzt würde sie sich bestimmt wieder einmischen.

»Ich hab eine Arbeit als Telefonistin bekommen.« Die Worte sprudelten nur so aus ihr heraus und überstürzten sich fast.

Mutter Iris wandte ihr den Rücken zu. Karin konnte diesen Rücken lesen, jetzt war er stumm und abwartend.

»Du hast es doch gut beim Kaufmann?«

Karin saß aufrecht da, die Hände auf dem Tisch. Aber Telefonistin, wollte sie rufen, hörst du nicht, wie wunderbar das klingt? Sauber, kein Schweiß mehr und keine abgebrochenen Fingernägel, keine Kälte und aufgesprungene Wangen.

Iris legte die Holzkelle weg, die sie in der Hand gehabt hatte, und setzte sich an den Tisch. Karin sah sie an.

»Was hast du da für Arbeitszeiten?« Iris strich über die Tischplatte und beobachtete Ristins mühsame Schritte auf der Treppe. Ihr schwarzer Rock schleifte über die Stufen. Sie war geschrumpft und war krummer geworden.

»Man arbeitet in Schichten. Manchmal am Tag und manchmal am Abend.«

»Wie soll das gehen? Wie willst du nach Hause kommen? Der letzte Bus fährt um sechs.«

Karin wurde ungeduldig. Da redeten sie über Bagatellen, wo doch einer ihrer Träume in Erfüllung gehen könnte. Ristin kam an den Tisch und spitzte die Ohren.

»Karin will eine neue Arbeit anfangen.« Iris' Hände legten sich ruhig und schwer in ihren Schoß. Dies war einer der wenigen Momente, in denen sie die Einmischung der Schwiegermutter zu schätzen wusste. Sie konnte sicher sein, dass Ristin misstrauisch gegen alles war, was Karin weiter von ihnen forttreiben könnte.

Argwöhnisch sah Ristin ihre Enkelin an.

»Ich kann mit dem Fahrrad fahren. Das mach ich jetzt doch auch.« Karin fuhr tatsächlich in der ganzen Stadt herum, den ganzen Tag.

Iris sah nicht überzeugt aus. Sie schüttelte den Kopf.

»Und im Winter?«

Karin starrte sie an. Ristin nickte.

»Man weiß, was man hat, aber man weiß nicht, was man bekommt.« Vor teuer erkauften Erfahrungen sollte man sich hüten. Das wusste sie nur zu gut. Ristin spürte, wie sich die Sorge in ihrem Magen regte, als sie den Eifer des Mädchens sah.

Karin hielt ihre Widerworte zurück. Es war idiotisch. Iris konzentrierte sich und kniff die Lippen zu einem schmalen Strich zusammen. Sie konnte manchmal störrisch sein. Telefonistin, das klang kompliziert und irgendwie hochgestochen und unpraktisch. Konnte man davon leben? Sie begegnete dem Blick ihrer Tochter und sah darin die Enttäuschung. Über das durchsichtige Blau legte sich ein Schleier. Karin wollte protestieren, aber Iris stand bereits wieder auf.

»Jetzt reden wir nicht mehr darüber. Bald ist ein Jahr um, und dann fängst du an, im Laden zu arbeiten.«

Als ob das ein Trost wäre. Karin schluckte. Ihre Augen brannten. Sie wusste, dass es sinnlos war, weiter diskutieren zu wollen. Ihre Stimme würde ihr nicht gehorchen. Sie sah sich in der Küche um. Die war verwohnt und hässlich. Der eiserne Herd, der Arbeitstisch, die Vorratskammer. Im Fleckerlteppich waren Späne und Splitter von Holzscheiten hängen geblieben. Hier war es nicht mehr gemütlich. Nur muffig und altmodisch. Als lebten sie in einer Blase außerhalb der Welt.

Umeå, Juni 2002

Wieder zu Hause angekommen, stellte ich die Dose mit den Schuhbändern auf den Küchentisch und legte die alten Fotos daneben. Vorsichtig hob ich den Deckel von dem Holzkästchen. Mir wurde plötzlich klar, warum ich diese Sachen mit mir herumtrug. Man konnte sie anfassen und sie waren greifbar wie sonst nichts in meiner Jugend. Ich bildete mir ein, diese Bänder könnten mich aus dem Leerraum herausholen, in dem ich lebte, wo es nur ein Gebräu von Verleugnungen und ein Schweigen zwischen den Worten gab, den

Vermittlern zwischen damals und jetzt. Diese Schuhbänder könnten vielleicht hervorzwingen, was verschwiegen worden war, sie könnten Rehabilitierung bringen, ein Fazit ziehen.

Im selben Moment, als meine Finger über die gewebten Fäden strichen, klingelte das Telefon. Es war Onkel Mikkel.

Ich war erstaunt. Er zählte nicht zu denen, die gern telefonierten.

»Jaha.« Dann schwieg er.

Ich schwieg und überlegte, ob er darauf wartete, dass ich etwas sagte. Schließlich hatte *er* angerufen.

»Du hast doch nach diesen Fotos gefragt.« Seine Stimme klang etwas schleppend, so, als wollten die Wörter eigentlich gar nicht heraus.

Ich wartete.

»Ich erinnere mich an das Bild von dem toten Mann. Das hab ich mal als Kind gesehen. Es hat mich erschreckt. Ich glaube, Großmutter hat es auch erschreckt.« Jetzt sprach er schnell, vielleicht weil er wusste, es würde ihm später leidtun, dass er etwas gesagt hatte. Wenn es erst einmal heraus war.

»Weißt du, wer das war?«

»Nein, aber es ist etwas Seltsames passiert, als ich das Bild betrachtete. Großmutter hat es mir aus den Händen gerissen. Dann ist es verschwunden, und ich habe es erst wiedergesehen, als du es mir gezeigt hast. Abends hat Großmutter damals zu Vater gesagt, es sei an der Zeit, all diese alten Undinge wegzuräumen. Das war eigentlich nicht für meine Ohren bestimmt.«

»Alte Undinge?«, fragte ich verständnislos.

Mikkel seufzte.

»Mmmh, da war irgendwas geschehen, worüber nie gesprochen wurde. Ich weiß es nicht. Ich war ja noch klein, als es passiert ist.«

Ich fingerte an den Schuhbändern. Sie fühlten sich fettig an.

»Hat deine Großmutter einen Kittel getragen?«

»Nee, sie lief immer in langen schwarzen Röcken und Hemden herum. Aber ich erinnere mich, dass es Kittel im Haus gab. Und Schuhbänder. Aber die Sachen sind bei Tante Eldbjörg und ihren Kindern gelandet.«

Aha. Ungeduldig richtete ich mich auf. Diese ständigen Verschiebungen der Perspektive hatte ich satt. Von Kitteln hatte Mama nie etwas erzählt. Ich erinnerte mich an ihre gleichgültige Miene und wie sie mit den Schultern gezuckt hatte, als ich die Dose aus der Kommode genommen hatte. Ich erinnerte mich an den Augenblick, als sie lachend gesagt hatte: »Wahrscheinlich fließt Lappenblut in unseren Adern.« Immer im Spaß, aber mit einem Fünkchen Wahrheit in ihren blauen Augen. Weiter wollte sie nicht gehen.

»Jedenfalls«, Mikkel räusperte sich, »an jenem Abend sagte Großmutter, das Foto habe nichts in unserem Haus zu suchen. Der Hexer solle nach Fatmomakke zurückkehren.«

Ich setzte mich wieder.

»Der Hexer?« Das klang ja verrückt.

Ich hörte, wie Mikkel mit seinem Stuhl über den Boden schrammte und Mona im Hintergrund nach ihm rief. Wir legten auf. Ich konnte die Nachricht nicht anders deuten, als dass ich nach Fatmomakke fahren sollte.

Skellefteå, Mai 1953

Es war Walpurgisnacht. Der Boden war noch mit Schnee bedeckt und die Sterne leuchteten von einem fast schwarzen Himmel. Draußen konnte man hören, wie sich die Tiere im Stall für die Nacht zur Ruhe legten.

Karin, ihre Schwester und ihre Cousinen und Cousins lagerten auf Tretschlitten um das Walpurgisnachtfeuer herum und aßen Süßigkeiten. Auf ihren Gesichtern spiegelte sich der Widerschein der Flammen. Es war ein prachtvolles Feuer, vielleicht das größte, das sie jemals gehabt hatten.

Im Haus saßen Mutter und Vater in ihrem neu gekauften Wohnzimmer, bestehend aus einem dreisitzigen Sofa mit dazugehörigem Sessel und einem Tisch aus einer unbestimmbaren Holzart, die noch keiner von ihnen je gesehen hatte.

Die Kinder am Feuer erzählten sich Geschichten. Es war eine magische Nacht, in der sie selbst bestimmten, wann sie ins Bett gingen. Erst wenn die Kälte sie ins Haus trieb, verstummten die Worte.

Karin hatte gesehen, wie Vater die alten Möbel zerhackt und auf den Reisighaufen geworfen hatte, der Walpurgis angezündet werden sollte: Holzstühle und eine Küchenbank, die es gegeben hatte, solange sie sich erinnern konnte. Großvater Johan hatte sie eigenhändig gebaut, jedenfalls glaubte sie das. Ihr hatte es wehgetan, als sie sah, wie die Stuhlsitze und Lehnen unter den Axthieben zersplitterten, sie wusste auch nicht genau, warum. Darauf hatte man ja doch nur gesessen, und außerdem hatten sie jetzt neue Möbel, gekauft und bezahlt. Sie hatte einen nierenförmigen Schminktisch mit Spiegel bekommen, den Vater nach Feierabend für sie gebaut hatte. Der Tisch stand im Sommerschlafzimmer zwischen den Betten der Geschwister, und sie hatte allen verboten, ihn zu benutzen. Der Tisch gehörte ihr, nur ihr. Aber noch war es zu kalt unterm Dach, um daran zu sitzen.

Ihre Cousine aus der Stadt redete leise, man konnte kaum verstehen, was sie sagte. Sie war selten hier und lebte irgendwie ein anderes Leben in der Stadt. In einer Wohnung mit dicken, weichen Teppichen auf dem Fußboden und Gemälden an den Wänden. Tante Eldbjörg war Vaters einzige Schwester. Als sie abends angekommen war und die zerhackten

Möbel sah, hatte sich ihr Gesicht verdüstert, aber Nils' helle blaue Augen hatten ihrem Blick standgehalten.

Jemand räusperte sich und winkte die anderen näher zu sich heran. Das Holz der Tretschlitten knarrte unter ihren Bewegungen und ihre Wangen glühten vom Feuer. Dann zeigte ein Kinderfinger auf die andere Seite des Feuers und der kleine Mund mit den ängstlich aufgerissenen Lippen formte sich zu einem stummen O.

Die anderen folgten der Richtung des Fingers mit ihren Blicken. Jetzt sprach oder lachte niemand mehr. Die Kälte in ihrem Rücken ließ sie schaudern und die Nacht verwandelte sich in ein hungriges schwarzes Loch. Hinter den Flammen sahen sie einen Mann, dessen schwarze Kleidung ihn fast unsichtbar machte vor all der Schwärze, nur sein Gesicht war einigermaßen deutlich zu sehen. Aber es war kein reales Gesicht, das würden sie sich hinterher immer wieder sagen. Nur Karin würde schweigen. Sie war seinem Blick begegnet. Es war ihr eigener.

Jemand behauptete, er sei nur für Sekunden zu sehen gewesen, und andere stimmten zu. Aber niemand verließ seinen Platz und niemand ging ins Haus zurück.

Dann raschelte Mikkel mit der Bonbontüte und sie fingen an zu kichern.

Karin schaute zum Haus hinüber. Im Küchenfenster brannte Licht. Großmutter Ristin lag in ihrem Bett und schlief. Ihre zarten Augenlider würden zucken, wenn Karin neben sie kroch. Am nächsten Morgen würden sie einander anschauen, und Ristin würde wissen, was geschehen war.

Sie gingen den Pfad am Acker entlang. Der Boden war nass und aufgeweicht und an einigen Stellen lag immer noch Schnee. Karin folgte der Gruppe mit den Augen. Ihr

Vater ging voran. Er war klein und seine schwarzen Haare wurden grau. Hinter ihm gingen Eldbjörg und ihr ältestes Kind. An Eldbjörg war etwas Besonderes, so als würde sie nicht zu ihnen gehören. Sie trug immer hübsche Kleidung, und bei den wenigen Besuchen in ihrer Stadtwohnung hatte Karin das Gefühl gehabt, eine andere Welt zu betreten. Dort gab es Kaffee in dünnen Porzellantassen mit Goldrändern und Kuchenplatten aus Kristall und die Möbel wirkten fast hochmütig. Karin saß meist still und feierlich auf einem Stuhl, die Füße ordentlich auf dem Boden, und knabberte an dem gekauften Gebäck.

In einer kleinen Kammer hatte Eldbjörg alte Sachen an die Wände gehängt. Gegenstände, die Karin daheim im Schuppen und auf dem Speicher hatte herumliegen sehen. Müll. Aber dort an Eldbjörgs Wänden bekamen die Sachen einen schwer erklärlichen Glanz.

Einmal, als Karin sich ohne Erlaubnis in die Kammer geschlichen hatte, war Eldbjörg ihr gefolgt und hatte ihr die Hände auf die Schultern und ihr ausgeprägtes Kinn auf ihren Kopf gelegt. Still hatten sie so dagestanden und bestickte Kragen, gewebte Gürtel, Holzkellen und rissige hölzerne Dosen betrachtet. Dort hing sogar ein alter Kaffeebeutel aus Leder, der vom Alter so schwarz und ausgetrocknet war, dass man meinen könnte, er würde auseinanderfallen, wenn man ihn berührte.

Karin fühlte sich von der Kammer gleichzeitig angezogen und abgestoßen.

»Es ist schade, wenn man vergisst, woher man kommt.« Eldbjörg ließ das Mädchen los.

Karin wurde wütend. Schließlich war die Tante von zu Hause weggegangen und hatte Armut und Scham hinter sich gelassen. Jetzt redete sie, als wäre sie etwas Besseres.

Scham. Karin bekam einen faden Geschmack im Mund. Sie wusste nicht, woher sie das Wort hatte. Aber sie wusste, dass die Scham in ihr war, genau wie in Vater und Mutter und Großmutter. Aber seltsamerweise war sie nie an Tante Eldbjörg hängen geblieben.

Karin spürte Eldbjörgs warme Hände, die ihr über die Wangen strichen.

»Du täuschst dich, Karin, du hast etwas, worauf du stolz sein kannst. Genau wie ich.«

Jetzt gingen die beiden Geschwister Nils und Eldbjörg über den mageren Boden. Der Hund folgte ihnen eifrig und die fast erwachsenen Cousinen und Cousins stolperten hinterdrein. Sie bewegten sich widerwillig und setzten nur zögernd einen Schritt vor den anderen, als wollten sie nicht ankommen. Am Flussufer froren die kahlen Laubbäume.

Karin schlich hinterher. Nils öffnete das Scheunentor, ging jedoch nicht hinein. Erst einmal knetete er eine Prise Kautabak und schob sie sich unter die Oberlippe. Da entdeckte er Karin.

»Komm her, Mädchen, du brauchst keine Angst zu haben.« Er grinste.

Eldbjörg verschwand in der zugigen Dunkelheit und ihre Kinder schlüpften hinter ihr hinein. Karin hörte, dass sie etwas über den Boden schleiften und Gegenstände verschoben. Sie wich dem Blick ihres Vaters aus, spürte aber deutlich seine Ungeduld. Ihr war klar, dass sie eigentlich etwas sagen müsste, sie wusste aber auch, dass es die Worte, nach denen sie suchte, nicht gab. Weder ihre sanfte Stimme noch ein hervorgelocktes Lachen würde alles wiedergutmachen.

Als Eldbjörg und ihre Kinder wieder herauskamen, hatten sie die Hände voll mit Sachen, wie Eldbjörg sie an die Wände gehängt hatte.

»Scheiße«, murmelte Nils.

Eldbjörg sagte nichts, aber ihr Mund war zusammengekniffen. Karin schaute zu den Überresten des Feuers hinüber, an dem sie gesessen hatten. Die Möbel. Eldbjörg war immer noch wütend wegen der verbrannten Möbel.

»Auf diese Art ersparen wir dir die Mühe.« In der Stimme der Tante war zurückgehaltener Zorn.

Nils zuckte mit den Schultern. Karin lief weg, und als sie sich dem Haus näherte, sah sie das Gesicht ihrer Mutter im Küchenfenster. Es wirkte irgendwie niedergeschlagen.

Mikkel war auf die Küchenbank gekrochen und schaute zum Weg und zum Fluss hinunter. Vor dem Haus der Nachbarin Ethel stand ein Auto, ein schwarzer PV. Der Bus fuhr vorbei und spritzte eine Welle Schmutzwasser auf die Birke am Straßenrand. Mikkels Füße in den grauen gestrickten Socken rutschten auf dem Holzsitz ab, als er versuchte, die Beine anzuziehen und das Kinn auf die Knie zu stützen.

Einige Klassenkameraden waren da gewesen und hatten nach ihm gefragt. Er hatte sie gesehen, als sie aufs Haus zukamen, sich rasch auf den Boden hinuntergleiten lassen und seiner Mutter zugeflüstert, sie solle sagen, er sei nicht zu Hause. Jetzt stand sie an der Spüle und schälte Kartoffeln. Ihre Haare waren kurz geschnitten und wurden fast ganz von einem Tuch verdeckt, aber er sah noch einige schwarze, glatte Strähnen hervorlugen. Sie schlief immer mit Lockenwicklern, und morgens hatte sie kleine Locken, die sie vorsichtig auskämmte. Aber sobald sie an die feuchte Luft kam, wurde ihr Haar wieder glatt.

»Willst du nicht hinter den Jungen herlaufen?« Iris bemühte sich, ihre Stimme gleichmütig klingen zu lassen, so als sage sie das nur beiläufig. Hätte sie sich umgedreht, so hätte sie gesehen, dass er sich nicht täuschen ließ. Er zog den Kopf ein und gab keine Antwort.

Ihre Stimme machte ihn ungeduldig, aber er hatte keine Antwort parat. Es war so schwer zu erklären. Die anderen reizten ihn. Es war ein Gefühl, als liefe er in zu kleinen Schuhen herum. Ihre Blicke und Wörter waren unbequem, und er bildete sich ein, sie wüssten etwas über ihn, was er selbst noch nicht bemerkt hatte, etwas Unangenehmes.

Im eisernen Herd brannte Feuer. Mikkel saß gern dicht am Fenster und spürte die raue Kälte am Körper, während die trockene Holzfeuerwärme seine Wangen erglühen ließ. Er nahm sein Messer, das an seinem Gürtel hing, und aus der Hosentasche ein Stück Holz. Es war Wacholder, daraus ließen sich gut Buttermesser schnitzen. Wenn seine Hände beschäftigt waren, würde sie nicht schimpfen.

Sein Blick fiel auf das Radio, das auf dem obersten Regalbrett direkt unter der Decke stand. Ihm wurde bewusst, dass er es noch nie näher untersucht hatte.

»Darf ich das Radio runternehmen?«

Iris fuhr sich mit der Rückseite ihrer erdigen Hand über die Stirn.

»Es ist kaputt. Wahrscheinlich ist es gar nicht schwer zu reparieren, aber es lohnt sich nicht, etwas zu sagen.«

Mikkel wusste, dass der Stich Vater galt.

»Vielleicht kann ich es ja auch.« Er rutschte von der Bank und kletterte aufs Sofa. Wenn er sich auf die Zehenspitzen stellte, konnte er das Radio mit den Fingerspitzen berühren. Vorsichtig zog er es näher zu sich heran. Es war ein hölzerner Kasten, hatte zwei schwarze Knöpfe und war vorn mit Gewebe bespannt. Niemand schien es zu vermissen, aber vielleicht wäre es schön, ein funktionierendes Radio im Haus zu haben.

Iris lachte.

»Ja, wenn das einer in Ordnung bringen kann, dann du.«

Er war gut darin, herauszufinden, wie Gegenstände zusammengesetzt waren, solange er es nicht in einem Buch nachlesen musste. Die Buchstaben entfernten ihn von der Wirklichkeit und ließen die Gegenstände komplizierter erscheinen, als sie eigentlich waren.

Ristin kam mit einer Schachtel die Treppe herunter.

»Hilf mir mal, Mikkel.«

Er ging ihr entgegen und spähte in die Schachtel, die Ristin ihm in die Arme legte. Es waren alte Papiere darin. Enttäuscht stellte er die Schachtel auf den Küchentisch. Als Ristin sich setzen wollte, stützte sie sich so fest auf dem Tisch ab, dass er fast umkippte. Ihre plumpen, gekrümmten Finger wühlten in den Papieren, die von der Kälte spröde geworden waren. Mikkel legte das Messer weg, das er als Meißel zu benutzen versucht hatte, nahm vorsichtig den Inhalt aus der Schachtel und legte alles auf den Tisch.

»Was willst du damit?«

Ristin sah richtig feierlich aus.

»Man muss seine Angelegenheiten geordnet hinterlassen.«

Mikkel griff nach einer Bibel. Sie hatte einen braunen, abgeschabten Einband mit stumpfen Ecken. Auf der Innenseite stand »Kristina, geboren am 3. Februar 1862«. Die Schrift war groß und krakelig.

»Wer ist Kristina? Wem gehört die Bibel?«

Ristin riss das Buch an sich.

»Kümmere dich um deine eigenen Angelegenheiten.«

Mikkel sah sie erstaunt an und Iris hob den Kopf von ihrer Kartoffelschälerei.

»Ristin heißt auf Schwedisch Kristina.«

Ristin starrte Iris an. Für einen Moment fühlte sie sich überrumpelt und nackt. Sie hatte vergessen, dass sie Kristina in ihre Konfirmationsbibel geschrieben hatte, und die hatte sie noch nie jemandem gezeigt. Als sie mit der Feder die ungewohnten Buchstaben auf das Papier geritzt hatte, war sie aus ihrem eigenen Leben herausgetreten. Von da an hatte sie an sich selbst nur als Kristina gedacht. Das war ihr mit der Zeit ganz selbstverständlich geworden, sodass sie nie richtig bemerkt hatte, dass sie für alle anderen Ristin war. Jetzt wirkte es verlogen und irgendwie feige, geradezu lächerlich. Aber damals war es wichtig gewesen.

Mikkel hatte das Interesse verloren. Er blätterte in einem Schreibheft, in dem sie einmal das Alphabet geübt hatte. Sie schauten es sich beide an. Dann beugte sich Mikkel neugierig über ein Foto. Auf dem Bild war ein Mann und er war tot. Er lag mit über der Brust gefalteten Händen in einem Sarg, rundherum mit Tannenreisig bedeckt. Man konnte sehen, dass das Foto draußen auf dem Hof aufgenommen war, genau vor der Tür, wo Mikkel immer spielte. Er schaute seine Großmutter an. Sie war blass geworden. Die Bibel fiel zu Boden, als sie die Hand nach dem Foto ausstreckte. Mikkel kam der Mann im Sarg auf seltsame Weise bekannt vor, wenn man im Tod überhaupt noch bekannt aussehen konnte.

»Wer ist das?« Mikkel bückte sich, um die Bibel aufzuheben. Er bekam keine Antwort. Iris trat an den Tisch und schaute sich das Bild an. Ristin saß eine Weile schweigend da, dann sah sie Mikkel an.

»Geh weg, das ist nichts für Kinder.«

Widerwillig verzog er sich zur Tür. Ein Toter mitten auf dem Hof, und dann durfte er nicht bleiben und zuhören, was über die Sache geredet wurde. Als er sich noch einmal umdrehte, scheuchte auch seine Mutter ihn weg. So benahm sie sich häufig in Großmutters Gegenwart, irgendwie wurde sie plattgemacht.

Am Abend lag er in dem schmalen Vorraum im Obergeschoss und lauschte auf die leisen Stimmen aus der Küche. Es war ein Abend, an dem ungewöhnlich viel gesprochen wurde, aber es war schwer, die Worte zu verstehen. Emma-Marias und Karins schrille Stimmen aus dem Sommerschlafzimmer zerrissen die Stille, die er brauchte, um zu verfolgen, was da unten passierte. Er stand auf und klopfte vorsichtig an ihre Zimmertür. Als eine der Schwestern öffnete, legte er einen Finger auf den Mund. Sonst hörten sie nie auf ihn, aber er hatte etwas an sich, was sie diesmal verstummen ließ.

Ohne sich abzusprechen, legten sie sich allesamt auf den Fußboden, direkt vor der Treppe. Von unten hörten sie die Stimmen der Eltern und der Großmutter. Sie sprachen über das Foto von dem Toten.

»Auf diesem Hof hat noch nie jemand in einem Sarg gelegen. Niemand.«

Es wurde still. Sie hörten, wie jemand Holz für die Nacht nachlegte. Die Herdluke klapperte. Dann wieder Großmutters Stimme, fast ein bisschen ängstlich.

»Das Bild muss aus dem Haus. Der Hexer soll dahin, woher er gekommen ist. Und wenn es ganz bis Fatmomakke sein muss.«

Iris murmelte etwas. Es klang, als würde sie sagen: »Du sprichst immerhin von deiner Mutter«, aber sie waren nicht sicher.

Marsliden, Juni 2002

Von Marsliden wanderte ich über das Marsfjäll nach Fatmomakke. Dabei watete ich durch die strömenden Bäche und meine Waden wurden von Krämpfen fast gesprengt. Ich setzte mich auf einen Stein und aß von meinem Proviant, den Blick auf eine Landschaft gerichtet, von der ich nur ahnen konnte, dass sie bedeutungsvoll war.

Unten im Waldland schauten mich die Elche erstaunt an, wenn ich vorbeispazierte. Ängstlich warf ich einen Blick über die Schulter zurück, um mich zu vergewissern, dass sie mir nicht folgten.

Die Einsamkeit kroch mir das Rückgrat hinauf. Langsam kam es mir sinnlos vor, nach etwas zu suchen, was längst verloren gegangen war. Was für einen Sinn konnte es haben, dass ich über Lappenboden wanderte, von dem ich nur durch Erzählungen wusste, dass er in meiner Vergangenheit eine Rolle gespielt hatte?

Auf einer Hängebrücke blieb ich stehen und starrte in das wild wirbelnde Wasser unter mir. Jede Bewegung versetzte die Brücke unter meinen Füßen in Schwingungen. Ich musterte prüfend die Drahtseile, die alles hielten. Wenn sie nun diesmal nachgaben? Dann würde ich sterben.

Eine unbekannte Frau, die nach einer unbekannten Frau suchte. Der Kreis sollte sich schließen, das Schicksal besiegelt werden.

Ich hatte in der Hollywoodschaukel gesessen und mit den Händen Fliegen verscheucht. Die Kuchenplatte wurde von einem Moskitonetz geschützt, das fast wie eine Kote aussah. Großvater lag nicht mehr zusammengerollt im Gras. Auf seiner Beerdigung bin ich nicht gewesen – eine weitere Ausprägung jenes Schweigens, das meine Kindheit bestimmt hat, als wäre persönliche Teilhabe schädlich. Abseits und unberührt von äußeren Einflüssen zu leben, war ein Geschenk, das man mir mitgegeben hatte. Ich habe es nie zu schätzen gewusst.

Jedenfalls saß ich da und lauschte den Vögeln, als meine rastlose Tante Emma-Maria durchs Gras zu mir herkam. Sie ist, bildlich gesprochen, eine der wenigen Wurzelfasern, die sich in den historischen Humus gewühlt hat. Ich weiß nicht mehr, wie es dazu kam, dass wir über diese Frau zu sprechen begannen, die Großmutter meines Großvaters mütterlicherseits. Niemand konnte sich mehr an ihren Namen erinnern.

»Sie kam von nirgendwoher«, sagte meine Tante und schwieg eine Weile. Man vernahm ein leises Rascheln, wenn sich der Weizen im Wind bewegte, wie eine warmgelbe Welle. Früher war dort ein Kartoffelacker gewesen, der so viel Ertrag brachte, dass man durch den Winter kam.

»Sie hat nie erzählt, woher sie gekommen ist und warum. Eines Tages war sie einfach da. Jemand im Dorf hat behauptet, sie stamme aus der Gegend um Åsele, vom Fjäll, vielleicht aber auch aus Vilhelmina.«

Emma-Maria zupfte einen losen Faden von dem Stuhlkissen, auf das sie sich gesetzt hatte. Ihre Fingernägel waren rot lackiert und sie trug eine goldene Armbanduhr.

»Im Dorf wusste das jemand?«

Emma-Maria lachte. Ihr eines Augenlid zuckte ein bisschen.

»Das kennst du doch, alle wissen Bescheid, nur der Betroffene nicht. Ich hab versucht, Vater auszufragen, aber er weigerte sich, von ihr zu sprechen. Wenn er mir überhaupt Antwort gab, dann behauptete er stets, er wisse nichts. Aber ich hab ihm angesehen, dass er nichts erzählen wollte, dieser Sturkopf.«

Großmutter Iris gesellte sich zu uns und hörte zu. Ich sah sie fragend an und sie nickte.

Ich war zu jung, um es wirklich zu verstehen, trotzdem überlegte ich flüchtig, wie es wohl gewesen war, als sie ins Haus gekommen war. Sie war frisch verheiratet und bekam zum Ehemann eine Schwiegermutter dazu. Großvater war damals neunundzwanzig Jahre, fast schon ein älterer Mann, gewesen, und er war der Lieblingssohn. In meiner Jugend schauderte mich diese Vorstellung. Und mich schaudert immer noch.

Meine Tante und Großmutter begannen über etwas anderes zu reden, und ich stand auf, um zu gehen. Aber Emma-Maria legte eine Hand auf meinen Arm.

»Eines weiß ich jedenfalls, sie war anders. Es wurde getuschelt, sie sei früher einmal richtig reich gewesen.«

Am Nachmittag lockte Ristin Karin zu sich, Nils' älteste Tochter, die Erstgeborene, genau wie sie. Mit zitternder Hand reichte Ristin ihr die Bürste mit den weichen Borsten und bat sie, ihr die Haare zu machen.

Karin öffnete den Zopf, der auf Ristins Kopf zu einem Knoten aufgesteckt war und der mit jedem Jahr dünner wurde. Ristin strich dem Mädchen lächelnd über die Wange. Sie trug keine Schuhe mehr aus *Gaamese* und auch keine Pelze. Es war schon lange her, seit Ristin zum ersten Mal eine Näherin bestellt hatte, die ins Haus kam und Kleidung nähte, die sie sich normalerweise nicht hätten leisten können. Aber Ristin hatte Njennas Erbe verkauft, einen Nähbeutel aus Gehörn und Leder, und genügend Geld dafür bekommen. Die alten abgenutzten Schuhbänder hatte sie behalten und sie in der Holzdose verwahrt, den Vater Martin gemacht hatte. Das Holz fühlte sich glatt und zart an wie eine Katzenschnauze – es war Birke –, aber für Holz gab niemand Geld.

Unter Njennas Nachlass hatte sie auch ein abgetragenes, streng riechendes Kleidungsstück aus Rentierleder gefunden, das sie auf einen Haufen am Fluss unten geworfen hatte.

Die Enkelin wollte wie alle anderen Kinder sein und das verstand Ristin nur zu gut. Anfangs hatte Iris protestiert, aber Ristin hatte sich taub gestellt, und als sie den kleinen Kinderkörper auf dem Küchentisch stehen sah, während die Näherin Maß nahm, hatte sie vor sich gesehen, wie sie selber als Kind einst gewesen war. Die Blicke von Großmutter und Enkelin waren sich begegnet, und Dankbarkeit war ihr entgegengeströmt, süß wie Honig.

Karin zog die Bürste leicht durch die grauen Haare. Wenn sie ihre Hand auf den Kopf der Großmutter legte, blieb ein fetter Film auf ihrer Handfläche zurück. Ristins Lodenrock roch schwach nach Urin. Karin hätte ihn gern gewaschen, traute sich aber nicht, es der Großmutter anzubieten.

Schon seit sie klein war, hatte Ristin ihre und ihrer Geschwister Unternehmungen draußen im Freien überwacht. Sie durften nicht zu laut johlen und nicht mit jedem spielen. Manchmal holte Ristin sie nach Hause, wenn sie sich zu lange und zu weit vom Hof entfernt aufhielten. Hin und wieder fuhr sie dabei die Cousinen unfreundlich an, aber zu Karin war sie immer freundlich, wenngleich bestimmt.

Einmal hatte sie das Mädchen in die Arme genommen und ihre wettergegerbte Wange an Karins Wange gelegt, dann hatten sie einander tief in die Augen geschaut. Sie hatte nichts gesagt, aber für Karin wurde dieser Augenblick zu einem Band, das beide fest miteinander verknüpfte.

Ristin griff nach Karins Hand und kratzte ein wenig mit ihren Nägeln über die zarte Haut am Handgelenk. Sie drückte ihrer Enkelin den alten Silberring in die Hand, den Martin einst Njenna gekauft hatte. Ristin wusste, dass es falsch war. Der Ring hätte eigentlich Eldbjörg gehört, denn er sollte von der Tochter an die Tochter weitergegeben werden, aber das widerstrebte ihr. Es lag an dieser Selbstgerechtigkeit Eldbjörgs, die Ristin nur zu gut kannte. Ihre Tochter trug Njennas Hochmut in sich. Als ob niemand außer ihr Dreck und Pfannkuchen voneinander unterscheiden könnte.

Karin sollte den Ring haben, denn er war hübsch. Sie würde ihn nicht so tragen, wie Eldbjörg es getan hätte: mit einem Hals wie ein Elch und mit Augen, die sich einbildeten, sie wüssten mehr, als sie eigentlich wussten. Ristin rieb sich den Ringfinger. Sie hatte den Ring nie wieder angezogen, niemals nach jenem Tag in der Küche.

Karin betrachtete den Gegenstand, den die Großmutter ihr in die Hand gedrückt hatte.

»Du musst ihn putzen.« Ristins alte Finger strichen über die schwarze Patina, die das Silber verbarg. Vielleicht hatte sie den Ring ja sogar vergessen. Oder so getan, als hätte sie ihn vergessen. Bis jetzt, wo sie alt war und all ihre Gespenster, gichtig und träge, sich wieder bei ihr in Erinnerung brachten.

»Den soll ich haben?« Karin steckte ihn sich langsam an den Ringfinger. Der Ring war etwas zu groß, und man hörte ein leises Klirren von den kleinen, dünnen Ringen, die an seiner breitesten Stelle an Ösen hingen.

Ristin zögerte. Dann wurde ihr bewusst, dass sie sehr wenig von dem Schmuck wusste. Ihre Mutter hatte zwar mit Worten gestickt, hatte Gegenstände und Ereignisse in Beziehung zueinander gesetzt und die Erinnerung daran mit Reimen und ewigen Wiederholungen wachgehalten, aber das war auf eine Weise geschehen, dass man es schließlich leid wurde. Aber über den Ring hatte sie nicht viel erzählt.

»Das ist einmal ein Brautgeschenk gewesen.«

So viel stimmte und Martin war eine schöne Erinnerung. Njenna brauchte sie da nicht mit hineinzuziehen. Sie würde Karin eine eigene Geschichte schenken, an die sie sich erinnern konnte.

»Ich möchte, dass du ihn bekommst.« Ristin betrachtete sie ernst. Sie waren einander ähnlich, das sah sie. Es hatte etwas mit der Art zu tun, wie sie sich bewegten, und natürlich mit den Augen. Aber das war es nicht allein. Sie sah in den Augen der Enkelin auch eine Sehnsucht, treuherzig, fast dümmlich. Und sie wusste, am Ende würde nur Enttäuschung übrig bleiben.

»Danke.« Karin hob den Blick und lächelte.

Karins beste Freundin, Maud, war gekommen. Sie besuchten sich nicht häufig zu Hause, doch jetzt saß Maud auf der Küchenbank und sah zu, wie Karin langsam und umständlich Ristins Haare flocht. Der Zopf wurde dünn, aber lang. Ristin saß mit geschlossenen Augen da. Es war Nachmittag und in der Küche wurde es langsam dunkel. Karin stellte den Topf mit den Kartoffeln auf.

Maud raschelte mit einem Zeitungsblatt, das sie in der Hosentasche gehabt hatte.

»Guck mal.« Sie strich das Papier glatt.

Karin sah ihr über die Schulter, und aus den Augenwinkeln nahm sie wahr, wie es in Ristins Augen in der Abenddämmerung neugierig aufblitzte. Es war eine Annonce.

»Eine Wahrsagerin.« Mauds Augen glänzten.

Ristin schnaubte verächtlich.

»Ihr werdet doch wohl kein Geld für solchen Mist vergeuden.«

Maud protestierte.

»Stell dir vor, du erfährst, wie deine Zukunft wird.«

Karin setzte sich neben Ristin und flüsterte laut:

»Sie meint, wen sie mal heiraten wird.« Sie kicherten.

»Quatsch. Das kann ich euch auch sagen.« Ristin erhob sich mühsam und holte ein Kartenspiel aus der Küchenschublade. Karin sah sie erstaunt an.

»Nun wollen wir doch mal sehen. Zuerst legen wir einen Stern für Maud.« Sachverständig legte Ristin die Karten aus. Maud beugte sich interessiert vor.

»Voj, voj«, gluckste Ristin. »Ich sehe einen Mann. Dunkle Haare. Reich. Ein Fremder.« Sie tippte auf die Karten und warf Maud, die rote Flecken auf den Wangen bekam, einen geheimnisvollen Blick zu.

Karin setzte sich neben sie, genauso eifrig wie Maud.

»Ist er alt?«

Ristin dachte nach.

»Ich glaube, er ist schrecklich …« Sie dehnte den Satz und fing einen enttäuschten Blick auf, bevor sie fortfuhr: »… jung.«

Sie lachte. Karin beugte sich über die Karten.

»Gibt es eine Hochzeit?«

Ristin betrachtete Maud. Sie sah gespannt aus.

»Na ja, schwer zu sagen. Das hängt wohl von Maud ab.«

»Wie denn?« Maud schaute Ristin erschrocken an.

»Du musst deine Karten pflegen. Dich gut um sie kümmern.« Ristin nickte zu ihren eigenen Worten. »So ist es. Bleib nur wachsam, dann kommt die Liebe zu dir, wenn du es am wenigsten ahnst.«

Sie raffte die Karten zusammen.

»Leg mir auch einen Stern!« Karin beugte sich weit über den Tisch. Ristin mischte die Karten und legte sie sorgfältig auf dem Tisch aus, dann schüttelte sie den Kopf und sah bekümmert aus.

»Du bleibst zu Hause. Dein Los ist es, dich um deine alten Eltern zu kümmern.«

Karin sank zusammen, dann sah sie den vergnügten Blick ihrer Großmutter.

»Ach was, du machst dich nur lustig.«

»Und die Wahrsagerin in der Zeitung? Die macht sich auch nur lustig.« Ristin war ernst geworden. Sie schob die Karten beiseite, als würde sie es bereuen, mit ihnen gespielt zu haben. Sie hörten Nils' Schritte im Vorraum. Karin beeilte sich, die Kartoffeln zu prüfen. Den Tisch musste sie auch noch decken. Und dann der Speck. Maud faltete das Zeitungsblatt zusammen und wollte gehen. Ristin bat Karin, die Karten wegzulegen. Nils blieb erstaunt in der Tür stehen.

»Habt ihr Karten gespielt?«

Maud lachte. »Nee, Ristin hat uns gewahrsagt.«

Nils sah seine Mutter an. »Gewahrsagt?«

»Och, die beiden wollten Geld für diesen Quatsch verschwenden«, wehrte Ristin ab. Karin sah, dass es in den Händen ihres Vaters zuckte, als wollte er die Karten vom Tisch fegen.

»Setz den Mädchen keine Grillen in den Kopf.« Nils und Ristin starrten einander böse an. Maud schlüpfte hinaus. Karin stach die oberste Kartoffel an und warf ihrer Großmutter, die jetzt verärgert aussah, einen Blick zu.

»Das war doch bloß Spaß.« Karin bemühte sich, ihre Stimme locker klingen zu lassen, während sie den Tisch deckte.

So wie sie sich angewöhnt hatte, mit ihrem Vater zu sprechen – ihn nur nicht beunruhigen, nicht im Weg sein. Es war das Beste, wenn sich alle zurückhielten. Die lang anhaltenden Verstimmungen, die manchmal zwischen Ristin und Nils ausbrachen, waren schwer zu ertragen. Der Speck zischte auf, als Karin die Scheiben in die Pfanne legte. Sie goss das Kartoffelwasser ab und stellte die dampfenden, heißen Knollen in einer Schüssel auf den Tisch.

»Hör mal, Vater, heute gibt's gebratenen Speck.« Sie wusste, dass er gern Speck aß, besonders den weißen Fettrand, den er am liebsten kross gebraten haben wollte.

Nils lächelte. Karin atmete erleichtert auf.

Iris hängte die schweren, nassen Bettlaken auf die Wäscheleine, die zwischen zwei Birken gespannt war. Die Laken hatte sie selbst gewebt, und obwohl sie an den Rändern etwas ungleichmäßig und die gestickten Monogramme etwas plump geraten waren, verglichen mit den Arbeiten ihrer Schwiegermutter, erfüllten sie doch ihren Zweck. Man sollte ja schließlich nur darauf schlafen. Ristin hatte nichts gesagt, aber sie nahm immer ihre eigenen Laken, wenn die Betten frisch bezogen wurden. Es bedurfte keiner Worte, damit Iris den Stich verstand. Ristin war eine Meisterin darin, ihre Missbilligung durch Schweigen auszudrücken. Anfangs hatte Iris noch versucht, sich bei ihr einzuschmeicheln, hatte um Rat gefragt, um Hilfe gebeten, sich gekümmert, aber jetzt hatte sie keine Kraft mehr. Aus der Alten wurde man einfach nicht klug.

Aber vor Nils durfte man sie mit keinem Wort kritisieren, obwohl sie die ungeduldige Kühle in seinen Augen sah, wenn Ristin ihn reizte. So war es eben. Anfangs hatte Iris geredet, gefragt, sie hatte gelacht über sein Gemaule, das fast komisch wirkte. Aber das war lange her. Mit kalten Händen strich sie über die weißen Laken, zupfte eins zurecht, und ihre Finger leuchteten rot auf dem Weiß. Es war fast noch zu kalt zum Waschen, aber sie hatte sich so danach gesehnt, die muffige Winterwäsche zu wechseln. Sie wollte in einem Bett schlafen, das nach Seife und Wind roch.

Sie hatte Sehnsucht nach dem Sommer und nach dem Bus, der sie nach Hause bringen würde. Dort würde sie einige Tage mit Mutter und den Geschwistern verbringen, mit ihnen lachen und singen und sich Lügengeschichten erzählen, die sich wie selbstverständlich durch das Gestrüpp prickelnder Erfahrungen wanden. Das, was fast geschehen war, wurde mit Kunstpausen erzählt, glucksend, mit Kopfschütteln und mit diesem treuherzigen Blick, der überzeugend wirken sollte, auch wenn das Unglaublichste vorgebracht wurde. Das war dort der große Unterschied. Man redete über alles, was möglich war, und hier redete man über alles, was unmöglich war. Das Schlimmste dabei war, dass es sie verunsicherte und sie unentschlossen machte.

Wie bei dieser Sache mit all dem alten Zeug, das Eldbjörg weggeschleppt hatte. Es war schwer zu verstehen, was sie damit wollte, aber es vermittelte Iris das Gefühl, sie habe etwas verloren. Nils zuckte nur mit den Schultern, aber in Iris regte sich eine Stimme, die ihn gern zurückgehalten hätte.

Sie schrie erschrocken auf, als sich eine Hand auf ihren Hintern legte und sie kniff. Nils drückte sich an sie und sie roch feuchte Sägespäne und Schweiß.

»Bist du verrückt?!« Sie wollte sich seinem Griff entwinden, aber er hielt sie fest. Das spitze Kinn berührte sie an der Wange. Sie spürte, dass er lächelte. Mit der einen Hand bekam sie eine Ecke des nassen Lakens zu fassen, das sie gerade aufgehängt hatte, und versetzte ihm damit einen Schlag. Sie lachte, als sie seine verblüffte Miene sah.

Der Hund kam angelaufen und Nils kauerte sich hin und begrub das Gesicht in seinem Fell. Iris schüttelte den Kopf.

Die beiden waren sich ähnlich. Entweder ruhten sie aus oder sie wuselten ihr rastlos um die Beine.

Als Nils sich aufrichtete, fing sie seinen Blick ein.

»Du, gib jetzt nichts mehr weg von den Sachen im Schuppen, bewahr ein wenig für unsere Kinder auf.«

Er zuckte mit den Schultern. Als sie heirateten, hatte sie sich von seinem Humor angezogen gefühlt, und in seinen Gliedern brannte ein Feuer. Sie hatten eine Hochzeitsreise nach Arvidsjaur gemacht, und sie hatte die Sehnsucht in seinen Augen gesehen, als sie die Blicke über den weiten Horizont schweifen ließen und das Getrappel der Hufe einer Rentierherde hörten, die sich in der Nähe aufhielt. Dann hatte er seinen Ernst durch Lachen überspielt, und sie bereute es immer noch, dass sie ihn damals nicht gefragt hatte, was ihm fehlte. Jetzt war es zu spät.

Aber sie meinte es zu wissen. Er zügelte seinen unruhigen Geist, und er blieb bei ihnen, obwohl es ihn fortzog. Jeden Tag ging er den Hügel hinunter zur Fabrik, doch sie sah seinem ganzen Körper an, dass er eigentlich in eine andere Richtung wollte. Durch den Wald, hinaus in die Natur, in der er ein anderer war.

Es widerstrebte ihr, darauf hinzuweisen, es sei Zeit, in den Stall zu gehen. Auf dem Weg dorthin legte er ihr eine Hand auf den Arm.

»Du, erzähl niemand etwas von diesem Foto.«

Iris betrachtete ihn von der Seite. Er pflegte sie nie um etwas zu bitten, nicht so. Worüber er nicht sprechen wollte, das erstickte er, indem er sich entzog.

»Wieso? Vermutlich ist es ein alter Verwandter von euch. Ristin wird alt. Sie hat es wahrscheinlich nur vergessen.« Iris lachte.

Nils schwieg. Iris blieb stehen. Das war alles so beunruhigend. Da war etwas, was sie wissen müsste, aber sie schwebte im Ungewissen.

»Ich verspreche es. Ich werde nichts sagen.«

Wem sollte sie übrigens davon erzählen? Sie hatten selten Besuch von jemand anders als von Nils' Geschwistern. Als sie frisch verheiratet war, hatte sie sich im Dorf um Anschluss bemüht. Sie hatte sich zum Kaffeetrinken einladen lassen, wenn sich die Gelegenheit ergab, und hätte gern auch eine Gegeneinladung ausgesprochen. Aber Ristin hatte immer wie ein saurer Geruch über allem Fremden und allen Neuerungen gehangen. Sie hatte nie einmal etwas sagen müssen, aber Iris hatte verstanden. Und wenn man niemand einladen konnte, war es besser, zu Hause zu bleiben.

Fatmomakke, Juni 2002

Als ich in Fatmomakke angekommen war, zog es mich zum alten Friedhof. Die Holzkreuze und Steine waren windschief und verwittert und kämpften gegen den Frost im Boden. Ich vermied es, den unebenen Rasen zu betreten. An manchen Stellen lagen die Gräber nur wenige Dezimeter tief.

Als Großvater starb, hat er sich aus dem Totenreich gestreckt und mit seiner Hand meine Fußsohle gestreift. Ich habe es deutlich gespürt. Ich lag in seinem Bett, neben Großmutter, und war kurz vorm Einschlafen. Die ganze Nacht brannte die Kälte der Gewissheit an meinem Fuß, obwohl ich ihn vorsichtig Großvaters Berührung entzog und warm zudeckte.

Ich versuchte, einige Namen auf den Gräbern zu entziffern, aber die meisten Buchstaben waren von Wind und Wetter ausgelöscht. In der Außentasche meines Rucksacks steckte das Foto von der unbekannten Frau, das ich auf dem Speicher meiner Großeltern gefunden hatte.

Die Kirchkoten oben im Wald sahen durch das Geäst der Bäume zu mir herüber. Die meisten waren geschlossen, und an jedem Wohnplatz stand der Name der Familie, die einen Teil dieses historischen Ortes geerbt hatte. Ich sah den Kirchturm und die alten Holzhütten, die so windschief waren, dass man sich kaum vorstellen konnte, dass sie einmal eine wichtige Funktion erfüllt hatten. Hier war die schwedische und die samische Gesellschaft zusammengetroffen. In meinem Kopf hallte das Wort Kontrolle wider: Männer des Gesetzes und Pfarrer hatten sich hier wie Richter aufgespielt.

Jetzt war es still hier. Ich versuchte, mir das Leben und bunte Treiben auszumalen, die hier während der kirchlichen Feiertage geherrscht hatten. Hier war nicht nur gepredigt und Recht gesprochen worden, es wurde auch gefeiert. Wilde Besäufnisse und Schlägereien und so mancher Handel hatten hier stattgefunden, Brautwerbung und Hochzeit, Gespräche und Austausch über das, was seit der letzten Begegnung passiert war.

Es hatte nach Rauch und frischem Birkenreisig gerochen.

Ich setzte mich auf eine Friedhofsbank und schaute über den unbewegten Kultsee.

Dann holte ich das Bild hervor. Die Frau sitzt auf einem Holzstuhl. Sie ist klein, und um ihre Mundwinkel spielt ein leichtes Lächeln, fast so, als wäre sie etwas verlegen. Eine norrländische Mona Lisa. Hinter ihr steht ein Sekretär und die Wände sind mit einer dunklen Tapete aus der vorletzten Jahrhundertwende bezogen.

An den Füßen trägt sie Schuhe aus Rentierleder, das vom Alter schwarz geworden ist, und um ihre Knöchel sind Gaamese geschlungen. Sie sieht nett aus, aber geheimnisvoll.

Ihr Gesicht ist vom Wetter gegerbt und runzlig und die Hände in ihrem Schoß sind gezeichnet von Kälte und Arbeit. Es ist ein hübsches Bild, ungewöhnlich entspannt für jene Zeit, kein stolzes Posieren in Festtagskleidung und kerzengerader, steifer Haltung, wie es damals üblich war.

Im Gras raschelte es und ich sah auf. Vor mir stand eine alte Frau mit Stock, nicht unähnlich der Frau auf dem Bild, wäre sie anders gekleidet gewesen. Doch sie trug Jeans, Turnschuhe und eine grüne Jacke von Fjällräven, die an den Ellbogen geflickt war.

Fragend zeigte sie mit dem Stock auf den Platz neben mir und ich nickte. Eine Weile saßen wir schweigend nebeneinander.

»Dort hinten sind meine Geschwister begraben.« Die Frau schaute zum hinteren Teil des Friedhofs.

»Obwohl die Körper so klein waren, hat es Stunden gedauert, die Gräber auszuheben. Es war ein kalter Frühsommer und der Boden widerstand den Schaufeln. Schließlich konnten die Särge nur mit einer dünnen Erdschicht bedeckt werden.«

Ich sah zu den Holzkreuzen hinüber. Es waren einige von denen, deren Inschriften ich vergeblich versucht hatte zu entziffern. Ich wusste nicht, was ich sagen sollte.

»Das ist natürlich schon lange her, aber ich besuche sie jedes Jahr. Allerdings nicht zu den Feiertagen. Mir gefällt es besser, wenn es still und ruhig ist.« Die Frau lächelte.

»Sind Sie hier aufgewachsen? Mit den Kirchfeiertagen in Fatmomakke?« Ich hielt immer noch das Foto in der Hand.

»Ja, damals war alles anders. Ich wurde in einer Kote nicht weit von hier entfernt geboren. Als ich heiratete und Kinder bekam, bin ich in ein Haus gezogen. Bequem, mit fließendem Wasser und Elektrizität. Aber das ist nicht dasselbe. Nichts wird je wieder so, wie es einmal war. Ich muss oft an Mutter und Vater denken und an das Leben, das wir geführt haben. Und daran, dass wir etwas Wichtiges verloren haben.«

Ich nickte.

Die Frau lachte auf.

»Missversteh mich nicht. Es war in vielerlei Hinsicht auch mühselig. Ich habe nicht vergessen, wie ich manchmal gefroren habe, wie die Glieder der Alten nach einem Leben auf dem Fjäll von der Kälte gekrümmt waren. Und auch nicht die häufig magere und einseitige Kost. Aber es gab Freude und Stolz und etwas, was man nicht beschreiben kann: Uns gab es damals auf irgendwie andere Weise. Wir lebten anders.«

»In einer von den Koten dort?« Ich schaute zu den Kirchkoten hinüber, die zwischen den Bäumen neben dem Friedhof standen. Ihr Holz war verblichen und die Türen verschlossen.

»Natürlich. Die sind von Generation zu Generation vererbt worden. Und du, was machst du hier?«

Ich rutschte verlegen auf der Bank hin und her und befummelte das Foto.

»Eine Frau hat mir erzählt, dass viele Ältere, wenn sie einen nur anschauen, erkennen können, aus welcher samischen Familie man stammt. Vielleicht finde ich hier jemand, der mir sagen kann, wer diese Frau ist.«

Die Frau neben mir sah mich neugierig an.

»Wer ist das?«

»Das weiß ich eben nicht. Ich vermute, dass sie eine Zeitlang hier gelebt hat, und glaube, sie ist die Großmutter meines Großvaters mütterlicherseits.«

»Warum möchtest du das wissen?«

Ja, warum? Weil das Wissen mich näher zu mir selbst führen würde. Weil alles, was ich immer in meinem Körper pulsieren gespürt hatte, befriedet würde. Weil diese Frau vielleicht unserer stummen Geschichte Worte verleihen, uns legitimieren und uns erlauben könnte, zu leben.

»Um besser zu verstehen, wer ich bin.«

»Glaubst du denn, was diese Frau dir erzählt hat? Dass zu erkennen ist, woher man stammt?«

»Ich weiß es nicht. Vielleicht ist das nur eine romantische Vorstellung, aber wenn ich wüsste, wen ich fragen könnte, dann würde ich es gern versuchen.«

Die Frau streckte eine zitternde Hand nach dem Foto aus. Ich gab es ihr. Sie betrachtete es lange mit blinzelnden Augen. Dann reichte sie es mir zurück.

»Hab Geduld. Wenn man seine Ahnen sucht, kommen sie von selbst und stellen sich vor.« Sie erhob sich.

»Ich heiße Sara. Ich glaube nicht, dass wir beide miteinander verwandt sind. Aber vielleicht habe ich dir eines Tages etwas zu erzählen.«

Sie setzte sich in Bewegung. Ich starrte auf das Foto. Ihre Worte drangen gar nicht richtig in mein Bewusstsein, sondern dümpelten nur auf der Oberfläche. Als ich aufschaute, war sie verschwunden.

Skellefteå, Juni 1953

Emma-Maria warf flehende Blicke auf das Kleid, das an einem Bügel hing und sich leise im Windzug bewegte. Karin tat ihr Bestes, sie zu ignorieren. Sie wollte tanzen gehen und vor ihr auf dem Bett lagen Lippenstift und Wimpernformer zusammen mit einem Taschenspiegel. Das Kleid hatte sie sich von ihrem eigenen Geld gekauft, mühsam zusammengespart, sie hatte also auf vieles dafür verzichten müssen. Sich Geld leihen wollte sie nicht, niemals. Sie befestigte die großen, dünnen Ringe an ihren Ohrläppchen und betrachtete sich im Spiegel. Ihre kurzgeschnittenen Haare waren schwarz. Sie hatte sich die Augenbrauen gezupft, nur ein wenig, und sie zu perfekten Bögen über den hellblauen Augen geformt.

Als Erstes wollten sie und Maud zu Geves gehen und bei einer Limo über den Abend reden, wer wohl kommen würde, wen sie zu treffen hofften. Maud hatte ein Auge auf Ulf geworfen, den Sohn des Zahnarztes. Seine Mutter bestellte manchmal in der Konditorei, in der Maud arbeitete, Kaffee und Zimtwecken zu sich nach Hause. Ihre große Wohnung lag direkt am Busplatz. Karin hatte schon mit ihm getanzt. Er war nett, aber nicht ihr Typ. Seine Art zu reden verunsicherte sie. Er sprach über Bücher, von denen sie noch nie etwas gehört und noch weniger gelesen hatte.

Emma-Maria wedelte mit einer Schallplatte, die sie hören wollte. Karin hatte einen Plattenspieler auf Raten gekauft. Er stand unter der Dachschräge des Bodenzimmers, das sie im Sommer mit Emma-Maria und Mikkel teilte. An die Wand hatte sie Schallplattencover gepinnt. Sie warf den Taschenspiegel aufs Bett, nahm Emma-Maria die Platte aus der Hand und legte sie auf. Als die Musik ertönte, begann ihre Schwester über den knarrenden Holzfußboden zu tanzen. Mutter Iris klopfte an die Tür. Karin stellte den Ton leiser und Emma-Maria blieb stehen.

»Dass Vater sich immer so leicht gestört fühlt.«

Karin zuckte mit den Schultern. Was sollte man viel darüber sagen, er war einfach müde nach der Arbeit in der Fabrik und wollte seine Ruhe haben.

Draußen ertönte ein langgezogener Pfiff, und Karin beeilte sich, ihr Kleid überzustreifen. Sie strich über den weichen Stoff. Er roch genauso, wie es in dem Geschäft gerochen hatte, wo sie das Kleid gekauft hatte. Ein trockener, fast stechender Geruch.

»Kann ich nicht doch mitkommen?« Emma-Maria legte den Kopf schräg. Karin schüttelte den Kopf. Sie wollte keine kleine Schwester dabeihaben, außerdem war Emma-Maria noch viel zu jung dafür, ein Kind. Karin stürmte die Treppe hinunter und hörte, dass ihre Mutter ihr Getrampel mit einem Zischen zu dämpfen versuchte.

Karin und Maud fuhren langsam, damit sie nicht ins Schwitzen gerieten. Maud spähte zu dem Ring hin, der an Karins Finger blitzte, ihr einziger kostbarer Besitz außer dem Schallplattenspieler. Sie war erstaunt gewesen, als die Großmutter ihn ihr zugesteckt hatte, denn sie hatte den Ring noch nie gesehen, obwohl er schon sehr alt war.

»Glaubst du, Ulf kommt?« Maud stellte sich auf die Pedale und ließ den Wind in ihre kurzgeschnittenen Haare fahren.

Karin machte es genauso. Sie blinzelten in den Sonnenschein und der Schotter knirschte unter den Reifen. Es würde ein schöner Abend werden.

»Na klar.«

Wenn es sich ergab, könnten sie Ulf und noch jemand bitten, sie nach Hause zu bringen. Dann würde Vater schon tief schlafen und Mutter würde nichts sagen.

Im Park wimmelte es von Leuten. Es roch nach Würstchen, Schweiß und Rasierwasser. Maud stieß Karin mit dem Ellbogen in die Seite und nickte zur Tanzfläche hinüber. Dort stand Ulf. Er war nicht im Café gewesen, wie sie gehofft hatten, aber er war jedenfalls hier. Maud warf ihm über die Schulter einen Blick zu. Er tanzte mit einem Mädchen, das sie nicht kannte. Vielleicht eine, die aufs Gymnasium ging. Es war eng auf der Tanzfläche, und er verschwand im Gewirbel der Paare, die sich zur Musik bewegten.

Karin wurde von einem Jungen aufgefordert, mit dem sie schon früher einmal getanzt hatte. Er hieß Göran, war hübsch und selbstsicher. Außerdem konnte er gut tanzen. Er zog sie eng an sich, aber nicht zu eng, und sie sah die Blicke der anderen Mädchen. Er legte eine Wange an ihre und flüsterte ihr etwas ins Ohr. Sie schauderte vor Behagen, als sein Atem sie streifte. Er wollte, dass sie sich setzten. Sie nickte und sie drängten sich zu den Tischen durch.

Er kaufte eine Limo und ließ sich neben ihr nieder. Als sie sich nach dem Glas streckte, nahm er ihre Hand und fuhr mit einem Finger über den Ring, dann lächelte er mit glänzenden Augen.

»Ist das Lappensilber?«

Karin erstarrte. Sie sah die Lachfältchen um seine Augen und die zurückgekämmten Haare. Sein Hemdkragen war strahlend weiß. Er lächelte, also hatte er nichts Böses im Sinn.

Karin versuchte, seine Worte mit Lachen zu überspielen. Sie befeuchtete die Lippen und nickte zum Tanzboden hinüber. Dort wusste sie, wie man sich zu verhalten hatte. Keine überflüssigen Worte konnten den Takt stören, der durch sie und ihn pulsierte. Er hatte ihre Hand die ganze Zeit nicht losgelassen. Es wurde eines ihrer Lieblingsstücke gespielt. Hier war es eine Instrumentalversion, auf der Schallplatte hingegen gab es Worte dazu, die sie zwar nicht verstand, aber sie fand sich in der Stimme wieder, die eine sanfte, trostlose Sehnsucht ausdrückte. Manchmal vorsichtig, manchmal heftig, aber immer mit einer gewissen Distanz, einem Sicherheitsabstand. Göran leerte sein Glas und führte sie auf den Tanzboden. Im Vorbeitanzen sah Karin, dass Maud mit Ulf zusammenstand und mit ihm redete.

Als sie zu den Fahrrädern kamen, wollte niemand, dass der Abend schon zu Ende war. Ulf und Göran zündeten sich Zigaretten an. Die Glut zeichnete Muster in die Sommerdämmerung. Maud schaute verlegen auf ihre Schuhspitzen, und Karin fühlte sich plötzlich klein, wie ein Kind. Ihr war, als wäre sie jäh mit Stummheit geschlagen, Wörter wirbelten ihr durch den Kopf, ohne dass etwas Vernünftiges über ihre Lippen kam. Ulf schnippte die Asche von seiner Zigarette und warf Maud einen Blick zu.

»Wir begleiten euch ein Stück.«

Göran nickte. Sie fuhren nebeneinander durch die nachtleeren Straßen. Als die Stadt ein Stück hinter ihnen lag, zeigte Ulf auf einen Pfad, der sich durch hohes Gras schlängelte. Wiesenkerbel und Rainfarn rieben sich aneinander.

»Wir könnten uns ein bisschen an den Fluss setzen.«

Sie legten die Fahrräder am Wegrand auf die Erde und

liefen zum Wasser hinunter. Göran breitete seinen Sakko im abendfeuchten Gras aus und zog Karin neben sich. Sie spürte seinen warmen Körper und schlang die Arme um ihre Knie. Er lächelte und streichelte ihr Nackengrübchen mit einem Finger. Dieser Platz hatte etwas an sich, dass sie sich zu Hause fühlte, vielleicht waren es die Espen oder das Flusswasser, das gemächlich vorbeiströmte. Sie fühlte sich seltsam lebendig.

Maud und Ulf hatten die Schuhe ausgezogen und wateten ins Wasser. Mauds Kleidersaum wurde nass und Ulf hatte die Hosenbeine bis zu den Knien aufgekrempelt und seine Beine leuchteten weiß in der Dämmerung. Sie bespritzten sich mit Wasser.

»Kommt her!«, rief Maud. Ihre Augen leuchteten, aber Karin hasste den schlammigen Flussgrund, der einem zwischen den nackten Zehen hochquoll. Sie sprang immer gleich hinein und schwamm schnaubend im kalten Wasser umher, ohne den Grund mit ihren Fußsohlen zu berühren.

Ulf stellte sich auf einen Stein und begann, das leise Vogelorchester zu dirigieren. Göran lachte, Karin lächelte und Ulf sah aus wie die Vogelscheuche aus dem »Zauberer von Oz«.

Göran fing ihre Hand ein und schloss seine Finger um ihre, eine Geste wie eine Bitte um Liebe. Er hatte warme, weiche, ziemlich kleine Hände. Mit ernster Miene zog er ihr den Ring ab und schob ihn auf seinen eigenen kleinen Finger.

»Ich glaube, wir haben uns soeben verlobt.« Er suchte ihren Mund und küsste sie. Seine Lippen waren weich und warm. Er roch schwach nach Rasierwasser und Seife. Karin schloss die Augen. Es war ein perfekter Abend. Der laue Wind streichelte ihre Haut und die Haare und Schauder von Wohlbehagen rieselten über ihren Körper. Sie wünschte, dieser Augenblick würde ein bisschen länger währen. So lange, dass sie begriff, was geschah. Aber schon war er vorbei, denn sie hörte Mauds fröhliches Lachen und Ulf stand vor ihnen und ließ kaltes Wasser auf ihre Beine tropfen. Göran sprang geschmeidig auf und zog Karin mit sich. Einen Moment lang standen sie eng beieinander und berührten sich, bevor sie zu den Fahrrädern zurückgingen. Karin wünschte, Göran würde den Arm um sie legen, ihre Hüfte sollte sich an seiner reiben. Sie wollte spüren, wie er sich an ihr bewegte. Aber vielleicht dachte er, sie wollte es nicht. Sie versuchte, sich unmerklich enger an ihn zu schmiegen, ihm eine Chance zu geben. Wie zufällig streifte ihre Hand die seine, aber er hielt sie nicht fest.

Sie fuhren bis zur Biegung bei der Brücke, die über den Fluss führte. Zu Hause war alles dunkel, aber Karin wusste, dass ihre Mutter wach im Bett lag und auf sie wartete. Wenn sie die Treppe zu ihrem Zimmer hinaufschlich, würde sie das vertraute Knarren des Bettes in der Kammer hören. Göran zog sie an sich und legte behutsam die Hände um ihr Gesicht und küsste sie. Lange.

Erst als sie im Bett lag und in den dämmrigen Nachthimmel sah, fiel ihr der Ring wieder ein. Er steckte immer noch an Görans Finger.

Iris sah durchs Küchenfenster Mikkel mit einem Blumenstrauß herankommen. Er war klein gewachsen und mager. Seine Hose war an den Knien geflickt, die Strickjacke etwas zu groß geraten und die Hemdsärmel hatte er aufgekrempelt. Sie lächelte, denn sie wusste, dass die Blumen für sie bestimmt waren. Er hatte sie bei Märta unten am Hügel gekauft. Ihr Garten war so üppig und mit den verschiedensten Arten bepflanzt, dass man bei seinem Anblick meinen konnte, er sei ein Phantasiebild.

Karin stieg auf die Küchenbank und folgte Iris' Blick.

»Will er dich also wieder überraschen?«

Iris summte. Karin wurde warm ums Herz, als sie ihren Bruder sah. Er war anders, fast zart. Oder sie war diejenige, die anders war. Dass Mutter und Mikkel zusammengehörten, war nicht zu übersehen, und Karin fühlte sich fremd. Ihr schien, als würde das, was sie mit Großmutter verband, sie weiter von ihren Geschwistern und vielleicht von ihrer Mutter entfernen. Vielleicht kam es daher, weil sie die Älteste war.

Manchmal hatte sie Lust, aufzustehen und einfach wegzugehen. In den Bus zu steigen, der zufällig vorbeikam, fremd unter Fremden zu sein und für alle, denen sie begegnete, ein unbeschriebenes Blatt. Wie im Film. Aber sie würde wahrscheinlich stumm bleiben, genau wie in Görans Gegenwart. Emma-Maria hatte sie an dem Morgen nach dem Tanzabend misstrauisch gemustert, als könnte man Karin ihre Gefühle ansehen. Außerdem hatte sie nach dem Ring gefragt, aber darauf hatte Karin nicht reagiert. Jetzt fürchtete sie, jemand könnte herausbekommen, dass sie ihn verliehen hatte. Sie war Ristin ausgewichen, vor ihr konnte man nämlich schwer etwas geheim halten. Wie damals, als Karin sich unerlaubt mit dem Tretschlitten aufs Eis geschlichen hatte. Großmutter war im letzten Moment gekommen, hatte sich auf dem kalten Eis lang ausgestreckt und war auf sie zugerobbt, die Augen fest auf Karin gerichtet. Es hatte vollkommene Stille geherrscht, und es war Großmutters Blick gewesen, der Karin über Wasser gehalten hatte.

Die Unruhe machte sie rastlos. Sie hörte die Schritte ihres Bruders auf der Treppe, wie er die Haustür öffnete und sie dann hinter sich zuknallte, sodass die Türglocke gegen die Wand schepperte. Er streckte Iris den Blumenstrauß hin. Die Stängel waren warm von seiner Hand. Als Karin den schimmernden Glanz in Iris' Augen sah, wurde sie traurig.

Sie stand auf und ging hinunter an den Fluss. Dort setzte sie sich auf die Holzgräting neben die Waschbalje, unter der graue Asche lag, die sich im Wind leise bewegte. Am

Ufer platschte ein Fisch im Wasser. Karin hörte die leichten Schritte ihrer Mutter im Gras, es war wieder Zeit zu waschen. Obwohl sie inzwischen eine Wasserleitung im Haus hatten, wuschen sie die Wäsche weiter am Fluss. Karin stand auf und begann, die Wanne mit Wasser zu füllen. Iris legte einen Haufen Winterkleidung im Gras ab. Nachdem sie Feuer unter dem Kessel angezündet hatte, gab sie ihrer Tochter ein Zeichen, sich zu setzen.

»Warum ist Vater so sauer?« Karin zog ihre Schuhe aus und tauchte die Füße ins Wasser. Sie meinte bemerkt zu haben, dass er noch schlechter gelaunt war als sonst, und zwar seit Großmutter sich den Spaß mit den Karten erlaubt hatte. Im schwarzen Wasser waren ihre Füße fast nicht zu sehen, nur den Rist konnte man unter der Oberfläche ahnen. Hier hatten sie immer gebadet, aber der Lehrer in der Schule behauptete, das juckende Ekzem, das sie, Mikkel und Emma-Maria hatten, käme vom Wasser. Vielleicht stimmte das. Mikkel kratzte sich am häufigsten und er badete oft. Er hielt sich auch häufig in der selbstgebauten Hütte auf der kleinen Insel mitten im Fluss auf. Aber wie dem auch sei, niemand nahm es besonders ernst.

»Ach, lass ihn doch. Er beruhigt sich auch wieder.« Iris lehnte sich zurück, stützte sich im Gras auf die Ellbogen und sah blinzelnd über das dunkle Wasser.

»Du hast einen hübschen Ring von Großmutter bekommen.«

Karin schluckte, dann nickte sie.

»Sie hat dich gern. Ich erinnere mich, wie du geboren wurdest. Sie hat bestimmt, dass du Karin heißen solltest.« Iris musste bei der Erinnerung lächeln.

»Wie wolltest du mich denn nennen?« Karin hoffte, dass sich das Gespräch vom Ring entfernen würde.

»Oh, Karin ist doch hübsch.« In Iris wurde eine verdrängte Erinnerung daran wach, wie verschlossen Nils in der Zeit vor der Namensgebung gewesen war und so getan hatte, als sei es ihm egal, wie das Kind heißen solle. Aber den Leuten im Dorf, die ihn fragten, hatte er einen ganz anderen Namen genannt als Karin. Ingrid. Als sie ihn danach fragte, hatte er nur mit den Schultern gezuckt und gemurmelt, dass ihm der richtige Name entfallen sei. Iris hatte vermutet, es handle sich um einen weiteren Krieg zwischen Mutter und Sohn, also hatte sie sich nicht eingemischt.

Ristins langer Rock klatschte um ihre Beine wie eine Fahne am Fahnenmast. Iris schloss die Augen und lauschte auf die nahenden Schritte der Schwiegermutter – wieselflink, scheu, aber neugierig. Ristin hockte sich dicht neben Karin.

»Warum wolltest du, dass ich Karin heiße?«

Ristins Blick wich ihr aus. Wenn es nach Njenna gegangen wäre, hätte schon Eldbjörg Karin heißen sollen, aber damals hatte sich Ristin gesträubt. Das sah Njenna ähnlich, ein halbes Leben später noch mit irgendwelchen alten Ahnen anzukommen.

»Weil meine Mutter es wollte.«

Ristin wollte nicht zugeben, dass sie nicht wusste, warum das Kind ausgerechnet Karin hatte heißen sollen. Diese Unsicherheit wucherte in ihrem Kopf wie Unkraut. Njenna hatte nie etwas darüber erzählt. Wer war eigentlich ihr Vater? Warum hielt Njenna die Erinnerung an ihre eigene Familie nicht lebendig, mit allem anderen nahm sie es doch so genau? Ein einziges Mal war ihrer Mutter eine Erinnerung entschlüpft. Sie hatte von Karin erzählt, die Ristin zum ersten Mal in den Armen gehalten habe. Aber wer war diese Frau? Eine Verwandte? Ristin wusste es nicht. Sie war zu sehr überrumpelt gewesen, um weiter nachzufragen. Und sie war froh gewesen, jedenfalls anfangs, so als würde sie durch diese Erinnerung mit der Welt verbunden und zu etwas Besonderem. Aber als sie dann weitere Fragen stellte, war ihr diese Karin gewissermaßen wieder entglitten. Ihre Mutter hatte sie fortgescheucht. Aber dann hatte Njenna gewollt, dass Ristins Tochter Karin heißen sollte. Doch Ristin hatte sich geweigert, eigentlich nur aus Trotz. So wurde das Kind Eldbjörg genannt, nach Johans Großmutter. Später hatte sie das bereut. Es war ja, wie sich selbst zum Tode zu verurteilen, wenn sie die Frau verleugnete, die sie ans Licht der Welt gezogen hatte. Karin hatte sie mit freundlichen Gedanken und warmen Händen in Empfang genommen. So viel hatte sie verstanden. Das war es wert, sich an sie zu erinnern.

Ristin richtete ihren Blick, der immer trüber wurde, auf Karin.

»Meine Mutter wollte es. Und ich wollte auch, dass du Karin heißt, damit du mit mir verbunden wirst. In diesem Namen ruhen unsere Ahnen wie in deinen Händen.« Sie wiederholte die Worte, als würden sie dadurch wahrer. Vielleicht funktionierte es ja.

Iris tauchte die Kleider in das heiße Wasser. Karin genoss den Duft. Sie fragte nicht weiter, denn all die Worte verunsicherten sie nur. Sonst sprach Großmutter nicht auf diese Art. Karin stand auf. Sie wollte mit Maud in die Stadt fahren. Vielleicht würde sie ja Göran treffen.

Ristin folgte Karin und versuchte, sie zurückzuhalten. Iris reckte sich, denn trotz der schweren Arbeit war es auf seltsame Weise erholsam am Fluss. Und so still. Sie schaute zu den Baumwipfeln hinauf, die schwarz waren vor dem blauen Himmel. Ohne es selbst zu bemerken, begann sie sich leise durch die Arbeit zu joiken. Ihre Gedanken sprangen zwischen jetzt und damals hin und her und das beruhigte und belebte sie auf eine merkwürdige, aber ganz selbstverständliche Art. Sie fuhr wie eine Entdeckungsreisende durch ihre eigenen Sinne, folgte Pfaden, kehrte um, brach durch unbekanntes Terrain, ohne stehen zu bleiben und zu grübeln oder überhaupt verstehen zu wollen.

Sie sah Ristin an der Flussbiegung. Sie war alt geworden, und wenn man sie so aus der Ferne betrachtete, erkannte man, was der Alltag sonst verwischte. Die schwarze Kleidung war ihr zu groß geworden und mit ihrem krummen Rücken brütete sie gleichsam über ihren Geheimnissen. Die Haare waren grau und dünn. Eine Hexe, fuhr es Iris durch den Kopf, ehe sie sich besann. Nein, ganz einfach eine alte Frau. Eigensinnig und stolz, aber auch eine Mutter und Ehefrau, genau wie sie selber. Es gibt sicher einen Grund, dachte sie. Es gab sicher einen Grund.

Sie kehrte zu ihrer Arbeit zurück. Im gekräuselten Wasser in der Waschwanne spiegelte sich der Himmel. Und ein Schatten. Hinterher hätte sie schwören können, dass sie ihn schon dort im Waschwasser gesehen hatte. Doch es ging so schnell; als sie den Blick hob, war es schon fast vorbei. Ein Raubvogel breitete seine Schwingen über Ristin aus, senkte den Kopf und stieß herab, während ein eigentümliches Geräusch zwischen den Flussufern hin und her sprang. Es klang wie eine Kinderstimme, die Stimme eines verzweifelten Säuglings. Iris ließ fallen, was sie in den Händen hatte, lief den lehmigen Abhang entlang und kniete neben Ristin nieder. In ihren Augen flackerte Angst, die war so groß, dass Iris dem Blick Ristins nicht standhalten konnte. Es roch nach Angst. Iris sah sich um, aber der Vogel war verschwunden. Als sie Ristin mit der Hand durch die Haare fuhr, hielt die alte Frau ihr Handgelenk fest. Ihre Nägel bohrten sich in ihre dünne Haut.

»Hast du ihn gesehen?« Ristins schrille Stimme zerriss die fast unnatürliche Stille, die sich über den Ort gesenkt hatte.

Iris befreite ihre Hand. Sie fühlte sich unbehaglich. Es geschah zum ersten Mal, dass Ristin um ihre Worte bettelte.

Hinter einem der Schuppen standen zwei Scooter. In den Fenstern hingen verblichene gelbe Gardinen und an einer Laufleine bei der Haustür saß ein Hund mit spitzen Ohren und dichtem, glänzendem Fell. Er bellte, als ich näher kam, und stürmte mir entgegen, bis die Leine sich straffte. Ich sah ein Gesicht am Fenster. Langsam wurde die Haustür geöffnet. Es war Sara. Ich wurde nervös und atmete tief aus. Sie winkte mich hinein. Ich schlüpfte an dem Hund vorbei und strich ihm dabei unbeholfen über den Kopf.

»Ich hab gewusst, dass du kommen würdest.«

Sie war nicht schwer zu finden gewesen. Ich hatte mich im Hotel in Saxnäs nach ihr erkundigt. Sie hatten mich misstrauisch angeschaut, mir aber den Weg erklärt.

»Störe ich nicht?«

Sara wehrte meine Frage mit beiden Händen ab und begann, Kaffee zu kochen. Es gab Elektrizität im Haus, aber kein Telefon. Sie stellte Brot und Käse auf die laminierte Tischplatte. Um den Tisch standen einige Küchenstühle und eine Küchenbank, darüber hing ein Wandbehang. »Stark und mild zugleich zu sein, ist eine Kunst, die nur wenige beherrschen.« Saras Stock lehnte an der Wand.

Im Wohnzimmer sah ich gerahmte Bilder von Kindern. Ich nahm an, dass es ihre Enkel waren.

»Nun?« Fragend schaute sie mich an, während sie zwei Stück Zucker in ihren Kaffee rührte.

Ich öffnete den Rucksack und nahm die beiden Fotos und die Holzdose mit den Schuhbändern heraus.

»Du weißt, wer das ist, oder?«

Sara fuhr sich mit der Zunge über ihre Schneidezähne.

»Na ja, man muss vorsichtig sein.«

Ich seufzte. Langsam war ich es leid, dass mir alle nur fast etwas erzählten. Sie stand auf, ging ins Wohnzimmer und kam mit einem Fotoalbum in der Hand zurück. Es war in grünes Kunstleder mit zwei goldenen Streifen gebunden. Sie setzte sich hin und begann zu blättern. Dann hielt sie inne und schob mir das aufgeschlagene Album zu.

»Ich will, dass du das hier siehst.«

Es war ein altes Schwarzweißfoto. Aber es war schwer zu sagen, wann es aufgenommen worden war. Auf dem Bild waren zwei lachende Frauen in Festtagskleidung zu sehen, die an einem See im Gras saßen.

»Das sind meine Großmutter mütterlicherseits und ihre Freundin Lottso.«

Ich schaute näher hin und entdeckte in einer Ecke eine Signatur und eine Jahreszahl, die 1895 heißen könnte, aber ich war nicht sicher. Sara deutete mit dem Finger auf die eine Frau und betrachtete das Foto, das ich mitgebracht hatte.

»Findest du, sie sehen sich ähnlich?«

Ich wusste es nicht. Vielleicht. Das war schwer zu sagen. Die eine war alt, die andere stand mitten im Leben. Vielleicht war das Kinn ähnlich oder die Augen.

Sara lehnte sich zurück.

»Es ist so viel in diesen Gegenden passiert. Dinge, über die man vielleicht nur leise sprechen sollte. Es hat böse Gerüchte und Machtkämpfe gegeben und vielen Leuten ist es schlecht ergangen. Ja, so ist es.«

Und?, wollte ich sie zum Weiterreden ermutigen. Doch ich schwieg. Ich befürchtete, meine Worte könnten ihre Geschichte stehlen, und dann würde ich wieder mit leeren Händen dastehen. Es war ganz still im Haus. Wir befanden uns in einer Art zeitlichem Schwebezustand, in einer Ausnahmesituation, wo die Vergangenheit zögernd beschloss, sich zu erkennen zu geben.

»Ja, ja. Da ist noch ein Bild, das musst du auch sehen.« Sara nahm ein abgegriffenes Exemplar der Zeitschrift »Västerbotten« mit einem braunen Umschlag hervor und blätterte zu einem Bild, das sie aufgeschlagen vor mich hinlegte. Ich zuckte zusammen. Etwas war mit dem Bild. Ein Mädchen und ein Junge saßen vor einer Kote. Sie schauten ernst drein, aber im Blick des Jungen lag etwas wie Spott. Als würde er mit uns flirten. Ich las die Bildunterschrift: »Njenna und Aanse. Marsfjäll 1861.« Ich schaute wieder auf das Bild, das ich mitgebracht hatte. Es war dieselbe Frau. Ich war mir sicher. Sie hatte einen Namen bekommen. Njenna. Als ich meine Lippen formte und ihn laut aussprach, schien sie mir zuzunicken. Ich hob den Blick und sah Sara an.

»Und …?«

»Lottso und Njenna waren Cousinen.« Sara schenkte sich Kaffee nach. Ich hatte ganz vergessen zu trinken. Sara nickte zu den Bildern hin.

»Der Mann, der den Fotografen übers Fjäll geführt hat, war der Vater meiner Mutter. Nila.«

Ich schwieg. Ich hatte den Sinn dieser Reise vergessen und alle Fragen in mir waren auf einmal verstummt.

»Nun erzähl mir, wie das Bild in deinen Besitz gekommen ist.«

Da saß sie auf dem Holzstuhl, Njenna, genauso wie Sara hier vor mir saß, und verwandelte sich unter meinem Blick, wurde mir fremd, schien aus dem Bild zu steigen und bekam ein Leben außerhalb meines Vorstellungsvermögens. Solange sie still auf dem Foto gesessen hatte, konnte ich sie mit Eigenschaften versehen oder ihr wieder welche wegnehmen. Jetzt war ich verlegen. Warum hatte es mir so viel bedeutet, herauszufinden, wer sie war? Es war doch nichts weiter als ein altes Foto, das in einer Schachtel mit vielen anderen Fotos gelegen hatte. Jetzt, da sie einen Namen bekommen hatte, wurde ich unsicher. Vielleicht war sie ja gar nicht die Großmutter meines Großvaters.

»Ich habe das Foto im Haus meiner Großeltern gefunden. Aber niemand wusste mehr, wer sie war.«

»Wo liegt das Haus deiner Großeltern?« Sara beugte sich über den Tisch und sah mich neugierig an.

»In der Nähe von Skellefteå. Es heißt Stensvedjan.« Ich zuckte mit den Schultern. Ich müsste Sara so viel erklären, damit sie es verstand. Aber jetzt klang alles nur noch lächerlich, vor allem, dass ich geglaubt hatte, ein Foto und ein Paar alte Schuhbänder würden mich zu einem ganzen Menschen machen. Natürlich funktionierte es so nicht.

»Also Skellefteå.« Sara sah nachdenklich aus. Dann lächelte sie. »Erzähl mir mehr.« Sie schaute mich auffordernd an und ich fühlte mich auf einmal schuldig. Ich hatte kein Recht, vor dieser Frau zu sitzen. Ich beschmutzte sie mit meiner Gegenwart.

»Es ist ein ganz gewöhnlicher Hof, der in der Familie weitervererbt wurde.« Ich erzählte von dem Wasserfall und dem Fluss, der sich durch das Grundstück schlängelte.

»Ich weiß eigentlich nicht viel darüber. Er ist einfach da, Stensvedjan eben. Das Leben strömt dahin, ohne Abdrücke zu hinterlassen. Vielleicht war es mir deswegen so wichtig, herauszufinden, wer sie war, Njenna. Es gibt so viele Leerräume, die gefüllt werden müssen.«

Sara schien enttäuscht zu sein. Ich suchte nach Worten, die sie froher stimmen könnten. Aber ich hatte keine.

»Was hast du da?« Sara wies mit dem Kopf auf die Dose aus Birkenholz.

»Die hab ich gefunden.« Ich öffnete sie und zeigte ihr die Schuhbänder. Sara starrte mich an. Sie streckte die Hand aus und berührte sie. Es sah aus, als würde sie gleich anfangen zu weinen.

»Ein Paar für einen Mann und ein Paar für eine Frau. Sie stammen von hier. Ich vermute, dass sie Njenna und Aanta Naahkese gehört haben.« Sara flüsterte fast.

Mein Blick wurde von dem anderen Foto angezogen, dem mit dem toten Mann. Mir kam es vor, als wäre es noch stärker verblasst. Sara betrachtete es, sagte aber nichts. Im Haus wurde es kalt, obwohl die Sonne noch schien.

»Das ist sonderbar. Wenn Großmutter und Lottso das

noch erlebt hätten.« Sara war bleich geworden und rang die Hände, aber in ihren Augen war ein fast fieberhafter Glanz.

»Weißt du, ich habe immer geglaubt, das sei alles nur Gerede gewesen. Eine gute Geschichte, eine, die einsame Abende belebte. Aber jetzt ist mir klar, dass es nicht so gewesen ist.« Sara stand auf und ging mit steifen Beinen in der Küche auf und ab. Ihr war unbehaglich zumute.

»Vielleicht sollte ich lieber gehen«, sagte ich vorsichtig.

Sara blieb stehen und sah mich entgeistert an.

»Keinesfalls. Du hast noch nicht bekommen, weswegen du hier bist.« Sie winkte mich ins Wohnzimmer.

»Zuerst war ich mir nicht sicher. Aber es muss sein. Diese Geschichte ist für dich bestimmt, das habe ich jetzt begriffen.« Sie nickte zum Sofa hinüber. Es war grün genoppt. Ich ließ mich nieder.

»Es ist Zeit, dass die Toten endlich ihre Ruhe finden. Sie möchten doch gut leben dort, am Ende der Welt.«

Skellefteå, Juni 1953

Ristin hatte ihre Rente bekommen. Sie saß am Küchentisch und raschelte mit dem Geld, das sie in einer Blechschachtel verwahrte. Die stammte noch aus Kriegszeiten. Sie war rot und gelb, »Ein schwedischer Tiger« stand darauf. Iris beobachtete ihre Schwiegermutter. Sie machte einen solchen Wind wegen dieser Rente, dass es schon fast lächerlich war. Mikkel verdrückte sich, nachdem er seine Großmutter um einige Öre erleichtert hatte.

Als Johannes hereinkam, verließ Iris die Küche. Sie ertrug seine Gegenwart nicht, er bereitete ihr beinahe Übelkeit. Sein Körper war so ausladend, dass man sich seiner schwer erwehren konnte. Er roch nach Schweiß, kratzte sich im Schritt, fuhr sich mit den Händen durch die fettigen Haare und sah sie an mit Blicken, die sie verlegen machten. Er ging nicht einmal weg, wenn sie verschämt Monatstücher auswusch, sondern blieb einfach stehen und grinste anzüglich. Außerdem sprang er mit den Kindern um, als wären es seine eigenen, und sagte, was er von ihnen hielt. Machte sich auf ihre Kosten lustig. Und niemand protestierte. Nicht Nils, nicht Ristin.

Jetzt ließ er sich am Küchentisch nieder und beobachtete verächtlich, wie Ristin den Deckel wieder auf die Schachtel legte. Nils schlürfte von der Untertasse Kaffee durch zwei Zuckerstücke, die er sich zwischen die Lippen gesteckt hatte. Johannes schnitt sich mit seinem Fahrtenmesser eine Scheibe vom Weizenbrot ab, das auf dem Tisch lag, dann stieß er das Messer in die Tischplatte.

»Na, hast du auf deine alten Tage die Familientradition wieder aufgenommen und legst Karten?«

Nils hätte sich fast verschluckt und Ristin sah ihren ältesten Sohn schweigend an. Niemand hatte je darüber gesprochen, was in jenem Sommer passiert war. Dieses alberne Spiel hatte die Erinnerungen geweckt. Nils stellte die Untertasse ab und schaute aus dem Fenster.

»Ich glaube, es gibt Regen.« Aber niemand hörte ihm zu.

Ristin stand auf.

»Was du wieder redest.« Sie schnaubte, aber Nils sah, dass ihre Hände zitterten, als sie nach der Blechschachtel griff.

»Heutzutage haben die Leute ein Bankkonto.« Johannes kaute Brot.

Ristin sah ihn wütend an.

»Du wirst schon noch deinen Anteil bekommen, wenn der Tag da ist.«

»Mit dem Rest wird man keine großen Sprünge machen können, so wie du Nils' Bälger mit Geld überhäufst. Hast du Karin nicht den Ring gegeben?«

Nils überlegte, was er sagen könnte. Aber in seinem Kopf

war nur ein dröhnendes Mahlen, ein eintöniger, störender Missklang. Er ging ruhelos hin und her. Es war warm geworden in der Küche.

Ristin öffnete die oberste Schublade des Büfetts und verstaute die Schachtel hinter Quittungen und alten Papieren.

»Wenn du nicht dein Maul hältst, dann bleibt wirklich nicht viel für dich übrig, da hast du Recht.«

Johannes zog das Messer aus dem Tisch und fuhr über die Klinge, dann drehte er sich zu Nils um.

»Schick mir Mikkel rüber, wenn er zurückkommt. Er soll mir helfen, Späne aufzulesen.«

Nils nickte. Er genoss die Stille, nachdem sein Bruder gegangen war. Nun konnte man wieder atmen. Durch das ständige Gezanke fühlte er sich wie gejagt. Er war wütend und gleichzeitig wie gelähmt von einem Schuldgefühl. Warum? Er wusste es nicht. Gereizt starrte er seine Mutter an.

»Kannst du nicht ihm den Ring geben, damit endlich Ruhe herrscht?«

Die beiden standen sich gegenüber und sahen sich an. Nils beherrschte sich und gab dem Impuls nicht nach, sein Gesicht in ihrer Schürze zu vergraben, als wäre er ein Kind. Ristin wandte den Blick ab. Ihr gefiel diese Angst nicht, die seinen Körper im Griff hatte. Sie erkannte es an der Leere in seinem Gesicht.

Ristin schlug die Tür hinter sich zu und ging in den Wald hinaus. Dort suchte sie einen Pfad, dem sie folgen konnte, denn sie hatte es sich zur Gewohnheit gemacht, in der Stille des Waldes herumzuwandern. Zur Tarnung nahm sie immer einen Beereneimer mit.

Johannes' Gerede hatte sie mehr aufgeregt, als sie sich eingestehen wollte. Das sah ihm so ähnlich, mit Worten um sich werfen, als wären es stinkende Fischinnereien. Aber was wusste er? Nichts. Außerdem brachte seine schlecht verborgene Eifersucht sie zur Weißglut. Als ob er mit einem Frauenring am Finger herumlaufen würde.

Karin hatte es nicht einmal Maud erzählt. Wenn die Sprache auf Göran kam, zuckte sie nur mit den Schultern und sagte, er sei ihr egal. Aber das stimmte nicht. In der ersten Zeit war sie aufgeregt gewesen. Sie hatte zusammen mit Maud und Ulf in den Konditoreien der Stadt gesessen und auf ihn gewartet. Aber diese Erwartung, die unruhig in ihrem Körper kribbelte, hatte sich gelegt. Langsam wich ihre Sehnsucht einer ungeduldigen Irritation. Jetzt suchte sie ihn aus einem ganz anderen Grund. Sie hatte begriffen, dass er nicht auftauchen würde. Aber den Ring wollte sie zurückhaben. Es war reine Glückssache, dass noch niemand sein Verschwinden bemerkt hatte.

Ulf leerte das letzte Limoglas und wies mit dem Kopf zur Tanzfläche. Manchmal forderte er auch Karin auf. Sie wusste, dass er es, aus Rücksicht, sorgsam vermied, den Abend am Fluss zu erwähnen. Aber dadurch fühlte sie sich nur noch unbehaglicher. Als hätte der Abend ihr etwas bedeutet, was ja stimmte, aber das sollte niemand erfahren. Dass ein Schweigen so laut schreien konnte.

Sie sah sich um und fragte sich, was sie jetzt fühlte.

Mauds Hand berührte ihre Schulter auf eine Art, die ihr andeutete, dass sie sich nicht umdrehen, sich aber auf das vorbereiten sollte, was hinter ihr geschah. Da sah sie seinen Rücken. Er trug denselben Anzug, die Haare waren kurz geschnitten und der Nacken schmal und braun gebrannt. Er hatte seinen Arm um eine Brünette gelegt, die Karin noch nie gesehen hatte. Sie ließen sich am selben Tisch nieder, an dem sie und er an jenem einzigen Abend gesessen hatten.

Karin stand auf. Ulf sah sie an. Maud hatte ihren Arm ergriffen, aber sie riss sich los. Ihr war es egal, dass Göran sich vorbeugte und seine Begleiterin küsste. Am Tisch angekommen, krampfte sich ihr Magen zusammen. Die Worte senkten sich wie Blei in ihren Körper und sie fühlte sich wie gelähmt. Er versuchte sie zu ignorieren. Das machte ihr nichts aus, das war ja gar nicht sie, die hier am Tisch stand. Als ihm klar wurde, dass sie nicht gehen würde, drehte er sich ihr mit leerem Blick zu. Als hätte er sie noch nie gesehen, als würde es sie gar nicht geben.

»Ich will meinen Ring zurückhaben.« Sie sprach laut. Das Mädchen am Tisch begann, auf dem Stuhl herumzurutschen, erst lachte sie nervös, aber als niemand den Mund verzog, öffnete sie ihre Handtasche und suchte nach etwas.

Göran leckte sich über die Lippen.

»Ich weiß nicht, wovon du redest. Welchen Ring?«

»Du weißt sehr wohl, wovon ich rede. Und ich will ihn wiederhaben. Auf der Stelle.« Karin erinnerte sich an seine Worte. Lappensilber. In dem Moment hatte sie es für einen Scherz gehalten. Im Nachhinein klang es höhnisch, sogar berechnend.

»Von mir kriegst du nichts.« Er ließ seinen Blick über sie gleiten, ihre Beine, die Hüften, den Bauch, die Brüste und wieder nach unten. Mit Abscheu, vielleicht sogar mit Verachtung. Fast gegen ihren Willen machte sie einen unsicheren Schritt rückwärts. Sie sah sich um und hatte plötzlich das heftige Verlangen, sich zu verstecken. Ihre Augen wichen seinem Blick aus, trotzdem formulierten ihre Lippen Worte.

»Er gehört mir.« Jetzt war ihre Stimme schwach.

Göran schüttelte den Kopf und stand auf. Er bewegte sich langsam, fast wie mit einstudierten Gesten. Bevor er sich abwandte, um zu gehen, sah sie, dass er grinste.

Ristins Ring. Er war fort. Wie hatte sie nur so dumm sein können?

Wenn es nicht das eine ist, ist es das andere. Nils saß über Rechnungen gebeugt. Gewerkschaftsbeiträge. Ratenzahlungen. Jeden Monat schienen die Kosten zu steigen und der magere Lohn reichte nicht.

Iris sah von ihrem Strickzeug auf, es sollten Socken für den Winter werden. Sie saßen in der Küche, die Wanduhr tickte, sonst war es still. Das neue Sofa und der Sessel im Wohnzimmer standen unbenutzt da. Sie kamen nicht dazu, dort zu sitzen.

»Man sollte ein Auto haben.« Nils lauschte auf ein Motorengeräusch, das am Fenster vorbeizog.

»Ach, was willst du mit einem Auto.« Iris zog das Garnknäuel näher zu sich heran. Sie hatte es in einem Nähwarenladen in der Stadt gekauft. In dem Laden hatte es nach Staub gerochen, Stoffballen hatten aufgereiht dagelegen, hübsch und farbenfroh, aber sie hatte sich mit einem Knäuel grauer Wolle begnügt, und als sie ging, hatte sie es als eine Befreiung empfunden, nicht mehr karden und spinnen zu müssen.

Nils schob die Papiere beiseite. Ja, was wollte er mit einem Auto? Er würde herumfahren, reisen.

»Erinnerst du dich daran, wie Karin geboren wurde? Warum wolltest du, dass sie Ingrid heißt?« Iris war erstaunt über ihre eigenen Worte. Aber es redete sich leichter, wenn die Schwiegermutter nicht in der Nähe war. Das kam in der letzten Zeit immer häufiger vor. Auch Nils war dann anders.

»Ich wollte, dass sie Ingrid heißt?« Er war verwundert, auch über sich selber. Aber er erinnerte sich. Er hatte vor einem Café vor dem Gerichtsgebäude gestanden, um Kopenhagener zu kaufen. Die Tochter musste gefeiert werden. Ristin hatte ihm Geld zugesteckt, das sie irgendwo gespart hatte. Sie war wie ein Eichhörnchen, legte beiseite, versteckte. Wen hatte er getroffen? Das war ihm entfallen, aber an dieser ganzen Situation war etwas, was ihn daran erinnerte, wie er in jenem Sommer mit seiner Großmutter vor der Pfarrersfrau gestanden hatte. Diese Situation hatte etwas Herausforderndes, sie erinnerte ihn auch daran, wie der Lehrer in der Schule ihn gemustert hatte. Er hatte den Namen Karin nicht über die Lippen gebracht. Die Buchstaben lagen mit Schuld beladen in seinem Mund, und seine Zunge schien zu schwellen. Eigentlich wusste er nicht, warum. Es war doch nur ein Name so gut wie irgendein anderer. Vielleicht waren es Ristins schmale Lippen, die ihm klargemacht hatten, dass Protest sinnlos sein würde, als sie erklärte, das Mädchen solle Karin heißen. Sein Kind, hatte er gedacht. Es wurde durch diesen Namen mit der Schande verbunden, und er wollte nicht, dass es zu dieser anderen Art gehörte, die offenbar nie richtig anerkannt wurde, die nicht aus dem richtigen Holz war. »Ingrid«, hatte er gesagt, genauso selbstverständlich, wie wenn er von einer kerzengeraden Kiefer im Wald gesprochen hätte.

»Nee, wir sollten schlafen gehen.« Nils stand vom Tisch auf. Untertasse und Zuckerschale ließ er stehen. Als Iris hörte, wie er die Treppe zum Boden hinaufstieg, legte sie das Strickzeug hin. Die Birke, die direkt vorm Küchenfenster stand, kratzte mit ihren Zweigen an der Fensterscheibe.

Sie sah Karin mit dem Fahrrad kommen, während gleichzeitig Johannes über die Wiese aufs Haus zukam. Er hatte etwas Lüsternes im Blick. Iris stellte die Zuckerschale und die Untertasse weg. Er sollte sich nicht einbilden, dass ihm hier etwas angeboten wurde.

Die beiden traten gleichzeitig ein. Johannes' Blick schweifte durch die Küche.

»Wo ist Mutter?«

Iris hatte keine Lust zu antworten. Irgendwo draußen im Wald. Aber das wusste er sehr wohl, sie las es ihm von den Augen ab. Ein Raubtier, das Blut witterte. Nils musste es auch gespürt haben, denn er kam wieder die Treppe herunter. Karin ließ sich am Küchentisch nieder, um Johannes' klebrigen Blicken zu entgehen. Sobald er sie anschaute, hatte sie das Gefühl, sie habe vergessen, sich anzuziehen.

»Hat sie denn schon einen Bräutigam?« Johannes grinste.

Iris begann, mit dem Geschirr zu klappern. Karin schüttelte den Kopf und fürchtete, er könnte etwas über Göran und den Ring wissen und dass er deswegen fragte.

»Aha.« Nils kratzte sich in den Haaren. Johannes schob sich eine Prise Kautabak in den Mund.

»Ich hab Eldbjörg getroffen.« Johannes' Augenbrauen waren so buschig, dass sie seine dunkel blitzenden Augen fast verschatteten. Er nahm die Fäuste aus den Hosentaschen. Seine Hände waren schmutzig, die Nägel schwarz. Karin fand sie beunruhigend. Schmutz, Scham. Er brachte sie immer dazu, seinem Blick auszuweichen.

Alle warteten. Iris wünschte, sie könnte endlich schlafen gehen und auf den Kerl pfeifen. Was konnte sie denn gegen diese Naturkatastrophe ausrichten, die Johannes hieß? Ging er sie überhaupt etwas an? Sie war müde geworden. Unlust hatte die Herrschaft über ihren Körper übernommen und ihn schwer und träge gemacht. Immer öfter saß sie da und starrte in die Luft. Diese Momente, wenn die Grübeleien aufhörten und sie ihre Gedanken frei treiben ließ, gewährten ihr eine Atempause. Aber in Johannes' Gegenwart war das unmöglich.

»Das passiert ja nicht gerade jeden Tag«, sagte Nils mürrisch.

»Ja, also, sie hat mir von einem Ring erzählt, der dem sehr ähnlich sieht, den Karin bekommen hat. Sie fand das sonderbar und wollte die Ringe gern vergleichen. Sie lässt bestellen, Karin soll ihn morgen mitbringen.« Johannes sah richtig munter aus. In seinen Mundwinkeln zuckte es.

»Wozu soll das denn gut sein?« Iris klatschte den Spüllappen ins Abwaschbecken. Es quälte sie, sich unter Ristins, Eldbjörgs und Johannes' Überfällen ducken zu müssen, und sie warf Nils einen wütenden Blick zu.

»Wenn du nichts dazu zu sagen hast, kannst du dich ja wieder auf den Boden verziehen.«

Nils brummte. Karin starrte auf den Tisch. Wie sehr sie auch kämpfte, jetzt liefen ihr Tränen die Wangen hinunter. Aber davon nahm niemand Notiz.

»Karin braucht ihr den Ring doch nur zu zeigen.« Nils

sah verwirrt aus. Iris' Blick fiel auf die Tochter, die so blass am Tisch saß.

»Was ist?« Unbeholfen strich sie Karin über die Haare. Das Mädchen wimmerte und legte die Stirn auf die Tischplatte.

»Es gibt keinen Ring mehr.«

Es wurde still. Johannes setzte sich auf einen Stuhl und wippte mit dem Fuß den Takt zur Stille.

Iris sah ihre Schwiegermutter durchs Fenster. Mit einem Beereneimer in der Hand, leicht vorgebeugt vom Alter und mit unsicherem Gang. Die Hemdsärmel waren bis zu den Ellbogen aufgekrempelt und der Rocksaum war staubig.

»Kein Ring?« Johannes bemühte sich, erstaunt auszusehen, und Iris hatte Lust, ihm ihre Zähne in die Kehle zu schlagen.

Karin sah ihre Mutter an. Sie sah sie dort an der Spüle stehen, wie sie immer dastand, mit Kopftuch und Schürze, sah die Augen, die erloschen waren, als wäre sie gar nicht mehr da.

»Ich … ich hab ihn verliehen und nicht zurückbekommen.«

Im Vorraum klapperte Ristin mit dem Beereneimer. Sie brachte einen Duft nach feuchtem Wald und Abend mit, als sie die Küche betrat.

»Habt ihr die Butter verkauft und das Geld verloren?« Ristin ging zum Kaffeekessel und schüttelte ihn, um festzustellen, wie viel noch darin war. Es reichte noch für eine Untertasse voll Kaffeesatz. Sie steckte sich zwei Stückchen Zucker zwischen die Lippen und schlürfte das fast kalte Getränk.

»Du hast wahrscheinlich mehr Recht, als du ahnst.« Johannes nahm sein Messer hervor und begann, unter seinen Fingernägeln zu stochern, während er zu Karin hinüberschielte.

»Dann brauchst du ihn doch nur zurückzuholen.« Iris

presste die Lippen zusammen. Sie wurde wütend auf ihre Tochter. Ein juckender, ungeduldiger Zorn.

»Was zurückholen?« Ristin setzte sich neben Karin, die ihrem Blick auswich, während sie sich mit dem Jackenärmel über die Wangen wischte.

»Den Ring.« Johannes' Stimme vibrierte wie eine Kirchenglocke.

»Das dumme Ding hat den Ring verschlampt.« Bei Nils' Feststellung krampfte sich Iris' Magen zusammen. Sie wünschte, er hätte nichts gesagt. Besorgt sah sie ihre Schwiegermutter an, die sich über den Tisch beugte und ihren eisblauen Blick in Johannes bohrte.

»Bist du hergekommen, um dich an dem Elend anderer zu ergötzen? Hast du nichts Besseres zu tun?«

Johannes grinste.

»Diesen Ring kriegst du nie wieder. Nicht mal Eldbjörg hat es geschafft, ihre Hand draufzulegen. Er ist weg. So ist es einfach.« Er wandte sich zu Karin um und fuhr fort: »Wahrscheinlich hast du dich dem erstbesten Kerl an den Hals geschmissen und versucht, ihm einen Ring auf den Finger zu stecken. Frauenzimmer!« Er schüttelte den Kopf.

Karin hatte das Gefühl, innerlich aufzuquellen, ihre Gefühle pressten gegen den Magen, den Rücken, hinein in die Lungen und verstopften ihre Kehle. Sie bekam Atemnot und saß da wie ein nach Luft schnappender Fisch. Sie hätte rufen mögen, dass es keinesfalls so war, dass sie tatsächlich ganz schuldlos war, aber sie besann sich. Denn vielleicht war es doch so, wie Johannes sagte. Sie war selber schuld. Sie hatte schon allzu oft ihren Mund aufgerissen. Jetzt wurde sie dafür gestraft.

Ristin sank auf dem Stuhl zusammen und ließ die Hände im Schoß ruhen, während sie Johannes musterte. Sie vermied es, Karin anzuschauen, spürte jedoch ihre Angst. Ein kleines pochendes Herz, das den Körper des Mädchens erbeben ließ.

»Jetzt hast du gesagt, was du sagen wolltest. Geh nach Hause.« Ristins Stimme klang müde. Fast kraftlos. Johannes, Nils und Iris vermissten ihren Zorn. Ihre Ungeduld.

»Aber …« Johannes sah aufrichtig erstaunt aus. Sein Gesicht glättete sich und sein Blick wurde klar wie der eines Kindes.

»Es ist gut, wir haben genug gehört.« Ristin scheuchte ihn hinaus. Karin sah, dass er wie ein geprügelter Hund zur Tür hinausschlich. Sie hörte seine Schritte und sah ihn durchs Fenster nach Hause gehen. Sie war erleichtert, als er verschwand, aber sonderbarerweise wurde sie im selben Moment von einem schlechten Gewissen überfallen. Plötzlich hätte sie ihn gern zurückgerufen, um sich bestätigen zu lassen, dass er nicht böse war. Sie streckte ihre Hand zur Großmutter aus und berührte mit ihren Fingerspitzen den Stoff ihrer Bluse. Ristin nickte. In allem war ein Sinn verborgen. Nicht immer wollte man ihn akzeptieren, aber es gab einen Sinn. Die Welt war so beschaffen, dass man sich niemals drücken konnte. Die Schuld lag bei ihr. Sie hatte versucht, Karin eine eigene Geschichte zu schenken. Sie hatte versucht, so zu tun, als würden die Dinge nicht so sein, wie sie waren. Aber sie hätte es besser wissen müssen, so leicht entkam man nicht. Sie fuhr mit der Hand über den verbrannten Finger. Vielleicht war es nur gut, dass der Ring verschwunden war.

»Ja, ja, was für ein Glück, dass Eldbjörg den Ring nicht erwischt hat. Die hätte ihn hinter Glas gerahmt und zur allgemeinen Anschauung im Rathaus aufgehängt.« Ristin nahm die Untertasse zum Mund, um sich die letzten Tropfen Kaffee einzuflößen.

Iris begann zu lachen. Nils kehrte langsam zurück aus seiner alten Sorge und suchte nach Antworten in den Augen der Alten, fand aber nicht mehr als einen spöttischen Blick. Karin richtete sich auf, nicht ganz sicher, ob sie die Situation richtig einschätzte. Aber sie schwieg. Worte sollten nicht die Erleichterung zerstören, die sie empfand.

Ristin griff nach ihrer Hand und folgte mit dem Zeigefinger den Linien in Karins Handfläche. Sie streichelte die Abdrücke der Ahnen. Sie brauchten keine Ringe, um sich zu erinnern. Sie brauchten vielleicht nicht einmal Namen. Man hatte es in seinem Körper. Die Plackerei und das Streben von Generationen, selbst ihre Geheimnisse musste man mittragen. Man musste es eben aushalten.

»Vergiss nicht, liebes Mädchen, dass es nur einen Menschen gibt, auf den du dich verlassen kannst, das bist du selber. Du wirst nackt geboren und stirbst mit leeren Händen.« Ristin nickte zu ihren eigenen Worten. Sie versuchte sich zu erinnern, wer ihr das einmal gesagt hatte, aber es fiel ihr nicht ein. Iris legte der Alten einen Arm um die Schulter.

»Du brauchst keinen kalten Kaffee zu trinken. Ich koch dir neuen.«

Ristin grinste.

»Ach, zum Auspissen hat er gereicht.«

Marsliden, Juni 2002

Es gibt einen Ort, zu dem wir nicht gehen dürfen. Das hatte Sara gesagt. Jetzt stand ich an einem Pfad in Marsliden. Er war steil und steinig. Wenn man den Kopf etwas in den Nacken legte, konnte man einen klarblauen Himmel über den Tannenwipfeln ahnen. Ich hatte schlecht geschlafen und das Gefühl gehabt, nicht allein zu sein in der Hütte, die ich gemietet hatte. Ein leises, aber intensives Unbehagen hielt mich wach. Ich lauschte in die Nacht und ließ sogar das Licht eingeschaltet. Meine Mutter fiel mir ein. Plötzlich fühlte es sich wie Verrat an, dass ich hier war und in der Vergangenheit wühlte, die sie so tapfer zu vergessen oder wenigstens zu ignorieren versuchte. Aber war es nicht auch meine Vergangenheit? Hatten nicht alle das gleiche Recht darauf?

Wie war es möglich, so große Schuld zu empfinden für etwas, von dem ich gar nichts wusste? Eigentlich war es unbegreiflich. Was war in meiner Kindheit geredet worden, was ich gehört hatte, ohne es zu verstehen? Was war durch all das Schweigen und Vergessen erzählt worden? Ich versuchte, mir mit Worten die ausweichenden Alltäglichkeiten zu vergegenwärtigen, die mich geformt hatten, aber in mir blieb es leer.

Es war Morgen. Ich hatte mir ausgerechnet, dass ich es, bevor ich wieder zu Sara fuhr, bis zu dem Platz schaffen würde, zu dem wir nicht gehen sollten. Jedenfalls würde ich mich in der Nähe dieses Platzes bewegen. Ich hatte einfach das Bedürfnis, so als würde das, was Sara zu erzählen hatte, dadurch noch wahrer. Ich würde es auf eine andere Art verstehen. Im Rucksack lag die braune Zeitschrift aus dem Museum von Västerbotten, die Sara mir gezeigt hatte, zusammen mit meinen eigenen Fotos und der Dose mit den Schuhbändern.

Ich begann meine Wanderung, stieg rutschend über Schotter und fühlte, dass meine Kraft bereits aufgebraucht war, bevor ich überhaupt die Baumgrenze erreicht hatte. Schon bereute ich meinen Plan – bis ich das Wasser plätschern hörte und die ersten Fjällblumen sah. Eine kleine Weile später stand ich mit den Füßen im Heidekraut und lachte.

Es war, als hätte ich ein verlorenes Zuhause betreten und mein Herz eine Heimat gefunden. Ich tauchte meine Hände in eiskaltes Schmelzwasser und legte die Handflächen auf meine Stirn. Ich rollte mich in der trockenen Heide zusammen und spürte, wie ich vom feuchten Kern der Erde angezogen wurde. Erst in dem Moment begriff ich den Zusammenhang. Dass das, was ich fühlte und dachte, Scherben vergangener Generationen waren. Es war wie ein Gewebe aus Schuld und Scham, aus Stolz und Sturköpfigkeit, aus Humor und schlechter Laune, ein Gewebe aus stummen Übereinkommen, so heimtückisch und mächtig, dass wir sie zu Wahrheiten umgeformt hatten.

Ich sah Karin vor mir. Wie sie sich dagegen gesperrt hatte, wenn ich aus der Rolle fiel und die Übereinkommen verriet. Wie weh ich ihr getan hatte.

Ich stand auf. Ich fuhr mir mit den Händen übers Haar und zupfte kleine Ästchen weg, die in den Zöpfen hängen geblieben waren. Njenna. Ich nahm das Bild hervor, auf dem sie noch jung war. Da sitzt sie mit ihrem Bruder. Vielleicht irgendwo in der Nähe von diesem Bach. Es ist möglich, dass sie noch kurz vorher am Bandwebstuhl gesessen hatte, um die Schuhbänder zu weben, die ich in der Kommode auf dem Speicher gefunden hatte. Ich sah mich um. Hier hatte ein Mensch aus Fleisch und Blut gelebt, hatte hier sein Leben gehabt. Es war unbegreiflich, warum sie den Ort verlassen hatte. Ich erinnerte mich an Saras Worte, es gebe einen Ort, den wir nicht besuchen dürften. Die Berge lagen sanftmütig da, wie sie immer dagelegen hatten. Die Frische des Wassers stach fast in der Nase. War dies wirklich ein Ort für Geheimnisse?

Sie wollte, dass wir uns an einer Wegkreuzung am Östra Marssee trafen. Dort würde ein gelbes Auto stehen, ein Volvo. Langsam fuhr ich die schmale Schotterstraße entlang, vorbei am Freizeitheim und kleinen Plastikbooten, die auf dem spiegelblanken See dümpelten. Eigentlich hätte meine Mutter neben mir sitzen und dieses Erlebnis mit mir teilen müssen, aber ich hatte sie nicht einmal gefragt. Die Frage erschien mir allzu schwer und wichtig, als dass ich sie ihr hätte stellen können, die sich vor mir versteckte und durch ihr Schweigen verlangte, dass ich dasselbe tat. Wir redeten doch meistens nur über das Wetter.

Im selben Moment, als ich den gelben Volvo entdeckte,

sah ich auch Sara, die auf einem rostigen, zusammenklappbaren orangefarbenen Stuhl saß. Sie trug die grüne Jacke von Fjällräven, aber darunter bemerkte ich ein hübsch besticktes Brusttuch. Als ich aus dem Auto stieg, war ich unsicher, wie ich sie begrüßen sollte. Sie starrte mich an und nickte in den Wald hinein. Aus einer Torfkate stieg Rauch auf und es roch nach gekochtem Kaffee.

Sara drückte mich auf ein Rentierfell. Sie hatte Becher, Rentierkäse und ein flaches Brot mit Löchern aufgedeckt. Es gab einen kleinen eisernen Ofen und ein Fenster.

»Hier habe ich gewohnt, bevor wir das Haus gebaut haben.«

Ich nickte. Sie blätterte in einigen Papieren und konnte es offenbar nicht erwarten, anzufangen. Ich hätte sie gern nach ihrem Leben gefragt, aber etwas in ihrem Verhalten hinderte mich daran. Ich war mitten in einer Zeremonie, einem feierlichen Moment.

»Im Jahr 1861 wurde Njennas Vater Aantaris wegen des Mordes an einem Neusiedler verhört, der tot in seinem Vorratskeller aufgefunden worden war. Zaubermacht, sagte man. Also musste es ein Lappe gewesen sein.«

Ich schluckte. Ich wusste nicht, was ich erwartet hatte, aber bestimmt nicht dies. Sara sprach schnell und forciert, als hätte sie nachts wach gelegen und sich überlegt, was sie sagen wollte.

»Er geht immer noch um, dieser unselige Neusiedler. Er war unangenehm und eigennützig in seinem Leben, im Tod ist er etwas freundlicher geworden, meist steht er da und glotzt, sagen die, die ihn gesehen haben. Er hatte gerade den ersten Spatenstich zu seinem Haus getan, da hatte er schon mit den meisten Streit. Ihn hat also niemand vermisst, er musste lange liegen, ehe man seinen Körper fand. Das war kein schöner Anblick. Man zählte zwei und zwei zusammen und bestellte Aantaris schließlich zum Verhör. Er hätte allen Grund gehabt, das Gesetz selbst in die Hand zu nehmen.

Der Neusiedler hatte seine Tochter vergewaltigt und ihm Boden und Wasser gestohlen. Aber Aantaris war unschuldig. Trotzdem wurde die Sache zu seinem Verhängnis. Seine Kräfte ließen nach und er wurde alt. Als er entlassen wurde, hatte er seine Tochter verloren. Njenna verschwand, um nie mehr wiederzukehren.«

Ich sah mich in der Kote um. Die Luft war ein wenig rau und ich kauerte mich auf dem Rentierfell zusammen. Auf der einen Seite stand eine Pritsche mit einer Decke und einem Kissen, das von der Feuchtigkeit fleckig war. Ich versuchte, die Worte in meinem Kopf zu bremsen, sie umzuschichten und sie so zu ordnen, dass ich sie verstand. Ich unterbrach Sara.

»Verschwand?«

»Es wurde getuschelt, dass Njenna an dem Mord beteiligt gewesen war. Dass sie darüber den Verstand verloren und sich im Fjäll verlaufen hatte. So was war früher schon vorgekommen. Aantaris suchte sie, aber als man sie nicht fand, ließ seine Kraft nach. Sie war nicht tot, aber auch nicht richtig lebendig. Es ist mühselig, mit derartigen Seelen in seiner Nähe zu leben.«

»Aber warum ist sie verschwunden? Was hat ihre Familie gedacht?«

Sara zögerte. »Woher soll man das wissen? Ich glaube, sie fühlte sich schuldig, und ich glaube, sie hatte Angst.«

Das Birkenholz knisterte. Mein Gesicht wurde heiß von der Wärme. Aber ich war so angespannt, dass mich trotzdem fror. Welche Bürde hatte Njenna an dem Tag getragen, als sie verschwand? Ich konnte es nur ahnen. Wie viele Frauen hatten sich selbst geopfert, um ihre Familien zu schützen, ihre Männer, ihre Kinder? Wie viele Frauen waren auf allen vieren durchs Leben gekrochen, niedergedrückt von Scham und Schuld? Dann durchfuhr es mich. Beteiligt?

»Wenn Aantaris unschuldig war, wer hätte denn dann ihr Mittäter gewesen sein sollen?«

Sara rutschte auf ihrem Platz herum.

»Ich weiß nicht, wie viel du weißt.« Sie dehnte die Worte, während sie in mich hineinzuschauen versuchte. Sie wusste immer noch nicht, ob sie sich auf mich verlassen konnte. Ihre Zweifel waren mir nur zu vertraut.

»Ich weiß.« Ich bemühte mich, meine Stimme sicher klingen zu lassen. Wenn nicht aus einem anderen Grund, dann um mich selbst zu überzeugen. Jetzt würde es kommen. Ich würde an etwas beteiligt werden, was sich immer diffus um mich herum bewegt hatte, dem niemand jemals Worte verliehen hatte. Die andere Welt. Was wusste ich also? Alles und dennoch gar nichts. Ich versuchte es ihr im Schweigen zu vermitteln und sie nickte. Trotzdem kamen ihre Worte langsam und widerstrebend.

»Es gibt eine andere Ordnung, oder ich sollte besser sagen, es gab sie. Früher war alles deutlicher. Die Polizei konnte zwar über die Berge rennen und Mörder suchen, aber alle wussten, dass es sinnlos war. Man kann sagen, der Kerl hat sich selbst ermordet.«

»Aber Njenna? Du hast gesagt, die Leute glaubten, sie hätte ihn umgebracht?«

»Na ja, wohl nicht wortwörtlich. Es gab da noch eine sehr außergewöhnliche Person. Sein Name war Aanta Naahkese. Manche nannten ihn einen Aufwiegler, andere sagten, er sei weise. Nicht einmal jene, die ihn der Götzenverehrung und des Aberglaubens bezichtigten, wagten, sich mit ihm anzulegen. Man kann sagen, der Neusiedler starb unter Umständen, die den meisten nahelegten, zu glauben, Aanta Naahkese habe seine Hände im Spiel gehabt.«

Sara schwieg. Sie legte mehr Holz aufs Feuer und betrachtete mich.

»Man hatte den Vogel des Todes zu dem Zeitpunkt über Aantaris' Viste kreisen sehen, als das Mädchen im Fieberwahn lag. Aanta Naahkese konnte allein durch seinen Willen Gegenstände versetzen, warum also nicht auch Seelen? Ich glaube, die Leute haben sich mit dem Gerede gerächt. Darf ich die Schuhbänder noch einmal sehen?«

Ich reichte ihr die Holzdose. Behutsam legte sie die Bänder in ihren Schoß und strich mit den Fingern über die Farben.

»Als ich klein war und von dem verschwundenen Mädchen hörte, war es etwas ganz anderes als der Mord, was mich an der Geschichte fesselte. Es waren die Andeutungen über Liebe und Verrat. Irgendwie meinte ich zu wissen, dass nicht der Tod sie in die Flucht getrieben hat. Es war Aanta Naahkese.« Sara lächelte traurig, fast niedergeschlagen.

Ich hörte ihr zu, in mir kribbelte es vor Neugier. Zwei Paar Bänder, ein Mann und eine Frau. Den Gedanken hatte ich auch schon einmal gehabt.

»War er ein Nåejtie?«

Sara beantwortete die Frage nicht.

»Es heißt, er war ein kraftvoller, schöner Mann, aber auch er soll sich verändert haben. Er wurde ein Einzelgänger; je weniger man ihn sah, umso phantastischer wurden die Geschichten über ihn. Wahr ist jedenfalls, dass er Njenna mit Lottso betrog, als sie ihn am meisten gebraucht hätte. So heilig war der Kerl also auch wieder nicht.«

Mein Mund wurde trocken.

»Woher weißt du das?«

»Auf Lottso lastete etwas Schweres. Aber obwohl niemand etwas erzählte, sah man den Blicken an, dass es Geheimnisse gab. Geheimnisse machen nicht glücklich. Sie hat selten von sich selbst erzählt. Aber als sie alt wurde, hat sie doch manches über ihr Leben verraten.« Sara legte die Handflächen auf die Schuhbänder.

»Njenna hat diese Bänder gewebt, um ihn an sich zu binden. Das war, bevor ... das alles geschah. Er hat sie verstoßen, und glaub mir, zu der Zeit bedeutete das so viel, wie ins Totenreich verwiesen zu werden.«

Die Kellnerin begrüßte sie fröhlich und stellte Gläser und Limoflaschen auf dem Tisch ab. Karin und Maud teilten sich sonst immer eine Flasche, aber jetzt standen drei Flaschen Trocadero vor ihnen. Ulf hatte sie eingeladen. Das goldgelbe Getränk schäumte ein wenig und kleine Blasen stiegen im Glas auf.

»Es ist wahrscheinlich nicht schlimm, wahrscheinlich gibt es mehr zu holen von dort, woher er kam«, sagte er und sah Karin vielsagend über den Glasrand an. Er wirkte munter und versuchte, die Stimmung zu beleben.

Sie verstand, dass er den Ring meinte. Maud musste ihm erzählt haben, was passiert war. Karin legte die Hände um ihr Glas. Er verunsicherte sie, und sie wusste nicht, was er damit meinte, dass es mehr zu holen gebe. Sie hatte in ihrem ganzen Leben nur einen einzigen wertvollen Gegenstand besessen und jetzt war er weg.

Karin nahm einen Schluck und die Kohlensäure kitzelte ihr im Hals. In Ulfs Blick lag, genau wie damals in Görans, eine Neugier, aber auch eine schlecht verborgene Verachtung, der sie mit einem Lächeln die Schärfe zu nehmen meinten. Selbstgefällig saß er vor ihr und maßte sich an, alles über sie zu wissen. Sie dachte an all die Male, die sie sich unterhalten hatten. Wer war sie da für ihn gewesen? Sie selber oder diese Lappin, von der er sprach?

Sie wollte protestieren und spürte dabei, wie sie auf merkwürdige Weise in ihren Konturen klarer wurde. Maud bewegte sich unruhig und legte Ulf eine Hand auf den Arm. Karin starrte sie an.

»Was meinst du eigentlich?« Sie versuchte, ihre Stimme unberührt klingen zu lassen, dennoch kam sie ein bisschen schrill heraus. Sie wollte ihm zeigen, dass das, was er sagte, für sie nicht galt. Aber sie konnte sich nicht wehren. Es gab keine Worte. Sie kamen jedenfalls nicht so heraus, wie sie es wollte.

»Es gibt doch bestimmt noch mehr Schätze?« Und dann berichtete Ulf von einem Bekannten seiner Familie, einem Arzt. Er arbeitete in Arjeplog und hatte eine ansehnliche Menge alter Gegenstände gesammelt. Lappenschätze. Die fand man hier und da in der Erde vergraben, einige waren dort einfach vergessen worden. Dieser Arzt ließ sich mit Silber und Gehörn bezahlen. Und er konnte viel erzählen von seinem Leben unter den ... Ulf brach ab.

Karin spürte, wie ihre Konturen wieder verschwammen und sie fast durchsichtig wurde, auch für sich selber. Sie konnte ihre Person nicht mehr in Verbindung bringen mit alldem, was er erzählte. Aber sie verstand trotzdem, dass er sie damit in Verbindung brachte.

Sie hatte einen Ring bekommen und ihn wieder verloren, so einfach war das. Aber jetzt schien es, als hätte ihr der verdammte Ring ein anderes Leben gegeben, durch ihn hatte sie ihr altes Leben verloren. Sie war jemand anders geworden. Selbst Maud sah sie nun mit anderen Augen an. Sie hatte Lust, aufzustehen und zu sagen, sie sei Karin, nicht mehr und nicht weniger, aber dann würden sie vermutlich glauben, sie sei verrückt geworden.

»Es ist eine gute Tat für die Kultur. Wenn jemand Sachen für die Nachwelt sammelt und aufbewahrt, meine ich.« Ulf hatte sich an Maud gewandt. In seinen Worten lag etwas Überbeschützendes. Er fuhr fort: »Sie haben keinen Verstand, sich selbst drum zu kümmern.«

Karin zog ihre Jacke an. Sie dachte an ihren Vater. Er, der Möbel verbrannte und Sachen weggab. Tatsächlich fast alles. Was würde Ulf dazu sagen? War das etwas anderes, als wenn Mauds Vater den alten Krempel der Familie verbrannte? Feuerholz brauchten alle. Und Göran, dachte er etwa, er habe eine gute Tat getan, indem er ihren Ring stahl? Was meinte Ulf eigentlich?

»Ich muss jetzt gehen.« Der Stuhl fiel um, als sie aufstand. Alle Gäste im Café drehten sich um und starrten sie an. Sie spürte, wie ihr das Blut in die Wangen schoss.

Maud blieb sitzen und tat, als ob nichts wäre. Als Karin wieder draußen auf der Nygatan stand, schwappte in ihr Wut hoch wie aus einer schmutzigen Pfütze. Wenn sie nur eine Ahnung gehabt hätte, wogegen sie diese Wut richten sollte.

Sie fuhr mit dem Fahrrad, wie immer. Lieferte Waren aus, treppauf, treppab, und war schnell, verlässlich und stumm. Sie ließ sich abschüssige Straßen hinunterrollen und kämpfte sich Steigungen hinauf. Trug, schleppte, bekam Trinkgeld. Mittwochs und samstags ging sie ins Kino, allein oder mit Emma-Maria. Manchmal sah sie Maud von ferne, aber sie machte große Umwege, damit sie nicht mit ihr zusammentraf. Das war eine gute Art, die Situation zu kontrollieren. Maud war wie ein verblassender blauer Fleck, der nur noch bei bestimmten Gelegenheiten wehtat.

Zu Hause war alles wie üblich und doch wieder nicht. Sie hatte sich einen Schritt von ihnen entfernt – Mutter, Vater, Großmutter, Onkel Johannes – und betrachtete sie mit anderen Augen. Mit Ulfs Augen. Trotzdem konnte sie nicht entdecken, was sie trennte oder was sie und ihre Familie schlechter machte. Oder anders.

Sie lieh Emma-Maria ihr Kleid, befestigte aber Taschentücher unter den Armen, damit der Stoff keine Schweißflecken bekam. Jetzt standen sie auf dem Hof und warteten auf Emma-Marias Freundinnen. Im Dorf war Tanz und die Wangen der Schwester brannten vor Erwartung. Nils schlief im Gras, Iris saß auf der untersten Treppenstufe und trank Kaffee. Karin ließ sich neben ihr nieder.

»Willst du nicht mit?« Iris blinzelte in der hellen Abendsonne.

Karin zuckte mit den Schultern. Sie hatte keine Lust. Emma-Maria fuhr los, als sie unten am Hügel Lachen hörte.

»Wo ist Großmutter?«

Iris betrachtete ihre Tochter. Sie war klein und flink wie ihr Vater und genauso rastlos und ungeduldig. In der letzten Zeit hatte sie schwermütig gewirkt. Sie war langsam und wortkarg geworden. Iris nahm an, es war der Ring. Es irritierte sie, dass Karin sich immer noch mit den Gedanken daran quälte. Sogar die schlecht gelaunte Ristin schien über den Verlust hinweggekommen zu sein. Sie ignorierte Karins Frage.

»Natürlich sollst du gehen.«

Vielleicht. Karin kratzte an einem Mückenstich. Sie kannte doch alle Leute, die dort waren. Und wenn es keinen Spaß machte, konnte sie ja wieder nach Hause fahren. Sie ging ins Haus und musterte sich im Spiegel. Sie hätte ihre Haare waschen müssen, begnügte sich aber damit, mit dem Kamm hindurchzufahren. Es war sinnlos, sich anzustrengen, wahrscheinlich war es doch nur langweilig.

Der Kies knirschte unter den Reifen, als sie auf den Weg hinausrollte. Beim Wasserfall hielt sie an und starrte in die herabstürzende Gischt, bis sie fast das Gefühl hatte, mitgezogen zu werden. Als sie ein Stück weit gefahren war, hörte sie Musik. An dem Weg, der zum Tanzplatz führte, hielt sie an. Ein Teil von ihr wollte so schrecklich gern in dem Gelächter und Geschrei untertauchen und wie selbstverständlich dazugehören, ein anderer Teil von ihr wollte hier stehen bleiben. Wenn sie jetzt umkehrte und nach Hause fuhr, brauchte sie nicht allein zwischen all den Menschen zu stehen. Sie könnte zurückfahren und wieder Karin sein.

Sie drehte das Fahrrad um. Als sie aufschaute, begegnete sie Mauds vertrautem Blick. Ein Paar helle Augen in einem länglichen Gesicht mit sommersprossigen Wangen. Deswegen hatten sie früher im Spaß gesagt, sie sehe Doris Day ähnlich, obwohl die blonde und Maud braune Haare hatte. Sie hatten sich die gleichen großen, runden Ohrringe gekauft, die Maud jetzt trug, dieselben, die Karin an dem Abend getragen hatte, als sie Göran getroffen hatte.

»Willst du schon nach Hause?« Maud bemühte sich, ihre Stimme fröhlich und leicht klingen zu lassen. Karin merkte es, denn die Stimme klang etwas zu hell, und Maud bekam rote Flecken am Hals.

»Ich hab meiner Mutter versprochen, ihr zu helfen. Ich hab nur meine Schwester hergebracht.« Die Lüge ging Karin glatt über die Lippen, aber im selben Moment bereute sie schon, die Unwahrheit gesagt zu haben. Vielleicht hatte Maud sie ja bitten wollen zu bleiben. Aber das tat sie nicht. Sie drehte sich um und schaute zum Weg hin.

»Ich warte auf Ulf.«

Karin nickte. Ihm zu begegnen, hatte sie nicht die geringste Lust. Es wurde still. Dann leuchtete Mauds Gesicht auf.

»Ich habe Ulf erzählt, dass deine Großmutter wahrsagen kann.«

Karin starrte sie ungläubig an. Das war doch nur ein Scherz gewesen.

»Aber …«

Maud senkte ihre Stimme und beugte sich näher zu ihr.

»Glaubst du, sie hat Ulf gemeint?«

Karin konnte nicht protestieren. Plötzlich fühlte sie sich ganz anders, auch fremd vor sich selber. Sie kannten sich doch so gut. Karin wünschte, sie hätte eine Uhr gehabt, dann hätte sie einen Blick darauf werfen und sagen können: »Oh, jetzt muss ich mich aber beeilen.« Aber sie war jetzt hier an diesem Ort und sich selbst überlassen. Und sie wusste, dass es niemals mehr so wie früher werden würde, wenn sie jetzt aufs Fahrrad stieg und davonfuhr. Aus den Augenwinkeln sah sie Ulf. Sie setzte einen Fuß auf die Pedale.

So zu tun, als ob, das ist ein Teil meines Erbes. Langsam begriff ich, warum. In Saras Kote wurden wir in eine Zeit zurückversetzt, die so unendlich weit entfernt und doch so nah zu sein schien. Fasziniert lauschte ich ihr, wie sie einen Familienzweig nach dem anderen erklärte, als wären es ihre eigenen Kinder. Sie schnupperte bis weit zurück ins neunzehnte Jahrhundert, als wäre das die selbstverständlichste Sache der Welt. Njenna hatte in ihrem Zweig den Fluss der Erinnerungen abgebrochen. Sie hatte sich den schwarzen Umhang der Selbstverleugnung übergeworfen, und seit dem Tag, an dem sie aufgebrochen war, hatte ihre Familie geschwiegen, so wie es einer Toten zusteht. Sie hatte gewusst, was zu tun war.

»Es muss die schlimmste Strafe gewesen sein, irgendwie ist es wie lebendig begraben. Ich habe oft daran gedacht, wozu der heimtückische Aanta Naahkese sie verurteilt hat. Wie mag das auf sie gewirkt haben? Sie war doch in ihn verliebt. Ich erinnere mich, wie ich das erste Mal verliebt war. Die allererste Liebe ist so zerbrechlich. Wie habe ich mich geschämt. Wer war ich denn, dass ich mir einbildete, wert zu sein, geliebt zu werden. War das nicht vermessen? Oder gar peinlich? Ich wünschte mir, dass jemand diese Selbstverachtung durchlöcherte oder Risse hineinritzte, damit mein Ich hinausschlüpfen und sich in warme Arme werfen könnte. Aber das geschah nie. Meine Mutter sagte: ›Es gibt immer einen anderen, einen, der hübscher ist. Vergiss das nicht.‹ Liebe war die Erwartung, verlassen zu werden.«

Sara goss mit zitternden Händen mehr Kaffee auf den Käse im Becher. Über ihre Handrücken liefen die Adern wie Schmelzwasser.

»Aber sie müssen sich wiedergetroffen haben.« Saras

Augen brannten vor Eifer. Ich sah die Flammen in ihren dunklen Pupillen. Plötzlich wirkte sie ganz jung.

»Wie meinst du das?« Ich konnte ihr nicht folgen.

»Die Schuhbänder, die du gefunden hast, vereint in einem Holzkästchen. Er muss sie gesucht haben.«

Ich nickte hoffnungsvoll. Er hatte sie wiedererweckt, hatte sie zurückgezogen unter die Lebenden. Aber wieso saß dann ich hier und war tot?

»Es fiel Lottso schwer, darüber zu reden. Aber einmal hat sie erzählt, dass Aanta Naahkese in dem Frühling, nachdem Njenna verschwunden war, Aantaris' Kote besucht hat. Er konnte berichten, dass Njenna lebte. Sie hatte ein Kind geboren. Lottso sagte, das war der Anfang vom Ende. Danach wurden Aantaris und Ristin nie wieder sie selber. Sie ertrugen es nicht, dass sie lebte, jedoch nicht unter den Ihren. An jenem Tag wurden sie von Njenna endgültig verlassen.«

Saras Stimme glitt durch mich hindurch und enthob mich dem Gefühl, ein Körper zu sein. Meine Sinne glitten an den Wänden entlang ins Freie, stiegen auf zum Rauchloch, legten sich auf den Rentierfellen zurecht.

»Du hast gesagt, dich hat die Liebe in der Geschichte angezogen. Erklär mir das bitte.«

Sara rutschte verlegen herum.

»Heute sehe ich das natürlich anders. Sie trug ein Kind im Bauch. Es reichte nicht, dass ihr Gewalt angetan worden war, auch der, den sie liebte, hatte sie verraten, und ihr Vater wurde wegen Mordes angeklagt. Heute würde ich sagen, die Schuld hat sie davongetrieben. Sie wusste wahrscheinlich weder aus noch ein. Vielleicht glaubte sie, selbstlos zu handeln. Sie entfernte das, was sie für das Problem hielt, nämlich sich selber.« Sara lächelte etwas wehmütig, doch dann leuchtete ihr Gesicht wieder auf. »Für ein junges Mädchen wie mich war da noch etwas anderes, eine Leidenschaft. Etwas Verlockendes und Gefährliches mitten im abgesteckten Alltagsleben. In meiner Phantasie wurden Njenna und Aanta

Naahkese wieder vereint, weit entfernt von all dem bösen Gerede und den Gerüchten. In einer Geschichte mit so vielen Lücken war Platz für diese Vorstellung. Nicht nur Njenna ist verschwunden. Auch Aanta Naahkese kam und ging, wie es ihm gefiel. Jedes Mal blieb er länger fort. Vielleicht lebte er woanders ein anderes Leben? Das hat mich in der Hoffnung bestärkt, zu glauben, dass ich vielleicht eines Tages auch so bedeutungsvoll für jemanden sein würde, wie Njenna offenbar für ihn gewesen war. Jetzt scheint sich ja zu bestätigen, dass sie sich tatsächlich später noch getroffen haben.«

»Du glaubst, er hat ihr die Schuhbänder gegeben?«

Sara nickte. »Aanta Naahkese hat Lottso aufgesucht, als sie beide alt waren. Das muss ihm sehr schwergefallen sein. Lottso wollte nicht in Njennas Schatten leben. Das hatte sie ja den größten Teil ihres Lebens getan. Aber sie erzählte, dass etwas Sonderbares war mit diesem Mann. Er hatte fast aufgehört, in Worten zu sprechen, und doch verstand sie ihn. Er hat ihr Kinn in die Hand genommen, genau wie damals, als sie jung waren, und hat ihr tief in die Augen geschaut. Dann hat er um Vergebung gebeten. Lottso wurde wütend. Fand, dass er sich zu große Bedeutung anmaßte. Aber er hat den Kopf geschüttelt. Er hat etwas Größeres gemeint, etwas, was viel wichtiger ist als eine Romanze. Er wusste, dass das Leben sich für viele Menschen anders entwickelt hätte, wenn er in jenem Frühling 1861 anders gehandelt hätte.«

»Und was sagt das über die Schuhbänder aus?«

Sara lächelte. »Lottso hat sie gesehen. Er trug sie in seinem Kittel. Er hat sie all diese Jahre verwahrt. Dann verschwand er und kam nie mehr wieder. Man sagt, dass er in die Berge hinaufgegangen ist, als es Zeit war zu sterben. Man kann ihm immer noch begegnen. Im Leben hatte er drei Hilfsgeister. Im Tod erscheint er entweder in der Gestalt des Fisches, des Vogels oder des weißen Rentiers. Man soll stehen bleiben und sich besinnen, wenn man ihm begegnet. Dann bekommt man die Antworten.«

»Aber du glaubst nicht, dass er weggegangen ist, um zu sterben, du glaubst, er ist zu Njenna gegangen?«

Sara nickte.

»Er war ein mächtiger Mann. Vielleicht hat er beides getan. Er hat seine Kräfte immer seltener eingesetzt. Er wollte kaum noch Ratschläge geben, aber ihn zu treffen, das war etwas Besonderes. Er brachte die Gedanken der Menschen in Aufruhr. Wenn man ihm begegnete, war man hinterher nicht mehr derselbe, der man gewesen war. Das sagen jedenfalls alle.«

Ich merkte, dass sie um ihre Überzeugung einen Bogen schlug, als wollte sie mich nicht daran teilhaben lassen. Aber ich war hartnäckig.

»Was glaubst du, Sara? Erzähl mir, was glaubst du, was passiert ist?«

»Ich glaube, sie haben einander geliebt, auf eine andere Art, als man damals darüber sprach. Ich glaube, er ist zu ihr gegangen, genau wie er zu Lottso gegangen ist. Aber vielleicht war es zu spät? Deswegen hatte ich gehofft, du könntest mir von Njenna erzählen, damit ich auf die Weise Antwort bekommen würde.«

Mir wurde unbehaglich zumute. Die Menschen, von denen Sara erzählte, schienen so wenig mit den Menschen gemeinsam zu haben, mit denen ich aufgewachsen war. All das Eingesperrte und Abgestumpfte, das unsere Leben bestimmte, schien nichts mit Leidenschaft oder mit Liebe zu tun zu haben oder überhaupt mit irgendwelchen Gefühlen, um ehrlich zu sein.

»Ich fürchte, es ist wirklich zu spät.«

Ich dachte an meine Mutter. Sara schien meine Gedanken zu lesen, sie stocherte mit einem Stock in der Glut herum.

»Ihr seid irgendwie vereinsamt, ihr Nachkommen von Njenna.«

Und ängstlich, dachte ich. Wir haben eine Furcht geerbt, die vage ist und diffus. Wir haben das Sichentziehen geerbt, die Flucht. Wir haben einen aufgezwungenen Tod geerbt und zugleich die Schuld – wie einen geduckten Schatten, der Löcher in den Magen nagt, stechend und unerbittlich. Dann lernt man zu täuschen. Für einen Moment mildert das wie Honig und besänftigt die Unruhe, aber in Wirklichkeit verzehrt es. Denn jeder ausweichende Blick und jedes vielsagende Schweigen vertreibt einen aus Gemeinschaft und Nähe, immer tiefer hinein in ein Nicht-Leben.

Ich dachte mir, alles wäre anders gewesen, wenn die schönen eisblauen Augen meiner Mutter aufgehört hätten, durchsichtig zu sein. Ich stellte mir vor, ihrem Blick begegnen zu können und von Offenheit und Geborgenheit durchströmt zu werden. Sie in ihrem Innersten zu erkennen und ihrer Biografie aus dem Dunkel flüsternd zu lauschen. Nicht zurechtgelegt, nicht verdrängt bis auf ein paar dürftige Fakten. Wer wäre ich dann geworden?

Ich betrachtete Sara. Sie saß da in ihrem Kittel mit dem bestickten Brusttuch. Schön und selbstverständlich, aber außer Reichweite. Nicht einmal wenn ich mich nach ihr reckte, würde ich sie mit den Fingerspitzen berühren können. Sie war mir genauso fremd wie die Frau an dem einarmigen Banditen in Karasjok. Aber dennoch, sie hatte mir einen Weg gewiesen, der mich näher zu mir selber führte.

»Danke, dass du dich für mich an sie erinnert hast.« Ich gab vor, vom Kaffee zu trinken, damit sie nicht merkte, dass ich weinte. Das Spiegelbild auf der schwarzen Oberfläche war ich selbst und ich war es auch wieder nicht. In meinen Schläfen hämmerte es schmerzhaft.

Ein roter Schein färbte den Kaffee. Das Foto von dem toten Mann hatte Feuer gefangen. Das Papier flammte auf, und innerhalb der Sekunden, die es dauerte, bis es verkohlt war, kam mir alles ganz sinnlos vor, wie ein grauer Nebel. Saras und meine Augen begegneten sich über dem Feuer. Ich wünschte, wir hätten nebeneinandergesessen, denn ich hatte Angst. Sara lächelte mir leise zu, und ich sah, dass sich ihre

Hand um die Schuhbänder geschlossen hatte, die in ihrem Schoß lagen.

Skellefteå, September 1953

Karin stellte sich vor den Spiegel, in dem sie sich von Kopf bis Fuß sehen konnte. Die Sachen saßen, als wären sie eigens für sie genäht worden. Die Jacke war auf Figur genäht, der Rock ebenso. Sie balancierte in schwarzen Pumps auf Bleistiftabsätzen. Ihre schwarzen Haare waren kurz geschnitten. Um sie herum wirbelten Menschen. Bald war sie an der Reihe. Ein Mannequin.

Wieder begegnete sie dem Blick des Mädchens im Spiegel. Es verbarg sich in den frisch gebügelten, tadellos sitzenden Kleidungsstücken. Sie fuhr mit ihren Händen über den Rock. Er roch sauber, fabrikneu. Niemand hatte die Sachen vor ihr getragen, sie hatten keine Geschichte, waren nicht verschlissen vom Waschen am Fluss, rochen nicht muffig nach Winter. Sie waren unpraktisch, aber das gefiel ihr. Jetzt sah sie aus wie eine der Papierpuppen, die sie als Kind aus Illustrierten ausgeschnitten hatte.

Sie hatte auf dem Küchenfußboden gesessen und mit ihnen gespielt und Großmutter Ristin hatte sich neben ihr niedergelassen. Die alten Finger waren über das glatte Zeitungspapier gefahren. Die meisten Puppen stellten Filmstars mit Wespentaille in entzückenden Kleidern dar. Sie konnte sich nicht daran erinnern, dass sie miteinander geredet hätten, aber nach diesem Tag hatte Großmutter die Schneiderin ins Haus bestellt, und Karin hatte auf dem Küchentisch gestanden, während sie an ihr Maß nahm.

In jenem Augenblick war sie eine andere geworden – jemand, den sie mochte und auf den sie sogar stolz war. Niemand sonst besaß Kleider wie sie.

Jetzt war sie Mannequin im Stadthotel, und das war etwas, was ihr niemand nehmen konnte. Niemand sah ihr an, woher sie kam. Auch das gefiel ihr: sich zu verkleiden, sich hinter einer feinen Oberfläche zu verbergen.

Zu Hause gab es ein Bild von ihr, auf dem sie Zöpfe, einen Pelz und Gaamese trug. Sie erkannte sich selbst kaum auf dem Bild. Vielleicht war sie vier Jahre alt und ein vorsichtiges Lächeln spielte um ihre Mundwinkel.

Jemand drängte sie und sie kontrollierte rasch noch einmal den Pony und richtete ihre Kleidung. Draußen im Salon wurde Jazz gespielt, es waren die Jungen, zu deren Musik sie im Volkspark tanzte. Sie streckte den Rücken. Da draußen saßen die, die sich einbildeten, zu wissen, wer sie war. Die das, was ihr Leben war, an die Wand hängten, als wäre ihr Leben ein Museum. Hundert Eldbjörgs, die in einer anderen Welt lebten und die sich diese Kleider tatsächlich leisten konnten. Karin lächelte. Aber sie war die Erste, die sie getragen hatte.

Umeå, September 2002

Tot bin ich wohl immer noch. So ohne weiteres tritt man nicht wieder ins Leben ein, auch wenn ich spürte, dass ich greifbarer geworden war und festere Konturen bekommen hatte. Das ist zwar kein ganz sorgloses Gefühl, aber doch angenehm. Diese Heimkehr war nicht so, wie ich sie mir vorgestellt hatte. Aber andererseits, welche Heimkehr ist schon so?

Auf dem Tisch vor mir liegt eine Bibel. Wenn man die

Hand auf den abgegriffenen Einband legt, kann man die vergangene Zeit erspüren. Die erste Seite hat sich fast gelöst. Wenn man sie vorsichtig umblättert, steht dort »Kristina«. Ristin. 1862 von Njenna geboren. Ristin gebar Nils, dessen Erstgeborene eine Tochter wurde. Meine Mutter Karin, benannt nach der ersten freundlichen Seele in Njennas privatem kleinem Totenreich. Danach haben wir in einer Art Sauerstoffmangel gelebt, eine Generation nach der anderen.

Während ich hier sitze und mich im Atmen übe, denke ich an meine Großmutter, wie sie in der Stille des Abends joikte. Mein Großvater hat nie viel gesagt. Man redet wahrscheinlich nicht viel, wenn man tot ist. Ich denke an meine Mutter und wie sich bei ihr manchmal ein Spalt zwischen all den schützenden Schichten öffnet. Dann sieht man, wie sie dort fest verbunden ist mit ihrem Vater und ihrer Mutter und weiter mit deren Vätern und Müttern und dass sie von den Worten und Taten jener Menschen bestimmt wird wie ich von ihren Worten und Taten.

Es ist vermessen, zu glauben, ich könnte sie wieder lebendig machen, aber ich möchte es zumindest versuchen. Ich joike auf meine Art, indem ich mich durch Buchstaben, durch Schreiben erinnere. Aber wie verleiht man dem, was am schwersten einzufangen ist, Worte?

Ich betrachte das Foto von Njenna und Aanse. Da sitzen sie in Schwarzweiß, und es ist fast unbegreiflich, dass die Blicke, denen ich begegne, ein Teil von mir sind. Insofern habe ich mein Ziel erreicht: Die Vergangenheit ist aus Verdrängung und Vergessenheit heraufbeschworen worden, aber ich wurde nicht auf wundersame Weise wiedergeboren zu mir selbst. Niemand liebt mich deswegen mehr, niemand verzeiht mir, kein verklärter Schein erleuchtet meine Dunkelheit. Ich hatte Recht und habe mich gleichzeitig getäuscht.

Ich habe eine Verhaltensweise geerbt, einen Blick auf die Welt, der gespalten ist. Aber sobald ich versuchte, den Unterschied zu erfassen, entglitt er mir. Sogar an meiner eigenen Wahrnehmung kamen mir Zweifel, und ich redete mir ein, ich könnte mir all dieses Unausgesprochene in meinem Leben nur eingebildet haben.

Also hatte ich Fragen gestellt, bekam aber keine Antworten. Bis jetzt, durch Njenna. Sie ist ein Teil von mir, aber ich kann nicht mit ihr sprechen. Anfangs habe ich geglaubt, diese Reise würde entweder ein Beginn oder ein Ende sein. Aber sie ist weder das eine noch das andere. Auf einer Ebene ist alles wie immer. Ich bin tot. Mit meinen Fragen und meiner Neugier auf das, was mich unterscheidet, verrate ich gleichsam die Generationen vor mir, die sich – aus reinem Selbsterhaltungstrieb – so sehr bemüht haben, Übereinstimmungen zu finden. Also antwortet mir niemand. Und doch haben sie mir das Unbegreifliche vermittelt, was sich unmöglich in wissenschaftliche Erklärungen oder starre Kategorien pressen lässt. Vielleicht reicht das, was ich gefunden habe, und ich sollte mich damit begnügen. Das erträumte Zuhause, dem ich mich ganz selbstverständlich zugehörig fühle, ist für alle Ewigkeit für mich verloren, eine Fata Morgana. Ich muss mich abfinden mit meiner Wirklichkeit und verzeihen.

An der Wand vor mir hängen die Schuhbänder, die Njenna gewebt hat, ein Geflecht aus Liebe, Verzweiflung, Begierde und Hoffnungslosigkeit. Ich bilde mir ein, dass ihre Sinne immer noch wie Flusswasser durch die Webfäden rinnen. Ich kann sie in meinem Innern fühlen, ihre Unruhe und ihre Reue, ihre Scham, aber auch ihren Stolz.

Karin, meine Mutter, steht stumm vor alldem. Manchmal wehrt sie sich, und dann stolpere ich in ihrer Kälte herum und höre, dass ich zur Besinnung kommen soll. Sie versucht mich in ein Vorher zurückzuschubsen. Aber in ihren Augen sehe ich, dass etwas passiert. Ein Aufblitzen von Interesse, und manchmal bekomme ich sogar eine ehrliche Antwort. Das Seltsame ist, abgetrennte Gefühle sind so viel mächtiger als die ausgelebten, und doch meinen wir oft, es sei umgekehrt. Aber nichts schmerzt und verwirrt mehr als das Schweigen, das nach Kommandos schreit. Die konturenlose Scham, die wir über die Jahre mit uns herumgeschleppt haben, ist umgeben von dröhnendem Alltagslärm. Immer haben wir einen Schritt zur Seite gemacht. Aber niemand weint. Wir sind Vertriebene aus zwei Welten.

EPILOG

Åsele Lappmark, September 2002

Wo immer er sich befand, war der Schnee verharscht gewesen, hart und silbern in der Sonne. Die Skier glitten mit einem eintönigen Geräusch abwärts, immer bergab. Bergauf kämpfte er sich eigentlich nur, wenn er nachdenken musste. Er sah Raajroe – stolze Männer und Frauen, die sich schweigend durch die Landschaft bewegten. Die Rentierkarawanen überschnitten sich, zogen hinein in sein Blickfeld und wieder hinaus, bisweilen nur als schwache Konturen.

Er stellte sich Njenna vor, die ihn lockte. Wie sie ihm die Hände entgegenstrecken würde, wenn er auf sie zukam, seine Finger mit den ihren verschränken würde, wie sich ihre Blicke am Abend über dem Feuer begegnen würden. Ein Spiel mit dem Herzen, aber daraus war nichts geworden.

Er hob den Blick zur Sonne.

Er suchte seine eigenen Spuren unter den Lebenden und balancierte zwischen zwei Welten. Aber er verblasste und so sollte es sein. Er sollte die Vergessenen über den Rand stoßen und sehen, wie sie langsam zu Fleisch wurden. Wie sie gleichsam bekleidet und wieder greifbar wurden. Es war eine mühselige Arbeit. Er hatte drei Hilfsgeister und trotzdem fühlte er sich kraftlos. Allzu lange hatte er mit den Toten gekämpft, war über Frauen und Männern in der Luft gekreist, die sich auf Pfaden ohne Anfang und Ende verliefen. Es war eine Schattenwelt und daran trug er einen Teil der Schuld.

Deswegen war er verurteilt, ihre Träume zu sehen, ihren Willen. Und der war stark. Er war ihr gefolgt wie ein unruhiger Geist, durch erträumte Raajroe und ein Leben, das nur in seiner Erwartung bestand. Er hatte gesehen, dass ihre Töchter und Söhne taub waren gegenüber sich selbst. Es war Zeit, sich zu erinnern. Sich nicht mehr dem Schmerz zu entziehen.

Den Mann hatte er in die Welt der Lebenden entsandt. Die dunklen Kleider waren staubig, die Augen blau. Gequält von seinem eigenen Verstand, unsterblich für jeden, der schwer trug an seiner Schuld. Er rief ihn zurück. Jetzt war es Zeit zu ruhen.

WORTERKLÄRUNGEN

Aaltoe – Rentierkuh
Ackja – Transportschlitten, vor den ein Zugrentier gespannt wird
Daat mov smavve kråvna – »Hier, meine kleine Krone«; Lock- und Koseruf für die Rentierkühe beim Melken
Gaaltije – kalte Quelle
Gaamese – Fell vom Rentierbein, aus dem man unter anderem Schuhe näht
Gapta – die traditionelle Tracht der Sami
Gierhkeme – eine Art Wiege aus Holz und Fell
Gievrie – Weissagetrommel
Guksie – eine kleine Tasse mit Henkel
Gåetie – samische Behausung, Kote
Johke – Bach, Fluss
Joiken; der Joik – singen mit oder ohne Worte; die Art der Lappen, Erinnerungen lebendig zu halten
Kvanne – ein Gewürz; die Pflanze wird 0,50 bis 1,50 Meter, manchmal bis zu 3 Meter hoch. Das mehrjährige Gewächs ist haarig und riecht angenehm würzig. Im Fjäll wächst es an Flüssen und Bächen. Es wird als Medizin und zum Kochen benutzt.
Lappskatteland – das Gebiet in der Lappmark, wo einzelne samische Familien zum Jagen, Fischen und als Weidegründe für ihre Rentiere exklusives Nutzungsrecht hatten. Das Lappskatteland konnte vererbt, verkauft oder eingetauscht werden. Für den Besitz zahlten die Sami

Steuern an den schwedischen Staat. Das Lappskatteland wurde 1928 vom schwedischen Staat endgültig abgeschafft.

Maadteraahka – Stammmutter und Göttin des Hauses. Die drei Töchter der Maadteraahka sind *Saaraahka*, *Oksaahka* und *Juksaahka*. Sie leben bei den Menschen in der Kote. Die Göttinnen haben wichtige Aufgaben bei Schwangerschaft und Entbindung. Maadteraahka bekommt vom höchsten Gott Raerienaehtije die Seele des Kindes und gibt sie an Saaraahka weiter, die das Kind in den Mutterleib pflanzt. Saaraahka beschützt die Frauen während der Schwangerschaft und hilft ihnen bei der Entbindung.

Nåejtie – Heiler, Wahrsager und Opferverrichter, der von den Geistern auserwählt wird.

Raajroe – Rentierkarawane; die Tiere ziehen mit Nahrung und Hausrat beladene Schlitten.

Raerienaehtije – der »beratende Mann«, ein Gott, der die Seelen der Menschen erschafft

Saajve – die in der Unterwelt wohnen

Staaloe – grausame Riesen, die junge Frauen rauben

Tat Ailes Tjalog (Umesamisch) – die Heilige Schrift; die erste Bibelübersetzung ins Samische

Tjoeneh – Funke; auch Aanta Naahkeses Beiname als älterer Nåejtie

Tseegkuve – Rentieropfer, mit dem man seine »Rentiermacht« und sein »Rentierglück«, das Wohlergehen der Herde, bewahren möchte

Vátjav – Rentierkuh

Vhedtegh – gewebtes Band, das die Schuhschäfte der traditionellen samischen Tracht zusammenhält

Viste – Wohnplatz der Sippe, Lagerplatz

Vuelie – Joik, der samische Gesang und eine Form, Erinnerungen zu bewahren

Ålkoe-muadta – eine Pelzoberbekleidung

Åålgärhka – ein kleiner Muskel am Schulterblatt des Rentiers. Diesen Muskel darf man nicht allein essen, wenn man im Leben auf die Hilfe anderer vertrauen möchte.

Anmerkung der Übersetzerin:

In den Fällen, wo sich die südsamischen Ausdrücke in die deutsche sprachliche Umgebung einpassen, wurde dekliniert, konjugiert und ein Artikel bzw. Pronomen hinzugefügt. Zum Beispiel »Das Kind lag still in seiner *Gierhkeme*.«

STAMMBAUM

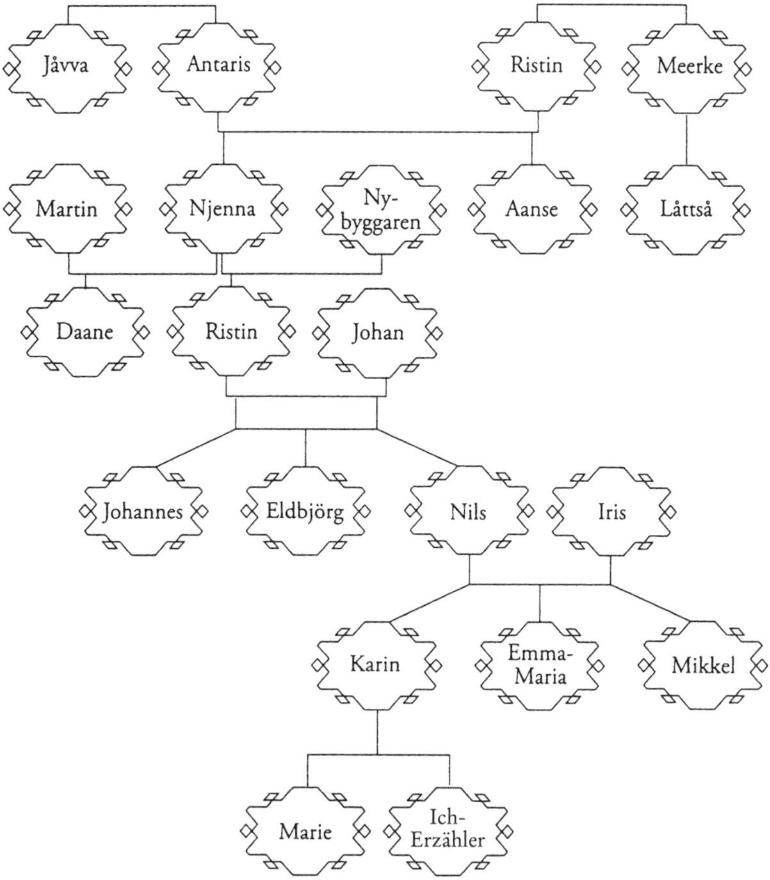
Jåvva
Antaris
Ristin
Meerke
Martin
Njenna
Ny-
byggaren
Aanse
Låttså
Daane
Ristin
Johan
Johannes
Eldbjörg
Nils
Iris
Karin
Emma-
Maria
Mikkel
Marie
Ich-
Erzähler

DANK

Dank an alle, die mir bei der Arbeit geholfen haben. Euch allen, Fremden und Freunden, die ihr mir eure Zeit geschenkt habt und mich Anteil nehmen ließt an eurem Leben.

Dank an Peter, der lange Zeit mit dem Geräusch meiner Finger auf der Tastatur statt mit mir gelebt hat. Dank an Victor und Edvin, ihr seid wunderbar. Dank an Malin Dahlberg, Elin Swedenmark und Beata Konar für eure klugen Ratschläge und eure Geduld. Dank an Guhn und Göte, dass ihr mir die Tür der Kreativität offen gehalten habt.

Dank an Eva Swedenmark und Maria Herngren, die mir gezeigt haben, dass wirklich alles möglich ist. Dank auch an meine Verlegerin Camilla Nagler und die Redakteurin Katarina Ehnmark Lundquist für eine kreative Zusammenarbeit.

Zutiefst dankbar bin ich David Jonasson, der mich an seinen Kenntnissen des Südsamischen hat teilhaben lassen.

All das ist eigentlich gar nicht wiedergutzumachen.

Anita Amirrezvani

DAS LIED DER ROSEN

Roman

Aus dem Amerikanischen
von Maja Rößner

ISBN: 978-3-550-08652-6
€ 19,95 [D] / € 20,60 [A] / sFr 34,80

**Persien im 17. Jahrhundert,
eine Welt voller Farben und Düfte ...**

Über den Dächern von Isfahan leuchten die strahlendblauen Kuppeln der Prachtmoscheen. Eine junge Teppichknüpferin kommt in die Stadt und weiß, dass sie ums Überleben und um ihr Glück kämpfen muss. Doch ohne männlichen Schutz ist das für eine Frau fast unmöglich. Ein *Sigeh* – eine Ehe auf Zeit – scheint der einzige Ausweg.

Eine wunderbar erzählte Geschichte, fesselnd und anrührend wie ein Märchen aus Tausendundeiner Nacht.

»Kristin Hannah berührt die tiefsten, zärtlichsten Seiten unseres Herzens.«
Tami Hoag

Die Shores stehen vor den Trümmern ihrer zwanzigjährigen Ehe: Jack möchte wegen eines Traumjobs nach New York ziehen, aber Elizabeth sieht keinen Grund, deswegen ihr geliebtes Zuhause in Echo Beach an der Westküste aufzugeben. Als Elizabeths Vater stirbt, werden alle ihre Entscheidungen in Frage gestellt. Gibt es nicht doch einen Weg zurück zu Jack?

An fernen Küsten
Roman
ISBN-13: 978-3-548-26236-9
ISBN-10: 3-548-26236-8

ULLSTEIN

UB283